बिस्रामपुर का संत

उपन्यास

D1879477

बिस्रामपुर का संत

श्रीलाल शुक्ल

राजकमल प्रकाशन

ISBN : 978-81-267-0722-5

मूल्य : ₹ 795

© श्रीमती साधना शुक्ल

पहला संस्करण : 1998
ग्यारहवाँ संस्करण : 2025

प्रकाशक : राजकमल प्रकाशन प्रा.लि.
1-बी, नेताजी सुभाष मार्ग, दरियागंज
नई दिल्ली-110 002
शाखाएँ : अशोक राजपथ, साइंस कॉलेज के सामने, पटना-800 006
पहली मंजिल, दरबारी बिल्डिंग, महात्मा गांधी मार्ग, प्रयागराज-211 001
1, अनमोल सोराबजी सन्तुक लेन, धोबी तलाव, मरीन लाइंस, मुम्बई-400 002
वेबसाइट : www.rajkamalprakashan.com
ई-मेल : info@rajkamalprakashan.com

मुद्रक : बी.के. ऑफसेट
नवीन शाहदरा, दिल्ली-110 032

BISRAMPUR KA SANT
Novel by Shrilal Shukla

इस पुस्तक के सर्वाधिकार सुरक्षित हैं। प्रकाशक की लिखित अनुमति के बिना इसके किसी भी अंश को, फोटोकॉपी एवं रिकॉर्डिंग सहित इलेक्ट्रॉनिक अथवा मशीनी, किसी भी माध्यम से, अथवा ज्ञान के संग्रहण एवं पुन:प्रयोग की प्रणाली द्वारा, किसी भी रूप में, पुनरुत्पादित अथवा संचारित-प्रसारित नहीं किया जा सकता।

चि. उदयशंकर अवस्थी
और
सौ. रेखा के लिए

एक

[1]

जिस समय राजभवन के दीवानख़ाने में राज्य के मुख्यमंत्री महामहिम से मिलने का इंतज़ार कर रहे थे, खुद महामहिम अपने शयनकक्ष में एक सपना देख रहे थे। यह हलके बुख़ार में हलके नाश्ते के बाद की नींद का सपना था।

महामहिम लगभग अस्सी साल के थे। जो सपना वे इस समय देख रहे थे, उसके कई रूप वे पहले भी देख चुके थे। पर यह पुरानी बात है। लगभग आठ साल हुए, उन्हें इससे छुटकारा मिल चुका था। पर न जाने किस अतल से उभरकर आज यह सपना एक बार फिर उनकी नींद पर छा गया था।

सपने में वे यक़ीनन् अस्सी साल के नहीं थे। उम्र के बारे में कुछ भी तय नहीं था; पर शायद वे पचीस-छब्बीस साल पहलेवाले कुँवर जयंतीप्रसाद सिंह थे। आज के सपने में वह उनकी बाँहों में नहीं थी; वे खुद उसकी बाँहों में थे। पर तय नहीं था कि वह कौन थी। वह शायद सुंदरी थी; पर जयश्री भी हो सकती थी। जो भी हो, उसकी सुडौल चिकनी देह सिर से पाँव तक उनके अंग-अंग को पिघला रही थी। उसके पथरीले, वर्तुल स्तन उनकी छाती में विस्फोटक उष्मा के साथ गड़ रहे थे। जागते में उनकी ढीली-ढाली, पस्त काया इस समय अचानक धधकते हुए कोयलों में बदल गई थी। एक अनूठी उत्तेजना उन्हें सुन्न करती जा रही थी।

बहुत साल हुए उन्होंने सुंदरी के स्तनों को एक बार—सिर्फ़ एक बार छुआ था। वे कड़े थे, साथ ही बहुत मुलायम भी। पर आज उन्हें सिर्फ़ कड़ेपन का एहसास हुआ, उन्हें लगा कि उनको सुनहरे शिलाखंडों से काटकर बनाया गया है। यहीं से वह सपना एक जकड़न-भरे कुस्वप्न में बदलने लगा।

एक झिलमिल उजास में उन्हें वे दो स्तूप धुंध में घुलते से दीख पड़े। सब कुछ बदल रहा था। वे उनकी छाती में पत्थर की तरह चुभने लगे थे। पर अब वे स्लेटी रंग के हो रहे थे। उन्हें शायद मटमैले पत्थरों से गढ़ा गया था और वे शताब्दियों पुराने थे। शायद उन पर सीमेंट-कांक्रीट के घोल की हलकी पिचकारी चलाई गई थी और वह घोल गिरते ही जमने लगा था। धीरे-धीरे उन्हें लगा, सुंदरी (या जयश्री?) का सारा शरीर, लचीलेपन के बावजूद, कोणार्क और खजुराहो की नारी-मूर्तियों का है। वह पत्थर बन चुका है।

सिर्फ़ चेहरा और ओंठ असली सुंदरी के हैं।

हाँ, यहाँ आकर तय हो चुका था कि वह जयश्री नहीं, सुंदरी ही है। अब उन ओठों की मुस्कान अस्वाभाविक हो गई थी, एक स्थिर छायाचित्र की तरह वह जम गई थी, जड़ हो गई थी।

उन्होंने उन ओठों को चूमना चाहा, पर उस स्पर्श में एक आतंक-भरा पथरीलापन था। शुरू में यह सपना एक निर्वसन देह से गुँथने का सीधा-सादा शृंगारिक सपना था। अब वहाँ बीच में पत्थर आ गये थे, वज़नी एकांत का आतंक था। उन्हें लगा कि उनकी छाती भी पत्थर होती जा रही है। शायद पूरा जिस्म एक स्पंदनहीन पत्थर में तब्दील होने जा रहा है।

टेलीफ़ोन का बज़र रुक-रुककर उनके अवचेतन में बज रहा था। पता नहीं कि उनकी नींद उसने तोड़ी या सपने के अपरिभाषित आतंक ने। फिर भी सोने और जागने के बीच के निलंबित क्षणों का सिलसिला कुछ लंबा चला। उन्होंने बिस्तर पर हाथों से दोनों ओर ज़ोर लगाया, धीरे-धीरे उठकर पलंग के सिरहाने दो तकियों के सहारे अपने को टिका दिया।

एक मुलायम मख़मली कंबल से वे अपनी छाती ढके हुए थे। बज़र का बजना बंद हो चुका था। उन्होंने सिर उठाकर सामने देखा। वहाँ दीवार से सटे आदमक़द शीशे में उन्हें एक शक्ल दिखी। उन्होंने उसे ख़ारिज करना चाहा पर मानना पड़ा कि वह उन्हीं की है।

[2]

इस ढले हुए, पर रोबीले चेहरे पर आँखों के नीचे पपोटे फूले हुए थे। ओठों के कोने झूलकर ठुड्डी को छूने की तैयारी में थे। गले की झुर्रियाँ अर्धसमानांतर रेखाओं में बेतरतीब बिखरी हुई थीं। सिर के बचे-खुचे बाल मटमैले सफ़ेद थे। रेशमी स्लीपिंग सूट और मख़मली कंबल से ढके हुए सीने का मांस—उन्हें लगा—कुछ ज़्यादा ही नीचे हिलग आया है।

सुंदरी अब बावन बरस की हो रही होगी : उन्होंने सोचा। पर सोचते ही आईने में उनका अक्स उन्हें घुड़कता-सा जान पड़ा। शायद उसे बरदाश्त नहीं था कि सपने का कोई भी रेशा उनके जाग्रत जीवन में हस्तक्षेप करे।

बाथरूम जाने के लए उन्होंने पलँग से नीचे उतरना चाहा। एक पैर स्लिपर में डाला; दूसरी पलँग के नीचे थी—शायद पाँव की पहुँच के बाहर। उन्होंने पलँग से लगी हुई घंटी का बटन दबाया। धीरजसिंह के आने पर उन्होंने उसे नीचे से स्लिपर निकालने का इशारा किया। घुटनों के बल बैठते हुए उसने नीचे झुककर स्लिपर खींची, कहा, "सेक्रेटरी साहब इंतज़ार कर रहे हैं।"

सपने का खुमार वर्तमान के साम्राज्य में विलीन हो गया। मौजूदा क्षण अब उनका था। वे महामहिम की आवाज़ में बोले, "इसीलिए तुम टेलीफ़ोन का बज़र दबाये हुए

थे?"

धीरजसिंह ने स्वीकार में सिर झुकाया। "गधे हो।" उन्होंने खीझकर कहा, "फिर, खड़े क्यों हो?"

"सेक्रेटरी साहब...।"

"इस बेवकूफ़ को पता नहीं कि मुझे बुख़ार है?" वज़नी आवाज़ की गुर्राहट। धीरजसिंह चुपचाप खड़ा रहा। इस कक्ष में वही बिना इजाज़त आ सकता था। मध्यकालीन अंतःपुरों के गूँगे खवासों का आधुनिक संस्करण—ज़बान होते हुए भी वह गूँगा बन सकता था। तिकोना चेहरा, उसमें पतली लकीरों जैसी आँखें। अट्ठाईस साल का मुलायम-सा नौजवान, अपनी उम्र से चार-पाँच साल कम दीखता हुआ। सारे राजभवन में अकेला वही था जिस पर राज्यपाल की कड़ी ज़बान के कोड़े नहीं पड़ते थे—'गधे हो' का अपवाद छोड़कर, पर उसमें अब चोट पहुँचाने की ताक़त नहीं बची थी। उस पर ज़बानी कोड़े अब नहीं पड़ते थे, शायद इसलिए कि बहुत पहले, मध्यकालीन खवासों की विश्वसनीयता हासिल करने के पहले, वह उनके हाथों असली कोड़े खा चुका था।

"अब क्यों खड़े हो?"

मशीन की तरह उसने दोहराया, "सेक्रेटरी साहब...।"

राज्यपाल के नथुनों पर जैसे किसी अवांछित बू का हमला हुआ। उन्होंने नाक सिकोड़ी, हाथ के अलसाये इशारे से मक्खी जैसी उड़ायी। धीरजसिंह को अपनी बात का जवाब मिल गया। बाहर आकर सचिव को वह शयनकक्ष से मिले हुए उस छोटे कमरे की ओर ले गया जिधर मक्खी उड़ाने का इशारा किया गया था।

कमरे का फर्श बिना किसी डिज़ाइन के एक सादे नीले क़ालीन से ढका था। एक पलंग, जिस पर सुनहरे काम का कत्थई पलंगपोश बिछा था। एक पुराने ढंग का हलका सोफ़ा, जिसकी लकड़ी ताज़ी वार्निश से दमक रही थी। दीवार पर सत्य साईं बाबा का एक चित्र—उनके विख्यात बालों की काकुलें अनुपात से कुछ ज़्यादा उभरी हुई। दीवार में जड़ी हुई लिखने की फ़ोल्डिंग डेस्क, जो इस वक़्त खुली थी। उस पर रखा एक नीला टेलीफ़ोन। सेक्रेटरी से धीरजसिंह ने बाअदब फ़ोन के इस्तेमाल का इशारा किया। सचिव ने फोन पर 'गुड मार्निंग, योर एक्सिलेंसी' कहा, बताया कि मुख्यमंत्री मिलने आए हैं।

"आप अपनी अक्ल से उन्हें निबटा नहीं सकते थे? आपको मेरी तंदुरुस्ती का कुछ पता है? आप पहले ही से आज के मेरे सभी इंगेजमेंट कैंसिल नहीं कर सकते थे?"

"वह कर दिया है महामहिम, पर मुख्यमंत्री अचानक ही मिलने आ गये हैं।"

"ऐसा...?" में सचिव की अक्ल का मख़ौल था, मुख्यमंत्री के व्यवहार पर अचंभा भी।

"उन्हें महामहिम के टेंपरेचर की ख़बर ऑफ़िस आते वक़्त मिली। वे महामहिम का दर्शन करने सीधे इधर ही चले आए।"

आवाज़ की गुर्राहट कम पड़ी पर मख़ौल क़ायम रहा। "मेरे लिए बिस्तर पर दर्शनीय

बनने की हालत शायद अभी नहीं आई है।" फिर कुछ हाकिमाना अंदाज़ में : "नीचे जाकर उन्हें धन्यवाद कहिए—कुछ भले, खूबसूरत जुम्ले भी, जिनमें आप माहिर हैं।" फिर टेलीफोन पर ही...अर्धस्वगत भुनभुनाहट : पता नहीं नीचे उसे किसी ने कॉफी के लिए भी पूछा या नहीं। सब नामाकूल हैं।

[3]

नीचे दीवानख़ाने में मुख्यमंत्री को बैठे हुए लगभग पाँच मिनट हो चुके थे। बेशक बहुत पहले उन्हें नेताओं से मिलने के लिए कई बार प्रतीक्षा करनी पड़ी थी। पर वह उनकी राजनीतिक यात्रा का शुरुआती दौर था। वे अनुभव अब धुल-पुँछ गये थे। तभी उन्हें आज का अनुभव नया-नया सा लग रहा था।

यह सही है इस बीच दिल्ली में एक शहंशाहाना रिवाज चल पड़ा था। मुख्यमंत्रियों को प्रधानमंत्री से मिलने के लिए अब घंटों और कभी-कभी कई दिनों तक हिलगे रहना पड़ता था। पर इस तरह बिताया गया समय प्रतीक्षा के ख़ाने में नहीं, राष्ट्र-सेवा के नाम लिखा जाता था। यहाँ जो हो रहा था वह सीधी-सादी, छद्मरहित प्रतीक्षा थी जिस पर मुख्यमंत्री कुछ हैरत, कुछ खीझ के साथ मुस्करा रहे थे।

राज्यपाल का परिसहायक यानी ए.डी.सी. उनके अस्वस्थ होने के बारे में उन्हें कुछ बता रहा था। वह सेना का एक नौजवान कप्तान था और उसकी आवाज़ अपनी तराश के बावजूद विनम्र और सहलानेवाली थी। जिस संजीदगी से वह राज्यपाल न कहकर अपने आक़ा को 'हिज़ एक्सिलेंसी' कह रहा था, उससे मुख्यमंत्री की मुस्कान कुछ और चौड़ी हो गयी। उसी के साथ इधर-उधर ठिठकती हुई उनकी प्रत्यक्षतः निरुद्देश्य निगाह सामने की दीवार पर टिक गई।

वहाँ दो-तीन तस्वीरें साधारण कोटि के योरोपियन चित्रकारों की थीं। आज़ादी के पहले की निशानियाँ। बाकी देसी कलाकारों की थीं—ज्यादातर छोटे और नये कलाकारों की, स्थानीय कलाप्रदर्शनियों से खरीदी हुईं। अख़बार बता रहे थे कि राज्यपाल युवा कलाकारों को खूब प्रोत्साहन देते हैं। दीवानख़ाने की दीवारें भी यही बात कुछ और ठोस तरीके से बता रही थीं।

इस साल राजभवन के ख़र्च में कई लाख रुपये की बढ़ोत्तरी होने जा रही थी। मुख्यमंत्री ने दो दिन पहले ही मसले को मंत्रि-परिषद् के सामने लाने का हुक्म दिया था। दीवानखाने की नई भव्यता पर—तस्वीरों, पर्दों, कालीनों, कलाकृतियों की असामान्य संपन्नता पर उनकी निगाह धीरे-धीरे फिसलती रही। कोई दोस्त आपसे उधार ली गयी रक़म के सहारे आपको ही किसी पंच-सितारा होटल में खाना खिलाने जा रहा हो, उन्हें यह कुछ ऐसा ही दिलचस्प जान पड़ा। परिसहायक से कहा, "हिज़ एक्सिलेंसी को कल दोपहर महिला कल्याण परिषद् का लंच नहीं लेना चाहिए था। उन्हें अपनी इच्छा का खाना ज़रूर

मिला होगा, पर उन देवियों का भरोसा नहीं। उनकी बातें जितनी मीठी हैं, उनका खाना उतना ही ज़हरीला हो सकता है।"

इस मज़ाक पर कप्तान निष्ठापूर्वक हँसा।

उन्होंने दुबारा दाईं से बाईं ओर तरतीब के साथ देखा। उस निगाह में कुछ तस्वीरें समायीं, ख़ास तौर से कुछ मख़मली पर्दे, पीतल के चमचमाते गमले और उनसे फूटता मौसमी फूलों का सैलाब। बाहर की ओर पर्दे सिमटे थे और दो विशाल दरवाज़े खुले हुए थे। उनकी दमकती पॉलिश में पीतल की जगमग मूठों और लंबी सिटकनियों के धुँधले प्रतिबिंब अपने ही प्रभावृत्त में तैरते से जान पड़े।...दरवाज़ों के पार राजभवन का विस्तीर्ण बरामदा था, अंतःपुर न होते हुए भी किसी अंतःपुर के विस्तार जैसा। उसके बाद हरी-भरी लॉन—जिसमें बीतते जनवरी की धूप सुनहरे पानी-सी भरी थी। कुछ तोते एक पेड़ से उड़े, अपनी मीठी-कर्कश आवाज़ से उन्होंने हवा को गुँजाया, फिर बरामदे के दूसरे छोर पर दूसरे पेड़ों में खो गए।

कौन कहता है कि भारत ग़रीब है? मुख्यमंत्री ने कप्तान से मज़ाक में कुछ ऐसा ही कहना चाहा, कुछ नहीं कहा और टहलते हुए बरामदे की ओर क़दम बढ़ाये। कप्तान बाअदब चाल से उनके साथ लगभग दो क़दम का फ़ासला देकर चलता रहा।

"सोफों का यह कपड़ा, ये पर्दे...यही नये पर्दे हैं?" मुख्यमंत्री ने पूछा, ऊपर उठे हुए तिरछे चेहरे पर मुस्कराती आँखें!

"जी हाँ, श्रीमन्।"

मुख्यमंत्री ने उसके चेहरे को ग़ौर से देखा। विनम्र औपचारिकता के सिवाय वहाँ और कुछ नहीं था। मुख्यमंत्री ने ओंठ दबाये, भौंहें सिकोड़ीं, कुछ और मुस्कान बिखेरी। कप्तान पर इस देह-भाषा का कोई असर नहीं हुआ।

[4]

तब तक लिफ्ट से तीन सामान्य मंजिलों की ऊँचाईवाली एक मंजिल नीचे उतरकर राज्यपाल का सचिव मुख्यमंत्री के पास आया। वे अब कोई और बात कर रहे होंगे क्योंकि सचिव ने उन्हें कहते सुना, "ग़नीमत है कि यहाँ का मुख्यमंत्री हरिजन नहीं है।"

बात हलके ढंग से कही गई थी। जो भी हो, जैसे उसने कुछ सुना ही न हो, नियंत्रित विनम्रता के साथ सचिव ने उनका अभिवादन किया और कहा, "महामहिम आपके आने के लिए कृतज्ञ हैं। उन्होंने हार्दिक धन्यवाद कहा है। इस समय वे बिस्तर में हैं। आप चाहें तो फोन से...।"

"नहीं, उन्हें आराम करने दीजिए," फिर : "बुख़ार कैसा है? कोई उलझन तो नहीं?"

"हलका बुख़ार है, कुछ खाँसी भी।"

"डॉक्टर ने देखा?"

"राजभवन के ही डॉक्टर ने देखा है। उनकी सलाह पर मेडिकल कॉलेज से डॉ. साहा को बुला लिया है।"

ए.डी.सी. ने अंग्रेज़ी में कहा, "डॉ. साहा आपके ऑफ़िस के कमरे में प्रतीक्षा कर रहे हैं।"

मुख्यमंत्री दीवानख़ाने के मुख्य द्वार की ओर बढ़ते हुए बोले, "तब डॉक्टर साहब को तुरंत ऊपर ले जाइए। और देखिए...।" उन्होंने रुककर बड़ी गंभीरता के साथ सचिव से कहा, "बजट अधिवेशन में कुछ ही दिन रह गये हैं। संयुक्त विधान-मंडल को संबोधित करते समय महामहिम को बिलकुल स्वस्थ होना चाहिए। सड़े टमाटर और अंडों का डर नहीं है पर विपक्ष के पास काग़ज़ों का पुलिंदा भी काफ़ी वज़नी होगा।...आप समझ रहे हैं न?"

उनके मुँह से 'महामहिम' निकलते ही लगा जैसे किसी नुक्कड़ नाटक में वे दर्शकों की क़तार तोड़कर अभिनेताओं में शामिल हुए जा रहे हों। केंद्र सरकार अब राज्यपालों को महामहिम कहे जाने की परंपरा खत्म कर चुकी है। पर आते ही इन राज्यपाल ने इस संबोधन को प्रोत्साहन देना शुरू कर दिया था। मुख्यमंत्री शायद इसी का मख़ौल उड़ा रहे थे पर सचिव ने उसे अनदेखा कर दिया। मुख्यमंत्री के मिज़ाज में शामिल होते हुए उसने कहा, "उसकी कोई चिंता नहीं है सर। अपनी सुरक्षा के मामले में महामहिम को राज्य सरकार की कुशलता पर पूरा भरोसा है।"

बाहर आते-आते मुख्यमंत्री ने एक पर्दे को छूकर उसकी खूबियों को परखा, ए.डी.सी. से कहा, "महामहिम की सुरुचि का जवाब नहीं है।"

[5]

ए.डी.सी. ने ऑफ़िस में आते ही सिर के झटके से डॉक्टर का कामचलाऊ अभिवादन किया और टेलीफोन पकड़ लिया। उससे गर्मजोशी से बात करने का काम सचिव ने किया। टेलीफोन का रिसीवर हाथ में लिए हुए ए.डी.सी. ने कहा, "धीरजसिंह बोलता है, हिज़ एक्सिलेंसी फिर सो गये हैं।"

सचिव ने सिर उठाकर छत को देखते हुए आँखों के दीदे घुमाये। डॉक्टर बोला, "तब मैं शायद जा सकता हूँ।"

"प्लीज डॉक्टर, वे इस वक्त सोते नहीं, ऊँघ गये होंगे। दस-पन्द्रह मिनट हम लोग...कॉफी क्यों न पी जाए?"

कॉफ़ी पीते हुए सचिव ने ए.डी.सी. से पूछा, "पुनीत, यह हरिजनवाला क्या मामला है?" इशारा मुख्यमंत्री की बात की ओर था।

डॉक्टर के सामने यह बात छेड़ी गई थी; उसकी झल्लाहट कुछ कम हुई; उसे तसल्ली मिली कि वह भी ऐसी बातों के लिए अंदरूनी दायरे में है।

सचिव भारतीय प्रशासनिक सेवा का पुराना अधिकारी था—उसकी वरिष्ठता उसे भारतीय सेना के मेजर जनरल के कुछ ऊपर ही पहुँचाती थी। शाम के वक़्त मेस में जैसे कोई वरिष्ठ अफ़सर किसी होनहार जूनियर से दूरी भरे निजत्व से बात कर रहा हो, सचिव कप्तान से वैसे ही बोल रहा था। ए.डी.सी. ने कहा, "वही पर्दोंवाली बात सर। मुख्यमंत्री मज़ाक के मूड में थे।"

डॉक्टर ने पूछा, "हुआ क्या था?"

"वही पर्दोंवाली बात!" सचिव ने मुस्कराते हुए ए.डी.सी. की बात दोहरायी।

डॉक्टर ने कमरे में चारों ओर निगाह दौड़ायी, कहा, "पर्दे तो वाक़ई बहुत खूबसूरत हैं।"

सचिव और ए.डी.सी. ने एक साथ एक दूसरे की ओर देखा, सचिव ने डॉक्टर से कहा, "यानी काफ़ी हाउस की अफ़वाहें सुनने का आपको भी वक़्त मिल जाता है...।"

"कौन सी अफ़वाहें?"

तभी फोन बजा। उसे सुनकर ए.डी.सी. ने कहा, "धीरजसिंह है। हिज़ एक्सिलेंसी जाग गये हैं। आइए डॉक्टर साहब, ऊपर चलें।"

डॉक्टर साहा को लेकर वह लिफ्ट से ऊपर गया और दो-ढाई मिनट में ही उनके साथ नीचे आ गया। ऑफिस के कमरे से लगे हुए बाथरूम का दरवाज़ा खोलकर वह डॉक्टर से बोला, "इस तरफ़ सर।"

डॉक्टर का चेहरा कसा हुआ था। बोला, 'मैं वापस जा रहा हूँ। आप किसी और को बुला लें।"

"प्लीज डॉक्टर..." ए.डी.सी. ने कहा।

सचिव ने डॉक्टर की ओर देखा, देखता रहा।

"आपका यह हिज़ एक्सिलेंसी बिस्तर पर दर्जनों तकियों के सहारे...आराम फरमा रहा है। मुझे देखते ही कहता है, "यही डॉक्टर है?" फिर मुझसे बोलता है, "तुमने अपने हाथ अभी साफ किये हैं या नहीं?" उसके बाद कहता है, "तुम कैसे डॉक्टर हो जी? हाईजीन का क ख ग भी नहीं जानते? ए.डी.सी., नीचे जाकर पहले इनके हाथ धुलाओ।"

"कहता है, नीचे जाकर...!"

डॉक्टर विलायत में सीखी हुई कुछ चुनिंदा गालियाँ निकालने लगा था।

"आपका यह महामहिम! क्या समझता है? कि बिना हाथ साफ किये उसे वहीं पलटकर उसके फिश्चुला का आपरेशन कर दूँगा।"

सचिव के डॉक्टर से निजी संबंध रहे होंगे, उसने नर्मी से कहा, "कैसी बचकानी बातें करते हो साहा? वे बुजुर्ग हैं। इस उम्र में उन्हें थोड़ी-सी सनक दिखाने का हक़ है। उनकी बातों का कोई बुरा नहीं मानता।"

"आप न मानते होंगे। पर इसके लिए आपको तनख़्वाह मिलती है!"

ए.डी.सी. ने झटके से डॉक्टर की ओर देखा, फिर सचिव की ओर। सचिव ने ठंडे

सुर में कहा, "तब...ठीक है। आप जाना चाहते हों तो हम आपको कैसे रोक सकते हैं?"

डॉक्टर एक क्षण के लिए अचकचाया-सा खड़ा रहा। फिर बाथरूम में जाकर हाथ धोने लगा।

[6]

मुख्यमंत्री ने अपने हरिजन न होने का ज़िक्र करके स्थानीय क़हवाघरों की एक अफ़वाह की ओर इशारा किया था। वहाँ कुछ दिन पहले राज्यपाल-विरोधियों ने ख़बर फैलायी कि अगर कोई हरिजन राजभवन के सोफ़े पर बैठ जाए या कोई पर्दा छू ले तो राज्यपाल उसका कपड़ा बदलवा डालते हैं। जो भी हो, अफ़वाह इतनी ठेठ थी कि इसे फैलाने वाले तक इसे मज़ाक की तरह पेश करते थे।

राजभवन के बाहर उन्हें अभिजात-वर्ग का एक ऐसा सुसभ्य राज्यपाल माना जाता था जो गंभीर और मितभाषी था, और प्रशासकीय मामलों में सख़्त। पर राजभवन के कर्मचारियों में उनकी शोहरत सिर्फ़ गुर्राहट और बदमिजाजी की थी। कर्मचारियों के बीच इसे लेकर कई कहानियाँ प्रचलित थीं और दिनों दिन उनमें इजाफ़ा होता जाता था। इन्हीं में नये पर्दों और अपहॉल्स्ट्री की कहानी भी शामिल थी।

यह सिर्फ़ अफ़वाह है कि राज्यपाल कुँवर जयंतीप्रसाद सिंह ने अपने से पहलेवाले राज्यपाल को "वह चमार" कहकर संबोधित किया था। सही बात यह है कि उन्होंने अपने पहले के इस राज्यपाल के बारे में कभी कोई बात ही नहीं की। वास्तव में उन्होंने स्वतंत्रता के बाद के अपने किसी पूर्ववर्ती राज्यपाल के अस्तित्व को पहचाना ही नहीं; कभी कुछ कहा भी तो स्वतंत्रता के पहले के अंग्रेज़ गवर्नरों के बारे में।

"जिस हैलेट को तुम इतना बड़ा अत्याचारी समझते हो वह दरअस्ल बड़ा कुशल और अनुशासनप्रिय शासक था,"..."म्यूडी में और जो भी खराबी रही हो, वह ब्रिटिश न्यायप्रियता की अनूठी मिसाल था" उनके मुँह से निकलनेवाली ऐसी बातें भले ही किसी पुरातात्विक रिपोर्ट का उदाहरण भर जान पड़ें, समझनेवाले समझ सकते थे कि इनमें अपने पुराने सहकर्मियों के बारे में प्रचलित ग़लतफ़हमियाँ दूर करने की कोशिश भर नहीं है, पुराने प्रभुतासंपन्न गवर्नरों के वर्ग में अपने को बैठा हुआ देखने का छिपा उल्लास भी है।

उनसे पहले यहाँ के राज्यपाल एक पुराने गाँधीवादी नेता थे। भाग्य के न जाने किस कुंडलीचक्र में सरकते हुए जेलों, दंगाग्रस्त इलाक़ों, कुष्ठाश्रमों और हथकरघा केंद्रों की धूल अपनी पुरानी चप्पलों में लसेटे हुए कुछ वर्षों के लिए इस राजभवन में भटक आए थे। वे हरिजन थे और पिछड़े वर्गों के विकास में उनकी रुचि बेहिचक प्रकट होती रहती थी। तब 'दलित' का प्रयोग इतना व्यापक नहीं हुआ था और गाँधीवादी परंपरा

में अपने को हरिजन या हरिजन-सेवक मानना असमंजस की बात न थी। जो भी हो, सवर्ण नेता और अफ़सरशाही इन कारणों से उन्हें जातिवादी कहा करती थी। पर राजभवन के अहाते में सारे कर्मचारी समुदाय से उन्हें एक निस्संग संत का-सा आदर मिलता था। राजभवन के वैभव को वे एक ओर इस सहजता से लेते थे जैसे उन्हें शुरू से ही इस जीवनशैली की आदत रही हो, दूसरी ओर वे अपने कामों और विचारों में इतना डूबे रहते कि लगता, राजभवन के ऐश्वर्य और वहाँ के रहन-सहन के अस्तित्व का उन्हें कोई आभास नहीं है। अपनी विदाई के पूरे तामझाम और फौजफाटेवाले समारोहों के बीच से जब वे बाहर निकले और अपने पुराने टीन के ट्रंकों और होल्डाल के साथ रात की गाड़ी से बिदा हो गये तो बहुतों को लगा कि वहाँ एक आश्रम था जो उजड़ चुका है। पर कुछ ऐसे भी थे जिन्होंने छुटकारे की साँस ली और उम्मीद की कि उनकी जगह अब एक असली राज्यपाल को आना चाहिए।

असली राज्यपाल कुँवर जयंतीप्रसाद सिंह थे। अपने पद की शपथ ले चुकने के बाद गिने चुने अभ्यागतों को उनके साथ चाय पीनी थी। तभी उनके सचिव ने पाया कि वे दुचित्ते होकर बार-बार उसी की ओर देख रहे हैं। बाद में, थोड़ा एकांत होते ही, उन्होंने क्रॉकरी की ओर इशारा करके कहा, "निहायत भौंडी है।" उनकी धीमी और गंभीर आवाज़ से सचिव को लगा जैसे देश की स्थिति पर कोई स्थायी फ़ैसला सुनाया गया हो।

उसी दिन राजभवन के कई पर्दों, सोफ़ों और गलीचों की शामत आयी। उन पर निगाह डालते ही उन्होंने नाक सिकोड़ी और उनके सचिव और ए.डी.सी. आँखें चुराकर भाँपने की कोशिश करने लगे कि कहीं से कोई बदबू तो नहीं आ रही है। ऐसा नहीं था, पर कुँवर जयंतीप्रसाद सिंह की नाक और भौंहों की हलकी सिकुड़न ने बहुत देर तक अफ़सरों के अपराध-बोध को जगाये रखा। बाद में उन्होंने कहा कि वे उन सोफ़ों को बरदाश्त नहीं कर सकते जिन पर ऐसा 'हॉरर' चढ़ा हो; न उन पर्दों को, न क़ालीनों को...।

हो सकता है कि ग़लतफ़हमी में किसी ने 'हॉरर' की जगह 'हरिजन' सुन लिया हो।

ऊपर के फर्नीचर की सफाई, नई पालिश और वार्निश पहले ही हो चुकी थी। सोचा गया था, नीचे के कमरों में हाथ लगाना ज़रूरी न होगा। पर नये राज्यपाल के इस वक्तव्य के बाद राजभवन की पूरी साजसज्जा का कायाकल्प शुरू हो गया।

"केतकी...केतकी से मशविरा करके ही..." कहते हुए वे लिफ़्ट की ओर आए। इतना तो उनके सचिव ने तत्काल समझ लिया कि आंतरिक साजसज्जा में केतकी को परामर्शदाता बनाया जाना है पर केतकी कौन है, यह जानने में कुछ घंटे लगे।

पर्दे आदि बदल गये। पर अफ़वाहों की हवा विधानसभा के वातानुकूलित सभागार तक को आंदोलित कर गई क्योंकि तभी राजभवन के कर्मचारियों में, और बाहर उन्हीं से, यह ख़बर जोरों से फैली कि नये राज्यपाल वे सारे पर्दे और अपहॉल्स्ट्री आदि बदल

देना चाहते हैं जिन्हें "वह चमार" कल तक छूता रहा था।

शायद उनके कानों तक भी यह अफ़वाह पहुँची हो। शायद इस राज्य की राजनीति में अब तक उनका कुछ दबा-छिपा प्रभाव मज़बूत हो चुका हो। जैसा भी हो, राजधानी के कहवाघरों में कुछ ने इसे कई बार कहा और बहुतों ने इसे बहुत बार सुना, "हमारा यह कुँवर साहब? जिसे तुम लाट साहब कहते हो? वह देखने में ही अंग्रेज़ है; मन से सच्चा गाँधीवादी है...।

"हरिजनों का अपमान वह कर ही नहीं सकता। तुम जब पैदा भी नहीं हुए थे, उसने अपने दो समूचे गाँव भूदान यज्ञ में विनोबा भावे को दे दिये थे। एक तरह से ग्रामदान की शुरुआत तुम्हारे इस लाट साहब ही ने की थी। वह ज़मीन बामन-ठाकुरों में नहीं, भूमिहीन हरिजनों में बाँटी गई थी। क्या समझे?

"और मान लो कि इस अफवाह में कुछ सच्चाई है, तब भी उसकी उम्र का ख़्याल करो। जवाहरलाल नेहरू का सहयोगी रह चुका है। उसे सठियाये भी बीस साल हो रहे हैं। गवर्नरी के काम में वह नौसिखिया नहीं है। दूसरी बार गवर्नर बना है।

"अब, यहाँ आते ही लाख डेढ़ लाख खर्च करके वह अपनी पसंद के पर्दे लगवा ले तो कौन-सी आफत आ गयी। केंद्र सरकार का पिद्दी से पिद्दी मिनिस्टर भी इससे ज्यादा खर्च अपने जुकाम के इलाज के लिए न्यूयार्क की यात्रा में कर देता है!...

एक अख़बार में इस अफ़वाह को ख़बर का दर्जा देते हुए यह भी छपा था कि राजभवन में पर्दों आदि पर चार लाख रुपये से कुछ ऊपर की रकम फूँकी गई है। इसे छोटे कस्बे की घटिया संस्कृति बताते हुए सचिव ने कप्तान से कहा, "यह कैसी बकवास है पुनीत? पंद्रह-बीस हजार डालर के ख़र्च पर इतना शोर शराबा!" उसे खुशी थी कि खर्च की असली रक़म का अता-पता अख़बारों को नहीं है।

केतकी के बारे में कोई ख़ास बहस नहीं हुई। वह दूर के रिश्ते में उनकी भतीजी थी। उसने लंदन में आंतरिक साजसज्जा का प्रशिक्षण पाया था और इस वक्त अमरीकी बाज़ार में स्वच्छंद बर्छीबाज़ी करके—जिसे अंग्रेज़ी में फ्रीलांसिंग कहते हैं—कुछ दिनों के लिए भारत आई थी। सरकारी ख़र्चे पर वह राजभवन तक आई और वहाँ की सुंदरता में अपनी कला का योगदान करके सरकारी ख़र्चे पर ही अमेरिका वापस चली गई।

[7]

महामहिम बिस्तर पर लेटे हुए अख़बार देख रहे थे। उनका बुख़ार रात को ही उतर गया था।

इस अख़बार ने अंग्रेज़ गवर्नरों के ज़माने के एक रिवाज को आज फिर से चालू किया था। तीसरे पन्ने के दूसरे कॉलम में एक चौखटे के भीतर उसने आज से राज्यपाल की दैनिक कार्यसूची—इंगेजमेंट्स छापना शुरू किया था; गड़बड़ी बस यह थी कि उनकी

नासाज़ी के कारण पहले ही दिन पूरी कार्यसूची निरस्त कर दी गई थी।

घंटी की आवाज़ सुनकर धीरजसिंह शयनकक्ष में आया, उसे हुक्म मिला, "सीनियर पी.आर.ओ.।"

भौचक्केपन का एक सेकंड; फिर उसने पूछा, "यहीं?"

"और कहाँ?"

वरिष्ठ जन संपर्क अधिकारी का महामहिम के कक्ष में प्रवेश एक अभूतपूर्व घटना थी; उस अधिकारी के लिए कल्पना से कहीं ऊँची तरक्की। उन्होंने अख़बार से नज़र उठाये बिना ही पूछा, "रेडक्रॉस सोसायटी की अगली बैठक के लिए मेरे भाषण का क्या हुआ?"

यह काम एक संयुक्त सचिव देख रहे थे, पर वरिष्ठ जनसंपर्क अधिकारी ने विश्वासपूर्वक कहा, "लगभग तैयार है।"

"लगभग?" यह एक दुर्लभ क्षण था जब उनकी आवाज़ में मख़ौल नहीं, चेहरे पर हलकी-सी हँसी थी।

उन्होंने भाषण में शामिल किये जाने के लिए दो-तीन बेजान नुक़्ते बताये जिन्हें ख़ास तौर से उभारा जाना था। जब वरिष्ठ जन संपर्क अधिकारी चलने को हुआ तो कॉफी टेबल पर रखे हुए डिब्बे की ओर उन्होंने इशारा किया : "उसे लेते जाइए। आपके बच्चों के लिए उसमें कुछ होगा।"

डिब्बे में स्विस चॉकलेट थे; बाहर की खुली हवा में काफी देर बाद उसे एहसास हुआ कि यह अख़बार के तीसरे पृष्ठ पर छपे चौखटे का इनाम है।

वरिष्ठ पी.आर.ओ. के बाहर जाते ही धीरजसिंह एक खूबसूरत तश्तरी में एक तार लेकर अंदर आया। उसे खोलकर उसने तश्तरी में रख दिया और एक किनारे खड़ा होकर हुक्म का इंतजार करने लगा।

[8]

तार में बुरी ख़बर थी। एक मौत का समाचार था। कल ही सवेरे की नींद में उन्होंने अपने को सुंदरी की बाँहों में पाया था। उस फंतासी के खंडहर अब एक क्रूर झटके के साथ टूटे, उनकी चेतना पर हथौड़े की तरह गिरे। अजीब संयोग था कि जिस दिन उन्होंने यह सपना देखा, सुंदरी उसके दो दिन पहले मर चुकी थी।

वे उनमें नहीं थे जिन्हें इस घटना की ख़बर सबसे पहले दी जाती। जैसे किसी को बाद में ध्यान आया हो, एक अपरिचित नाम ने उन्हें यह तार एक दिन बाद भेजा था और उन तक पहुँचने में भी एक दिन की देरी हुई थी।

यही वक़्त था जब हेड खानसामा प्रह्लाद रोज उनकी कॉफी ले आता था। आज भी लाया और उन्हें सोया समझकर ठिठक गया। उन्होंने धीरे-से आँखें खोलीं और देखते

रहे कि किस तरह उसने कॉफी की ट्रे वाली ट्राली को खामोशी और नफ़ासत से ढकेलकर उनके बिस्तर से मिला दिया है। उन्होंने कहा, "नीचे से नक्शा ले आओ।"

वह प्याले में कॉफ़ी डालने जा रहा था, वे बोले, "इसे छोड़ दो।"

कहकर उन्होंने प्याले की ओर देखा और बाहर जाते हुए खानसामा से पूछा, "क्या लाने जा रहे हो?"

वह दरवाज़े तक पहुँच गया था, लौटकर बोला, "नक्शा, सरकार।"

"कैसा नक्शा?"

ज़ाहिर था कि इसका जवाब वह नहीं दे पाएगा। इस पर हमेशा की तरह उन्हें ख़ानसामा के लिए 'गधा' या 'बेवकूफ़' जैसा कुछ कहना चाहिए था। पर उन्होंने उसे आँख से सिर्फ़ बाहर जाने का इशारा किया; फिर हाथ के फोन पर एक नंबर मिलाकर नीचे किसी से अंग्रेज़ी में कहा, "राज्य का नक्शा! तुरंत!"

वे कॉफ़ी के प्याले को टकटकी बाँधकर देखते रहे। अचानक उन्हें लगा कि यह एक अभिनय है जो वे अपने आपको प्रभावित करने के लिए कर रहे हैं। तभी एक झटके के साथ उन्होंने सोचा कि सुंदरी की मौत का समाचार पाकर उन्हें वैसा झटका नहीं लगा जैसा कि उन्हें लगना चाहिए था; जिसे महसूस करके वे अपने को एक सही, संवेदनशील इन्सान मानने का संतोष प्राप्त करते।

...यह सुंदरी ही की नहीं, मेरे अधूरे, आहत अतीत की मौत है : उन्होंने सोचा पर किसी ख़ालीपन, किसी घुटन भरी बेचैनी के अनुभव ने उन्हें छुआ भर, उसके बाद वह अनुभव तिरोहित हो गया।

...फिर भी, मुझे अपने से शर्मिंदा होने की ज़रूरत नहीं है। अगर किसी की मौत मुझे इतना विचलित नहीं करती तो शायद इसीलिए कि इतनी लंबी ज़िंदगी बिताकर मैं उस पड़ाव पर आ गया हूँ जहाँ घटनाएँ मुझे विचलित करने की शक्ति खो चुकी हैं।

...पर क्या सचमुच ही ऐसा है? तब खुद अपनी मौत की कल्पना मुझे इतना विचलित क्यों करती है? ऐसा क्यों है कि मुझे उस आतंक से छुटकारा नहीं मिल पाता?

बहुत पहले, छात्र जीवन में, उन्होंने एक वैदिक सूक्त का अंग्रेज़ी अनुवाद पढ़ा था। फिर खोजकर उसे मूल रूप में पढ़ा और उसके एक-एक शब्द को समझने की कोशिश की। वह निर्भीकता का उद्‌बोधन था; 'मा भै :' ('डरो मत') का तेजस्वी स्वर :

"जैसे पृथ्वी और आकाश न डरते हैं, न क्षीण होते हैं, वैसे ही मेरे प्राण, तुम भी न डरो, न क्षीण हो।

"जैसे वायु और अंतरिक्ष न डरते हैं, न क्षीण होते हैं, वैसे ही मेरे प्राण, तुम भी न डरो, न क्षीण हो।

"जैसे मृत्यु और अमृत न डरते हैं, न क्षीण होते हैं, वैसे ही मेरे प्राण, तुम भी न डरो, न क्षीण हो।

"जैसे सत्य और अनृत न डरते हैं, न क्षीण होते हैं, वैसे ही मेरे प्राण, तुम भी न डरो, न क्षीण हो।

"जैसे भूत और भविष्य अभयशील हैं, क्षीण नहीं होते, वैसे ही मेरे प्राण, तुम भी न डरो, न क्षीण हो।"

उन शुरुआती दिनों में, जब प्रेरणा का सबसे सशक्त स्रोत पुस्तकें थीं, वह सूक्त, यहाँ तक कि उसकी याद भी, उनकी धमनियों के रक्त-संचार को तेज़ कर देती थी। पर जैसे-जैसे उनका आत्मविश्वास और अहंभाव मज़बूत होता गया उनके व्यक्तित्व पर इस सूक्त और ऐसे ही उद्बोधक साहित्य की जकड़ ढीली होती गयी। आगे चलकर ऐसा साहित्य उनके लिए निरर्थक हो गया, पर 'मा भैः' के आकर्षण ने, जो कभी-कभी किसी मानसिक दबाव के मुक़ाबले उभर आता था, उनका साथ पूरी तौर से नहीं छोड़ा। अगर शंका और कमज़ोरी का कोई अनोखा क्षण उनकी ज़िंदगी में कभी आया, तो उन्हें अब भी 'मां भैः' का उद्बोधन याद आ जाता था, फ़र्क यही था कि अब उसकी जादुई ताक़त क्षीण हो चुकी थी।

सुंदरी की मौत पीछे छूट गयी थी, उनके सामने उनकी मौत थी : ...ऐसा क्यों है कि भीतर ही भीतर 'डरो मत' का उद्बोधन सुनते रहने पर भी भविष्य का भय एक वज़नी साये जैसा मेरे दायें-बायें आगे-पीछे मँडराता रहता है?

ये क्षणिक विचार-तरंगें थीं जो एक दूसरे पर गिर रही थीं, एक दूसरे को तोड़ रही थीं : सुंदरी की मौत से मुझे बहुत दुखी होना चाहिए, पर मैं उतना नहीं हो पा रहा हूँ, सच्चाई यह है कि मैं जीर्ण-शीर्ण हो रहा हूँ, मेरी संवेदना बुढ़ापे के कारण मोथरी हो रही है।

कहीं गहरे में एक दूसरी या तीसरी, चौथी अनुभूति की अंतर्धारा भी उनके मन पर हलके थपेड़े मार रही थी : एक छुटकारे की, समापन की, निष्कृति की अनुभूति! कितना भयावह है ऐसा सोचना, पर सोचते हुए उन्हें वैसा नहीं लगा : कि अब उन्हें असमंजस में डालने के लिए सुंदरी उनके सामने कभी नहीं आ सकेगी और न कभी उन्हें सुंदरी की मौजूदगी में किसी तीसरे व्यक्ति का सामना करना होगा।

इस अनुभूति ने एक अपराधबोध को जगाया। उसके कारण हो, या किसी दूसरी अवचेतन बाध्यता के कारण, उन्होंने तय किया कि तार मिलते ही उनकी जो पहली प्रतिक्रिया हुई थी, वही ठीक थी, उसी के अनुसार उन्हें चलना होगा। उन्हें सुंदरी के तथाकथित आश्रम पर पहुँचना ही होगा।

यह तय कर चुकने के बाद उन्हें याद आया कि वह जगह इस राज्य में नहीं, सीमा पार पड़ोसी राज्य में है। वहाँ का नक्शा मँगाने के लिए उन्होंने दुबारा फोन उठाया।

[9]

पहली बार सुंदरी को उन्होंने आज से लगभग तीस साल पहले देखा था। कुछ महीने

उसने उनकी रियासती कोठी पर भी बिताये थे जहाँ उन्हें उसका दूरी-भरा साथ मिलता रहता था। बाद में वह भी ख़त्म हो गया। वह कोठी छोड़कर एक पिछड़े जंगली क्षेत्र में जाकर रहने लगी थी।

सुंदरी की मौत की ख़बर पाते ही जब वे इस यात्रा पर निकले, उन्हें आभास था कि यह भावुकता की यात्रा है जिसका सुंदरी के जीवनकाल में भी कोई अर्थ न होता, अब वह पूरी तौर से निरर्थक थी। जो भी हो, सुंदरी की मौत का तार पाते ही उन्हें लगा था कि उन्हें उस जगह पहुँचना चाहिए जहाँ उसने अपने संभावनापूर्व युवा वर्षों की ग्रामोत्थान जैसे संदिग्ध पदार्थ के नाम पर बलि दे दी थी।

...सुंदरी की याद का उनके ऊपर कम से कम यह हक़ तो है ही कि एक बार वे जाकर देखें कि उनकी कोठी छोड़ देने के बाद उसने किन संघर्षों के बीच से अपनी राह निकाली थी।

वे दोपहर बाद हेलिकॉप्टर से सुंदरी की उस संस्था की ओर रवाना हुए जिसे आसपास के लोग आश्रम कहते थे। पिछले तीस साल से, यानी जब से वह एक बीहड़ क्षेत्र में शिक्षा, बाल-कल्याण, महिला उद्योग आदि की कुछ संस्थाएँ चलाने के लिए उनकी रियासती कोठी छोड़कर आई थी, वे सुंदरी को याद करते हुए भी उससे कभी मिल नहीं सके थे। अब उसकी मौत ने इस संभावना को हमेशा के लिए मिटा दिया था।

आश्रम के क्षेत्र में हेलिकॉप्टर के उतरने में कठिनाई बताई गई थी। इसलिए उन्हें निकट के एक शहर के पास उतरना पड़ा जो उनके राज्य के बाहर एक सीमावर्ती जिले में था। वहाँ से आश्रम लगभग बत्तीस किलोमीटर था और वहाँ तक कार से जाना था। उन्होंने हिदायत दे रखी थी कि उनकी इस निजी यात्रा में पड़ोसी राज्य के राजपुरुषों को उनसे मिलने या साथ चलने का कष्ट न उठाना चाहिए। पर हेलिपैड पर उनका स्वागत स्थानीय जिला मजिस्ट्रेट और पुलिस कप्तान ने किया। जिला मजिस्ट्रेट को उन्होंने हुक्म दिया कि उनकी यात्रा में सिर्फ एक कार होगी जिसमें वे खुद चलेंगे और साथ में ड्राइवर, नौकर धीरजसिंह और उनका स्टेनगनधारी अंगरक्षक भर होगा। उनका परिसहायक पुनीत शहर में रुककर उनकी प्रतीक्षा करेगा।

"यह मेरी प्राइवेट यात्रा है। इसमें किसी भी तरह के सरकारी तामझाम की मैं इजाज़त न दूँगा।"

जिला मजिस्ट्रेट ने कहा, "हिज़ एक्सिलेंसी से मेरी प्रार्थना है कि वे मुझे अपनी हुक्म उदूली का दोषी न बनाएँ। सुरक्षा के लिए जितना जरूरी है...।"

"सुरक्षा की ऐसी तैसी।"

पर जैसा कि होना चाहिए था, कुछ समझौतों के बाद जीत जिला मजिस्ट्रेट की हुई। कार में अगली सीट पर ड्राइवर के साथ उनका नौकर और अंगरक्षक बैठा, पीछे की सीट पर गाइड का काम करने के लिए एक स्थानीय सर्वोदयी नेता उनके साथ बैठे। एक दूसरी कार पर उनका परिसहायक और जिला मजिस्ट्रेट तथा पुलिस कप्तान बैठे।

एक पुलिस इंस्पेक्टर ने मोटर साइकिल पर कार के आगे-आगे चलकर पायलट का काम किया। पीछे एक बड़ी जीप में सशस्त्र पुलिस का फौजफाटा इस शर्त के साथ चला कि वे लोग आश्रम की सरहद पर रुक जाएँगे। यह तय था यह शर्त सिर्फ टूटने के लिए है।

कार के चलते ही स्थानीय नेता ने कुछ बोलने की कोशिश की पर उन्होंने आँखें मूँद लीं। नेता के बोलने का समय आश्रम के पास पहुँचने पर आएगा। वे थोड़ी देर, अभिनय की मजबूरी में, आँखें मूँदे बैठे रहे; कुछ क्षणों में उन्हें लगा कि वे आँखें नहीं खोलना चाहते। उनका मन उस घटनाचक्र को उलटने-पलटने लगा जो कहीं न कहीं सुंदरी को छूता था। पर उन यादों में कोई व्यवस्था न थी, न कालक्रम का अनुशासन, न कोई निरंतरता। बदली में ढके चाँद की उजास कभी-कभी वृक्षों और वनस्पतियों, घाटियों और पहाड़ियों पर एक क्षण के लिए फैलती है, फिर कई क्षणों का गहरा धुँधलका, फिर अचानक किसी मुक्त किरण से परिदृश्य के किसी कोने में जगमगाहट, किसी में अँधेरा—उनका मन कुछ देर इसी छाया-प्रकाश की चितकबरी भूलभुलैयों में खोया रहा।

[10]

[एक]

कुँवर जयंतीप्रसाद सिंह के बड़े भाई एक तअल्लुक़ेदार थे। वे राजनीतिक प्राणी थे और अंग्रेज़ों के ज़माने में सत्याग्रह करके जेल गये थे। आज़ादी मिलने के बाद वे कांग्रेस के कई बड़े नेताओं के साथ समाजवादी ख़ेमे में आ गये थे और कांग्रेस सरकार की नीतियों के ख़िलाफ़ आंदोलन करते हुए कभी जेल के भीतर होते थे, कभी बाहर आ जाते थे। यही कारण था कि कुँवर जयंतीप्रसाद सिंह ने हाई कोर्ट में अपनी वकालत को लगभग छोड़ रखा था और अपना अधिकांश समय वे रियासत ही में बिताने लगे थे।

सामंतवादी परंपरा में पले होने पर भी बड़े भाई साधारण लोगों के साथ आसानी से खप लेते थे। पर जयंतीप्रसाद सिंह किसी दूसरी धातु के थे। वे स्वभाव के अड़ियल थे और इस अड़ियलपने को स्वाभिमान समझने के आदी थे। अपने जिस विवेक पर उन्हें बड़ा भरोसा था वह वास्तव में हर परिस्थिति में अपना हित समझने की चतुरता का ही दूसरा नाम था। उन्होंने विलायत जाकर बैरिस्टरी पढ़ी थी और अंग्रेज़ों की अनुशासन-प्रियता की कथाएँ या दंतकथाएँ उनके जीवन-दर्शन का मूलाधार थीं।

1952 की गर्मियाँ। ज़मींदारी प्रथा समाप्त होने के कुछ महीने पहले आचार्य विनोबा भावे अपने दलबल सहित उस क्षेत्र में भूदान यज्ञ का मंत्र फूँकने आये। उस समय एक समाजवादी आंदोलन में कुँवर जयंतीप्रसाद सिंह के बड़े भाई—राजा साहब जेल चले गये

थे। तअल्लुक़ेदारी का प्रबंध कुँवर साहब ही देख रहे थे।

भूदान यज्ञ की चर्चा शास्त्रों, स्मृतियों, पुराणों आदि में न मिलेगी। आचार्य विनोबा भावे उसके आदि प्रस्तोता थे, वही उसके पहले अधिष्ठाता, वही ऋत्विक्, वही यजमान। इस यज्ञ के बारे में उनका सार्वजनिक संदेश बड़ा सीधा था। उन्होंने कहा : हवा और धूप एक की नहीं, सबकी है। वैसे ही ज़मीन भी।

वे अपना सिर एक हरे रूमाल से ढके, खिचड़ी दाढ़ीवाले निस्तेज चेहरे में प्रबल आत्मतेज छिपाये, पतली काया पर बेफ़िक्री से सूती चादर डाले गाँव-गाँव में अलख जगाते घूम रहे थे। साथ में श्रद्धालु भक्तों और कार्यकर्ताओं का भारी जमाव। कुछ ही दिन हुए तेलंगाना के छोटे खेतिहरों और खेत मज़दूरों ने ऐलान किया था कि अब वही नहीं, उनके खेत भी जाग गये हैं। उस आंदोलन में कई बड़े-बड़े भूमिपतियों को उनके खेत ही में दफ़न कर दिया गया था। उस संघर्ष के खूँख्वार धुएँ में वहाँ की हवा अभी तक दमघोंटू बनी हुई थी। इधर उत्तर भारत में आचार्य शिशुओं की-सी निश्छलता के साथ, शिशुओं के ही भरोसे से, कह रहे थे कि भूमिपतियों का हृदय बदलेगा, वे अपनी ज़मीन भूमिहीनों में बाँटेंगे—जैसे अंतरिक्ष हवा को, सूरज धूप को बाँटता है।

[दो]

शुरू गर्मी का उमस भरा दिन। भरी दुपहरी में भूदानी कार्यकर्ताओं का जत्था और आसपास के गाँवों के किसान कुँवर जयंतीप्रसाद सिंह के गाँव की ओर बढ़ रहे थे।

बड़ी सड़क से गाँव के लिए जहाँ यह पतली सड़क फूटी थी, वहीं उन्होंने आचार्य की अगवानी की। झीने खद्दर की बेशक़ीमती धोती और कुर्ते में, सफ़ेद खादी सिल्क की सदरी और कलफदार गाँधी टोपी के साथ उन्होंने अपने को 'मामूली आदमी' बनाने की कोशिश की थी। कोशिश नाकामयाब थी और इसे वे, किसी असंतोष के बिना, समझ भी रहे थे। आचार्य विनोबा भावे और धूलपसीने से लथपथ उनके अनुयायियों के बीच मामूली आदमी और उनके व्यक्तित्व का अंतर कुछ और मुखर हो गया। पर महात्मा गाँधी और आचार्य की जयजयकार के बीच इस पर किसी ने खास ध्यान नहीं दिया।

मोटर बड़ी सड़क के दूसरी ओर पेड़ों के एक झुरमुट में खड़ी थी। उस पर भी किसी ने ध्यान नहीं दिया।

मुख्य मार्ग से उनके गाँव के लिए जो एक पतली, पक्की सड़क जाती थी, वह उनकी निजी सड़क थी। वह उनके पैतृक महल के सामने ख़त्म होती थी। दोनों ओर आम, जामुन, इमली और बरगद के पेड़ों की सघन क़तार ने उसे हरियाली की एक सुरंग जैसा बना रखा था जिसका अंत महल के कुछ पहले, जहाँ दोनों ओर अशोक के वृक्षों की क़तार शुरू होती थी, दीखने लगता था। अचानक भूदानियों का जत्था इस सड़क की ओर न मुड़कर उसी के समानांतर एक धूल भरे गलियारे पर उतर आया। कुँवर जयंतीप्रसाद सिंह

ने विनम्र इशारे के सहारे आचार्य से सड़क का रास्ता अपनाने का अनुरोध किया पर तब तक वे अपनी सहज फुर्ती के साथ अपने पाँव गलियारे की धूल में धँसा चुके थे।

गलियारा सड़क की सतह से नीचे था। ढाक, अडूसा और कुश-कास की झाड़ियों और झंखाड़ से घिरा हुआ। सड़क राजा साहब की थी, सभी जानते थे। उस पर उनके परिवार के लोग, नाते-रिश्तेवाले, रियासत के कर्मचारी, सरकारी अमला, सम्मानित मेहमान और इलाके के कुछ ख़ास लोग ही आ-जा सकते थे। यह गलियारा किसानों, मजदूरों और मामूली रिआया के लिए था। बैलगाड़ियों ने गलियारे की ज़मीन की ऊपरी सतह में गहरी-गहरी लीकें बना दी थीं, उसे पीसकर निहायत महीन गर्द में बदल दिया था।

रास्ता लगभग डेढ़ मील लंबा था। मील भर बाद एक टेढ़ा-मेढ़ा, ऊबड़-खाबड़ नाला पड़ता था जिसमें इस मौसम में भी तलछट में कुछ पानी बचा हुआ था। भूदानियों का जत्था और खेतिहरों का हुजूम नारे लगाता, कभी कोई सामूहिक गीत गाता तेज़ी से नाले की ओर बढ़ रहा था। हवा बंद थी, यात्रियों के पाँवों की गर्द उड़कर ऊपर ही ऊपर टिक-सी गयी थी। कुँवर जयंतीप्रसाद सिंह को लगा कि उनके कुछ स्थानीय विरोधी जानबूझकर, उनकी निजी सड़क का बहिष्कार कराने के लिए, आचार्य को गलियारे की धूल में ले आये हैं। अब उन्हें यह फ़िक्र थी कि सड़क पर बने पुल का तिरस्कार कर चुकने के बाद आचार्य को नाले के पानी और कीचड़ में उतरना होगा और उसके बाद गर्द का एक दूसरा, कुछ ज्यादा गहरा समुद्र झेलना पड़ेगा।

इतनी तेज़ी से चलने की उन्हें आदत न थी। फिर भी अचानक मुड़कर वे जुलूस के पिछले हिस्से की ओर चले। वहाँ उनके दो-तीन ज़िलेदार थे। उन्हें साथ लेकर वे फिर जुलूस के अगले हिस्से की ओर लौटे। लोगों के क़दम से क़दम मिलाकर चलते हुए उन्होंने जिलेदारों को कुछ समझाया। उसके बाद, लगभग हाँफते हुए, वे आचार्य के पास पहुँचे और कुछ देर तक सिर झुकाये हुए उनके साथ चलते रहे।

थोड़ी ही देर में जुलूस की एक टुकड़ी उनके ज़िलेदारों के साथ गलियारा छोड़कर सड़क की ओर बढ़ने लगी। आचार्य ने उन्हें देखकर भी अनदेखा कर दिया, वे पहले की तरह धूल में चलते रहे। तब तक पीछे से कुछ और टोलियाँ सड़क की ओर चलीं और पहली टोली सड़क पर पहुँच गयी। कुँवर जयंतीप्रसाद सिंह ने तब आचार्यजी से कहा, "आगे एक नाला पड़नेवाला है। अब आप कृपया उधर के रास्ते पर पदार्पण करें। वह सड़क हमारे परिवार की निजी संपत्ति रही है। उसे यहाँ के भूदान यज्ञ में पहली आहुति के रूप में आपको समर्पित कर रहा हूँ। इसे अस्वीकार न करें।"

[तीन]

नाले का पुल घने पेड़ों के झुरमुट में छिपा हुआ था। पर दायीं ओर नीचे गलियारे पर, जो नाले के छिछले पानी में डूबकर दूसरे किनारे पर फिर से उभर आया था, बड़े पेड़ों

की छाँह न थी। वहाँ सिर्फ ठिंगनी झाड़ियाँ थीं, कुछ झाड़-झंखाड़ थे; ऊपर क्रूरता से तपता हुआ आसमान था। छायादार सड़क जनता की हो चुकी थी पर जनता का असली, पारंपरिक रास्ता अब भी उमस और तपन की बेखुदी में डूबा हुआ था।

आचार्य पुल के पास खड़े हो गये, ज्यादातर लोग उनको घेरकर छाँह में बैठ गये, कुछ लोग पीछे खड़े रहे। कुछ लोग थोड़ा हटकर अलग-थलग खड़े थे—स्थानीय मजिस्ट्रेट, कुछ विधायक, बाहर से आये कई सर्वोदयी और खुद कुँवर जयंतीप्रसाद सिंह। अब तक गर्मी और धूल उनके लकदक जिस्म पर भी अपना असर डाल चुकी थी। कलफदार गाँधी टोपी पसीने में सीझकर सिर पर फूहड़ ढंग से बैठ गयी थी, झीनी धोती का निचला छोर धूल में लिसट रहा था।

अचानक वे आचार्य के पास जाकर खड़े हो गये। एक जिलेदार ने उनके हाथ में एक बड़ा-सा लिफ़ाफ़ा पकड़ा दिया; वे आचार्य को प्रणाम करके बोले, "अशिष्टता तो है पर आपके पहले दो शब्द बोलकर कुछ निवेदन करना चाहता हूँ।"

आचार्य ने दोनों हाथ जोड़कर मत्थे की ओर उठाये। यह अनुमति थी। कुँवर जयंतीप्रसाद सिंह बोले, "हवा और धूप की तरह धरती माँ भी हम सबकी है। आज इस क्षेत्र में आचार्यजी के पदार्पण के अवसर पर हम इसे प्रमाणित भी करना चाहते थे। पर आप जानते ही हैं, इस सारी भूमि के क़ानूनी मालिक बड़े भैया हैं। वे इस समय जेल में हैं।

"कुछ का भाग्य ही ऐसा होता है। ब्रिटिश साम्राज्यशाही ने उन्हें बरसों जेल में रखा था। अब हमारी अपनी सरकार—स्वतंत्र भारत की सरकार भी उन्हें जेल से बाहर रखने में ख़तरा महसूस करती है। उनके यहाँ न होने से हम जो चाहते थे वह नहीं हो पा रहा है।

"फिर भी, मेरे पास अपनी कुछ निजी जायदाद है। उसके दो गाँवों को मैं भूदान यज्ञ में अर्पित करता हूँ। यह भूदान नहीं है, उन गाँवों के सभी किसानों की ओर से और खुद मेरी ओर से यह ग्रामदान है।"

उन्होंने आचार्यजी की ओर लिफ़ाफ़ा बढ़ाया, उन्होंने उसे दोनों हाथों से लेकर मत्थे से छुवाया और अपने एक अनुयायी को पढ़ने का संकेत दिया। लिफ़ाफ़े में जो काग़ज़ात थे उनमें दोनों गाँवों का ब्यौरा दिया गया था। उन गाँवों की लगभग पैंतालीस प्रतिशत भूमि उनकी थी, बाक़ी कुछ किसानों की। सबने मिलकर संपूर्ण गाँव ग्रामदान के रूप में दे दिया था।

उन्होंने ज़मीन का ब्यौरा दिया, कहते रहे, हमारे किसानों ने जो त्याग किया है वही असली त्याग है। मुझे विश्वास है कि भूमि की नयी व्यवस्था करते समय इसे याद रखा जाएगा। वैसे, उन्हें बिलकुल भुला दिया जाए तब भी वे निराश न होंगे। मैं उन्हें जानता हूँ। उन्होंने यह त्याग बिना किसी प्रत्याशा के किया है।"

स्थानीय मजिस्ट्रेट उनका प्रशंसक रहा होगा, उसने ऊँची आवाज़ में कहा, "भारत का ही नहीं, संसार में अपने ढंग का शायद यह पहला ग्रामदान है।"

किसी दूसरे प्रशंसक ने कहा, "दो गाँव हैं, इसलिए पहला और दूसरा भी।

प्रशंसा की दुनिया में हर बात सही होती है, यह भी थी। पर इतिहास के हिसाब से यह ग़लत थी। पहला ग्रामदान बेतवा नदी के किनारे मँगरौठ नाम के गाँव में पहले ही हो चुका था। अनेक सर्वोदयी यह बात जानते थे। पर किसी ने इस प्रशंसा का खंडन नहीं किया। यह मौक़ा खंडन का नहीं था।

एक सिरफिरे खेतिहर ने कहा, "इन गाँवों में धरा क्या है? आधे से ऊपर तो ऊसर-बंजर-बीहड़ है!"

कई लोग यह बात भी जानते थे पर किसी ने इस निंदा का भी खंडन नहीं किया। यह मौक़ा किसी भी प्रकार के खंडन का नहीं था।

अब आचार्य का प्रवचन शुरू हुआ।

[चार]

कुँवर जयंतीप्रसाद सिंह इस बीच अपनी जगह वापस आकर खामोशी से खड़े हो गये थे। एक नवयुवक ने उनके पास आकर धीरे-से कहा, "मैं निर्मल भाई हूँ। आपने जो अद्‌भुत उदारता दिखायी है उसके बाद अब मुझे यहाँ कई महीने रुककर पूरी व्यवस्था देखनी होगी।"

हाथ मिलाने के लिए हाथ बढ़ाने की सहज आदत को दबाकर उन्होंने नमस्कार किया; कहा, "इसकी चिंता न करें। मैं भूदान कार्यालय और आपके निवास के लिए कोठी के बाहरी हिस्से में कुछ कमरों की व्यवस्था कर दूँगा।"

"और मैं सुंदरी हूँ।"

उन्होंने घूमकर दायीं ओर देखा। एक लंबी, छरहरी लड़की। वह चुपचाप खड़ी थी; मुस्करा नहीं रही थी पर ओठों का सहज कटाव मुस्कराहट का भ्रम पैदा करता था।

उन्हें झटका-सा लगा। उनके मुँह से निकलनेवाला था, "जयश्रीजी? आप? यहाँ कैसे?" पर साथ ही समझने में देर नहीं लगी कि यह भ्रम है।

बरसों का एक सुपरिचित चेहरा—जिसकी साँसों का वे आज भी अपने चेहरे पर अनुभव कर रहे हैं! जिसकी उष्मा उनके कंधे और छाती को आज भी नहीं छोड़ना चाहती। और जिसके लिए पिछले वर्षों में न जाने कितनी रातें उन्होंने खुली आँखों सपना देखते हुए बितायी हैं! वही आज अचानक उनके सामने था।

हू ब हू वैसा नहीं, फिर भी बहुत कुछ वैसा ही, वही!

अपने चेहरे पर उनकी निगाह को टिका हुआ देखकर सुंदरी की भौंहें सिकुड़नेवाली थीं। तब तक अपने अभ्यस्त व्यवहार के अनुसार वे मुस्कराये, बोले, "सुंदरी? वह तो आप हैं ही; पर आपका नाम क्या है?"

शाम के वक़्त किसी कॉकटेल पार्टी में ऐसी रमणीय उक्ति किसी भी आधुनिक महिला

की हँसी जीत सकती थी, पर जवाब में सुंदरी ने उन्हें सीधी, कुछ अजनबी निगाह से देखा। निर्मल भाई धीरे-से हँसे, बोले, "इसका नाम ही सुंदरी है बाबू साहब। यह भी यहीं रहेगी, और साथ में सुशीला बेन भी।"

सार्वजनिक आचरण का तक़ाज़ा उन्हें सुंदरी के चेहरे की ओर बार-बार देखने से रोक रहा था। उन्होंने अपनी निगाह अपने, फिर उसके पैरों की ओर मोड़ ली। गलियारे की धूल ने उसके पाँवों और उनमें पड़ी चप्पलों को एक-सा मटमैला बना दिया था। सुंदरी के चेहरे से उसके पाँवों के सुनहरेपन और सुकुमारता का जो ख़्वाब बनता था, महीनों से चला आनेवाला धूल और मिट्टी का संसर्ग उसे निर्दयता से चकनाचूर कर रहा था। एड़ियाँ काली पड़ गयी थीं, उनमें झलकती हुई लकीरें बिवाइयों की शुरुआत का पता दे रही थीं। ये पाँव दिन भर खेतों में खटनेवाली किसी अधेड़ मज़दूरनी के थे। अभी-अभी उनकी आँखें सुंदरी के चेहरे के लिए तिलमिला रही थीं, पर अब लगा कि किसी मंत्रशक्ति के सहारे वे इन पाँवों के साथ जुड़ गई हैं।

[पाँच]

सपाट मैदानी इलाक़े में गर्मी की रात। गर्मी थी पर उमस नहीं थी, अँधेरा होते ही पुरवाई चलने लगी थी।

कोठी का एक जेनरेटर पहले से खराब था, दूसरा भी दस बजे तक चलते-चलते रुक गया। अब कुँवर जयंतीप्रसाद सिंह को यह रात मामूली गाँववालों की तरह बिजली के बिना ही काटनी पड़ेगी। उन्होंने बेचैनी से करवट बदली।

वे दुमंजिला कोठी की विस्तीर्ण छत पर लेटे हुए थे—इतनी विस्तीर्ण कि उसके बराबर ज़मीन का एक टुकड़ा किसी छोटे खेतिहर परिवार की जीविका के लिए काफ़ी होता। बारीक मच्छरदानी से ढका पलंग, जिससे कुछ हटकर एक छोटी मेज़ पर बिजली का पंखा रख दिया गया था। उसी के पास स्टूल पर पानी की सुराही-गिलास रखा था। बिजली के ग़ायब हो जाने पर पंखा निष्क्रिय था; मच्छरदानी के भीतर उमस पैठ गयी थी। वे उठकर पलंग से नीचे उतरे, धीरे-धीरे चलकर महल की मुँडेर के पास पहुँचे।

रात के ग्यारह बजनेवाले होंगे। सप्तमी का चाँद अभी कुछ देर में डूबेगा पर इतनी चाँदनी बची थी कि छाँह और खुले में अंतर किया जा सके। उनके सामने महल के आगे का विशाल चौक और उसके किनारे-किनारे फैली हुई पेड़ों की क़तार थी। उसके बाद खेत और फिर महुए और आम की बागों का घना सिलसिला। पुरवाई की हलकी सरसराहट के बावजूद ये बाग एक विशाल फलक पर बनाये गये पेंसिल स्केच जैसे स्थिर थे।

रात थी, पर सन्नाटा न था। गाँव में कुत्ते बोल रहे थे, बागों की ओर से सियारों की टोलियाँ रह रहकर 'हुआ हुआ' कर रही थीं। कभी-कभी चमगादड़ों की आवाज़ें भी

उभरती थीं; फिर जिस तरह वे अचानक उभरीं, वैसे ही थम जाती थीं।

कुँवर जयंतीप्रसाद सिंह को अब तक नींद नहीं आयी थी। आचार्य विनोबा भावे का दिन में साथ, ग्रामदान से जुड़ी हुई नाटकीयता और उल्लास—यही उन्हें जगाये रखने के लिए काफ़ी होता। पर उनकी चेतना को बराबर कुदेरता, उकसाता हुआ वहाँ अब सुंदरी का चेहरा भी था।

उनकी उत्तेजित कल्पना सुंदरी में जयश्री को देख रही थी। दोपहर से ही, भूदान यज्ञ की सारी बाहरी व्यस्तता के बीच, वे बेचैनी का अनुभव करते रहे थे।

बरसों पहले, जब वे बी.ए. की पढ़ाई कर रहे थे, उनकी ज़िंदगी में जयश्री का अचानक प्रवेश हुआ था। यौन आकर्षण का वास्तव में यह पहला और सबसे शक्तिशाली विस्फोट था। कई महीने वे इसी विस्मय के साथ जीते रहे थे कि ज़िंदगी आदमी को इतना आनंद, इतना उल्लास भी दे सकती है, कि किसी के ओंठ भर छूकर कोई अपने को संसार का सबसे वैभवशाली व्यक्ति मान ले। संबंधों का यह दौर कुछ महीने बाद ही ख़त्म हो गया था। बाद में, बावजूद इसके कि जयश्री के लिए उनकी उत्कंठा कभी कम नहीं हुई, उनके बीच सामाजिक शिष्टाचार भर रह गया था। इधर पाँच वर्ष पहले जयश्री का देहांत हो गया था।

धीरे-धीरे वे समझने लगे थे कि उसकी चिता की राख के साथ वह प्रसंग भी राख में बदल चुका है। पर, सुंदरी को देखकर, उसके चेहरे और भंगिमाओं में जयश्री को आरोपित करके, वे आज बेचैनी सी महसूस करने लगे थे कि अभी सब कुछ ख़त्म नहीं हुआ है, कि उस अतीत का अब भी एक भविष्य है।

महल की मुँडेर के पास खड़े हुए, रात की छायाओं में खुली आँखों धुँधले सपनों का विस्तार देखते हुए—और कुछ भी न देख पाते हुए—कुँवर जयंतीप्रसाद ने सोचा : अभी, इसी समय सुंदरी से मिल लेने में क्या हर्ज है? मैं एक भले मेज़बान की तरह उनका हालचाल पूछने जाऊँगा और लौटकर सो जाऊँगा।...या शायद तब भी न सो पाऊँगा!

[छह]

सप्तमी की डूबती चाँदनी में वे हाथ में एक बड़ी टॉर्च लिए हुए कोठी के किनारेवाले दरवाज़े से बाहर आ गये। कोठी की इस दिशा में मुख्य भवन से कुछ दूर हटकर उनका अतिथिगृह था। आचार्य विनोबा भावे की टोली के अधिकांश लोग वहीं रात के लिए टिक गए थे। कुँवर जयंतीप्रसाद सिंह को मालूम था कि उस जत्थे की महिलाएँ अतिथिगृह के पिछली ओर वाले दो कमरों में टिकी हुई हैं और सुंदरी को वहीं होना चाहिए।

रात के ग्यारह बजे उनके वहाँ अकेले जाने का कोई प्रकट कारण नहीं था। पर एक अच्छे मेज़बान की भूमिका में उन्होंने इसके औचित्य का बहाना मन ही मन तैयार कर लिया था। कोठी से बाहर आते ही उन्हें एक चौकीदार चबूतरे पर लेटा हुआ दिखा।

वह सोया नहीं था। दरवाज़ा खोलकर उन्हें बाहर आते देख वह मुस्तैदी से उठ खड़ा हुआ और उन्हें पहचानते ही बहुत नीचे झुककर हाथ जोड़े। जब वह उनके पीछे चलने को तैयार हुआ तो उन्होंने अपनी स्वाभाविक घुड़क के साथ कहा, "यहीं रहो।"

इक्यावन वर्ष की उम्र तक आते-आते नौकर-चाकरों से बातचीत का यह अंदाज़ उनके लिए स्वाभाविक बन चुका था।

दिन भर की थकान के बाद सभी सर्वोदयी गहरी नींद में सो रहे थे। चारपाइयों की व्यवस्था के बावजूद उन्होंने चबूतरे के फर्श पर चादरें बिछा ली थीं और उन्हीं पर वे एक तरतीब से लेटे हुए थे। कुछ देर वे उनके खर्राटे सुनते रहे जो मिल-जुलकर एक अजीब से कोरस की सृष्टि कर रहे थे। फिर, थोड़े अनिश्चय से उन्होंने टॉर्च जलाकर दूर तक उसकी रोशनी फेंकी। उसे देखकर दूसरे किनारे पर लेटा हुआ एक आदमी जाग गया और वहीं से बोला, "कौन है भाई?"

वे तेज़ चाल से उस आदमी के पास पहुँच गए—तेज़ चाल इसलिए कि महिलाओं का कक्ष पीछे की ओर होते हुए भी इमारत के उधरवाले कोने के ही पास था। बोले, "मैं हूँ।"

वह आदमी अचकचाकर खड़ा हो गया। उन्होंने पूछा, "आप लोग यहाँ आराम से तो हैं न?"

गँवई गाँव के शिष्टाचार के अनुसार उसने कोई अच्छा-सा जवाब दिया होगा पर उन्होंने सुना नहीं; पूछा, "निर्मल भाई कहाँ हैं?"

"मैं यहाँ हूँ," कहते हुए निर्मल भाई एक पेड़ की छाया से निकलकर उनके सामने आ गए। उन्होंने अपने लिए कुछ दूर जाकर एक तख़्त डाल लिया था।

"मैं सोने जा रहा था, पर सोचा कि एक बार फिर देख लिया जाए कि वहाँ सब ठीक-ठाक है या नहीं।" सिर पर मंडराते हुए कुछ मच्छरों को हाथ से भगाते हुए उन्होंने कहा, "पर यहाँ तो इन मच्छरों की भरमार है। इसका क्या किया जाए?"

"कुछ नहीं कुँवर साहब, हम लोग मच्छरों के साथ बड़े मज़े में रह लेते हैं।"

"आचार्यजी...?"

"वे ऊपर हैं। आप ज़रा भी चिंतित न हों। जाएँ, विश्राम करें।"

"पर..." कुछ नाटकीय हिचक दिखाते हुए उन्होंने कहा, "मुझे मच्छरों का ख़्याल न रहा, मैनेजर को सोचना चाहिए था। कम से कम देवियों के लिए कोठी के ही दो कमरे खुलवा देता। वहाँ जाली के दरवाज़े हैं। आराम से सो सकती थीं।...सुंदरी बेन कहाँ हैं?"

महिलाओं में शायद कुछ जाग गई थीं और दूसरी ओर से उनकी बातें सुन रही थीं। एक महिला की काया उनकी ओर बढ़ी। निर्मल भाई ने दोहराया, "रात ज़्यादा हो गई है। आप चिंता न करें। जाकर विश्राम करें।"

महिला अब उनके पास आ गई थी। निर्मल भाई ने उससे भी कहा, "कोई ख़ास

बात नहीं है सुशीला; जाओ, सो जाओ।"

चाँदनी के धुँधलके में भी उन्होंने देख लिया कि सुशीला भी अभी लड़की ही है—सुंदरी की हमउम्र होगी।

पर सुशीला खड़ी रही। तब उन्होंने देखा, उसके पीछे सुंदरी भी खड़ी है। उनसे कुछ और दूरी पर एक तीसरी महिला की काया भी उन्हें दीख पड़ी।

सुशीला ने हँसकर कहा, "हमने कुँवर साहब की बात सुन ली है निर्मल भाई, मच्छर यहाँ सचमुच ही नहीं सोने दे रहे हैं। क्यों सुंदरी, चलोगी कुँवर साहब के हरम में?"

तब तक वे टॉर्च की रोशनी सुंदरी की ओर फेंककर बुझा चुके थे। बोले, "मैं सिर्फ़ इधर के हालचाल लेने आया था सुशीलाजी। आपसे हरमों की कहानियाँ फिर कभी सुनी जाएँगी। अभी विश्राम करें।" कहकर अपनी बेवकूफ़ी के एहसास का बोझ ढोते हुए वे कोठी की छत पर वापस आ गये।

दो

[1]

सुंदरी के आश्रम में पहुँचने के लिए वे जिस गुमनाम से गाँव की ओर चले उसका नाम बिस्रामपुर था। दूर-दूर तक छितरे हुए जंगल में, गाँव की आबादी से कुछ दूर, बेतवा नदी के किनारे सुंदरी का स्थापित किया हुआ बाल-विहार था। उससे जुड़ी हुई कुछ और भी संस्थाएँ थीं। बाल-विहार से मिली हुई विद्यालय की इमारत और उसका विस्तीर्ण मैदान था। बहुत पहले, भूदान आंदोलन के उछालवाले दिनों में, सरकार ने मुख्य सड़क से इन संस्थाओं को जोड़ने के लिए एक सँकरी, पर उम्दा पक्की सड़क बनवा दी थी। वह अब टूट-फूट गयी थी।

कभी यह गाँव भी आचार्य विनोबा भावे के भूदान यज्ञ में ग्रामदान के रूप में अर्पित हुआ था। उसी उत्साह में किसानों को एकजुट करके यहाँ सहकारी ख़ेती की एक बड़ी परियोजना बनायी गई थी। अख़बारों में इस परियोजना की जोरदार चर्चा हुई थी। तब लगा था कि यह प्रयोग देश में खेती की हैसियत और किसानों के भाग्य को एकदम पलट देगा।

कुँवर जयंतीप्रसाद सिंह के गाँव में लगभग एक साल बिता चुकने पर सुंदरी ने इस क्षेत्र को कार्य के लिए चुना था।

इस यात्रा में जो स्थानीय नेता कुँवर साहब के साथ गाइड बनकर बैठा था, वह सड़क के दोनों ओर दूर-दूर तक फैली महत्त्वाकांक्षाओं और उनकी क़ब्रगाहों का परिचय देता चल रहा था।

"...इसे आश्रम कहा जाता है श्रीमान्, पर यहाँ आश्रम जैसी कोई चीज़ नहीं है। इस पूरी परियोजना को ही आप आश्रम कह सकते हैं। ग्रामदान का यह गाँव बिस्रामपुर आबादी के हिसाब से बहुत छोटा है, पर इसका क्षेत्रफल काफ़ी बड़ा है। इसकी ज़मीन नदी के किनारे तक चली गयी है और नदी यहाँ से लगभग कोस भर है।

"...अंग्रेज़ी हुकूमत का यह आख़िरी गाँव था। इसकी सीमा ख़त्म होते ही, नदी के उस पार देसी रियासतें शुरू हो जाती थीं।

"ग्रामदान के बाद यहाँ सरकारी खेती का प्रयोग किया गया। उसके साथ और भी कई योजनाएँ चलीं। ग्रामोद्योग, माध्यमिक विद्यालय, नारी-कल्याण का शिल्प प्रशिक्षण केन्द्र, एक बाल विहार जहाँ ग़रीब और निराश्रित बच्चों के रहने का प्रबंध है और उनकी

शिक्षा का भी। सुंदरी बेन इसी बाल विहार में रहती थीं। वही उनका आश्रम था।

"हमारे राव साहब जब तक ज़िंदा रहे, यहाँ बराबर आते रहते थे। सहकारी खेती वाली योजना उन्होंने ही शुरू करायी थी। सुंदरी बेन के आ जाने पर वे एक बार यहाँ तीन-चार महीने तक रहे थे।

"...आपकी वे बड़ी प्रशंसा किया करते थे। ग्रामदान का ज़िक्र आते ही आपकी चर्चा होती। वे कहते थे...।"

कुँवर जयंतीप्रसाद सिंह ने हाथ हिलाकर मक्खी जैसी उड़ायी। नेता को उनकी प्रशंसा का विवरण रोक देना पड़ा। उन्होंने पूछा, "सुशीला? सुशीला भी तो यहाँ थी?"

"जी हाँ। मैंने उन्हें देखा नहीं। पुरानी बात हो गयी है। सुनते हैं कि शुरू में सुशीला बेन भी उनके साथ थीं। वे भी सुंदरी बेन जैसी जीवनदानी थीं। पर वे साल भर के भीतर ही यहाँ से चली गयी थीं। शायदा वर्धा, या पता नहीं कहाँ।

"अब तो श्रीमान्, जीवनदानियों का ज़माना ख़त्म हो गया। पर भूदान यज्ञ के उन दिनों में उनकी पूरी फ़ौज तैयार हो गयी थी। सर्वोदय के लिए न जाने कितने नौजवानों ने अपने जीवन का दान कर दिया था। बड़े-बड़े घरों के लड़के, लड़कियाँ...।"

कुँवर जयंतीप्रसाद सिंह ने गंभीरता से सिर हिलाया, भौंहें सिकोड़ीं, जैसे कहना चाहते हैं : जानता हूँ! जानता हूँ! मुझे यह सब बताने की ज़रूरत नहीं।

"...सुशीला बेन के चले जाने पर यहाँ की जहालत से जूझने के लिए सिर्फ़ सुंदरी बेन रह गयीं।" नेता ने कहा और उन्होंने तुरंत ऐतराज किया। वे खुद गाँवों को जहालत का गढ़ मानते थे पर उन्हें गवारा नहीं था कि उनके सामने कोई दूसरा आदमी गाँवों पर जहालत का आरोप लगाये और यह मानकर चले कि वे उससे सहमत होंगे। उन्होंने कहा, "आपकी समझ में जहालत के सिवा यहाँ और कुछ नहीं है?"

"है, श्रीमान्, बहुत कुछ है। पर सुंदरी बेन के भाग्य में तो यहाँ की जहालत से लड़ना भर लिखा था। हमारा समाज कुछ सही ढंग का होता तो उनकी शक्ति पूरी तौर से विकास की योजनाओं में लगती और तब इस क्षेत्र की शक्ल कुछ और ही होती!"

उन्होंने कहा, "हमारा समाज कुछ सही ढंग का होता तो सुंदरी के यहाँ आने की ज़रूरत ही कहाँ होती?"

स्थानीय नेता अचकचाकर उन्हें देखने लगा; उसकी समझ में नहीं आया कि वे उसे बेवकूफ समझकर आगे कुछ कहने से रोक रहे हैं या उसे आगे बढ़ने की शह दे रहे हैं। उसे ख़ामोश देखकर उन्होंने पूछा, "तो सारी परियोजना अब मिट्टी में मिल गयी?"

"सिर्फ़ विद्यालय और बाल विहार को छोड़कर। दरअस्ल, जो कुछ है, यही बाल विहार है। अब भी फलफूल रहा है। विद्यालय भी है—हायर सैकेंडरी तक, पर वैसे स्कूल तो बहुत हैं और यह भी उन्हीं जैसा है। नक़ल से इम्तहान पास करनेवालों का मशहूर सेंटर! बाल विहार का भी आगे क्या होगा, कौन कह सकता है।

उन्होंने सवालिया निगाह उठायी, जैसे जानना चाहते हों कि इसके पीछे कोई अंतर्कथा

तो नहीं है। नहीं थी।

"सर, शहर के पार्कों में मैंने देखा है, गर्मी का मौसम आते-आते जाड़े के सारे रंग-बिरंगे फूल उजड़ जाते हैं। पर उनकी कुछ किस्में ऐसी भी होती हैं—जैसे पिटूनिया, या वर्बीना, जो गर्मी में भी बहुत दिन तक बची रहती हैं। वही हालत यहाँ भी है। पूरा बाग उजड़ चुका है। सिर्फ बाल विहार है जहाँ अभी तक हरियाली बाक़ी है। पर कब तक? ऐसा कब तक रहेगा?"

उन्होंने नापसंदगी से ओंठ समेटे, यह खद्दरधारी अंग्रेजी फूलों का ज़िक्र करके उनको प्रभावित करना चाहता है! कहा, "यह पिटूनिया, वर्बीनावाली बात मेरी समझ में नहीं आती, सही भी नहीं जान पड़ती।"

कहते रहे, "आपके हिसाब से यह बाल विहार जाड़े में रोपी हुई पिटूनिया या वर्बीना की क्यारी भर है। आपके हिसाब से जून आते-आते उन्हें झुलसकर उजड़ जाना होगा। अब मैं जो कह रहा हूँ, उसे सुनिये :

"ये संस्थाएँ उजड़ेंगी नहीं, ये और भी ज्यादा पनपेंगी। इन्हें पनपाने के लिए बहुत लोग हैं, आप हैं..." वे रुके, कहते गये, "मैं भी हूँ।"

कहा और सोचा : इस उम्र में भी नाटक का यह शौक! कुँवर जयंतीप्रसाद सिंह, माना कि तुम हो, पर यहाँ के लिए तुम एक पगडंडी, एक पेड़, एक घास के दूह तक नहीं हो।

अचानक, आश्चर्य से : "इधर, इधर! यह क्या है?"

[2]

इधर, यानी उधर, बायीं ओर, एक घना जंगल था जिसे देखते ही अमरीकी कवि रॉबर्ट फ्रॉस्ट की कविता उनके दिमाग़ में कौंधी : "द वुड्स आर लवली, डार्क एंड डीप!" भारत में यह और इसके साथ की पंक्तियाँ पहले प्रधानमंत्री ने अपनी मेज़ पर रखकर, और "एंड माइल्स टु गो बिफोर आई स्लीप" की आवृत्तियों के साथ, अमर कर दी थीं। घनी वनराजियों की जो कल्पना इस कविता के साथ कौंधती थी, उनकी आँखों के आगे हवा में धीरे-धीरे उठती-गिरती शाखाओं के साथ एक स्थिर, सघन चित्र की तरह खुली हुई थी।

ड्राइवर से बोले, "धीमे! धीमे चलो!"

सड़क के एक ओर सहकारी फार्म, यानी बंजर था—मामूली-सा बीहड़ भी। दूसरी ओर ये : द वुड्स आर लवली डार्क एंड डीप।

इस जले कटे प्रदेश में अचानक उनकी आँखों के सामने एक अछेद्य विस्तार खुला पड़ा था—घनी हरियाली का! ड्राइवर से बोले, "रोको।"

वे भूले नहीं थे कि यह मातमपुर्सी का सफ़र है। जानते थे कि बीच में बार-बार रुकना एक अटपटी बात होगी। फिर भी वे रुक गये। आँख से न देखा होता तो कभी यक़ीन न करते कि इस क्षेत्र में इतना गझिन, इतना हराभरा, इतने ऊँचे पेड़ोंवाला जंगल

भी हो सकता है जिसमें चलते हुए झुलसानेवाली धूप का ज्यादा से ज्यादा एक धब्बा भर पाँव पर पड़ेगा।

गाड़ी से उतरने के लिए वे भीतर से दरवाज़ा खोल रहे थे। पर यह काम अगली सीट पर बैठे हुए बॉडी गार्ड का था : ड्राइवर की सीट दायीं ओर थी और वे आदतन् पिछली सीट पर बाईं ओर बैठते थे।

चमकदार धूप में हरियाली का इतना ऊँचा और आयताकार करिश्मा, लगता था, धरती को अचानक फोड़कर निकला है और ऊपर ठोस दीवार जैसा खड़ा हो गया है।

गाड़ी का दरवाज़ा खोल दिया गया था। वे धीरे से उतरे, उस मानवीय कृति—अरण्यानी की ओर देखते रहे। नेता ने कहा, "यह विनय वाटिका है सर।" उन्होंने देखा; चारों ओर दरिद्र वनस्पतियों के बीच उभरा हुआ यह आम और महुए का अत्यंत सघन बाग था। आम? उस किंवदंती का क्या हुआ जो बताती है कि इस क्षेत्र में आम नहीं पनपते?

"पर पानी—वह कहाँ से आया?"

"बेतवा से।"

"कैसे? नदी तो यहाँ से बहुत नीचे है!"

"लंबा क़िस्सा है। पंपिंग सेट तो बाद में आये। तब वे—गाँव के सारे लोग घड़ों से पानी लाते थे, गाते हुए—मज़ाक करते हुए! सिर पर, या बहँगी में। सर, यह सुंदरी बेन का ही जीवट था! जैसे-जैसे पेड़—यह सारा जंगल बढ़ा, दूर-दूर से लोग इसे देखने को आने लगे। आज भी आते हैं!"

विनय वाटिका का नाम सुनकर लगता था कि वह किसी मंदिर से लगी हुई फुलवारी भर होगी, पर यहाँ घने, ऊँचे पेड़ों के नीचे झाड़-झंखाड़ और एक दूसरे से गुँथी हुई लताओं का जादू था। वे वाटिका की सीमा पर आ गये थे।

"इसकी काट-छाँट नहीं होती?"

"नहीं सर।"

"फिर वाटिका कैसी?"

"तभी कुछ लोग इसे वन वाटिका कहते हैं।"

वाटिका की बाहरी पगडंडी के पास कई काले तीतर तेज़ चाल से झाड़ियों की ओर बढ़ रहे थे। उन्हें याद आया कि कभी यह इलाका साहब लोगों में काले तीतर के शिकार के लिए मशहूर था। अचानक किसी डाल में छिपे हुए पपीहे ने आवाज़ लगायी। वे ख़ामोश खड़े रहे, हैरत हुई : पपीहे अब भी बोलते हैं!

एक चौड़ी पगडंडी वाटिका के अंदर जाती थी। अपनी सर्पिल चाल से लगभग सौ क़दम आगे जाकर वह झाड़-झंखाड़ में खो-सी गयी थी।

नेता ने मुस्कराकर इस अनगढ़ रास्ते की ओर इशारा किया, कहा, "चलेंगे?"

इस अपरिचित जंगल में घुसते हुए उन्हें हिचक हुई, जैसे वे किसी अपरिभाषित स्थिति की मुठभेड़ से बचना चाहते हों। पर नेता की मुस्कान में उन्हें एक चुनौती का-सा

इशारा मिला था। वे पगडंडी पर आ गये : आने पर पता चला, उस पर टायर के निशान बने हैं—शायद कोई जीप कभी-कभी उस पर निकलती है।

जहाँ दुर्गम वनस्पतियों का शुबहा था, वहाँ पगडंडी एक तेज़ मोड़ लेकर दूसरी ओर मुड़ गयी थी और वहाँ वह काफ़ी साफ़-सुथरी और चौड़ी थी। उन्हें अब लगा कि सब कुछ सुव्यवस्थित है, यह टेढ़ा-मेढ़ा रास्ता भी और उसके किनारे पनपती हुई वनस्पतियों की अराजकता भी।

रास्ते के किनारे-किनारे, जहाँ बंजर धरती के कुछ छोटे धब्बे बच गये थे, पेड़ों के कटे हुए तनों और कुंदों की सतह को चिकना करके ज़मीन में गड़ा रहने दिया गया था। वे एक ऐसे ही आदिम मोढ़े पर बैठ गये; गली के दूसरी ओरवाले मोढ़े पर उन्होंने नेता को बैठने का इशारा किया, घड़ी देखी, कहा, "पाँच मिनट!"

पपीहा अब भी बोल रहा था; उनके पीछेवाले पेड़ की कड़ी डाल पर कठफोड़वे की 'ठक् ठक्' हो रही थी। हवा की आवाज़ और छुवन—दोनों में रेशमी सरसराहट थी। बाहर से जिस जंगल को देखकर उनकी त्वचा में झुरझुरी जैसी पैदा हुई थी, उसने अब उनको अपनी आत्मीयता में समेट लिया था। यह दशाब्दियों से भूला हुआ एक उत्कंठापूर्ण अनुभव था, उन दिनों का, जब सब कुछ इतना जटिल नहीं था।

[3]

गाँधीवादी संस्कृति का आश्रम, सिद्धांत के तौर पर, उन्हें हमेशा खिझाता रहा था; पाखंड जैसा लगता था। अगर, ज़्यादा उदार भाव से, वे उसे पाखंड न मानते तो उसे एक अव्यावहारिक प्रयोग तो समझते ही थे। अब, आज उन्हें अचंभा हुआ कि वे खुद इन संस्थाओं को प्रगति की गारंटी दे रहे हैं।

वे आश्रम के नज़दीक आ रहे थे। नेता ने हाथ के इशारे से सड़क के दोनों ओर फैले हुए बंजर और उस पर जगह-जगह उठी ख़स्ताहाल इमारतों को दिखाते हुए कहा, "आश्रम यहीं से शुरू होता है।"

"कोऑपरेटिव फार्म? वह कहाँ है?"

"यही, इधर यह बंजर—यही सहकारी फार्म है। बीस साल से इसे ऐसा ही देख रहा हूँ। फ़ार्म नहीं, यह फ़ार्म का इरादा भर है। यहाँ न जाने कैसे-कैसे प्रयोग होते रहते हैं। बीच-बीच में कभी कोई इमारत बनती है, कोई टूटती है। कभी ग्रामीण दस्तकारों की ट्रेनिंग शुरू होती है, कभी इंडस्ट्रियल एस्टेट की बात उठती है। होने को बहुत कुछ है पर कुछ होता हुआ नहीं दीख पड़ता।"

"पर यह तो बंजर है। यहाँ हो क्या रहा है?"

"मुझे ऐसा कहने के लिए मुआफ़ी दें सर। पर कई सालों से इस ज़मीन को सरकारी अनुदानों के घूरे की तरह इस्तेमाल किया जा रहा है।"

उन्होंने नेता को घूरकर देखा, पर वह कहता रहा, "सर, विपत्ति यह है कि परियोजना के साथ आज भी ग्रामदान और आचार्य विनोबा भावे का नाम जुड़ा है। इसलिए उस प्रयोग को पूरी तौर से असफल मानकर भी कोई उस पर पर्दा गिराने को तैयार नहीं है। "फ्लागिंग ए डेड हॉर्स" यही तो मुहावरा है न?

"तभी पिछले बीस सालों में हर एक मुख्यमंत्री इस मुर्दा घोड़े पर सरकारी अनुदान के कोड़े बरसाता रहा है। एक आता है और कुटीर उद्योग के नाम पर पाँच लाख का अनुदान घोषित कर जाता है। दूसरा दस्तकार प्रशिक्षण के नाम पर दस लाख। फिर तीसरा सामाजिक वानिकी के नाम पर बीस लाख। पर इन लाखों का हो क्या रहा है? कोई नहीं जानता।

"बस इतना मालूम है कि नीलामी की बोलियों की तरह बढ़ती हुई अनुदान की रक़में ही इस क्षेत्र का नाम अख़बारों के लिए सार्थक बनाती हैं।"...उसने हाथ के इशारे से ऊबड़-खाबड़ ज़मीन में नीची छतवाली इमारतों के इर्द-गिर्द पनपती हुई झाड़ियों की ओर इशारा किया..."बाल विहार और विद्यालय तक आते-आते सरकारी सहायता का स्रोत सूखने लगता है।"

"क्या कोई मुझे इस परियोजना पर एक विस्तृत टिप्पणी दे सकेगा? आप? या कोई और?"

"इसके लिए शहर में एक परियोजना अधिकारी हैं सर। पहले उन्हें ही कुछ लिखने का मौक़ा दिया जाए।"

[4]

आख़िर वे वहाँ आ गये जहाँ सुंदरी ने पिछले उन्तीस साल बिताये थे। पता नहीं, संगमरमर की इस बेंच पर वह भी शाम की ख़ामोशी में कभी बैठी थी या नहीं, पर वहाँ बैठने के कुछ क्षणों बाद उन्हें सुंदरी की वास्तविकता का आभास हुआ। उन्हें लगा कि वह वहीं है, किसी भी समय उनके सामने आकर खड़ी हो सकती है, उसी परिहास की नज़र से कह सकती है : मैं सुंदरी हूँ। यहाँ आते हुए उन्हें बराबर जान पड़ा कि सुंदरी यथार्थ नहीं है, एक भावना भर है। इसके प्रतिकूल यहाँ वह यथार्थ में बदल गयी—पर कुछ क्षणों के लिए ही।

ये साल उन्होंने सुंदरी की याद में नहीं बिताये थे; उनके और सुंदरी के बीच मीठी, अवसाद-भरी यादों की कोई जगह न थी। पर इस अवधि में—लगभग दौरे की बीमारी की तरह—वह कई महीनों, कभी कई सालों के अंतराल के बाद उनकी आत्मग्लानि बनकर, कभी एक अपरिभाषित आकंठा के रूप में, कभी एक तीव्र शृंगारिक फंतासी की तरह उनको झकझोरने के लिए आती रही थी। ऐसा नहीं था कि सुंदरी ने उनकी ज़िंदगी में कोई सूनापन या अधूरापन पैदा कर दिया हो, फिर भी वह एक ऐसी छाया थी जो किसी

भी क्षण किसी भी अप्रत्याशित दिशा से आकर उनके चारों ओर फैली हुई धूप को बुझा सकती थी।

सुदरी की मौत की ख़बर पाकर किसी ऐसी ही छाया के धुँधलके में उन्होंने यहाँ आने का फ़ैसला किया था। पर उनकी अस्सी-इक्यासी साल पुरानी सूझ-बूझ ने उनके यात्रा पर निकलने के साथ ही उन्हें आगाह कर दिया था कि यह भावुकता है। उस सूझ-समझ को नज़रअंदाज़ करते हुए उसी वक़्त शायद किसी छद्म चेतना ने कहा था : भावुकता है, फिर भी कुछ दिनों के लिए अपने को इसके हवाले कर दो।

बाल विहार के पिछवाड़े का यह रास्ता सीधे बेतवा तक जाता था। यहाँ ज़मीन को समतल करके एक फुलवारी तैयार कर ली गई थी। बीच में चारों ओर से खुली हुई एक बारहदरी थी। उसके बाहर, फुलवारी के तीन किनारों पर, संगमरमर की बेंचें थीं—सामने बेतवा की अबाध धारा थी जिस तक खड़े उतारवाली सीढ़ियाँ नीचे जाकर एक घाट का भूगोल तैयार करती थीं। थोड़ा आगे जाकर बेतवा अचानक दाईं ओर मुड़ती थी और वहीं से उसके किनारे दूर-दूर तक छोटी-छोटी झाड़ियों से ढके हुए बीहड़ शुरू होते थे। ऊपर की ओर, जहाँ नदी कुछ सीधी बह रही थी, बाल विहार और विद्यालय की सीमा ख़त्म होते ही एक हवेली के अवशेष दीख पड़ते थे, फिर जंगल की शुरुआत हो जाती थी। परियोजना की दख़लअंदाजी होने के पहले यह सचमुच ही एक जंगल रहा होगा। हवेली भूदानयज्ञ में ग्रामदान करनेवाले ज़मींदार के पूर्वजों की थी। आश्रम की ज़मीन भी उन्हीं की थी।

इस वक़्त, नीचे बेतवा के निस्तरंग जल को देखते हुए, संगमरमर की एकांत बेंच पर बैठने के पहले, उन्होंने सबको दूर हट जाने का इशारा किया था। कुछ देर से उनका सारा ध्यान सुंदरी पर और उसके बहाने जीवन और मृत्यु की, उनकी सार्थकता और निरर्थकता की समस्याओं पर केंद्रित हो रहा था। कभी उन्होंने भूदान आंदोलन को अपने दो समूचे गाँव अर्पित करके सर्वोदय के संगठन में और प्रतिष्ठानवादी राजनीति में बड़ा यश कमाया था। वह आज भी उनकी राजनीतिक पूँजी का एक क़ीमती हिस्सा था। सुंदरी बेन जैसी सेवाशील सर्वोदयी महिला के निधन पर उनके एकांत-चिंतन को कोई भी बाहरी आदमी आसानी से समझ सकता था। पर इस समय उनके विचार पूरी तौर से अमूर्त थे।

बेतवा के इस किनारे भले ही खड़ी ढलान, भरके और घने जंगल हों, उस पार, जहाँ दूरवर्ती पहाड़ियों के पीछे सूरज डूबनेवाला था, नदी का किनारा बड़ी हलकी उठान से, मोटी ललछौंही बालू के शुरुआती फैलाव को छोड़ता हुआ, दूर-दूर तक फैले हुए झाड़-झंखाड़ में छिप जाता था। फिर कुछ और ऊँचाई पर रबी की हरी-भरी फ़सल का नियमित विस्तार था। उसके आगे कोई गाँव रहा होगा जहाँ के झोंपड़ों से उठता हुआ झीना धुआँ पीछे की पहाड़ियों के फ़ासले को और भी लंबा बनाए दे रहा था। चिंतन को उकसाने के लिए किसी वातावरण की ज़रूरत हो तो वह उनके दाएँ, बाएँ, आँख के आगे खुला हुआ था।

पर यह कुछ काम नहीं आया। काफ़ी देर बैठे रहने के बाद उन्हें लगा कि वे कुछ भी नहीं सोच रहे हैं। वे सिर्फ़ सामने फुदकती हुई गिलहरियों को, फूलों पर उड़ती हुई तितलियों को देख रहे हैं; ऊपर पेड़ों पर बैठी चिड़िय़ों का चहकना सुन रहे हैं; पर इस सबमें भी कोई ख़ासियत नहीं है, यह साँस लेने जैसी, दोपहर के खाने के बाद ऊँघने जैसी एक सहज प्रक्रिया है, उसमें सुंदरी का कोई वजूद नहीं है।

मन में कुछ यादें धूप-छाँव की लहरों जैसी आती हैं, मिट जाती हैं। पर वे क्षुद्र यादें हैं और उनका ज़िंदगी की गहराई से कोई सरोकार नहीं है। वे यादे हैं : राज्य समाज-कल्याण परिषद् की बैठक में एक बुजुर्ग सदस्य द्वारा सामने फाइल पर चाय गिरा देने की, एक मिनिस्टर के हकलाकर बोलने की, दो साल पहले वरिष्ठ अफसरों के बीच सर्विस वीक में रात्रि-भोज के दौरान अचानक दाँत में दर्द उठने के कारण दिल्ली से किसी ज़रूरी टेलीफोन का बहाना बनाकर मेज़ से उठ आने की, कई साल पहले एक साफ धोती-कुर्ता-टोपीवाले बाइज़्ज़त से आदमी के चलती गाड़ी से उतरने की और प्लेटफार्म के ऊपर उसके लड़खड़ाकर गिरने की...कोई ऐसी याद नहीं जिसका सुंदरी से दूर का भी कोई रिश्ता हो।

हवेली के आगे जंगल के घने पेड़ साफ़ दिखाई दे रहे हैं। वह कौन-सा पेड़ है, और वह कौन सा...? एक झटके के साथ उन्होंने अपने विचारहीन विचारों को रोका।

सुंदरी कहीं नहीं थी। उनकी भीतरी निगाह में उसके चेहरे की संपूर्ण झलक आते-आते मिट जाती थी। वे कभी उसकी आँखें देखते थे, कभी उसकी नाक, कभी ओंठ और चमकते हुए दाँत—पर चेहरे की संपूर्णता की कमी में ये अंग अजनबी से दीखते—भयानक होते-होते अदृश्य हो जानेवाले। उसके स्तनों की रूप-छाया ज़रूर कुछ ज़्यादा देर टिकी, पर वे भी—अपनी संदर्भहीनता में—पदार्थ बनते-बनते गुम हो गये। उन वर्षों की हर छटा, हर भंगिमा, एक घटती-बढ़ती विकृत परछाई जैसी आयी और विलीन हो गयी।

इतनी देर से वे बाँयें कान में एक झनकार जैसी सुन रहे थे। यह झींगुरों की नहीं थी। विशेषज्ञ डॉक्टर ने बताया था कि बढ़ती उम्र के साथ कानों में ऐसी गुंजार प्रायः भर जाती है—कभी झींगुरों की झन-झन, कभी मधुमक्खियों की भन्नाहट, कभी चिड़ियों की निरंतर चहचहाट! यह स्वाभाविक लक्षण है—श्रवण शक्ति की बरबादी का!

पर बढ़ती उम्र के साथ उन्हें वह आवाज़ क्यों नहीं सुनायी देती जिसे सुंदरी बेन के चरम आदर्श—महात्मा गाँधी आत्मा की आवाज़ कहते थे?

वे सुंदरी बेन को—एक आदर्शवादी अवसाद की धुंध में—अपनी श्रद्धा समर्पित करने आये थे। पर यहाँ उन्हें लगा कि उनके मन में एक इतिहास भर है—सुंदरी का इतिहास। और कुछ पछतावा है। कभी कुछ उत्कंठाएँ थीं जो अब तक जल-बुझ गयी हैं। पर अब भी कुछ है—शायद कुछ उत्कंठाओं की राख है।

उनके उठ खड़े होते ही उपयुक्त दूरी पर खड़े हुए बाअदब लोग उनके नज़दीक खिंच आए।

[5]

उन्हें पूरी यात्रा व्यर्थ जान पड़ी, शायद यह अतिभावुकता का उछाल भर था जो संगमरमर की बेंच तक जाते-जाते चुक गया था—अतीत की अभ्यर्थना की एक कोशिश भर थी। पर समय ने अतीत के चेहरे को इतना धुँधला कर दिया था कि कल्पना उसे पुनर्निर्मित नहीं कर पा रही थी। यही सुंदरी के चेहरे के साथ भी हुआ था। सुंदरी और अतीत एक बन गये थे जिनकी ओर बार-बार झाँककर भी वे साफ़ तौर से कुछ नहीं देख पा रहे थे। उन्होंने नारी शरीर के कुछ टुकड़े भर देखे थे—नुकीली नाक, कभी सिर्फ़ दो आँखें, उस आकृति की संपूर्णता एक पल के लिए भी उनकी कल्पना में नहीं कौंध पाई थी।

क्या यह बुढ़ापे में दिमाग़ी बरबादी के कारण हुआ है? पर ऐसा नहीं होना चाहिए क्योंकि प्रशासन में, अधिकार और सत्ता के लिए चलनेवाले निरंतर खेल में उनका दिमाग़ आज भी बखूबी चल रहा है। क्यों वह सिर्फ़ यहीं पर किसी गहरी संवेदना में उतरने से इनकार कर रहा है?

तुरंत वापस लौटने की इच्छा हुई पर लोकाचार का कुछ तकाज़ा था। वे धीरे-धीरे बाल विहार की मुख्य इमारत की ओर बढ़े; पीछे एक ख़ामोश, सुसंयत भीड़।

इमारत के सामनेवाले बड़े कमरे को प्रार्थनागार कहा जाता था। वहाँ आने पर उन्होंने देखा, दीवारों पर महात्मा गाँधी, आचार्य विनोबा भावे, विवेकानंद, रवींद्रनाथ ठाकुर आदि की पाँच-छह तस्वीरें भी थीं, इसके अलावा कोई सजावट नहीं थी। चंदन की अगरबत्तियाँ जरूर जलायी गयी थीं, उनकी झीनी सुगंध हवा में बसी हुई थी। उन्होंने वहाँ के प्रमुख कार्यकर्ता से—जिन्हें मंत्रीजी कहा जाता था—कहा, "सुंदरीजी का एक फोटो बड़े साइज़ में तैयार करा लीजिए, उसे कुछ दिन हॉल में एक मेज़ पर लगा रहने दें तो अच्छा रहेगा।"

"बहनजी का कोई फोटो हमारे पास नहीं है। वे हमेशा फोटो खिंचाने को मना कर देती थीं।" मंत्रीजी ने कहा। उन्हें झटका लगा, बोले, "उनके घरवालों के पास तो होगा ही।"

"उनके भाई आये थे, उनसे बात हुई, कह रहे थे कि कुछ-एक फोटो उनके बचपन के हैं। भेजने को कहा भी है। पर उनसे बात नहीं बन पाएगी।"

उन्होंने हाकिमाना तर्ज में कहा, "कोई न कोई फोटो होना ज़रूर चाहिए था।"

मंत्रीजी ने कोई जवाब नहीं दिया। उन्हें उपयुक्त जगह पर बैठाने के लिए प्रार्थनागार के दूसरे छोर की ओर चलने लगे। उनके साथ धीरे-धीरे आगे बढ़ते हुए कुँवर जयंतीप्रसाद सिंह ने पूछा, "अब इस संस्था का क्या होगा?"

"बहनजी का कहना था कि व्यक्ति कुछ नहीं होता, संस्था उससे बड़ी होती है और संस्था से भी बड़ा होता है उसका अंतर्निहित सिद्धांत...।"

"तब?"

यह 'तब,' 'तो' और 'क्यों' जब मातहतों से कहा जाता था तो लोगों को मालूम हो जाता था कि वे धीरज खोनेवाले हैं। पर यह आदमी मातहत न था। वह सुंदरी के साथ संस्था के प्रमुख सहायक की हैसियत से बरसों काम कर चुका था। उसने कहा, "तब कुछ नहीं श्रीमान। संस्था चलती रहेगी। बहनजी ने मुझ जैसे दर्जनों लोग तैयार किये हैं। उनमें से कोई भी इसे चला सकता है।"

प्रार्थनागार में कुर्सियाँ न थीं, पूरे फर्श पर दरी बिछी थी, एक तरफ दरी पर रंगीन चटाई, सामने छोटे पाँवों की एक डेस्क। अंगरक्षक को अपनी छड़ी थमाकर वे धीरे-धीरे, हाथ के पंजों का सहारा लेकर चटाई पर बैठने लगे। कोई उनकी मदद के लिए आगे बढ़ा, उन्होंने सिर हिलाकर मना कर दिया; गावतकिए का सहारा लेकर उन्होंने गहरी साँस छोड़ी।

कई और लोग सामने आकर दरी पर बैठ गये थे। उन्होंने उनकी ओर ध्यान नहीं दिया; बोले, "पर आप लोगों में क्या कोई ऐसा नहीं है जो इस सहकारी फ़ार्म को बचा ले?"

उसने सिर हिलाया, कहा, "कोई नहीं। फ़ार्म का मामला ही कुछ और है।"

"कैसे?"

"वह लंबा क़िस्सा है," जैसे उसे अपने विरुद्ध गवाही देने को कहा जा रहा हो, अनिच्छा के साथ उसने जवाब दिया, "प्रधानमंत्री नेहरू ने सहकारी खेती के कार्यक्रम का ऐलान बाद में किया था। यह प्रयोग यहाँ पहले ही शुरू हो गया था। पर इसमें सैकड़ों बाधाएँ थीं। किसानों की राजनीतिक शिक्षा अधूरी थी, फार्म की ज़मीन बंजर और बीहड़ थी। उन्हें भूदान में जोत के रूप में पहले वह ज़मीन अलग-अलग दी गई। बाद में सहकारी फ़ार्म बना। उन्हें कभी भरोसा नहीं हो पाया कि ज़मीन सचमुच उन्हीं की है। जिन जमींदार ने अपने किसानों के अँगूठे लगवाकर यह भूमि भूदान में दी थी, वही कई सालों से सहकारी फार्म के अध्यक्ष बने हुए हैं। इसके बाद कहने को क्या रह जाता है?"

उन्होंने हाथ के इशारे से मंत्रीजी से बात जारी रखने के लिए कहा। वे कहते रहे, "ज़मीन को खेती लायक़ बनाने के लिए असंभव क़िस्म के साधनों की ज़रूरत थी, सबसे पहले पानी! बेतवा के किनारे यहाँ ट्यूबवैल कामयाब नहीं होते, कुओं का पानी तक पाताल तोड़ गहराई में है। बंधी बनाकर मुश्किल से एक फ़सल ली जा सकती थी, वह भी तब जब कि बारिश अच्छी हुई हो।

"बहुत-से किसानों की छोटी-छोटी जोतें दूसरी जगहों पर थीं। वे वहीं ज़्यादा मेहनत करते थे। करना भी चाहिए था। यहाँ करना भी चाहते तो कितना करते और क्या करते? फिर, सरकारी अनुदानों ने और मुसीबत बरपा कर दी। उसी के पीछे सहकारी सुपरवाइज़र, इंस्पेक्टर, संस्था के सचिव, अध्यक्ष, ज़िले के कृषि अधिकारी—न जाने कितने लोग फार्म पर गिद्धों की तरह टूट पड़े। चोरी और ग़बन! पर मुकदमा किसी पर नहीं चला।"

"सुंदरी बेन ने कुछ नहीं किया?"

"उन्हें नज़दीक भी नहीं आने दिया गया। उनसे कहा गया कि आपका काम सिर्फ़ यह देखना है कि भूदानवाली ज़मीन सही खेतिहरों को क़ायदे से बाँटी जा रही है या नहीं। पर वह काम तो हो चुका है। अब जो सहकारी खेती का कार्यक्रम है इसमें आप क्या करेंगी? आप सहकारी समिति की मेंबर नहीं हैं, न सहकारिता विभाग या कृषि विभाग ही में हैं, हम चाहें भी तो आपकी सेवाएँ नहीं ले सकते। क़ानून में किसी बाहरी आदमी के लिए सहकारी कार्यक्रमों में अपनी ओर से कुछ करने की व्यवस्था नहीं है। सहकारी संस्थाओं की अपनी कार्य समिति और अपने कार्यकर्ता होते हैं, देखरेख और नियंत्रण के लिए अपने अफसर, अपना ऑडिटर, अपने आर्बिट्रेटर, एक तरह से अपनी ही अदालतें। सहकारिता विभाग की अलग से एक अपनी ही स्वतंत्र दुनिया है! इसलिए बहनजी सहकारी फ़ार्म में सिर्फ़ बाहरी आदमी बनी रहीं। कुछ दिन ग़बन और बदइंतजामी के ख़िलाफ बड़े हाकिमों के यहाँ आवाज़ उठाती रहीं, पर किसानों तक ने उनका साथ नहीं दिया। उनके लिए भी सरकारी अनुदान की बची-खुची रक़म से कुछ खींच लेना आसान था, हड्डियाँ गलाकर इस धरती पर अन्न उगाना मुश्किल। तब बहनजी ने सहकारी फ़ार्म को भुला दिया और सारा ध्यान इस बाल विहार और विद्यालय पर केंद्रित कर दिया। इन दो संस्थाओं के लिए यह अच्छा ही हुआ। पर बाद में हायर सेकंडरी स्कूल हो जाने के बाद वे विद्यालय के प्रबंध से भी हट गईं।

"दरअस्ल, सहकारी खेती में यह होना ही था। खेती या तो किसान अपनी ज़मीन पर कर सकता है, या मज़दूर बनकर दूसरे की ज़मीन पर। तीसरा तरीक़ा रूस के सामुदायिक फ़ार्मों का है। पर वहाँ क्या हुआ है, मुझे नहीं मालूम। लेकिन सहकारी खेती इन दो में से, या इन तीनों में से कुछ भी नहीं है। किसान के लिए वह सिर्फ़ ऐसी ज़मीन है जो उसकी होते हुए भी उसकी नहीं है, या उसकी न होते हुए भी उसकी होने का भ्रम पैदा करती है; दरअस्ल वह सिर्फ़ भ्रष्ट कार्यकर्ताओं और उनसे भी ज़्यादा भ्रष्ट सरकारी कारकुनों की संपत्ति है।"

तो...! उन्होंने सोचा : ये मंत्रीजी उतने सीधे नहीं हैं जितने वे सफ़ेद खादी की लुंगी, सफ़ेद लंबी बनियाइन, चादर और महंतों जैसे घुटे हुए सिर में दीखते हैं।

"आपकी बातें सुनकर लोगों को भ्रम हो सकता है कि आप सर्वोदयी नहीं, कम्युनिस्ट हैं।"

मंत्रीजी भद्रतापूर्वक मुस्कराये, बोले—"कम्युनिस्टों पर और चाहे जो आरोप लगायें, यह तो नहीं ही कह सकते कि उनका विश्वास सर्वोदय में नहीं है। यह और बात है कि उनका सर्वोदय हू-ब-हू हमारा जैसा नहीं है।"

अचानक उन्हें यह सारी बातचीत असंगत-सी जान पड़ी। साथ ही यह भी एहसास हुआ कि कहने के लिए कुछ और न होने के कारण ही उन्होंने यह विषय उठा लिया है। उन्होंने कहा, "हम लोग दूसरी बात करने लगे थे। मुझे चिंता हो रही है, सुंदरी के बाद इन संस्थाओं को चलाने में आप लोगों को कुछ न कुछ दिक़्क़त तो होगी ही; मेरा

मतलब...।"

उनका वाक्य अधूरा छूट गया। मंत्रीजी ख़ामोश रहे।

हॉल की धीमी रोशनी में उन्हें अजीब-सा दबाव महसूस हुआ, जैसे कमरे की छत कुछ नीचे आ गयी। एक क्षण के लिए उन्हें सब कुछ अपरिचित, अस्वाभाविक-सा जान पड़ा। एक मानसिक आच्छन्नता से बचने के लिए उन्होंने दूसरी आच्छन्नता का सहारा लिया, अपने चारों ओर व्यग्र निगाहों से देखा—जैसे सिनेमाघर में पर्दे पर चलते हुए किसी ख़ास दृश्य से बचने के लिए हम वहाँ से निगाह हटाकर चारों ओर देखने लगते हैं और वास्तविकता की ज़मीन छूने के लिए लाल अक्षरों में चमकते हुए 'एक्ज़िट' की ठोस मौजूदगी में राहत ख़ोजते हैं।

मंत्रीजी ने कुछ कहा, पर उन्होंने सुना नहीं।

एक्ज़िट! सामने जो विशाल दरवाज़ा खुला था उससे सटी हुई सीढ़ियों पर दोनों ओर कम पावर के बल्बोंवाले लैंप जल रहे थे। उससे आगे जाड़े की गहराती साँझ का धुँधलका था, उससे ढकी हुई नदी थी, दाईं ओर की दीवार का दरवाज़ा भी खुला था, उधर कुछ ही दूरी पर जंगल शुरू हो जाता था। वहाँ साँप और बिच्छू होंगे, कुछ और गहरे धँसने पर इसी अदृश्य जंगल में बनैले सुअर और तेंदुए होंगे।

बहुत दिनों बाद ऐसा असहज अनुभव हुआ—जैसे अँधेरे का एक महासमुद्र है जिसमें वे इस मद्धिम रोशनीवाले द्वीप में फँस गये हों और द्वीप का क्षेत्रफल घटता जा रहा हो।

मंत्रीजी के पास खड़े एक बुजुर्ग कह रहे थे, "बहनजी के बाद हमें अब आपका ही सहारा है।"

उन्होंने सिर उठाकर बुजुर्ग की ओर देखा, मंत्रीजी से कहा, "अगर मैं सचमुच ही यहाँ आकर आप लोगों के साथ काम करूँ?"

मंत्रीजी विनम्रता से मुस्कराये, बोले, "काम करने के लिए हम सब आपके लड़के यहाँ पर हैं ही। फिर भी आप हमारे बीच रहें, हमारा मार्ग-दर्शन करें, यह संस्था का सौभाग्य होगा।"

'मैं आऊँगा।" उन्होंने कहा और सामने दरवाज़े के बाहर, रोशनी से दूर, नदी की धारा पर फैले हुए अँधेरे पर निगाह केंद्रित कर ली। "मैं आऊँगा।" उन्होंने कहा और उसके तुरंत बाद इस पाखंड के लिए मन ही मन अपने को कोसा।

वे खड़े हो गये। मंत्रीजी ने उनकी मदद की और इस बार उन्होंने कोई प्रतिरोध नहीं किया। उन्होंने पूछा, "सुंदरी बेन का कमरा कहाँ है?"

"उधर, गैलरी के छोर पर।"

गैलरी का छोर आने के पहले उन्हें जीन्स और मोटी कमीज़ पहने कोई आदमी एक कमरे का दरवाज़ा बंद करता दिखा। जीन्स तो पुरानी थी ही, कमीज़ का कॉलर भी पीछे की ओर घिस गया था। उसकी उम्र पचास के आसपास होगी पर बालों की

सफ़ेदी कनपटियों पर ही नहीं, सारे सिर पर फैल गयी थी। चेहरा बेशिकन, साफ़ सुथरा, किसी भी जटिलता से इनकार करता हुआ; आँखें सजग, बेझिझक। उसने आगे बढ़कर उनके पैर छुये, कहा, "अभी-अभी आ रहा हूँ। आते ही आपके आने की ख़बर मिली। आप ही की तरफ़ आ रहा था।"

"आ रहा था", "आ रहा हूँ", "आने की ख़बर आते ही" : आकस्मिकता के भटके से उबरते हुए एक साथ 'आने' के साथ जुड़े इतने शब्द सुनकर उन्हें लगा, वे किसी तेरह-चौदह साल के लड़के की बातें सुन रहे हैं, उसके कंधे पर हाथ रखकर बोले, "तो आओ।" वे सुंदरी के कमरे की ओर बढ़ते रहे।

यह प्रौढ़ आदमी उनका इकलौता बेटा था—विवेक; दिल्ली विश्वविद्यालय में वह अर्थशास्त्र का प्रोफ़ेसर था।

[6]

बाप-बेटे नदी किनारे की बारहदरी के पास संगमरमर की बेंच पर बैठे थे, बाप उस बेंच से पहले ही परिचित हो चुका था, बेटा अपरिचित था। अंगरक्षक, अनुचर और दूसरे लोग सवेरे की धूप में कुछ दूरी पर मौजूद थे, कुछ इस तरह जैसे उनका आपस में एक दूसरे से, या इन दोनों से कोई सरोकार न हो।

बेतवा के किनारे इस बिस्रामपुर गाँव में अपने प्रौढ़ बेटे से यूँ अचानक मुलाक़ात हो जाने पर उन्हें अपनी मौजूदगी पर कुछ असमंजस जैसा जान पड़ा था। उसी के साथ एक गहरी जिज्ञासा भी उभरी कि लगभग पाँच सौ किलोमीटर की दूरी तय करके विवेक यहाँ क्यों आया है। पर न तो अपने बारे में कोई सफ़ाई देना संभव था और न उसकी मौजूदगी के बारे में कोई पूछताछ करना।

वे जानते थे कि बरसों पहले जब उनका बेटा विवेक अर्थशास्त्र में एम.ए. करके रियासत के पासवाले कस्बे के कॉलेज में कुछ दिनों के लिए लेक्चरर बन गया था, उसकी निर्मल भाई और सुंदरी से खूब पटती थी। उसके गाँव आने पर वे तीनों दूर-दूर तक घूमने जाते और गाँधीवादी सर्वोदय बनाम मार्क्सवादी समाज व्यवस्था पर लंबी बहसें होतीं।

इन बहसों में विवेक की भूमिका ज़्यादातर उन दोनों को छेड़ने, उकसाने, कुरेदने और उनके लंबे-लंबे तर्कों पर एकाध संक्षिप्त सवाल फेंकने भर की होती; वह एक आदर्श श्रोता था और उसके सवालों और शंकाओं के जवाब में सुंदरी और निर्मल भाई जब ठहर-ठहरकर कोई लंबा प्रवचन देते तो उसे ख़ामोशी से सुनने के लिए वह एक ख़ास मुद्रा का प्रदर्शन करता; उससे उनके विचारों के लिए सम्मान प्रकट होता और उनके किताबीपन के ख़िलाफ़ परिहास का भाव भी।

कुँवर जयंतीप्रसाद सिंह को शाम की उन लंबी सैरों और उनसे भी ज्यादा लंबी बहसों का पता था पर—आज उन्हें हैरत के साथ एहसास हुआ—यह पता नहीं था कि उस

पुराने अध्याय के आधार पर विवेक का सुंदरी से अब तक—लगभग तीन दशक तक संपर्क बना रहा है।

बाप ने पूछा, "यूनिवर्सिटी में छुट्टियाँ हैं क्या? या लड़कों की हड़ताल करा के आये हो?" आज भी इस आवाज़ के पीछे कोई अनुशासनप्रिय पिता छिपा हुआ था जो लड़के को स्कूल के बाहर देखते ही मान लेता है कि वह स्कूल से भागकर आया है; फ़र्क यही था कि आज यह अनुशासनप्रियता का अभिनय भर था।

विवेक की यह आदत उन्हें शुरू से ही अखरती रही थी—जवाब में कुछ न कहना, या बहुत कम कहना, मामूली-सी बात भी बहुत सोचकर बोलना, या बिना सोचे हुए कभी-कभी बड़ी ग़ैरमामूली बात बोल जाना। इस वक़्त उसने कुछ ऐसा ही किया, सोचने का कोई आभास दिये बिना कहा, "यूनिवर्सिटी से इस्तीफ़ा दे आया हूँ।"

"...तब?"

वह सोचता रहा, बोला, "आपको मेरा ख़त नहीं मिला? शायद अभी रास्ते में हो।" बेंच पर ऊपर से एकाध पीली पत्तियाँ टूटकर गिर गयी थीं। उन्हें धीरे-से बटोरकर ज़मीन पर गिराते हुए कहा, "वे मुझे भारतीय आर्थिक विकास संस्थान का डायरेक्टर बना रहे हैं। मैंने तय कर लिया है, वापस जाते ही अगले हफ़्ते यह काम ले लूँगा।"

"यह तो सरकारी नौकरी हुई, तुम...तुम कर लोगे?"

"अर्ध-सरकारी। यह तजुर्बा भी क्यों छूटे!"

भीतर से वे ख़ुश हुए, गुर्राकर बोले, "ऐसी बातें फ़ोन पर भी बतायी जा सकती थीं।"

वह चुप रहा। उन्होंने कहा, "क्यों?"

"फोन में झंझट है बाबूजी...राजभवन में...तवालत का काम है...फोन से आप तक पहुँचना!..."

"क्यों? मेरे कमरे का अनलिस्टेड नंबर तुम्हारे पास नहीं है।"

"हर बार फिर भी...क्या बतायें? बताना पड़ता है कि मेरा नाम क्या है, मैं आपका...।"

"यह बताते हुए तुम्हें शर्म आती है?"

वह ख़ामोश रहा। उन्होंने फीकी हँसी हँसकर कहा, "तुम कभी नहीं बदलोगे।"

कहकर उन्होंने उसके चेहरे पर निगाह जमा दी। अचानक उन्हें वह चेहरा बड़ा अजनबी लगा—कम से कम तब तक जब तक कि वह मुस्कराया नहीं। तब वे भी मुस्कराये, बोले, "देखता हूँ कमीज़ का कॉलर अब भी फटा है। दिल्ली यूनिवर्सिटी में भी क्या उतने ही ग़रीब लड़के पढ़ते हैं?"

"नहीं बाबूजी, ऐसा नहीं है। पर अब यह आदत की बात हो गयी है।" हाथ पीछे ले जाकर उसने अपना कटा पिटा कॉलर छुआ, कहा, "भुलक्कड़ प्रोफ़ेसरों का शानदार आउटफिट!"

[7]

इसके पीछे बहुत साल पहले की एक घटना थी।

एम.ए. की डिग्री लेकर विवेक अपने घर लौट आया था और पास के क़स्बे में लेक्चरर हो गया था। वास्तव में एम.ए. करने के बाद साल भर वह दिल्ली ही रहा। वह आगे शोधकार्य करने के लिए अपने को तैयार कर रहा था। उस वर्ष उसने भारतीय अर्थ व्यवस्था के कुछ पहलुओं पर एक लंबा विनिबंध प्रकाशित कराया, अख़बारों के लिए कुछ टिप्पणियाँ लिखीं और उसके प्रोफ़ेसर जब भरोसा करने लगे कि अर्थशास्त्र के क्षेत्र में एक ताज़ी प्रतिभा का उदय हो रहा है, वह एक ट्रंक में अपने कपड़े और दूसरे में मुट्ठी भर किताबें समेटकर अपने गाँव चला आया और कुछ दिनों तक इस क़स्बे में दफ़न पड़े रहने का फ़ैसला कर बैठा।

क़स्बे में भी परिवार की एक बड़ी कोठी थी, उसे घेरता हुआ आम और लीची का लंबा-चौड़ा बगीचा। पर उसने कोठी को 'महाराज' और 'बाबूजी' के लिए छोड़ दिया और उसी कंपाउंड में बनी दो कमरे की कॉटेज में रहना शुरू किया जो कोठी के केयरटेकर के लिए बनवायी गयी थी। रियासत से जो नौकर, रसोइया और दूसरे लोग उसकी सेवा के लिए भेजे गये थे उनमें से सिर्फ़ एक नौकर और चौकीदार को छोड़कर उसने सबको वापस कर दिया। नौकर को उसने पढ़ाना भी शुरू किया, यह और बात है कि—जैसी आशा थी—मालिक के सामने बैठने और बैठकर पढ़ने की हिचक से वह पढ़ाई कुछ दिनों बाद ही ख़त्म हो गयी।

वे भूदान आंदोलन के दिन थे। ग्रामदान और भूदान में मिली हुई ज़मीन की व्यवस्था के लिए उस वक़्त कुँवर जयंतीप्रसाद सिंह की गाँव वाली कोठी में दो तरह के दफ़्तर चल रहे थे—एक सरकारी और दूसरा सर्वोदयी कार्यकर्ताओं का, जिनमें सुंदरी भी थी। दोनों दफ़्तर उस कोठी में हैं—यह भी भूमिपतियों के हृदय-परिवर्तन का एक सबूत था।

एक समाजवादी आंदोलन में जेल यात्रा करके कुँवर जयंतीप्रसाद सिंह के बड़े भाई—'महाराज'—रियासत में वापस आ गये थे और भूदान यज्ञ के नज़्ज़ारों को दिलचस्पी से देख रहे थे। उनके सम्मानित नेता जयप्रकाश नारायण की इस आंदोलन के प्रति पूरी सद्‌भावना के बावजूद वे खुद इसके बारे में काफ़ी संदेहशील थे। विवेक को उनके संशयों का पता था और इस विषय पर वे दोनों अकसर बात भी करते रहते थे। एक दिन उन्होंने विवेक से कहा, "दुनिया में यह अपने ढंग का अनोखा आंदोलन है। तुमको इसका बहुत नज़दीक से अध्ययन करना चाहिए। देखना होगा कि इसके अल्पकालीन और दीर्घकालीन परिणाम क्या हैं, या क्या होंगे।"

विवेक अपने ताऊ से ज्यादा खुलकर बात करने का आदी था, बोला, "इसकी ज़रूरत नहीं है। परिणामों की घोषणा मैं पहले ही कर सकता हूँ।"

"कीजिए।"

"करता हूँ, पर बुरा न मानिएगा—क्योंकि यहाँ मैं अपने प्रिय देशवासियों के स्वभाव पर भी कुछ निवेदन करने का साहस करूँगा" (वास्तव में उसने कहा, "कुछ अर्ज़ करने की जुर्रत करूँगा।" जो उन दिनों की अदालती शैली का मखौल जैसा था।)

"नहीं मानूँगा," ताऊजी ने उसी के अंदाज़ में आश्वासन दिया।

"तो सुनिये, अपने देशवासियों का स्वभाव है कि आदर्श की पुरानी गाथाएँ सुनते सुनते वे प्रतीक को तथ्य मानने लगते हैं और आदर्श आचरण के प्रतीकात्मक कर्मकांड से वास्तविक ऐतिहासिक परिणामों की उम्मीद करने लगते हैं...।"

इसके बाद वह अंग्रेजी में कहने लगा, "जैसे, अवांछित जनसंख्या वृद्धि का समाधान महात्मा गाँधी अखंड ब्रह्मचर्य में खोजने लगे थे। सारा विचार खुले तौर पर इतना हवाई है। लगता है, आप पूरे समाज की सामान्य समझ का अपमान कर रहे हैं।

"कुछ-कुछ वैसा ही हाल अपने भूदान यज्ञ का है। खुली हवा और पानी की तरह सारी भूमि गोपाल की है! माना इससे कोई झगड़ा नहीं! पर आदिम युग से आज तक भूमि की व्यवस्था को लेकर जो कुछ उलटा-पुलटा, सही-ग़लत किया गया है और आज भी क़ानूनी ताक़त के सहारे ज़मीन के स्वामित्व की जो हैसियत है, उसे क्या एक आदर्श वाक्य के उच्चारण भर से आप ख़त्म कर देंगे?

"नहीं—ख़ास तौर से इसलिए भी नहीं कि भूदान यज्ञ में—सारी भूमि की मिल्कियत गोपाल में मानते हुए—जो ज़मीन आप घुरहू या कतवारू को देंगे वह ज़मीन घुरहू या कतवारू की ही हो जाएगी, गोपाल की वहाँ दाल नहीं गलेगी। ज़मीन गोपाल की तभी तक है जब तक कि वह आपकी है और घुरहू या कतवारू के पास कोई ज़मीन नहीं है। जिस दिन इस परम पवित्र भूदान यज्ञ में ये ज़मीन श्रीमंत घुरहू, कतवारू एंड सन्स के पास पहुँच गयी उसी दिन से वे उनके मालिक हो जाएँगे और दूसरे हाथ मलते रह जाएँगे।

"इसलिए इस आंदोलन पर ज़्यादा दिमाग़ खर्च करने की ज़रूरत नहीं। आप तुरंत देख सकते हैं : पंद्रह-बीस साल में यह आंदोलन कुछ व्यक्तिगत 'सक्सेस स्टोरीज़' का, सफल उपलब्धियों का संकलन मात्र होकर रह जाएगा। भावुकतापूर्ण आदर्श कल्पनाओं से इतिहास में कुछ पन्ने भर जुड़ते हैं, इतिहास बदलता नहीं है। इतिहास बदलता है सिर्फ़ सुस्पष्ट, सुचिंतित वैज्ञानिक विचारधारा से..."

"ठीक है, ठीक है! आगे तुम क्या कहोगे, मैं समझ रहा हूँ।" ताऊजी ने हँसते हुए उसे रोका, कहा, "पर जयंती का इस आंदोलन में अटूट विश्वास है। उनका हृदय-परिवर्तन हो चुका है। अब यही सब सुनाकर तुम उनके दूसरे हृदय-परिवर्तन की कोशिश क्यों नहीं करते?"

"सिर्फ़ इसलिए कि उनका हृदय परिवर्तित रहे या अपरिवर्तित, भूदान यज्ञ का भविष्य उसके जन्म-दिन पर ही लिखा जा चुका है।"

यह सच है कि विवेक के बाबूजी के मन में भूदान यज्ञ को लेकर, जैसा कि उनकी

बातों से ज़ाहिर होता था, कोई पसोपेश न था। जो आंदोलन उन तक का हृदय बदल सकता है उसकी पुख़्तगी को लेकर शक कैसा? सर्वोदयी कार्यकर्ताओं—ख़ास तौर से सुंदरी को वे यह बताने का कभी मौक़ा न चूकते थे कि भूदान यज्ञ में उनकी कितनी आस्था है। एक बार सुंदरी ने जब उनसे विवेक के प्रतिकूल और 'सिनिकल' विचारों की चर्चा की तो उन्होंने यह ऐतिहासिक वाक्य कहा, "वामपंथी के बजाय अगर वह वाममार्गी हो गया होता तो मुझे ज़्यादा संतोष होता।"

[8]

तभी कुँवर जयंतीप्रसाद सिंह को संयुक्त राष्ट्रसंघ में भेजे जाने का मौक़ा मिला। शायद भूदान यज्ञ में यह उनके दान की ख्याति का फल था। उन्हें तीन विशिष्ट व्यक्तियों के एक प्रतिनिधि मंडल में शामिल किया गया था।

दो साल पहले तक वे हाई कोर्ट के सफलतम वकीलों में थे। उनकी बैरिस्टरी की दूर-दूर तक धाक थी। इधर बड़े भाई की बढ़ी हुई राजनीतिक सक्रियता को देखकर उन्होंने अपनी प्रेक्टिस में कटौती कर दी थी और गाँव के लिए काफ़ी समय देना शुरू कर दिया था। संयुक्त राष्ट्र संघ में इस नियुक्ति को उन्होंने दूसरों के आगे और थोड़ा-बहुत अपने आपको भी अपनी बैरिस्टरी की ख्याति का परिणाम बताया। जो भी हो, वे संयुक्त राष्ट्र संघ में देश के प्रतिनिधि मंडल में आल्टरनेट डेलिगेट बन गए और इस तरह उनके जीवनवृत्त में एक महत्त्वपूर्ण पंक्ति का इज़ाफ़ा हुआ।

इस मौके पर जो नए सूट सिलाए गए, उनमें से एक को अभ्यास के लिए अपने जिस्म पर सजाये हुए वे एक दिन अचानक इस कस्बे में विवेक की कॉटेज पर आ पहुँचे। 1953 के हिंदुस्तान में उनका ब्यूक पर चलना अनहोना नहीं था, फिर भी ब्यूक ब्यूक थी, सस्ती फ्लीटमास्टर शेवरले नहीं।

वे दो सीढ़ियाँ चढ़कर कॉटेज के बरामदे में पहुँच गए थे। उधर कुछ दूरी पर गली में खड़ी हुई कार से ड्राइवर ने धूल के शुबहे को मिटाना शुरू कर दिया था। तभी बरामदे के एक कोने का दरवाज़ा खोलकर विवेक साइकिल घसीटता हुआ बाहर आया, साइकिल के कैरियर में कुछ किताबें दबी थीं। ज़ाहिर था, वह कॉलेज के लिए तैयार होकर निकला है। पिता को देखकर उसने साइकिल दीवार के सहारे खड़ी कर दी, उनके पैर छुए और बरामदे में पड़ी कुछ पुरानी कुर्सियों की ओर इशारा करके कहा, "यहाँ या अंदर कमरे में?"

वे खड़े रहे। बरसात की खुली सुबह में सामनेवाले कमरे के दरवाज़े पर मुर्दा पतंगे काली-भूरी राख के ढेर की तरह बिखरे हुए थे, बरामदे में जलनेवाली बत्ती के साथ इस मौसम की रातों में यह रोज़ ही होता रहता था। उन्होंने उसकी ओर इशारा करके कहा, "नौकर यहाँ सफ़ाई नहीं कर सकता?"

"करेगा।" कहकर विवेक ने कमरे का दरवाज़ा खोला। अंदर आकर वे सीधी पीठ वाली कुर्सी पर अनिच्छापूर्वक बैठते हुए बोले, "ज्यादा देर नहीं रोकूँगा, तुम्हें देर हो रही होगी। सिर्फ दो-एक ज़रूरी बातें बतानी हैं।"

वह बिस्तर पर खामोशी से बैठ गया।

"तुम्हें मालूम हुआ होगा, मैं वाशिंगटन जा रहा हूँ।"

"हाँ बाबूजी" फिर एक शर्मीली सी मुस्कान, "बधाई, लौटने पर हो सकता है आपको किसी बड़े देश का राजदूत बनाया जाए।"

"तुम्हारे ख़्याल में यह इतनी बड़ी बात होगी?"

वह नीचे देखता रहा, धीरे-धीरे सिर हिलाकर बोला, "नहीं, आपके लिए यह कुछ नहीं है। पर साउथ ब्लाक के गलियारों में चक्कर काटनेवालों की भीड़ को तोड़कर किसी की निगाह इस दूर के गाँव पर पड़ी—यह बड़ी बात है।"

इतना लंबा जुम्ला उन्होंने विवेक के मुँह से शायद कभी नहीं सुना था। उन्हें खुशी हुई, बोले—"अब काम की बात। मैं परसों चला जाऊँगा। इस भूदानवाली ज़मीन के बँटवारे को लेकर सरकारी आदमी घपला कर रहे हैं। उम्दा ज़मीन उन्हें दे रहे हैं जो उसे कभी जोतेंगे नहीं, जो अच्छी पैदावार दिखा सकते हैं, उन्हें सबसे ख़राब ज़मीन दी जा रही है। इस काम को तुम्हें देखना होगा।"

"यह फ़ैसला कौन करेगा कि अच्छे किसान कौन हो सकते हैं और कौन बुरे?"

"मैं। मैं इसकी सूची नायब तहसीलदार को दे चुका हूँ, सुंदरी को भी—और निर्मल भाई को भी। तुम्हें देखना होगा कि ये नायब—शायब कोई घपला न करने पाएँ।"

"मैं क्या कर पाऊँगा?"

"क्यों? ज़मीन हमारी नहीं थी? अपनी आँखों से उसकी बरबादी देखने के लिए ही हमने उसका दान किया है? गाँव के विकास से हमारा कोई वास्ता नहीं?"

वह चुप रहा।

"क्या कहते हो?"

"आप कह रहे हैं तो बात करूँगा—निर्मल से...सुंदरी से।"

"बात ही नहीं करनी है, देखना है कि घपला न हो। मैंने सब कुछ लिखकर दे दिया है।"

वह ख़ामोश रहा। वे उसे घूरते रहे, फिर उठकर खड़े हो गये।

बाहर बरामदे में निकलते हुए उन्होंने अतिरिक्त दिखावे के साथ लंबा क़दम उठाकर पतंगों के ढेर को पार किया। वे विवेक की बात से संतुष्ट नहीं थे और नौकर का काम करनेवाले उस निकम्मे लड़के के ख़िलाफ उनकी नाराज़गी उभरती आ रही थी। उसके निजी मामलों में न पड़ने का कई बार संकल्प कर चुकने के बावजूद उन्होंने खीझकर पूछा, "तुम्हारे पास कोई क़ायदे की कमीज़ नहीं है?"

वह साइकिल की हवा देख रहा था, सिर हिलाकर उसने हामी भरी।

"तब यह सड़े कॉलर की कमीज़ क्यों पहन रखी है? कितने दिनों से इसी कमीज़ को रगड़ रहे हो?"

उसने मुस्कराकर नाक सिकोड़ी, निगाह में जितना प्यार आ सकता था उसे उनकी ओर झलकाकर इस प्रसंग को ख़त्म करना चाहा।

"क्यों?"

"और भी कमीजें हैं।"

"तो?"

खामोशी।

"तब?"

वह उनके पास आ गया, ब्यूक और उसके पीछे लीची के पेड़ों को देखते हुए बोला, "बाबूजी, यह ग़रीबों का कॉलेज है। आपको पता नहीं कि लड़के वहाँ कैसी पोशाकें पहनकर आते हैं।"

वे धीरे-धीरे बरामदे से नीचे उतर आये, कार के पास पहुँचकर कहा, "किसानों की जो लिस्ट मैंने बनाई है, उसकी नक़ल मैनेजर से ले लेना।"

[9]

और आज : बेतवा किनारे—

यह अजीब बात है कि दोनों में से अभी तक किसी ने भी इतनी देर तक सुंदरी के बारे में कोई बात नहीं की थी।

सुंदरी के बारे में बहुत-सी बातें हुई थीं—पर वे औरों की ज़बानी थीं, दोनों को बहुत-सी बातें साथ-साथ मालूम हुईं थीं : कि सुंदरी के भाई परसों यहाँ सपरिवार आए थे, वे कल सवेरे वापस गए हैं। सुंदरी की कुछ किताबें, कुछ कपड़े, एक छोटा-सा बैंक खाता, दो चश्मे-एक पढ़ने का, एक दूरी का (तो अब उसे चश्मा भी लगाना पड़ता था।) उसकी कुल यही जमा पूँजी थी। भाई ये सब संस्था के नाम दे गए हैं। सुंदरी के पिता ने मरते समय लड़की के नाम वसीयत में कुछ रकम छोड़ी थी, सुंदरी ने उसे लेने से इनकार कर दिया था, भाई के हक़ में छोड़ दिया था। जाते समय भाई ने वह रकम भी संस्था के खाते में भेज देने का वादा किया है।

ये सब सार्वजनिक जानकारी की बातें हैं! जो सिर्फ़ वे जानते हैं वह यह कि अगर सुंदरी उनकी रियासत छोड़कर यहाँ न आती तो वह शायद अब भी वहाँ सामूहिक खेती का कोई प्रयोग कर रही होती, सार्वजनिक जीवन में तब शायद उसे वैसे झटके न झेलने पड़ते जो यहाँ झेलने पड़े। खुद वहाँ न रहते हुए भी वे शायद उसके स्वास्थ्य पर नजर रख सकते, तब शायद आज की तरह वह राख का ढेर न बनी होती। पर उसने उनकी रियासत छोड़ी क्यों थी?

कुछ ऐसे भी विषय हैं जिन पर आप अपने से भी कुछ कहते कतराते हैं। तब किसी और से, और यहाँ विवेक से क्या कहा जा सकता है?

वे गाड़ी में बैठ चुके थे। उनका अंगरक्षक ड्राइवर के पास खड़ा हुआ इंतज़ार कर रहा था कि कब ड्राइवर उनके लिए पिछली सीट का दरवाज़ा खोले और उनके बैठते ही—एक सेकंड के न्यूनतम खंड में—वह ड्राइवर की बगल में बैठ जाए। उनकी खिड़की के पास विवेक जीन्स और घिसी हुई कमीज़ में सफ़ेद बालों को ललकारती हुई चुस्ती के साथ खड़ा था। इस वक़्त बेटे की ओर देखकर उन्हें लगा : कुछ पाने के लिए उन्होंने बहुत कुछ खोया है, अपनी आवाज़ को असहज ढंग से सहज बनाकर कहा, "कब तक रुकोगे यहाँ?"

"चार-पाँच दिन, शायद एक सप्ताह।"

"अब यहाँ रह ही क्या गया है?" कहकर वे सुंदरी के न रहने की हानि और अवसाद में उसकी भागीदारी चाहते थे पर विवेक का जवाब दूसरे धरातल का था। उसने कहा, "वे कुछ अध्ययन कर रही थीं—एक तरह का अनौपचारिक शोध-कार्य। यह काम थोड़ा बहुत मेरी सलाह से हो रहा था। मेरा ख़्याल है कि उन्होंने काफ़ी काम पूरा कर लिया है और जो किया है वह काफ़ी महत्त्वपूर्ण है। मुझे अब वह सब देखना होगा।"

...एक सर्वोदयी छात्रा का वामपंथी गाइड...। उन्होंने कुछ भी कहने से अपने को रोका, पूछा, "ऐसे अध्ययन के लिए यहाँ सुविधा थी?"

"वे बराबर दिल्ली से संपर्क रखे थीं। आसपास के विश्वविद्यालयों और कॉलेजों के पुस्तकालय भी उनकी मदद कर रहे थे। बहुत-सी सामग्री तो उन्हें यहाँ के ज़िला प्रशासन ने अपने रिकॉर्ड रूम से दिला दी थी। पिछली दो शताब्दियों से लेकर अब तक इस प्रदेश की भूमि व्यवस्था और किसान आंदोलनों को उन्होंने अपना लक्ष्य बनाया था।...

उसने हाथों से मजबूरी का इशारा किया, कहा, "...यही सब।"

उन्होंने धीरे-धीरे सिर हिलाया, ऊपर की ओर आँखें उठाकर कहा, "उसकी इच्छा—क्या कहा जा सकता है।"

ये शुद्ध औपचारिक शब्द थे। पर जब वे इन्हें बोल रहे थे, विवेक को लगा, गाँव के एक बहुत बूढ़े अजनबी के सामने वह खड़ा है जिसका भाग्य के सिवा कोई संबल नहीं है।

तभी उनकी आवाज़ में परिवर्तन हुआ, उसका सहज रोब लौट आया। उन्होंने कहा, "तो चलता हूँ। इसी महीने में मेरा टर्म पूरा हो रहा है। आगे के लिए...।"

"आप दिल्ली आइए, कुछ दिन आराम से आराम कीजिए...मेरा मतलब है—सिर्फ़ आराम कीजिए। इंस्टीट्यूट ऑफ़ इकॉनामिक अफेयर्स में और कुछ भले ही न कर सकूँ, आपके रहने के लिए एक आरामदेह बंगला तो पेश कर ही सकता हूँ।"

"सोचूँगा।" गाड़ी स्टार्ट करने का इशारा करते हुए उन्होंने कहा, "तुम्हें टेलीफोन से एलर्जी है? कोई बात नहीं, मैं खुद फोन करूँगा, बताऊँगा।"

[10]

सुंदरी को जब उन्होंने पहली बार देखा था, उसके चेहरे में उन्हें अपनी पहली—और शायद आख़िरी प्रेयसी की प्रतिच्छाया दीख पड़ी थी। जयश्री उसी का नाम था। सुंदरी को देखते ही उन्हें लगा था कि वे उसके कंधे पर हाथ रखकर उसे अपनी ओर समेट सकते हैं और जयश्री ही की तरह वह बड़ी सहजता से उनकी ओर खिंची चली आएगी। सुंदरी ने उनके आगे जयश्री को लाकर खड़ा कर दिया था और जयश्री ने उनके लिए सुंदरी में बहुत पुराने परिचय का प्रभावृत्त तैयार कर दिया था। दोनों एक सी दीखती हैं—इस आकस्मिक विचार, या भ्रम, या कल्पना ने उन्हें सुंदरी के प्रति बेझिझक बना दिया था।

अब उन्हें लगा कि इस माया महल की नींव फर्ज़ी थी। आँखों की भंगिमा और नाक के नुकीलेपन की समानता को छोड़कर वे एक दूसरे से बिलकुल अलग थीं। फिर ऐसा क्यों था कि जयश्री के लिए अपनी असंभव आसक्ति वे सुंदरी पर आरोपित करने लगे थे? क्या अपनी लंपटता को गरिमा-मंडित करने, उसे औचित्य देने का यह बहाना भर नहीं था?

थके, बुझे मन से उन्होंने अपने आपसे कहा : स्वीकार करो जयंती, अपनी उम्र के बेहूदा फ़र्क़ को भुलाकर ग्रामदानवाली उस दोपहरी में तुम उस छरहरी गुजराती लड़की को देखते ही पागल हो गये थे। यह ग़लत रहा हो या सही, पर सुंदरी को खुलकर चाहने के लिए जयश्री के प्रेत का सहारा लेना क्या ठीक था?

तीन

[1]

कुँवर जयंतीप्रसाद सिंह का सुंदरी से परिचय होने के कुछ साल पहले ही जयश्री की मृत्यु हो चुकी थी। मृत्यु के समय वह छियालीस साल की रही होगी—प्रौढ़ता को झुठलाती हुई एक उच्चवर्गीय, सुसंस्कृत गृहणी। पर उनकी यादों पर उन दिनों जिसका साम्राज्य था, वह यह गृहणी न थी; वह चौबीस साल पहले की जयश्री थी जिसे संयोग ने (या कुँवर जयंतीप्रसाद सिंह के भाग्य ने) एक रात अचानक उनके अँधेरे कमरे में पहुँचा दिया था।

उसका पति एक बड़े ज़मींदार घराने की संतान था। विलायत में शिक्षा पाकर वह इंडियन सिविल सर्विस में शामिल हुआ जिसमें उन दिनों अंग्रेज़ों की संख्या अधिक थी। ऊँचे दर्जे की नौकरियों में कभी-कभी ऐसा अजूबा देखने को मिलता है जो औसत दर्जे का—यानी बिलकुल मीडियोकर होते हुए भी आश्चर्यजनक रूप से सफलता की सीढ़ियाँ लाँघता चला जाता है और असाधारण क्षमतावाले सहकर्मी साधारण चाल से चलते हुए उसे देखते रह जाते हैं। जयश्री का पति ऐसा ही अजूबा था। देश जब आज़ाद नहीं था, तब भी उसे काफ़ी आकर्षक पद मिलते रहे थे। उसके बाद दो घटनाएँ हुईं : देश की स्वतंत्रता और जयश्री का देहांत। उसी के साथ उसकी बढ़त में उछाल आया। लगा कि उसके लिए अब सरकार नहीं, वह खुद उच्चतम पदों में से सबसे ज़्यादा पसंदीदा जगह का चुनाव कर रहा है। ईर्ष्यालु सहकर्मियों का मानना था कि आज़ादी सबसे ज़्यादा उसी को रास आयी है। पुराने लोग कहने लगे कि यह जयश्री के पुण्यों का फल है जो स्वर्गलोक से अपने परिवार पर निरंतर समृद्धि बरसा रही है। बहरहाल, समय से रिटायर होकर वह अब दिल्ली के अभिजात-वर्ग का एक वयोवृद्ध, सम्मानित सदस्य बन चुका है।

(कार की पिछली सीट पर आँख मूँदे हुए, खुद अपने बुढ़ापे को नज़रअंदाज करते हुए, कुँवर जयंतीप्रसाद सिंह ने हिक़ारत से सोचा : वह बुड्ढांची, कलुआ खूसट...आज भी दिल्ली के इंडिया इंटरनेशनल सेंटर में बैठा-बैठा राजनीतिक बहसें करता है! अगर सचमुच जयश्री की मौत के पीछे उसका हाथ है—और सच यह है कि होगा ही—तो उसे जेल में होना चाहिए था! साला सवेरे गोल्फ़ खेलने का नाटक करता है, मशरूम

के समोसे खाता है, अपने बयासी साल की डींग हाँकता है! पता नहीं, ज़िंदा क्यों है!)

जैसे बहुत-से ऊँचे घरानों का इतिहास अफ़वाहों, लोकापवादों और अंदरूनी भेदियों की 'सच तो यह है कि' वाली घोषणाओं में लिपटा रहता है, वैसा ही जयश्री की मृत्यु का प्रसंग भी था। देश की आज़ादी के बाद जयश्री के पति को लंदन के हाई कमीशन में तैनात कर दिया गया था और वह उसके साथ विदेश चली गयी थी। वहाँ किसी दुर्घटना में उसकी मृत्यु हो गयी थी। तब वह चौबीस साल पहले की उद्दाम आवेगोंवाली तन्वंगी नहीं रह गयी थी, उसकी जगह एक प्रौढ़ आयु, सुसंस्कृत व्यवहार और विस्तीर्ण सामाजिक अनुभवोंवाली, एक वरिष्ठ आई.सी.एस. की जीवनसंगिनी ने ले ली थी जिसके आचरण पर कोई उँगली नहीं उठा सकता था।

पर उसकी मौत के बाद उँगली उसी पर नहीं, उसके पति पर भी उठी। अफ़वाह थी और अंदरूनी भेदियों का दावा था कि यह दुर्घटना उसके पति के षड्यंत्र की उपज थी क्योंकि वह जयश्री की शराबख़ोरी और निम्फ़ोमैनिया (नौजवान-परस्ती) से आजिज़ आ गया था। कुँवर जयंतीप्रसाद सिंह को आज के उस 'बुड्ढांची कलुए खूसट' के आपराधिक कृत्य पर पूरा-पूरा यक़ीन था, पर उन्हें इसका बिलकुल यक़ीन नहीं था कि जीवन के उत्तरार्ध में जयश्री पति के सिवाय किसी और को भी चाह सकती थी। पति के प्रति उसकी एकांत निष्ठा के गवाह वे खुद थे।

[2]

बी.ए. की डिग्री लेने के लिए कुँवर जयंतीप्रसाद सिंह ने देश के एक ऐसे विश्वविद्यालय में प्रवेश लिया था जिसे भारत का ऑक्सफ़ोर्ड कहा जाता था। (तब हमने प्रशंसा के ऐसे ही मानदंड बना रखे थे : उपन्यासकार वृंदावनलाल वर्मा को आलोचकगण हिंदी का सर वाल्टर स्कॉट कहते थे, महाकवि कालिदास को भारत का 'शेक्सपियर', यहाँ तक कि ठा. गुरुभक्तसिंह 'भक्त' जैसे नवोदित कवि को हिंदी का वर्ड्सवर्थ!) वहाँ उन्हें एक ऐसे छात्रावास में रहने को मिला जो ऊँची अफ़सरी का पौधघर था। वहाँ के कई छात्र आई.सी.एस. और दूसरी विस्मय-विमुग्ध करनेवाली नौकरियों में हर साल प्रवेश पाते थे। विदेशी शासनकाल में उस विश्वविद्यालय ने कई विद्रोही राजनीतिक नेता भी पैदा किये, वे विदेशी शासन के ख़िलाफ़ आंदोलन करते हुए सत्याग्रह, जलूस, पुलिस के लाठी चार्ज और जेल यात्राओं के रास्ते पर चलते रहे। पर ऐसे भावी नेताओं के लिए दूसरे छात्रावास थे। वे खुद इस छात्रावास में प्रवेश नहीं लेते थे। उनकी निगाह में यह छात्रावास 'टोडी बच्चों' के प्रजनन-केंद्र के सिवाय और कुछ नहीं था।

पर जनसाधारण की निगाह में फ़ंतासी-नगरी बने हुए इस छात्रावास में रहन-सहन की सुविधाएँ—दूसरे छात्रावासों ही की तरह—आदिम ढंग की थीं। भावी आई.सी.एस. अफ़सरों के किए यहाँ हाथ से साफ़ किये जानेवाले शौचालय थे और उन्हें हाथ में लोटा

लिए हुए अपनी बारी के लिए लाइन लगानी पड़ती थी। फ़िनाइल के खुले प्रयोग के बावजूद वहाँ की हवा एक ख़ास क़िस्म की बदबू भर थी। लगातार सफ़ाई के लिए तैनात दो मेहतरों के बावजूद वह जगह एक सार्वजनिक बम्पुलिस से ऊपर नहीं उठ पाती थी। स्नानागारों का भी कुछ ऐसा ही माहौल था। एक कतार में बने हुए छोटे-छोटे आयतनों में कुछ ऊँचाई पर सिर्फ एक टोंटी लगी थी जिससे पानी कभी निकल सकता था, कभी अचानक बंद भी हो जाता था।

आई.सी.एस. की ख़्वाबगाह में मेहनत से पढ़ाई करते हुए उन्होंने किसी तरह डेढ़ साल पार कर लिए। पर अंतिम परीक्षा के छह महीने पहले शौचालय और स्नानागारों के बजाय एक तीसरी संस्था ने उनका दम तोड़ दिया। इसे 'मेस' कहा जाता था। धुँआते हुए एक कमरे में, धीमे बल्ब की रोशनी में, फ़र्श पर बैठकर खाया जानेवाला खाना, जो अभी तक सहनीय भर था, अब उनके लिए असंभव बन गया। पहले जबान का ही असहयोग था, अब पेट भी असहयोग करने लगा! तब उन्हें सिर्फ एक रास्ता दीख पड़ा : पलायन। कुछ ही दिनों में उन्होंने हॉस्टल छोड़ दिया।

जिस बँगले में उन्होंने वहाँ रहना शुरू किया वह एक पड़ोसी ज़मींदार का था जो उनके पिता के मित्र और दूर से उनके रिश्तेदार भी थे। उनकी पहली, और उस अर्थ में शायद आख़िरी प्रेयसी इसी घर की बहू थी। यह वही जयश्री थी जिसके चेहरे की छवि को उनकी कल्पना और यथार्थ के गड्ड-मड्ड ने सुंदरी में निरूपित कर दिया था।

उन दिनों के संपन्न घरानों के चलन के अनुसार जयश्री का पति विलायत गया था। उसका वही लक्ष्य था जो बाद में जयंतीप्रसाद सिंह के लिए तय किया गया : इंग्लैंड जाकर बैरिस्टरी की पढ़ाई करना और वहीं से आई.सी.एस. की परीक्षा देना। बाद में जयश्री का पति आई.सी.एस. हो भी गया, पर कुँवर जयंतीप्रसाद सिंह वक्त पर आई.सी.एस. में नहीं चुने गये। (उनकी असफलता के कारणों की खोज के लिए दूर नहीं जाना पड़ा : उनके बड़े भाई स्वतंत्रता-आंदोलन में शामिल थे, ब्रिटिश सरकार उस ख़ानदान के लड़के को आई.सी.एस. में कैसे ले सकती थी?)

बँगला दुमंजिला था, छोटा और आकर्षक। नीचे चार और ऊपर दो कमरे थे। नीचे बैठक से मिले हुए कमरे में ज़मींदार साहब सोते थे। उनकी पत्नी, जयश्री की सास, ऊपर के एक कमरे में रहती थीं। उसके पासवाला कमरा जयश्री का था जहाँ दिन में कई घंटे रिकॉर्ड बजा करते—शुरुआती दौर के घिस-घिस करते रिकॉर्ड। (अँधेरिया है राति सजन रहियौ कि जइहौं', या 'पिरायँ मोरी अँखियाँ राजा हम से न बोलो'!) ऊपर और नीचे की मंजिलों के इस सेक्स-आधारित बँटवारे में जयंतीप्रसाद सिंह को नीचे बैठक के दूसरी ओर वाला कमरा दिया गया था। उसका अंदरूनी दरवाज़ा भी, दूसरे कमरों की तरह, भीतर बरामदे में खुलता था। ऊपर की मंज़िल पर जानेवाला जीना इसी दरवाज़े के पास था।

इस समय तीन नौकरों को छोड़कर बँगले में कुल यही तीन लोग थे जो कुँवर जयंतीप्रसाद सिंह के आ जाने से चार हो गये थे। उन दिनों के चलन के अनुसार नौकर बँगले के बाहर पीछे बने हुए आउटहाउसों में रहते थे।

[3]

शुरू में वे उसे भाभीजी कहते थे। वह उनसे उम्र में कुछ बड़ी ही होगी। कुछ ही दिनों में उन्हें लगा कि वे उसे 'भाभीजी' या किसी भी स्पष्ट संबोधन से नहीं बुला पा रहे हैं। एक अजीब-सा सम्मोहन उनके मन में फैला जिससे कुछ ही दिनों में उनके लिए कुछ भी कहकर उसे बुलाना असंभव-सा लगने लगा। दोनों में कभी भी खुलकर बात नहीं हुई थी, जो भी बातें होती थीं उनके पीछे एक सौम्य औपचारिकता रहती थी। बाद में जब वह संबोधन 'सुनिए' पर आकर ठिठक गया तो वह और भी असंभव बन गया। 'सुनिए' कहकर उसे रोकने और कुछ कहने का बहाना खोजने की कोशिश में उन्हें लगता कि उनका गला रुँध रहा है; तीन-चार शब्दों के कामकाजी वाक्यों पर ही उनकी बात ख़त्म हो जाती। जयश्री बहुत हलकी मुस्कराहट से—या शायद उसके ओठों का कटाव ही ऐसा था कि न होते हुए भी वहाँ मुस्कराहट का भ्रम पैदा होता—उन्हें देखती, सुनती और धीरे-धीरे नीचे से ऊपर की मंजिल पर, या ऊपर से नीचे रसोईघर की ओर निकल जाती।

उनकी आँखें अब बराबर जयश्री को ही खोजतीं। बी.ए. के अंतिम वर्ष की परीक्षा निकट आ गयी पर उन्हें लगता था कि बी.ए. पास करने के मुक़ाबले जयश्री के साथ खुली हवा, आकाश, वनस्पति या समुद्र की बातें करते हुए कुछ क्षण बिता लेना ज़िंदगी की कितनी बड़ी उपलब्धि होगी।

तभी, एक अजीब-सा मानसिक उफान झेलते हुए, उन्हें एहसास हुआ कि पहले की अपेक्षा नीचे की मंज़िल में जयश्री का आना कुछ बढ़ गया है; यही नहीं, किसी नक़ली विषय पर उनकी ओर से बातचीत शुरू करने के अटपटे प्रयासों पर वह जवाब में कुछ ऐसे वाक्य भी बोलने लगी है जो ज़रूरी नहीं हैं, जो अपने ग़ैरज़रूरीपन में एक आत्मीय रिश्ते की शुरुआत दिखा रहे हैं। उन्हें डर लगा कि ऐसी स्थिति में वे कहीं बेकाबू होकर अपने मन की बात न कह बैठें। पर दिक़्क़त यह जानने की थी : उनका मन क्या चाहता है, कितना चाहता है?

जयश्री की सुंदरता क्लासिकी पैमाने की न था पर उसके छरहरे शरीर और आवाज़ की रहस्यशील आत्मीयता के अतल सम्मोहन में वे बराबर खोये रहने लगे। संपन्न परिवारों की दर्जनों युवतियों के संपर्क में आते रहने के बावजूद उन्होंने इतनी उद्दाम लालसा का अनुभव कभी नहीं किया था। उन्हें किसी असाधारण घटना का पूर्वाभास होने लगा था पर वे उसे न कोई शब्द दे पा रहे थे और न अपने सीमित अनुभवों के सहारे उसका

अर्थ ही समझ रहे थे। उन दिनों के उपन्यासों से, ख़ासतौर से अनेक बँगला उपन्यासों के हिंदी अनुवादों से उन्होंने एक शब्द सीखा था : प्रेमनिवेदन। उन्होंने बेकसी से महसूस किया कि वे सिर्फ़ 'प्रेम-निवेदन' नहीं करना चाहते क्योंकि उन्हीं उपन्यासों में जिस अशरीरी प्रेम की आदर्शवादी कल्पना कहीं-कहीं पढ़ने को मिलती है वह उनके काम की चीज़ नहीं है, वे जयश्री को अपनी बाँहों के घेरे में चाहते हैं, उसके ओंठों पर...।

अंत में किशोरावस्था के कुछ आधे-अधूरे अनुभवों, कुछ अंग्रेज़ी और बँगला कथा-साहित्य के टुकड़ों और इष्ट-मित्रों के कुछ झूठे-सच्चे आत्मकथ्यों के सहारे उन्होंने इस ठहराव को तोड़ना चाहा। उस समय की परिपाटी, यानी उस समय के कथा-साहित्य में प्रचलित परिपाटी के अनुसार उन्होंने जयश्री को एक प्रेम-पत्र लिखा। पत्र में कोई संबोधन नहीं था, भेजनेवाले का नाम नहीं था, सिर्फ़ चार पंक्तियाँ थीं। पंक्तियाँ इस प्रकार थीं—

तुम्हारी यह मादक चितवन,
तुम्हारी यह सलज्ज मुस्कान।
छिपाये मूक प्रश्न 'क्या? क्यों?'
विकल मैं एकाकी अनजान।

उन दिनों हिंदी-साहित्य में छायावाद नामक एक अजूबे काव्य जंतु ने आँखें खोलना शुरू किया था। उसी की प्रचलित शब्दावली को जोड़-गाँठकर इस कविता की सृष्टि हुई थी। एक कागज़ के टुकड़े पर उसे कुछ इस तरह लिखकर जयश्री के रास्ते में जीने पर छोड़ा गया था कि ग़लत हाथों में पड़ जाने पर उसे किसी नवोदित कवि की रचना बताकर वाज़िब सफ़ाई दी जा सके। कागज़ को ज़ीने पर यूँ गिराकर कि निगाह से वह चूके नहीं, उन्होंने अगले दो दिन उपहास के डर और बदनामी की भयंकर आशंका में बिताए।

[4]

तीसरे दिन वह कागज़ उन्हें अपने कमरे की मेज़ पर रखा मिला। कविता की पंक्तियों के नीचे दिलकश लिखावट में सिर्फ़ दो शब्द लिखे थे : क्या? क्यों?

यह उनके जीवन की पहली और आख़िरी काव्य-रचना थी, पर उसका ऐसा ऊँचा पारिश्रमेय शायद ही किसी विश्वकवि को मिला हो।

तब, हवा के जो झोंके रुक-रुककर आ रहे थे, अचानक तेज़ अंधड़ में बदल गये।

जाड़े की बरसाती शाम थी। सूरज डूबने के पहले ही नीचे के बरामदे में धुँधलका फैल गया था। कमरे का टेबल लैंप जलाकर उन्होंने कुछ पढ़ना चाहा पर आँख के आगे फैले हुए अक्षर तरलता के साथ धब्बों में बदल गये थे। उनके कान बरामदे में किसी अनुपस्थित आहट की टोह ले रहे थे। बरामदे के धुँधलके ने जैसे एक जीवंत

सत्ता हासिल कर ली हो। उनकी ज्वरग्रस्त चेतना को यक़ीन था कि जयश्री ज़ीना उतरकर अब बरामदे में आने ही वाली है। नीचे की मंज़िल में इस वक़्त उनके सिवाय एक नौकर भर था जो बरामदे के दूसरे छोर पर रसोईघर में काम कर रहा था और उनकी सबसे बड़ी चिंता यह थी कि कहीं वह बरामदे का बल्ब जलाकर वहाँ के जादू-भरे धुँधलके को तोड़ न दे।

बँगले के पिछवाड़े रेलवे का शंटिंग यार्ड था जहाँ गाड़ियों की आमदरफ़्त और इंजनों की सीटियों का शोर हवा के साथ घमासान मचा रहा था। उससे अब बादलों की गरज भी जुड़ गयी थी। हवा तेज़ होती जा रही थी। उन्हें प्रकृति के ये सामान्य व्यापार अवास्तविक से लग रहे थे और उनकी कल्पना किसी दुर्लभ घटना का इंतज़ार कर रही थी।

जयश्री जब नीचे आयी, सुनने की सारी शक्ति उधर केंद्रित होने पर भी उन्हें उसका आभास नहीं मिला। बादलों की गरज के कारण उन्होंने उसकी पगचाप नहीं सुनी थी। बरामदे में उसके होने का एहसास उन्हें तब हुआ जब उसकी धीमी पड़ती हुई पगध्वनि रसोईघर की ओर चली गयी। इसके पहले कि वे कुछ सोचते, उन्होंने अपने को दरवाज़े के पास बरामदे में खड़ा हुआ पाया। तब तक वह रसोईघर के दरवाज़े पर पहुँच गयी थी और उधर से आनेवाली रोशनी की फाँक में उसकी सधी हुई पीठ, सीधा मेरुदंड, कुछ कम भराववाले नितंब और लोच भरी चाल—और उस सबकी परछाईं उन्हें दीख पड़ी। वे कमरे के दरवाज़े पर खड़े रहे।

रसोईघर में वह नौकर से जो भी कह रही हो, उन्हें सिर्फ़ हवा में तैरती उस आवाज़ की ख़नक भर सुनायी दी। उनकी शिराओं को झनझना देने के लिए इतना ही काफ़ी था (क्योंकि तब तक 'शिरा शिरा' के 'स्फूर्जित' या 'विकलित' होने का शब्दजाल, बँगला से हिंदी कविता में 'झंकृत' होने के बोनस के साथ पैठ गया था।)

अचानक वह बरामदे से ज़ीने की ओर चली, उनके पास से निकलते हुए कुछ ठिठकी, पर रुकने का आभास दिये बिना तीन-चार क़दम आगे बढ़ती गयी। दीवार में उसने एक स्विच दबाया जिससे बरामदे का यह हिस्सा और ज़ीने की कुछ सीढ़ियाँ रोशन हो गयीं। तब, ज़ीने पर चढ़ने के पहले पलटकर उसने उनकी ओर देखा, कुछ क्षण उन्हें देखती रही।

वे नहीं समझ पाये कि उसके चेहरे पर हैरत है, या खीझ, या कोई सवाल, या सिर्फ़ हलकी-सी मुस्कान। एक कौंध जैसी थी जिसके बाद उनकी आँखें दुबारा उधर नहीं उठीं। पर बाक़ी काम उनके पाँवों ने किया। वे बढ़कर उसके पास आये, बोले, "क्यों? क्यों?"

उसने उन्हें सीधी निगाह से देखा, कोई जवाब नहीं दिया। वे ज़ीने पर सीढ़ी-दर-सीढ़ी चढ़ती हुई जयश्री की सधी हुई पीठ और लोच भरी चाल देखते रहे। सामाजिक शिष्टाचार में वे अपने को बहुत कुशल समझते थे, थे भी। पर उन्हें लगा कि शुरू से आख़िर तक उन्होंने जो किया, वह हिमाक़त है, उससे भी ज़्यादा बदतमीज़ी है।

[5]

यह बँगला रेलवे स्टेशन के पास था। उसके पिछवाड़े कुछ फ़ासले पर स्टेशन का विस्तीर्ण यार्ड था जिससे सैकड़ों गाड़ियाँ दिन-रात निकलती रहती थीं, इंजन बराबर शंटिंग करते रहते थे। दिन में इंजनों की सीटियाँ, भोंपू और गाड़ियों की आवाज़ें सामान्य शहरी शोर का हिस्सा बनी रहती थीं। पर रात में वही आवाज़ें पूरे वातावरण को चाँपकर बैठ जाती थीं और लगता था कि वे उसकी सहजता का गला घोट रही हैं। रात में ख़ामोशी के ऊपर सबसे लंबा हमला मालगाड़ियों का होता था जिनकी 'खटर खटर खट् खट्' खत्म ही नहीं होने आती थी। सवारी गाड़ियों के तेज़ चलने के कारण शोर की बुलंदी ज्यादा रहती, पर उसका सिलसिला जल्दी ही ख़त्म हो जाता था।

दूसरे दिन दोपहर बाद। बरामदे में धूप फैली थी—फूलों से लहलहाती क्यारियों का दृश्य! और उसकी गर्दन दबाती हुई बिलकुल उलटी आवाजें, जो शंटिंग यार्ड से कर्कशता के पत्थर फेंक रही थीं। इस असंगति भरे अपराह्न में जयश्री ने अचानक उनके खुले दरवाज़े से अंदर झाँका। वे उधर पीठ किये हुए अलमारी से एक किताब निकाल रहे थे। जयश्री ने धीमी, पर बेहिचक आवाज़ में कहा, "क्यों का जवाब चाहिए? तब रात कमरे में आ जाना। पर एक बजे के बाद।" वे इस झटके को पचाने की कोशिश कर रहे थे। तभी उसने कहा, "और तभी जब कोई लंबी मालगाड़ी निकल रही हो।"

उन्होंने पलटकर देखा : जयश्री के चेहरे की कमनीयता में मासूमियत के सिवाय और कुछ नहीं था। जैसे मौसम के बारे में कोई निस्पृह बात कही जा रही हो, उसने दोहराया, "एक बजे के बाद!"

वे उसे देखते रहे। वह धीरे-धीरे मुड़ी और ज़ीने की सीढ़ियाँ चढ़ने लगी। उसकी संपूर्ण देह सिर्फ़ एक संदेश प्रसारित कर रही थी : कहीं कुछ भी असहज नहीं है!

उन्हें विश्वास नहीं हुआ कि उन्होंने ठीक से सुना है। फिर भी वे जानते थे कि उसके शब्द और उनके अर्थ बिलकुल खुले हुए हैं। सिर्फ़ एक बात स्पष्ट नहीं थी। वे समझ नहीं पा रहे थे कि उसके कमरे में जाने के साथ यार्ड से निकलती हुई किसी ट्रेन का क्या संबंध है।

वह रात तंद्रा और खुली आँखों के बेचैन सपनों में बीती। वे बार-बार कमरे से बाहर निकलकर ज़ीने की ओर बढ़ने की हिम्मत जुटाते रहे पर उन पर लगातार यह भय छाया रहा कि पड़ोस के कमरे से कोई उन्हें देख रहा है। भयानक बेचैनी के बावजूद उनके पैर ज़ीने की ओर नहीं बढ़ पाये। रात भर वे शंटिंग करते इंजन और यार्ड से निकलनेवाली गाड़ियों की आवाज़ें सुनते रहे। पर यह सिर्फ़ चेतना की ऊपरी सतह पर हो रहा था। बहुत गहरे में उन्हें एक ओर उनके चुंबनों के आवेग में पिघलता हुआ जयश्री का चेहरा दीख पड़ता था, दूसरी ओर उन्हें किसी प्रवंचना का डर बराबर सुन्न किये दे रहा था। उन्हें लग रहा था कि जयश्री उन्हें किसी जाल में फँसाकर सारे समाज के

सामने बेनक़ाब करना चाहती है। उत्कंठा और दुश्चिंता के दो ध्रुवों के बीच झूलते हुए उन्हें अंत में यह अप्रासंगिक एहसास हुआ कि इस बंगले में गाड़ियों के शोर के मारे सोना मुश्किल है और इस बात पर हैरत भी हुई कि पिछले दिनों इस पर ध्यान दिये बिना वे सो कैसे जाते थे।

दूसरे दिन जब वे अपने कमरे में जा रहे थे, उन्होंने जयश्री को ज़ीने की निचली सीढ़ी पर पाया। उसने पूछा, "क्या हुआ?" पर यह सवाल उत्तर पाने के लिए नहीं पूछा गया था, उसी के साथ उसने कहा, "अच्छा, आज! पर एक बजे के बाद—जब कोई गाड़ी निकल रही हो।"

[6]

पर उस रात भी उनकी हिम्मत ऊपर जाने की नहीं हुई। वहाँ जाने के लिए पहले बरामदे में आना होता जहाँ रात को किसी भी वक्त अपने कमरे से बाथरूम की ओर जाते हुए जमींदार साहब उन्हें देख सकते थे। वैसे ही, ऊपर जयश्री के पड़ोसवाले कमरे में उसकी सास जाग रही हों तो वह भी छत पर किसी की मौजूदगी का आभास पाते ही शोर मचा सकती थीं। और, कोई उन्हें देखे नहीं, तब भी उनकी पगचाप तो सुनी ही जा सकती थी!

हताशा के क्षणों को गिनते हुए वे इस रात भी बिस्तर पर ख़ामोश पड़े रहे, आने-जाने वाली गाड़ियों की 'धड़-धड़, खड़-खड़' उनके दिमाग़ पर हथौड़े चलाती रही।

वे ऊँघे नहीं थे। फिर भी उन्हें पता नहीं चला कि उनके कमरे का दरवाज़ा कब खुला, कब बंद हुआ और जयश्री वहाँ कब आ गयी। उसकी मौजूदगी का एहसास उन्हें तभी हुआ जब वह पास आकर बैठी, बगल में लेट गयी और उन्हें अपनी बाँहों में समेटने लगी। विस्मय, डर और एक सर्वथा नये क़िस्म के आवेग से उनकी साँस रुँध गयी। कुछ देर जयश्री उनके सिर को अपने वक्ष से सटाये हुए चुपचाप लेटी रही, अपनी फूलती साँस को नियमित करने की चेष्टा करती रही। तभी यार्ड में किसी इंजन ने सीटी दी और उसकी दीर्घायित गूँज के दौरान उन्होंने पहली बार अपने ओठों पर किसी नारी के ओठों का इतना दीर्घ और उन्मुक्त दबाव महसूस किया। उसी के साथ उन्हें एक दबा हुआ स्वर सुनायी दिया, "क्यों?" यह शब्द था; सिसकी भी हो सकती थी। यह स्वर जयश्री के ओठों से निकला था। पर उन्हें तुरंत लगा कि यह दबी हुई सिसकी नहीं है, क्योंकि उसमें उच्छल परिहास की खनक भी थी और साथ में जुड़ी हुई निष्कृति की एक लंबी साँस भी, जिससे लगता था कि छाती पर जमा हुआ कोई भारी बोझ बड़ी मुश्किल से हवा में घुल रहा है।

बिना किसी हरकत के वे बहुत देर तक एक दूसरे की बाँहों में सिमटे पड़े रहे, जैसे वे दोनों भगोड़े हों—नाटकों के किसी दृश्य में पुलिस के सिपाही उनकी तलाश में

जंगल का चप्पा-चप्पा छानते रहे हों और वे दोनों अपने को भाग्य के हवाले करके वहीं कहीं घासफूस से ढके किसी गड्ढे में छिपे पड़े हों।

वह रात नई-नई विस्मयजनक खोजों की रात थी। पहली खोज जयश्री के सुपरिचित (पर अब लगा कि पूर्णतः अपरिचित) शरीर की थी। वह बहुत छरहरी थी और लगभग दुबलेपन की सीमा में आती दीखती थी। पर ऐसा नहीं हुआ। उन्हें अब लगा कि उसके शरीर की घाटियों और उभारों का अनुपात बहुत सही है और जहाँ चाहिए, वहाँ मांसलता पूरी मात्रा में मौजूद है।

दूसरा विस्मय स्पर्श का था। किशोर लड़कियों के साथवाले शुरुआती खेल उन्हें अब बिलकुल निरर्थक जान पड़े। जयश्री के पेट, पीठ और जाँघों को छूते हुए उन्हें उत्तेजना के साथ आश्चर्य भी हो रहा था कि किसी का स्पर्श इतना चिकना और मुलायम भी हो सकता है। सबसे बड़ा आश्चर्य उन्हें इस खोज पर था कि अचानक, सिर्फ भाग्य या संयोग की मदद से, वे आज संसार के सबसे सुखी, सबसे ज़्यादा भाग्यशाली व्यक्ति हैं।

इस सबके बावजूद उनकी चेतना पर शंका और डर का शिलाखंड अचल होकर जमा रहा। जयश्री जितनी ही असंयत, अकुशल आकुलता से उनकी उत्तेजना को उभार रही थी वे उतना ही संकुचित होते जा रहे थे। यह खुला हुआ कमरा और असुरक्षित बरामदा ही इस वक़्त उनकी चेतना पर हावी था। दरवाज़े के पल्ले भिड़े हुए थे पर उन्हें लगता था कि वे किसी भी वक़्त किसी की ठोकर से खुल सकते हैं। कुछ देर तक उन दोनों के बीच द्रवित उत्तेजना, कुंठा, हताशा और बेबसी का जटिल खेल चलता रहा। कुंठा कुछ इसलिए भी गहरी हो रही थी कि जयश्री से बात करने की छटपटाहट के बावजूद उन्हें ख़ामोश रहना था और वे सिर्फ़ निश्शब्द चुंबनों की भाषा पर ही आश्रित थे।

कुछ देर उनके पास रहकर जयश्री अचानक बिस्तर पर उठकर बैठ गयी। यार्ड में दूर से आनेवाली किसी मालगाड़ी की 'खटर खटर खट् खट्' सुनायी दे रही थी और उस आवाज़ का आयतन धीरे-धीरे बढ़ता जा रहा था। लगता था कि गाड़ी नज़दीक आ रही है। जयश्री ने एक बार दरवाज़े के पास खड़े होकर आहट ली, फिर उसने उन्हें जल्दबाज़ी में चूमकर धीरे से बरामदेवाला दरवाज़ा खोला, दोनों ओर सावधानी से देखा और पाँवों की आवाज़ को यार्ड से गुज़रनेवाली गाड़ी की 'खटर खटर खट् खट्' में दबाकर एक छाया की तरह ज़ीने में अलक्षित हो गई।

[7]

अतृप्ति और आवेग, भय और उन्माद का यह दौर कुछ महीने चलता रहा, बी.ए. की परीक्षाएँ भी इसी दौर में कटीं और उनके घरवाले कभी इसका कारण नहीं जान पाये कि प्रथम के बजाय उन्होंने पहली बार द्वितीय श्रेणी में इम्तहान पास किया है।

उन रातों में कभी-कभी ऐसा होता कि गाड़ियों के शोर के बावजूद उनमें से किसी का भी कमरे से बाहर निकलना निरापद न होता। तब वह पूरी रात उनके दिमाग़ में गूँजती हुई 'खटर खटर खट् खट्' के साथ ही ख़त्म हो जाती। पर अधिकांश रातों में अपनी क़िस्मत पर आश्चर्य करते हुए वे जयश्री से नयी उम्र की पूरी उद्दामता के साथ मिलते और दोनों जल्दबाज़ी की मजबूरी में अपनी-अपनी क़िस्मत को कोसते हुए हताशा के कोहरे में अलग-अलग हो जाते।

उन्हें जितनी हैरत अपने ऊपर थी उतनी ही जयश्री पर। दोनों ही सुसंस्कृत थे और प्रेम की रहस्यवादी, आदर्शवादी कल्पनाओं पर—जो उन्हें कविता और कहानियों से मिली थी—पले हुए थे। पर यहाँ उन दोनों के बीच जो प्रेम पनपा वह ठेठ मांसलता और कारोबारी कामुकता का था। मिलते ही दोनों बदहवासी से एक दूसरे को अपनी बाँहों में बाँध लेते, एक दूसरे के कपड़ों को अनभ्यस्त उँगलियों से हटाते हुए जल्दी से जल्दी एक दूसरे के खुले शरीरों तक पहुँचना चाहते। उन्हें पता था कि उनके पास सिर्फ़ गिने-चुने क्षण हैं, पर विडंबना यह थी कि उन क्षणों का सबसे ज़्यादा, तुष्टिकर उपयोग करने की उत्कंठा ही उस उपयोग में बाधक बन जाती और उन क्षणों को वे चरम उत्तेजना और भय की चपेट में बरबाद कर देते।

उन दिनों निवाड़ के बुने पलँगों और घरेलू गद्दों का चलन था। पर उनमें ख़राबी यह थी कि ज़रा-सा ज़ोरदार दबाव मिलते ही उन पलँगों से आवाज़ें निकलने लगती थीं। दोनों ने इतना सीख लिया था कि वे पलँग पर साँस रोके पड़े रहें और जैसे ही बाहर रेलवे यार्ड में किसी गाड़ी की शंटिंग शुरू हो वे उसी की लय के साथ अपनी यौन-यात्रा को आगे बढ़ाते; पर इस प्रक्रिया में उनका सारा ध्यान पारस्परिक संसर्ग की बेसुधी और उल्लास पर केंद्रित न होकर बाहर की आवाज़ों पर जमा रहता था। सारी कोशिश बाहर की 'खटर खटर खट् खट्' की लय के साथ जल्दी से जल्दी प्रेम-क्रीड़ा की चरम-सीमा लाँघकर सुरक्षित रूप से बच निकलने की होती थी।

कभी-कभी ऐसा भी होता कि बाहर के किसी वास्तविक या काल्पनिक खटके से दहलकर वे दोनों बिलकुल ही निष्क्रिय हो जाते। उस समय उतावली में जयश्री उन्हें जितना ही उत्तेजित करना चाहती, वे अपने को उतना ही असमर्थ पाते। हुआ यह कि हर हालत में उनके प्रेम-प्रसंग की सफलता बाहर गाड़ियों के शोर से जुड़ी रहती।

एक बार ऐसा भी हुआ कि वह उनके पास नहीं आयी और वे असाधारण हिम्मत दिखाकर ज़ीना पार करके उसके कमरे में गये। पर उसके बाद उनकी हिम्मत की दीवाल ढह गयी। उसके पास ख़ामोश उतावली में तड़पते हुए उन्होंने कुछ क्षण हिलते-डुलते मुर्दे की तरह बिताये और यार्ड में अगली रेलगाड़ी की आवाज़ गूँजते ही मौक़ा पाकर वहाँ से बच निकले।

इस तरह प्रत्येक प्रणय-क्रिया के बाद एक अलस थकान और तृप्ति की जगह दोनों एक साथ भयानक बेचैनी और अधूरेपन का अनुभव करते रहे। ग़नीमत यही रही कि

इस सबके बावजूद दोनों के मन में बार-बार यह आशा उभरती रही कि शायद वे अगली बार इस त्रासद स्थिति का समाधान खोज लेंगे।

पर ऐसा कभी नहीं हुआ और बी.ए. की परीक्षा देकर उन्हें रियासत में वापस आ जाना पड़ा। उसके बाद ही बैरिस्टरी के लिए विदेशयात्रा की तैयारी शुरू हो गयी।

जयश्री से दूर चले जाने के बाद उसके साथ पत्र व्यवहार की कोई संभावना नहीं रही। उस ज़माने के परिवारों में सास बहू की और पति पत्नी की चिट्ठी खोलकर पढ़ ले तो उसे अनुचित न माना जाता। वे उसे पत्र नहीं लिख सके और जयश्री ने भी उन्हें नहीं लिखा। ईश्वर और उसकी भक्ति में उनकी ख़ास दिलचस्पी न थी, पर वे भक्तों की चरम व्याकुलता के साथ कई साल प्रार्थना करते रहे, "हे ईश्वर! या अल्लाह! ओ गॉड! मुझे और कुछ भी न दो, सिर्फ़ चौबीस घंटे का एक ऐसा दिन दो जो बिलकुल अकेले जयश्री के साथ बिता सकूँ! सिर्फ एक दिन!"

पर ईश्वर, अल्लाह और गॉड ने उन्हें सब कुछ दिया, एक यही नहीं दिया।

[8]

बाईस-तेईस बरस बाद वह अपने आई.सी.एस. पति के साथ दिल्ली में रह रही थी; वे अपने प्रदेश की राजधानी में पत्नी और पुत्र विवेक के साथ रहने लगे थे। अब तक वे प्रदेश के एडवोकेट जनरल हो गये थे, पैंतालीस साल की उम्र में होनेवाले सबसे कम उम्र के एडवोकेट जनरल! हवा में उन दिनों आज़ादी की सुगबुगाहट भर गयी थी—शायद तभी, या शायद विपक्षी परिवारों में कम से कम एक महत्त्वपूर्ण व्यक्ति को अपनी पार्टी में रोके रहने की नीति से, एक चिरंतन विद्रोही तअल्लुक़ेदार के इस भाई को ब्रिटिश सरकार ने एडवोकेट जनरल बना दिया था। (यही नीति बाद में स्वतंत्र भारत की सरकार ने अपनायी। प्रतिपक्षी नेता के बैरिस्टर भाई को आसानी से संयुक्त राष्ट्र में अपना प्रतिनिधि नामज़द करके उस पर अपने प्रति वफ़ादारी का ठप्पा लगा दिया!)

वे दिल्ली गये थे। जयश्री के पति से सामाजिक और पारिवारिक संपर्क थे। पर घनिष्ठता न थी। तब भी उन्होंने पत्र लिखकर उसी के यहाँ इस डेढ़ दिन की यात्रा में रुकने का इरादा जताया। यह अतीत को एक ठस, ठोस, संपन्न, स्वादहीन वर्तमान में थरथराती उत्कंठाओं के साथ आरोपित करने की कोशिश थी।

उसे वे जिस तरह याद करते थे, वह उससे भी ज़्यादा कमनीय लगी—जिस्म में थोड़ा वज़न जुड़ जाने के बावजूद। उन्हें याद था कि उसका रंग गेहुँआ है। आज वह निश्चय ही गोरी दिखी—उनकी याद में सोने की दीप्तिवाली उपमाओं, उत्प्रेक्षाओं, रूपकों से भरपूर पुरानी कविताओं के स्लूस गेट खोलती हुई। संयोग या भाग्य—जिसके लिए उन्हें अंग्रेज़ी का भारी-भरकम शब्द 'डेस्टिनी' याद आया—उनकी तपती हुई ज़िंदगी में छायाएँ फैलाने को आतुर दीख रहा था! फिर पुरानी कविता की याद, जिसमें तुलसीदास

ने भरत पर प्रकृति की अनुकूलता का बखान करते हुए बताया है कि वे राम से मिलने जब चित्रकूट जा रहे थे तो बादल सूरज को ढककर उन्हें छाया प्रदान कर रहे थे। इस सौभाग्य का सबूत यह था कि सवेरे उनके साथ नाश्ता कर चुकने पर जयश्री के पति ने बताया कि उसे आज ही कलकत्ता जाना पड़ रहा है, कि वह तीन दिन बाद लौट पाएगा, कि 'मुझे कितना अफ़सोस है कि आपके साथ यह वक़्त बिताने का मौक़ा चूक गया,' कि 'अपने घर जैसा महसूस कीजिए, जयश्री तो है ही!' उनके कोई संतान न थी।

वह उनके साथ शाम की चाय पर थी, रात को दोनों ने साथ खाना खाया। वह उनके बारे में सब कुछ जान लेने को उत्सुक थी। पर सारा दिन वे अपने दिमाग़ में किसी शंटिंग यार्ड में इंजनों की 'खटर खटर खट् खट्' सुनते रहे थे, वे उसके वर्तमान को लेकर कोई उत्सुकता भरे प्रश्न नहीं पूछ पाये, वे बाईस साल पुरानी यादों को लेकर कुछ पूछना चाहते थे, पर जयश्री की सौम्य, सुसंस्कृत मुस्कान और दूरी-भरी आत्मीयता के आगे वे गूँगे बने रहे। फिर भी सब कुछ मुरझाया नहीं था। "रात होने दो।" 'खटर खटर खट् खट्' के बीच उन्होंने शाम की चाय के समय सोचा था। पर रात हो गयी, वे डिनर भी ले चुके, अपने बेड-रूम में पहुँच गये; तब भी कुछ नहीं हुआ।

पर इतना हुआ कि जयश्री ने धीरे-से उनके कमरे का दरवाज़ा खोला। चारों ओर सजग निगाह दौड़ायी, फिर बाथरूम की ओर जाकर उसकी रोशनी का स्विच बाहर से दबा दिया, "कमरे में अँधेरा होने पर भी आपको इतना उजाला मिल जाएगा कि इस दरवाज़े का पता रहे!" उसने कहा, दरवाज़े के नीचे से उजास की फाँक दिख रही थी। फिर उसने उनकी शैया के पास छोटी मेज़ पर रखे हुए थरमस पर निगाह डाली, गिलास पास ही में रखा था। नज़दीक आकर बिस्तर से लगे हुए बिजली के स्विच को छुआ, बड़ी आत्मीयता से कहा, "मैं सवेरे कुछ देर से उठती हूँ। आपको बेड-टी की ज़रूरत हो तो इस स्विच को दो बार दबाइएगा। ख़ानसामा आ जाएगा।"

वे बिस्तर पर उठ बैठे थे, बाईस साल पहले के छरहरे नौजवान नहीं, हैसियत बख़्शने वाली ज़रा-सी उभरते तोंद के स्वामी, हृष्ट-पुष्ट बैरिस्टर। पर बाईस सालों का अंतराल ध्वस्त हो चुका था। उन्होंने जयश्री का हाथ पकड़ा, कहा, "जै! कैसी हो तुम!"

बाईस साल पहले खुले दरवाज़े और पास के कमरे में लेटे एक बुज़ुर्ग की मौजूदगी के आतंक में, चुंबनों के सैलाब के बीच, 'जयश्री' जैसा नाम बड़ा लंबा लगता था। तब एक हलकी सिसकी की तरह 'जै' उनके आवेग में एक नयी सघनता जोड़ता था। पर इस वक़्त यह संक्षिप्त नाम पहले वाले 'जै' का एक व्यंग्य-चित्र भर होकर रह गया क्योंकि जयश्री ने मुस्कराकर कहा, "बहुत अच्छी हूँ। देख नहीं रहे हैं आप? और आप कैसे हैं?"

आखिरी सवाल बड़ी ही सहज और आत्मीय आवाज़ में किया गया, पर जयश्री तब भी उनके पास खड़ी रही, उनके और नज़दीक नहीं आयी। वे उसका हाथ पकड़े रहे, उसने छुड़ाने की कोशिश नहीं की। पर उन्हें बताने की ज़रूरत नहीं थी कि यह

निरर्थक है। उन्होंने हाथ छोड़ दिया। जयश्री ने वहाँ से हटने में जल्दबाज़ी नहीं दिखायी, धीरे-धीरे दरवाज़े की ओर गयी। फिर रुककर उसने उनकी ओर देखा, उसकी नज़र में उन्हें उदासी की छाया दिखी; पर यह भ्रम भी हो सकता था। उसने बड़ी कोमलता से कहा, "गुड नाइट," उस आवाज़ में उन्हें कुछ और उदासी की खनक सुनायी दी। या यह मेरे बेवकूफ़ मन की एक नाटकीय अनुभूति भर है! उन्होंने सोचा; तब तक जयश्री दरवाज़ा बंद करके बाहर जा चुकी थी!

यह एक बेचैन यात्रा का अंत है। पूर्ण विराम, फिर भी कितना अधूरा! इतने वर्षों तक रेलवे के किसी शंटिंग यार्ड में वे निरंतर 'खटर खटर खट् खट्' की गूँजें-अनुगूँजें सुनते रहे थे। यह क्या किसी ख़ामोश क़ब्रिस्तान में प्रेतों का खिलवाड़ भर था?

[9]

कुछ ही वर्षों में, देश के आज़ाद हो जाने पर, उन्हें ख़बर मिली कि जयश्री अपने पति के साथ इंग्लैंड चली गयी है। यह भी सुनने में आया कि पति से उसके संबंध सहज नहीं हैं, वह पियक्कड़ हो चुकी है। फिर कई वर्षों बाद एक दुर्घटना, उसकी मृत्यु की खबर।

विदेशी शिक्षा-दीक्षावाले के लिए जयश्री से उनका संबंध एक अल्पकालीन 'अफ़ेयर' भर था और उन्हें ऐसा ही समझना था। पर बीतते हुए समय के साथ इस घटना में रोमांस, टीस और उदासी-भरी उत्कंठा के तत्व जुड़ते गये और व्यवहार-बुद्धि में कुशल एक बैरिस्टर के लिए आत्म-प्रवंचना की यह अँधेरी भूल-भुलैया इतनी आकर्षक साबित हुई कि वह बाद में एक सर्वथा अपरिचित सुंदरी के लिए उसके सम्मोहन का आधार बन बैठी। और वह सम्मोहन सुंदरी की मौत के बाद ही टूटा। और यह अचानक हुआ। सुंदरी की कोई तस्वीर उनके पास नहीं थी। पर बिस्रामपुर से लौटते समय स्मृतियों के घटाटोप में उसके चेहरे की जो आकस्मिक झलक उन्हें मिली, उसने एक क्षण में बरसों तक सहेजी गयी इस आत्म-प्रवंचना को चकनाचूर कर दिया कि जयश्री ही सुंदरी की शक्ल में एक बार फिर उनकी ज़िंदगी में आयी है।

उन्हें अभी और जीना है। यथार्थ को सहने के लिए उन्हें फिर से कुछ नयी विडंबनाओं, कुछ नये आत्म-छलों की खोज करनी होगी।

चार

[1]

अब एक सप्ताह बाद उनकी गवर्नरी का यह दूसरा दौर भी ख़त्म होनेवाला था। वे अस्सी पार कर चुके थे पर भविष्य की योजनाओं और ख़्वाबों के लिए इस उम्र को नज़रअंदाज़ किये हुए थे; अगर कभी वह उनकी चेतना में उभरी भी तो वे उसे मन की पूरी ताक़त से निरर्थक घोषित कर देते थे।

'महामहिम' और 'योर एक्सिलेंसी' का संबोधन सुनते-सुनते उन्हें अपनी सूझ-समझ पर इतना ज़्यादा भरोसा हो गया था कि उन्हें हर तीसरा आदमी बेवकूफ़ और अपनी बेवकूफ़ी में हास्यास्पद या दयनीय दीखता था। उन्हें इत्मीनान था कि उनकी जैसी दुर्लभ योग्यतावाले आदमी के लिए एक न एक ऊँची कुर्सी हर वक़्त ख़ाली रहेगी। देश की बगटुट राजनीति में प्रधानमंत्री के इर्द-गिर्द डोलने-फिरनेवाले दो-ढाई दर्जन लोगों में उनकी गिनती नहीं थी, पर भीतर ही भीतर वे अपने को प्रधानमंत्री का विघ्नविनाशक (ट्रबुल शूटर) मानने के आदी हो गये थे। अपनी समझ में उन्होंने कई मौक़ों पर इस राज्य की ख़तरनाक राजनीति में प्रधानमंत्री को बहुत बड़े असमंजस से उबारा था। उन्हें विश्वास था कि प्रधानमंत्री उन्हें कभी नहीं भूलेंगे।

[2]

पिछले पखवाड़े वे राज्य के कई शहरों में अपना विदाई-भोज ग्रहण कर चुके थे और अब इस पहाड़ी क़स्बे में ग्रीष्म-समारोह का उद्‌घाटन करने आये थे। यहाँ उनका ग्रीष्मकालीन राजभवन भी था। वहाँ रहते हुए उन्हें तीन दिन विदाई-भोजों और कुछ पारंपरिक सामाजिकताओं के बीच बिताने थे।

देवदारुओं से ढकी एक पहाड़ी चोटी की निगहबानी में फैले हुए अपने ग्रीष्म निवास की बालकनी पर वे अलसाये हुए बैठे थे। आलस की जड़ में उम्दा नाश्ता और गुनगुनी धूप थी। उनके पास कॉफ़ी टेबल पर कई अख़बार और पत्रिकाएँ फैली थीं, पर वे उन्हें न देखकर नीचे क़स्बे की मुख्य सड़क को देख रहे थे। दरअस्ल, देख वे सड़क को भी नहीं रहे थे। सिर्फ़ उनकी आँखें सड़क पर थीं और आँखों में वाशिंगटन का एक जीवत

सपना था।

उनके दो-एक हितैषी कुछ महीनों से दिल्ली में गुपचुप दौड़धूप कर रहे थे—उनके लिए कोई काम ढूँढ़ने की। वे उन्हें लगातार भरोसा दिला रहे थे कि प्रधानमंत्री उनके विस्तीर्ण अनुभव का इस्तेमाल उन्हें किसी बड़े देश में राजदूत बनाकर या कोई वैसा ही दूसरा ओहदा देकर करनेवाले हैं। खुद प्रधानमंत्री ने उन्हें कोई खुला संकेत नहीं दिया था। बस, दो महीने पहले उन्होंने किसी को बीच में डालकर टेढ़े-मेढ़े ढंग से जानना चाहा था कि गवर्नरी की अवधि बीतने पर उनकी भावी योजनाएँ क्या हैं और उसी के साथ—कुँवर जयंतीप्रसाद सिंह को बताया गया था—प्रधानमंत्री ने अपनी सुपरिचित मुस्कराहट के साथ अंग्रेज़ी में कहा था, "हमें उनकी ज़रूरत है।"

पर्यटकों की चुहलबाज़ी और बेफ़िक्री के माहौल में नीचे सड़क पर एक खूबसूरत हिल स्टेशन की नक़ली संपन्नता बिखरी हुई थी। उसके बीच—किसी स्विमिंग पूल के साफ़ पानी पर अचानक उतरा आनेवाले गंदगी के धब्बों जैसे—कुछ और लोग भी थे। मैले-कुचैले कुली, कुछ घोड़ेवाले जो घुड़सवार पर्यटक की हिफ़ाज़त के लिए घोड़े की दुम पर उँगलियाँ लगाये हुए घोड़े की ही रफ़्तार से दौड़ रहे थे, कुछ खोमचेवाले, मज़दूरी और भीख के बीच झूलते हुए कुछ बेपनाह लड़के!

आँखों में वाशिंगटन का सपना न होता तब भी वे इस भीड़ को देख नहीं सकते थे। हर जटिल मानवीय त्रासदी को सुलभ मुहावरों और सैद्धांतिक शब्दजाल में डुबो देने की जो सहज क्षमता हमारे सत्तारूढ़ राजनीतिज्ञों में आ जाती है, वह उनमें बहुत पहले आ चुकी थी। यह वही क्षमता है जिसके सहारे हम आदिवासियों को सिर्फ़ लोककला के साथ, खेतिहर मज़दूरों को प्रजातंत्र के सतर्क प्रहरी के रूप में या शोषित महिला वर्ग को भविष्य की क्रांतिदर्शी चेतना बनाकर देखने लगते हैं और उनकी समस्याओं से निगाह फेर लेते हैं। सत्तारूढ़ों के इस अंधेपन को हासिल करने के लिए अब उन्हें खुली आँखों में कोई दिलफ़रेब सपना पालने की ज़रूरत न रही थी।

बहरहाल, उनके सपने को तोड़ने के लिए उनका एक अनुसचिव कॉर्डलेस टेलीफोन लिए उनके पास आ गया। दिल्ली से फोन था। टेलीफोन हाथ में लेकर उन्होंने आदतन् अनुसचिव को घूरा। पर इस इशारे की ज़रूरत न थी। वह पहले ही फोन पर होनेवाली बातचीत की परिधि से बाहर चला गया था।

पहले कुछ औपचारिक, फिर कुछ स्नेहपूर्ण बेतकल्लुफ़ी, फिर बेतकल्लुफ़ नाराज़गी के साथ वे फोन पर बात करते रहे। उन्हें जो बताया गया, उसे उन्होंने सुनते ही सच माना, पर आसानी से उस पर यक़ीन नहीं हो रहा था। ब्रह्मांड की सबसे बड़ी दुर्घटना की ख़बर वे फ़ोन पर सुन रहे थे : वाशिंगटन में राजदूत के रूप में किसी दूसरे की नियुक्ति हो चुकी है। आज रात रेडियो की ख़बरों में उसका नाम आ जाएगा। और, वह है...!!!

"पर विपिन?" कुँवर जयंतीप्रसाद सिंह सहज, असंपृक्त आवाज़ में कह रहे हैं, "वे अमेरिका में उसे राजदूत बनाकर कैसे भेज सकते हैं? फ़ॉरेन सर्विस से रिटायर हुए उसे

चौदह साल हो गये! इस बीच उसने न जाने कैसी-कैसी राजनीतिक चरागाहों में मुँह मारा है! यही नहीं, मैं जानता हूँ कि वह पूरी तौर से 'सिनाइल' हो चुका है...।

"क्या हो गया है इन लोगों को दिल्ली में? ऐसी जगहों पर जिन्हें भेजना हो, उनका पुराना रिकॉर्ड देखते ही नहीं? कोई भी जाँच-पड़ताल नहीं? जब वह अफ़गानिस्तान में ऐंबैसेडर था, वहाँ के अमीरों से क़र्ज़ लिया करता था। उनका न जाने कितना रुपया उसने कभी वापस नहीं किया! और पश्चिम जर्मनी में उसके साथ जुड़ा हुआ चाँदी की टी सर्विसवाला स्कैंडल! वह तो सरासर चोरी थी। उस पर मुक़दमा चलना चाहिए था। और...दक्षिण अफ्रीका! ओह दक्षिण अफ्रीका। ओह! तुमने सुना ही नहीं। वह विदेशी कारें अपने दूतावास के लिए मँगाता था और महँगे दामों में उन्हें स्थानीय रईसों को बेचता था : क़ानून-क़ायदा एक तरफ़!

"ठीक है! वे जानें, उनका काम जाने। मैं निश्चिंत हूँ!

"नहीं भाई, नहीं! यहाँ से छुटकारा पाकर दिल्ली ही आऊँगा। कुछ महीने वहीं रुकूँगा। नहीं, किसी सरकारी अतिथिशाला में नहीं। होम मिनिस्टर साहब की मेज़बानी में तो हरगिज़ नहीं! इस बार अपने बेटे के पास रुकूँगा। विवेक की पुरानी शिकायत का लिहाज़ करना ही पड़ेगा।

"फिर कुछ सुकून, कुछ घरेलू आराम पाने का कुछ हक़ मुझे भी है!"

[3]

मगर एक छोटी-सी घटना ने उनका सुकून छीन लिया!

गवर्नरी का पद छोड़कर, उन्हीं के शब्दों में "सारे झमेलों से फ़ुरसत पाकर" वे दिल्ली आ गये थे। इस बार वे यहाँ अपने बेटे विवेक के साथ रुके थे। आर्थिक विकास संस्थान के निदेशक की हैसियत से इस विस्तीर्ण दुमंज़िले बँगले के दो कमरों में पिता के रहने की व्यवस्था कर चुकने पर इतने बड़े बँगले में रहने का उसका अपराध बोध कुछ घट गया था।

उस शाम वे लोग, अपनी रियासती कोठी के दिनों को दोहराते हुए, बँगले की छत पर बैठे थे। उमस भरी गरमी थी। शाम को नहाने की बात उठते ही उन्होंने ऐलान किया कि वे वहीं छत पर नहाएँगे। विवेक ने सुझाव दिया कि नीचे गुसलख़ाने में ज़्यादा सुविधा होगी; पर उन्होंने कहा, "पता है, पर पुराने दिनों की तरह नहाना चाहता हूँ।"

उनके साथ रियासत के दिनोंवाला उनका भरोसेमंद सेवक धीरजसिंह था। रियासत के एक पुराने नौकर का एक नौजवान लड़का भी वहाँ पर था। वह विवेक का खाना बनाता था। फ़िल्मी अंदाज़ में उसका नाम था मुकेश। दोनों कुँवर जयंतीप्रसाद सिंह को अब पुराने ढंग से छत पर नहलाने लगे।

छत के कोने में एक बड़ी चौकी रखी गयी। केवड़ा डालकर ठंडे पानी की कई

बालटियाँ उसके पास सजायी गयीं। संदल का चर्बीहीन सुगंधित साबुन लाया गया। तब दोनों नौकरों ने उनकी काया को धोया; उसे मलना, उस पर साबुन लगाना, उसे फिर मलना, उसे फिर धोना शुरू किया। इस तरह कुछ देर बाद उनके जिस्म का—और उसके वृत्त से कई हाथ दूर तक का—तापमान जब कुछ नीचा हुआ तो धीरजसिंह ने तौलिए से उनके सिर, गर्दन, पीठ, पेट, जाँघ, टाँगों आदि को सँभाल-सँभालकर पोंछा। उसके बाद अपनी कमर, नितंब, शिश्न, गुदा आदि पर लिपटी हुई गीली धोती से पानी टपकाते हुए वे धीरजसिंह के कंधे का सहारा लेकर चौकी पर खड़े हो गये।

बाद की कार्रवाई के लिए विशेषज्ञों के कौशल की ज़रूरत थी। होना यह चाहिए था कि एक सेवक उनकी गीली धोती खोलकर नीचे गिराता और उसी समय दूसरा सेवक सूखी धोती से उनकी कमर और टाँगों को चारों ओर से ढक लेता। उसमें कमाल इस बात का था कि कहीं से उनकी बेपर्दगी न होने पाये।

पर, इसे अभ्यास की कमी कह लीजिए, यहाँ मुकेश एक सेकंड के लिए चूक गया। धोती लपेटने में कुछ असावधानी हो गयी और उस क्षण में कुँवर जयंतीप्रसाद सिंह के घरवालों को उनके खुले अंगों की एक झलक दिख गयी। तभी उनके ढीले हाथ का तमाचा मुकेश की नाक पर पड़ा।

विवेक अपनी जगह खड़ा हो गया था। उसने पुकारा, "बाबूजी!" मुकेश दूसरी ओर सिर झुकाकर हथेली से नाक पोंछने लगा था।

विवेक की आवाज़ से जैसे जागकर मुकेश अचानक घूमा, उसने तीखी निगाह से उनकी ओर देखा और झटके के साथ ज़ीने की ओर बढ़ा। चलते-चलते उसके पैर की ठोकर एक ख़ाली बालटी को लगी, या शायद उसने जानबूझकर बालटी को ठोकर मारी और वह लुढ़ककर छत की मुँडेर से जा टकरायी। अब तक धीरजसिंह ने उनकी धोती बाक़ायदा कमर पर लपेट दी थी। उसका सिर झुका हुआ था, जैसे उसके लिए कहीं कुछ नहीं हुआ है, जैसे उसने कुछ नहीं देखा है।

कुँवर जयंतीप्रसाद सिंह को लगा, वे हमेशा के लिए नंगे हो गये हैं।

जक तक किसी को कुछ सूझे, या कोई किसी को पुकारकर मुकेश को रोकने की कोशिश करे, वह तेज़ी से ज़ीना उतरकर बँगले के फाटक की ओर बढ़ गया।

वे कमर पर धोती लपेटे कुछ पल चौकी पर खड़े रहे, फिर नीचे उतरकर धीरे से आरामकुर्सी पर बैठ गये। एक पेडस्टल पंखे को घुमाकर धीरजसिंह ने हवा का रुख़ उनकी ओर कर दिया।

"किसका लड़का है यह?" उन्होंने पूछा।

विवेक ने उसके बाप का नाम भर बताया, कुछ और नहीं कहा। फिर अपने पिता को कुछ ज़्यादा ही ख़ामोश देखकर बोला, "वह जा चुका है, अब वापस नहीं आएगा।"

"उसके बाप को एक ख़त लिख दो...।"

"कोई फ़ायदा नहीं। मुझे लगता है, वह वहाँ भी नहीं जाएगा।"

थोड़ी देर ख़ामोशी रही। उन्होंने धीरजसिंह से टेलीफोन लाने को कहा, विवेक से बोले, "वक़्त बदल गया है।"

विवेक ने सहमति में सिर हिलाया। पर उसका चेहरा बता रहा था कि बदले हुए वक़्त के लिए उसके मन में ज़रा भी अफ़सोस नहीं है।

[4]

अगले दिन नाश्ते पर उन्हें विवेक ने बताया, "रेड्डी साहब का फोन आया था। वे दस बजे आनेवाले हैं।"

"आने दो, पर उसकी गपबाज़ी से मैं ऊब गया हूँ। दिखता यही है कि पी.एम. की ओर से सारे फ़ैसले वही ले रहा है, पर उसकी हैसियत कुत्ते से भी गयी-बीती है।"

विवेक ने मुस्कराकर यह ग़ैरज़रूरी बयान सुन लिया।

कुँवर जयंतीप्रसाद सिंह को यहाँ आये हुए एक महीने से ऊपर हो रहा था। विवेक को पता था कि उसके पिता को कोई हैसियतदार ओहदा दिलाने के लिए इस बीच छिपे-छिपे कई तरह की खींचतान चल रही है। वह कोई भी प्रतिक्रिया दिखाये बिना भारत सरकार की उच्चतर नियुक्तियों का खेल पहली बार इतने नज़दीक से देख रहा था। चिंता यही थी कि इन दिनों उसके पिता स्वभाव के विपरीत बहुत खुली और खीझ भरी बातें करने लगे थे।

"तुम हँस रहे हो!" उन्होंने विवेक से कहा।

इस बार विवेक खुलकर हँसा, बोला, "बाबूजी, इन राजनीतिक जंतुओं में सचमुच ही अगर कोई ऐसा दिखे—जिसकी हैसियत कुत्ते से बेहतर हो तो मुझे बताइएगा। देखना चाहूँगा कि वह कैसा दिखता है।"

रेड्डी कभी केंद्रीय मंत्री रह चुका था। बाद में—जब वह लोकसभा का चुनाव हार गया—उसे राज्य सभा में भेज दिया गया था। वह आदतन् हमेशा जल्दबाज़ी में रहता। किसी भी बात को पूरे विस्तार और तथ्यों के साथ पढ़ने, सुनने, सोचने, समझने का उसमें धीरज नहीं था। इसके बावजूद उसे पिछले सालों में वित्त आयोग का अध्यक्ष बना दिया गया था। उस हैसियत से केंद्र की अर्थव्यवस्था को अराजक बनाने में उसकी बड़ी सशक्त भूमिका रही थी। अब, वित्त आयोग की लुटिया डुबोकर और प्रधानमंत्री के मुँह से ढेर-सी सार्वजनिक वाहवाही लूटकर, वह बेकार हो गया था; पर बेकार बैठा नहीं था।

कुँवर जयंतीप्रसाद सिंह से उसने अपनी जल्दबाज़ीवाली शैली में कहा, "क्या कहते हैं? क्या सोचते हैं? भारतीय सांस्कृतिक संबंध परिषद् के बारे में? यानी, मेरा मतलब है, उसकी अध्यक्षता के बारे में!"

उन्होंने जवाब दिया, "आप क्या सोचते हैं?"

"ले लेना चाहिए। बिना हिचक। आपको फिलहाल उसे छोड़ना नहीं चाहिए। किसी

ने कहीं इसके लिए आपका नाम उठाया है। अभी न पूछिए कि किसने, कहाँ। अच्छा काम है, आपके लिए, फिलहाल!"

"मेरे लिए? ओह! मैं समझा था ऐसा कोई प्रस्ताव आपके लिए है।"

"मेरे लिए?" वही शब्द रेड्डी ने दोहराये। वह ठठाकर हँसा, बोला, "मैं तो प्राइम मिनिस्टर की 'आई नीड यू' का शिकार हो गया हूँ। वे ख़ामोश हैं। तीन बार यह फार्मूला बोल चुके हैं। तीनों बार उसके बाद वे ख़ामोश हो गये हैं।

वे कहते-कहते रुके : मेरे साथ भी ऐसा ही हो चुका है। रेड्डी ने कहा, "यह काम हाई प्रोफ़ाइलवाला है। देश के उपराष्ट्रपति पहले इसके अध्यक्ष हुआ करते थे। बेकार है—यानी, ज़्यादा सोचना। ले लीजिए।"

सांस्कृतिक संबंध! यानी नचनिये-गवैयों के खेल! वे रेड्डी को थोड़ी देर तक मुस्कराते हुए देखते रहे, बोले, "दोस्तमन, जिसने भी आपसे मेरी राय जानने के लिए कहा हो, उसे बता दें कि मैं आई.सी.सी.आर.—क्या कहते हैं उसे—सांस्कृतिक संबंध परिषद् जैसी महत्त्वपूर्ण संस्था की अध्यक्षता के लायक नहीं हूँ। इतने बड़े पद की ज़िम्मेदारियाँ सँभालना मेरे बूते का नहीं।"

रेड्डी हँसने लगा। वे बोले—उर्दू तो आप बखूबी समझते हैं, जिगर साहब का एक शेर है :

मैं? और तेरे इश्क़ के क़ाबिल? नहीं! नहीं!
मुझको मुआफ़ कर कि मैं तुझसा हसीं नहीं।

इस पर दोनों बुड्ढे और ज़ोर से हँसे। हँसते रहे। तब तक हँसते रहे जब तक कि कुँवर जयंतीप्रसाद सिंह का चेहरा दर्द से टेढ़ा-मेढ़ा न होने लगा। उन्होंने हाथ से अपना सीना दबाया, हिचकी आने को हुई पर वह हलक के बाहर नहीं निकली। एक पल के लिए साँस रुँध जैसी गयी। दूसरा हाथ सोफ़े से लटके तार की स्विच तक ले जाकर उन्होंने घंटी बजायी, विवेक को बुलाया, कहा, "सीने में दर्द हो रहा है, बेचैनी महसूस हो रही है।" उन्होंने यह सधी हुई आवाज़ में बड़े धीरज से कहा और कहकर आँखें मूँद लीं।

[5]

रेड्डी अब दिल्ली का हो गया था। सबूत यह है कि वह जवाहरलाल नेहरू यूनिवर्सिटी को जे.एन.यू., इंडिया इंटरनेशनल सेंटर को आई.आई.सी. और ऑल इंडिया इंस्टीट्यूट ऑफ़ मेडिकल साइंसेज़ को 'ऐम्स' कहने लगा था। 'ऐम्स' के एक प्राइवेट वार्ड में—यक़ीनन् वी.आई.पी. वार्ड में—लेटे हुए कुँवर जयंतीप्रसाद सिंह उसे 'इंस्टीट्यूट' कहकर पुकार रहे थे। एक बाहरी वी.आई.पी. की हैसियत से इसे कुछ और संक्षिप्त करके 'ऐम्स' कहना उन्हें लफंगापन जैसा जान पड़ रहा था, 'इंस्टीट्यूट' मरीज़ और संस्थान—दोनों के लिए

गरिमामय लग रहा था।

यह तय हो चुका था कि उन्हें दिल का दौरा नहीं पड़ा है, एंजाइना का दर्द भी नहीं था, वायु-विकार भर था। पर रक्तचाप कुछ ऊँचा था, थकान थी, हलका सिर-दर्द था और क़ब्ज़ तो था ही। कुल मिलाकर पिछली रात खायी हुई दो कचौड़ियों की यह शरारत भर थी। पर वी.आई.पी. के स्वास्थ्य की समस्याओं को इतनी आसानी से नहीं टाला जा सकता। तभी कुछ दूसरे परीक्षणों के लिए, और उसी के साथ उन्हें 'हॉस्पिटल कंडिशन्स' में पूर्ण विश्राम दिलाने के उद्देश्य से इंस्टीट्यूट में दस दिन के लिए रोक लिया गया था। आज नवाँ दिन था।

रेड्डी अपनी उखड़ी-उखड़ी प्रलापपूर्ण शैली में कह रहा था, "कुछ ज़्यादा ही रोक लिया है। आपको, इंस्टीट्यूट में। ख़ैर, अब सोचना बेकार है। आठ दिन तो निकल ही गये।

"वैसे, यह तलवार दुधारी है। मेरा मतलब है। अस्पताल में रहना। एक तरफ़ इससे बड़ा फ़ायदा हुआ। इत्मीनान हो गया कि कोई बड़ी बीमारी नहीं है। तुम सलामत रहो हज़ार बरस। उम्र के हिसाब से आप ओ.के. हैं। और...।"

वह हँसा, हँसता रहा, बोला, "ग़लत न समझिएगा—मुझे। जानबख़्शी हो तो अर्ज़ करूँ। अस्पताल में रहने के और भी फ़ायदे हैं। घर पर आप पड़े रहें तो कुछ नहीं है। अस्पताल में चौबीस घंटे भी रह लें तो प्रेस के लिए आप एक ख़बर हैं। मालूम है जनाब, पूरे सात दिन से आप ख़बर बने हुए हैं। राष्ट्रीय अख़बारों ने बताया है कि आपको पूर्ण विश्राम करने की सलाह दी गयी है। अब, बिना कुछ किये हुए ही आप जो कर रहे हैं, वह यही है—पूर्ण विश्राम। हा! हा! हा! हा!"

सहसा उसने दरवाज़े की ओर देखा और धीरे से कहा, "और यह तीसरा फ़ायदा है!"

एक महिला डॉक्टर कमरे में आयी। वह हर सुबह-शाम उनका रक्तचाप नापने को आती थी। बहुत सुसंस्कृत और आकर्षक लड़की थी—बत्तीस-तेंतीस बरस की होगी पर उसके लिए उनके मन में 'लड़की' का ही शब्द उभरता था, इसलिए भी कि बातचीत करने पर पता चला था, उसके पिता कुँवर जयंतीप्रसाद सिंह के परिचित थे, वे खुद अपने ज़माने के एक प्रसिद्ध डॉक्टर थे।

लड़की की मौजूदगी भर मन में कमनीयता और जीवन के प्रति उल्लास की भावना को उद्दीप्त कर देती थी। वह कमरे में आकर पहले उनका रक्तचाप लेती, फिर बिस्तर के पास कुर्सी पर बैठकर उनसे छोटी-मोटी बातें करती।

रेड्डी से उन्होंने उसी की तरह फुसफुसाकर अंग्रेज़ी में कहा, "तुम्हारा दिमाग़ बहुत गंदा है।"

रक्तचाप ले चुकने पर वह आज रुकी नहीं, घड़ी देखकर क्षमा-याचना की मुस्कान के साथ बोली, "मुझे जाना है। आशा है आप कल मुक्त हो जाएँगे।"

"पर शाम को तुम्हें कुछ देर रुकना पड़ेगा।"

दरवाज़े पर ठिठककर उसने उनकी ओर गर्दन मोड़कर देखा, बड़ी-बड़ी आँखों और मुस्कराते चेहरे से स्वीकार का इशारा किया और चली गयी।

रेड्डी उनकी ओर देखते हुए लगातार मुस्कराता चला जा रहा था। उसका शरारती अंदाज़ भाँपते हुए उन्होंने कहा, "तुम्हें देखते ही वह समझ गयी थी कि तुम कैसे आदमी हो। तभी वह कमरे में रुकी नहीं।"

"पर हैरत है कि आपके बारे में वह कुछ भी नहीं समझ पायी।"

"रेड्डी, बेवकूफ़ी की बातें मत करो। मैं इस लड़की को अपनी बहू बनाना चाहता हूँ।" उन्होंने कहा और अनुभव किया कि यह सच है—और झूठ भी, क्योंकि वे जानते हैं कि विवेक शादी नहीं करेगा।

"माफ़ कीजिएगा जनाव" रेड्डी ने बड़ी गंभीरता से कहा, फिर धीरे से, "पर इसका यह मतलब नहीं कि मैंने आपके बारे में कुछ ग़लत कहा है।"

इस पर दोनों एक बार खुलकर हँसे।

"अब फिर उस दुधारी तलवार के बारे में...। फ़ायदे तो ये हुए ही, दोस्त-अहबाब, सारे रिश्तेदार, पूरी सोशल और पुलिटिकल दुनिया—सबको आपके वजूद का नये सिरे से एहसास हो गया, दुश्मनों को भी। पर यह तलवार दूसरी तरफ़ से आपको काट भी सकती है। यहाँ पर ज़्यादा दिन टिक जाने पर दुश्मन छिपे-छिपे यह अफ़वाह फैला सकते हैं कि आपकी तंदुरुस्ती अब ज़्यादा ज़िम्मेदारी और मेहनत का काम बरदाश्त नहीं कर पाएगी।"

"पता नहीं मियाँ, तुम किन दुश्मनों की बात कर रहे हो।"

"मुझे भी पता नहीं! फिर भी वे कहीं न कहीं तो हैं ही।"

उन्होंने मुँह बिचकाया, कहा कुछ नहीं। रेड्डी हँसने लगा, बोला, "शेर की तरह दहाड़िए। कल घर पहुँच रहे हैं न? जाते ही शेर की तरह दहाड़कर ऐलान कीजिए कि आप बड़े से बड़े काम का अंजाम देने को पूरी तौर से तैयार हैं!"

"रेड्डी, ऐसी हलकी बातें—कहना तो दूर—सोचना भी नहीं चाहिए।"

"आप दुरुस्त फ़र्माते हैं।" वह हँसता रहा।

रेड्डी के जाने के बाद उन्होंने मन ही मन पिछले सप्ताह का लेखा-जोखा किया। पिछले सप्ताह उनके स्वास्थ्य-लाभ के लिए जिनके शुभकामना-संदेश आये थे, उनमें सत्ता-तंत्र के असली हिस्सेदारों की कमी थी, राजनीतिक नेताओं और नौकरशाहों में ज़्यादातर वही लोग थे जो हाशिए पर पहुँचा दिये गये थे। मिलनेवालों में प्रायः ऐसे ही लोग थे, या उन दो राज्यों के कुछ नेता और अफ़सर जहाँ वे गवर्नर रह चुके थे। हाशिए पर फेंके गये लोगों को देखते-देखते उन्हें एक कचोट के साथ एहसास होने लगा था कि वे खुद हाशिए पर फेंक दिये गये हैं।

उन्हें अफ़सोस था कि प्रधानमंत्री ने उनकी इस बीमारी का नोटिस नहीं लिया है।

इसे वे उनकी कृतघ्नता और बेमुरव्वती की मिसाल समझ रहे थे। पर ग़नीमत है कि पिछले दिन प्रधानमंत्री का एक विश्वासपात्र उनका शुभकामना-संदेश लेकर उनके पास आया और उनके जी का मलाल कुछ कम हुआ, पर पूरी तौर से नहीं, क्योंकि इस विश्वासपात्र की हैसियत केंद्र में सिर्फ राज्यमंत्री की थी। फिर भी उन्हें दिलासा मिला कि अभी सब कुछ डूबा नहीं है।

एक ओर वे पूर्ण विश्राम की डॉक्टरी सलाह को हिक़ारत से देखते हुए यह मानने का मन नहीं बना पा रहे थे कि वे बहुत बूढ़े हो चुके हैं, वे अब भी किसी नयी ज़िम्मेदारी के लिए ललक रहे थे; दूसरी ओर भारतीय बुजुर्गों की एक सबसे बड़ी कमज़ोरी यहाँ बिस्तर पर पड़े-पड़े उनके मन को कचोटने लगी थी। वह कमज़ोरी थी अनंत काल तक अपने वंश को बढ़ता हुआ देखने की।

विवेक के विवाह को लेकर बरसों पहले पिता-पुत्र में न जाने कितनी बातें हुई थीं—पर वे प्रायः इकतरफा थीं। वे उसे समझाते; वह ख़ामोश रहता या विनम्रता से कोई हलकी बात कहकर टाल जाता। इधर उनके बीच इस विषय पर बातचीत लगभग बंद हो गयी थी। पर इंस्टीट्यूट में आकर, और ख़ासतौर से उस महिला डॉक्टर को देखने के बाद उन्होंने विवेक से दो-एक बार फिर यह विषय छेड़ा था। नतीजा : जो पहले था, वही; यानी पहले भी कुछ नहीं था, अब भी कुछ नहीं।

ऊपर से पूरी तरह स्वस्थ और संतुष्ट दीखते हुए दूसरे दिन वे घर लौट आये। पर भीतर ही भीतर युवकों की-सी महत्त्वाकांक्षा और बुजुर्गों का-सा संतति-प्रेम उन्हें बेचैन बनाये हुए था।

[6]

एक अधिकारी ने कुँवर जयंतीप्रसाद सिंह के कान के पास कहा, "उन्हें दस मिनट बाद विज्ञान परिषद् के अधिवेशन में जाना है।"

वे पहले से जानते थे। पर इसे उस अधिकारी की बदतमीज़ी समझते हुए उन्होंने अपनी आँखों में हैरत की चमक प्रज्वलित की और उसकी ओर रोब के साथ देखा। जवाब में अधिकारी के ओठों पर विनम्रता की एक मुस्कान दिखी पर उसकी आँखों में जमी हुई अवज्ञा छिप नहीं सकी।

प्रधानमंत्री के निवास पर सहज अनौपचारिकता के दिन बहुत पीछे, बरसों पीछे छूट चुके थे। तब उन्हें घेरकर मिला जा सकता था। अब हफ़्तों की प्रतीक्षा, मुलाक़ात का निश्चित समय और अवधि, सुरक्षा के नाम पर न जाने क्या-क्या!

गहरी साँस दबाकर, ख़ामोश पछतावे को लगभग अपने आप से छिपाते हुए वे प्रधानमंत्री के कमरे में घुसे। प्रधानमंत्री पहले ही से वहाँ एक सोफ़े के पास खड़े थे। उनकी पीठ बाहरी दरवाज़े की ओर थी। वे सोफ़े की बगल में एक छोटी मेज़ पर झुके हुए थे।

वहाँ एक लंबे फूलदान में गुलाब के ताज़े फूल लगे थे। शायद कोई फूल ग़लत कोण पर हिलग गया था। वे उसी को ठीक कर रहे थे।

उनके अंदर आते ही प्रधानमंत्री ने चुस्ती से पलटकर उनके नमस्कार करने के पहले ही उन्हें नमस्कार किया। फिर हाथ के फैलाव और मुस्कान से उन्हें बड़े सोफ़े पर बैठने का इशारा किया। उनके बैठ जाने पर वे उन्हीं के पास एक दूसरे कोण पर रखे हुए सोफ़े पर बैठ गये। वहाँ एक दूसरे को देखने के लिए किसी को भी गर्दन घुमाने की ज़रूरत न थी।

कमरा काफ़ी बड़ा और ख़ूबसूरत था, बाहरी ज़िंदगी के तनाव का वहाँ दूर-दूर तक पता न था।

अपनी लोकप्रिय तस्वीरोंवाली प्रसिद्ध मुस्कान अब भी प्रधानमंत्री के चेहरे पर थी। मधुरता, आत्मीयता और साथ ही थोड़ी दूरी की मिलावट से ईजाद की गयी अपनी वैसी ही लोकप्रिय आवाज़ में वे कह रहे थे, "अब आप कैसे हैं?"

"बिलकुल ठीक हूँ—आपकी कृपा से।"

"इंस्टीट्यूट में काफ़ी दिन रहना पड़ा? वे गुर्दे की तकलीफ़ के बारे में कुछ बता रहे थे...।"

प्रधानमंत्री के पहले सवाल से ही उन्हें अपनी बीमारीवाली रणनीति में खोट का एहसास हो गया था। उन्हें लगा कि उन्हें चुपचाप घर पर ही इलाज करा लेना चाहिए था, आयुर्विज्ञान संस्थान में भर्ती होना ग़लती थी। दिल्ली में अपनी मौजूदगी दर्ज कराने और अपनी ओर लोगों का ध्यान खींचने के बारे में यह रणनीति दुधारी तलवार साबित हो रही थी। शायद इसी के कारण यहाँ उन्हें एक चुस्त-दुरुस्त राजनीतिज्ञ की जगह एक थके हुए बूढ़े रोगी के रूप में देखा जा रहा था। उन्होंने कहा, "अब सब ठीक है। अस्सी साल की उम्र के हिसाब से तंदुरुस्ती को लेकर मुझे अपने को भाग्यशाली ही मानना चाहिए।"

इधर लगभग बीस साल से उनके चापलूसों ने उन्हें खुश करने के लिए उनकी उम्र का इस्तेमाल शुरू कर दिया था। वे उन्हें हमेशा याद दिलाते रहते थे कि देखने में वे अपनी उम्र से कम से कम पंद्रह साल छोटे लगते हैं। तभी जब कभी उन्हें अपनी तथाकथित सदाबहार जवानी की तारीफ़ सुननी होती, वे किसी न किसी बहाने से अपनी उम्र का ज़िक्र ज़रूर करते। और सुननेवाले जवाब में यह कहना न चूकते कि सर, ऐसा नहीं हो सकता, आपकी उम्र इतनी ज़्यादा नहीं हो सकती! इस नाटक की अनेक आवृत्तियों के बाद उन्हें अपनी उम्र का बार-बार ज़िक्र करने की आदत-सी पड़ गयी थी।

आज प्रधानमंत्री के सामने इस आदत का प्रदर्शन कर चुकने के बाद उन्हें एक और ग़लती का एहसास हुआ।

वे दिन गये जब लंबी उम्र किसी नेता में लंबी सूझ-समझ और अनुभव का सबूत मानी जाती थी। कम से कम वह दीर्घकालीन साधना और त्याग के साथ तो जुड़ी ही

थी। अनजाने ही अपनी उम्र का ज़िक्र करके वे प्रधानमंत्री से यह उम्मीद तो नहीं ही कर सकते थे कि वे हैरत से आँखें नचाकर उनको साठ साल का पट्ठा जैसा दीखने की दाद दें, पर मन के किसी कोने में उम्र के साथ जुड़ी अतिरिक्त इज्ज़त पाने की उम्मीद ज़रूर थी।

अब मुँह से 'अस्सी साल' निकलते ही उन्हें अचानक एक और बात याद आयी। इन्हीं प्रधानमंत्री के कार्यकाल में—दो-तीन कुकर्मी बूढ़ों को छोड़कर जिनकी प्रधानमंत्री के लिए अब भी कुछ उपयोगिता बची हुई थी—बाक़ी सभी राजनीतिक बूढ़े इतिहास के कूड़ेदान में फेंके जा चुके थे; बचे-खुचे भी अब वहीं पहुँचनेवाले थे। उन्होंने अस्सी साल की उम्र में स्वास्थ्य को लेकर भाग्यशाली होने का ज़िक्र करके इशारा करना चाहा था कि वे एक औसत नौजवान जैसे ही सक्रिय हैं, कम से कम इस राज्यपाल या उस राजदूत से ज़्यादा ही, पर उनकी बात उन्हीं के ख़िलाफ़ पड़ रही थी। उन्हें लगा कि 'अस्सी साल' का हवाला सुनते ही प्रधानमंत्री कूड़ेदान और कचरे के बारे में सोचने लगे हैं।

पर प्रधानमंत्री के अगले वाक्य से ऐसा कुछ नहीं लगा। वे कह रहे थे, "कॉफ़ी या चाय इस वक़्त तो अभी ले न रहे होंगे? फ्रूट जूस...?"

उन्होंने भद्रतापूर्वक इनकार किया। पिघलना चाहिए था पर उनका मन प्रधानमंत्री की इस आत्मीयता से नहीं पिघला कि बीमारी के बाद उन्हें उनके ख़ानपान की आदतें बख़ूबी याद हैं। फलों का रस संदिग्ध पदार्थ था। क्या उसका ज़िक्र इसीलिए कि दस मिनट की स्वीकृत अवधि में रस का गिलास इत्मीनान से ख़त्म किया जा सकता है, चाय या कॉफ़ी का गर्म प्याला ज़्यादा वक़्त ले सकता है।

अचानक "शास्त्रीजी ने आपके यहाँ जनोत्थान मंच का ऐलान किया है। कहते हैं कि राज्य का पिछड़ापन दूर करने के लिए यह एक ग़ैर-राजनीतिक संगठन होगा...कौन सा लफ़्ज कहा है उन्होंने? विकासधर्मी; यस, विकासधर्मी! वे यह लफ्ज़ बार-बार दोहरा रहे हैं। आपने इसके बारे में सोचा ही होगा...।" प्रधानमंत्री उन्हें सवालिया निगाह से देख रहे थे।

जिस अप्रत्याशित ढंग से यह बात उठी थी उसने उन्हें सच्ची प्रतिक्रिया के सिवाय कुछ और नहीं कहने दिया। वे बोले, "पिछले कुछ महीनों से मैं यहीं हूँ। शास्त्रीजी का पार्टी में पुराना रिकॉर्ड, आपको सब मालूम ही है, त्याग और निष्ठा का रहा है। इसलिए सुनी-सुनायी बातों के सहारे कुछ कहना नहीं चाहता। वहाँ जाने पर ही पता चल जाएगा कि इस सबके पीछे क्या है।"

"कब जा रहे हैं?"

"जल्दी ही जाऊँगा।" उन्होंने कहा और कहते ही लगा कि उन्होंने एक ग़लत बात कह डाली है। एक ही नहीं, शायद दो। उधर प्रधानमंत्री ने उनके जाने का दिन या तारीख़ जानने की कोशिश नहीं की।

उन्हें अपने आपसे हैरत हो रही थी। शायद पहली बार ऐसा हो रहा था कि उनके मुँह से इतनी बातें एक साथ निकली हों जिनकी जगह उनकी सूझ-समझ उनसे कुछ और कहलाना पसंद करती। शास्त्रीजी के जनोत्थान मंच को ही लें। यह मंच उन्हीं के गृह-राज्य में गठित हुआ है। अपनी ही पार्टी के मुख्यमंत्री के मनमाने, ढुलमुल और भ्रष्ट तरीक़ों से खीझकर शास्त्रीजी ने यह मंच बनाया है। पर सत्तारूढ़ पार्टी के अध्यक्ष की हैसियत से प्रधानमंत्री को इसमें अपने खिलाफ खुले विद्रोह की बू आ रही है। उन्हें शास्त्रीजी की निष्ठा और त्याग से कोई सरोकार नहीं है; है भी तो सिर्फ इतना कि उसी कारण से शास्त्रीजी का यह आंदोलन कहीं सफल न हो जाए।

माना कि वे प्रधानमंत्री से किसी प्रकट उद्देश्य के बिना सिर्फ़ शिष्टताजन्य मुलाक़ात के लिए आये थे, फिर भी वे इतने लापरवाह कैसे हो गये कि अपने गृहराज्य में शास्त्रीजी की इस हरकत के बारे में उन्होंने प्रधानमंत्री के सवाल की न तो प्रत्याशा की और न पहले से इस पर कोई तैयारी की? और नतीजा? जिसे प्रधानमंत्री उनके गृहराज्य में अपनी पार्टी की ज़िंदगी और मौत का मुद्दा समझ रहे हैं उसके बारे में अस्सी साल के भीष्म पितामह और चाणक्य महोदय की कोई प्रतिक्रिया ही नहीं है। "वहाँ जाने पर ही पता चलेगा!" हद है बेवकूफ़ी की!

और दूसरी ग़लती! जब प्रधानमंत्री पूछ रहे थे कि कब जा रहे हैं तो क्यों नहीं कहा कि यह तो आप पर निर्भर है? कुछ तो उन्हें इशारा मिलता कि अपने बारे में उनकी अपनी कोई योजना नहीं है, उनका अपना कोई स्वतंत्र भविष्य नहीं, कि उनकी वही योजना है, उनका वही भविष्य है जो प्रधानमंत्री उनके लिए तय करेंगे।

उधर प्रधानमंत्री इशारों से, टूटे हुए, अधूरे वाक्यों से, टिप्पणीकार पत्रकारों के हवाले से पार्टी संगठन को ध्वस्त करने में शास्त्रीजी की जन्मजात प्रतिभा का उल्लेख कर रहे थे—पर वैसे ही मुस्कराते हुए, जैसे यह एक ऐसा मज़ाक हो जिसे किसी भी वक़्त हँसकर भुलाया जा सकता हो।

तब, अपने से और प्रधानमंत्री से खीझकर, यानी दोहरी खीझ के साथ उन्होंने जानबूझकर, लगभग हताशा के आवेश में, एक सौ फ़ीसदी ग़लत बात की, "फिर भी शास्त्रीजी में बहुत खूबियाँ रही हैं, अब भी हैं। आज़ादी की लड़ाई में अपने जीवट और त्याग के कारण वे एक 'लीजेंड' बन चुके थे। हम लोगों ने—जिन्होंने उनको उन दिनों में देखा था...पर आपसे क्या बताना, आप उनके बारे में सब कुछ पहले ही पढ़ चुके हैं!..." वे मुस्कराये—इस खुशी में कि उन्होंने एक अप्रिय, पर सही बात सही ढंग से कह ली है।

स्वतंत्रता आंदोलन के वे कभी भी सीधे सहभागी नहीं रहे पर 'हम लोग' के स्तर पर वे जानते रहे हैं कि वह आंदोलन क्या था, कैसे-कैसे सामान्य लोगों को चुन-चुनकर वह केंद्र में खड़ा करता था और किस तरह उन्हें असामान्यता के मंडल में उछाल देता था! वह काठ में बिजली दौड़ा सकता था। और आज उनके सामने बैठा हुआ यह जवान

अजनबी, जो राष्ट्र संचालन को गुलदस्ते में ठीक से गुलाब सजाने जैसा ही काम समझता है, उस आंदोलन के चरित्र को, वह आंदोलन चलानेवाले पात्रों के चरित्र को कैसे समझेगा?

उन्होंने घड़ी देखी, प्रधानमंत्री को धन्यवाद दिया, उधर से भी धन्यवाद पाया और चलने को तैयार हो गये।

तब प्रधानमंत्री ने पूछा, "और केतकी? केतकी कैसी है?"

केतकी उनकी भतीजी थी—वहीं जिसके मशविरे पर की गयी उनके पिछले राजभवन की साज-सज्जा इतनी मशहूर हो गयी थी! उन्होंने कहा, "स्टेट्स में...उसी जगह—एसोशिएट प्रोफेसर...।"

"लौटना न चाहेगी वह? संस्कृति के क्षेत्र में...कितना कुछ करने को है यहाँ! उसे अपनी रुचि के...वह अपनी रुचि की किसी भी परियोजना में अपने को लगा सकती है...।"

वाक्य पूरा हो गया था पर प्रधानमंत्री की आवाज़ उसके अधूरेपन का आभास दे रही थी। उन्होंने प्रधानमंत्री को दोबारा धन्यवाद दिया, कहा, "मैं उसे ख़बर कर दूँगा।"

दरवाज़े के पास खड़ी मुस्कराहट की प्रतिमा से अगाध शांति की ठंडी किरणें फूट रही थीं। उन्होंने फ़ैसला नहीं किया, पर कुंठा और उल्लास के एक अजूबे संयोग से उन्होंने अनुभव किया कि वे दोबारा इस कमरे में नहीं आएँगे।

अंग्रेज़ी के दो मुहावरे दिमाग़ में कौंधे : मैं पीछे के सारे पुल तोड़ता आया हूँ... अपनी सारी नावें जला चुका हूँ।

अब पीछे नहीं लौटना है!

पाँच

[1]

राजधानी में मानसून को जून के अंतिम सप्ताह तक आ जाना था। मौसम विभाग ने कुछ ऐसी ही भविष्यवाणी की थी। पर सारा महीना यूँ ही निकल गया। जुलाई भी चिलचिलाती धूप से शुरू हुई। पर सात दिन बाद अचानक आधी रात के बाद ज़मीन को बुहारती हुई पुरवाई चली; सवेरे सूरज पर पहले धुंध का, फिर बादलों का कब्ज़ा हुआ। हवा में ठंडक आयी।

बँगले की लॉन में सप्तपर्णी के नीचे बाप-बेटे बेंत की कुर्सियों पर बैठे हुए नाश्ता कर रहे थे। आज यह रस्मी दिनचर्या नहीं रही; उसमें मौसम की ताज़गी जुड़ गयी थी। विवेक ने कहा, "लगता है आज बारिश होगी, टी.वी. पर मौसम का अनुमान कम से कम एक बार सही साबित होने जा रहा है।"

वह अख़बार से चेहरा हटाकर पिता की ओर देख रहा था। चश्मे के कारण आँखें कुछ बड़ी दीख रही थीं। चेहरे पर ऐसी प्रौढ़ मुद्रा उतर आयी थी जिसमें कुँवर जयंतीप्रसाद सिंह के पारिवारिक चेहरों की गठन साफ़ झलकने लगी थी। उन्होंने विवेक की ओर भौंहें सिकोड़कर देखा, बोले, "उन काग़ज़ों का क्या हुआ?"

मौसम की चर्चा दफ़न हो गयी। विवेक को सवाल समझने में पल दो पल लगे; बोला, "सुंदरी के काग़ज़? उनका संपादन कर रहा हूँ। उन्हें किताब की शक्ल देनी है। दो-तीन महीने तो लगेंगे ही।"

कुँवर जयंतीप्रसाद सिंह उसकी ओर देखते रहे, जैसे उसकी बात के पूरे होने का इंतज़ार कर रहे हों। उसने कहा, "कई अंशों में अधूरे रह जाने पर भी सुंदरी के ये नोट्स बड़े महत्त्वपूर्ण हैं—दुर्लभ क़िस्म के दस्तावेज़!"

"किस तरह?"

"सुंदरी का अध्ययन कई अर्थों में अनूठा है। अभी तक हमारे राज्य में भूमि-सुधार के जितने अध्ययन हुए हैं, उनमें से ज़्यादातर प्रतिष्ठान के प्रति हमदर्दी नहीं रखते। कई घोषित रूप से प्रतिष्ठान-विरोधी हैं। पर लगभग सभी में प्रतिष्ठान की दो मुद्दों पर सराहना की गयी है। ब्रिटिश शासन के दिनों 1937 में जब यहाँ कांग्रेसी सरकार बनी तब यहाँ टेनेंसी एक्ट बना। सरकार के बुर्जूआ चरित्र के बावजूद यह एक प्रगतिशील

क़दम था। उन दिनों गवर्नर निर्वाचित सरकार के किसी भी क़ानूनी प्रस्ताव को वीटो कर सकता था। तब भी यह क़ानून पास हुआ और पहली बार ज़मीन जोतनेवाले को ज़मीन पर उसका अधिकार दिया गया। बाद में, यानी आज़ादी के बाद, राज्य में ज़मींदारी उन्मूलन और भूमि सुधार क़ानून लागू हुआ। यह और भी क्रांतिकारी क़दम था। प्रतिष्ठान के घोषित आलोचक और विरोधी व्याख्याकार भी इन क़ानूनों के क्रांतिकारी तत्वों को नज़रअंदाज़ नहीं कर रहे थे।

"इसके बावजूद सुंदरी ने इन क़ानूनी उपायों के कार्यान्वयन और प्रभाव का जो अध्ययन किया है उससे बड़े निराशावादी नतीजे निकलते हैं। कई उदाहरणों के सहारे उसने दिखाया है कि इन क़ानूनों के तेवर बहुत हद तक अभिनय मात्र हैं। उनकी तथाकथित प्रगतिशीलता को नाकाम करने के तरीक़े उन क़ानूनों में ही इतनी होशियारी से जड़ दिये गये हैं कि निहित स्वार्थों के लिए इनसे कोई बड़ा ख़तरा नहीं पैदा होता।

"मेरे लिए इस अध्ययन का एक अतिरिक्त महत्त्व यह है कि सुंदरी को खुद प्रतिष्ठान का अंग माना जाता रहा है।"

विवेक मुस्कराया, बोला, "भूदान कार्यकर्ताओं को प्रतिष्ठान से अलग करके देखना ज़रा मुश्किल काम है। है न?"

कुँवर साहब बोले, "जिसके मार्गदर्शक श्रीमान् विवेक हों, उसकी इस थीसिस पर अचंभा नहीं होना चाहिए।"

"मुझे आप बेमतलब की शाबासी दे रहे हैं। जहाँ उसके निजी आग्रहों, आस्थाओं की बात है, वहाँ उसे कोई भी तर्क प्रभावित नहीं करता है। इस अध्ययन में भी खेतिहर मज़दूरों पर भूदान के प्रभाव का आकलन करते हुए उसका कठमुल्लापन बरकरार रहा है। यही उसके अध्ययन की कमज़ोरी है। ट्रैजेडी यही है। पूरी भूमिसुधार व्यवस्था का यथार्थपरक और तर्कपूर्ण अध्ययन कर चुकने पर वह उसका भविष्य भूदान आंदोलन की मृगमरीचिका में खोजने लगती है—बिस्रामपुर की स्थिति को समझने के बावजूद।"

"भूदान आंदोलन को मैं मृगमरीचिका नहीं मानता"—एक अधिकारपूर्ण गुर्राहट!

कोई दूसरा यही बात कह रहा होता तो विवेक उसे बीच में टोक देता। पर पिता के सामने उसने गंभीरता से धीरे-धीरे गरदन हिलायी। यह ऐसे विषय की स्वीकृति थी जो बहस के वर्जित क्षेत्र में है।

तभी पिता के शब्द उसके कानों में पड़े, "सात-आठ दिन में मुझे इस सामग्री की कोई प्रति नहीं मिल सकती?"

[2]

"नहीं। उसमें कम से कम दो महीने लगेंगे।"

"तब तुमको उसे बिस्रामपुर भेजना होगा—रजिस्टर्ड पार्सल से या किसी के हाथों।"

विवेक ने उन्हें हैरत से देखा, कहा, "आप बिस्रामपुर जा रहे हैं?"

"हाँ, मैं बिस्रामपुर जा रहा हूँ।" ऐसी भंगिमा से बोली गयी उक्ति, जैसे उसमें किसी संदेह की जगह न हो। "मैं एक सप्ताह बाद चला जाऊँगा।"

"कितने दिन के लिए?"

"जितने दिन इस ज़िंदगी के बचे हैं। कितने दिन होंगे? दो साल? साल भर? छह महीने? तीन महीने? कुछ हफ़्ते?"

हाथ में खामोशी से उठाया गया चाय का प्याला। विवेक ने एक घूँट पिया, प्याले को हाथ ही में पकड़े रहा।

वे बोले, "उस दिन तुम किसी को मेरा प्राइवेट सेक्रेटरी बनाना चाहते थे। मैंने इसीलिए मना कर दिया था। दिल्ली से इतनी दूर उस गाँव में मेरे साथ कौन टिकेगा? ऑफिस के नाम पर वहाँ दो-तीन लोग हैं ही। वहाँ मुझे किसी निजी सहायक की ज़रूरत हुई तो पास के शहर से ही कोई स्थानीय आदमी चुन लूँगा। यही ठीक रहेगा। क्यों?"

विवेक के पास इस 'क्यों' का उत्तर नहीं है। ज़िंदगी के अस्सी साल की आदतों को अचानक किनारे ढकेलकर वे एक गाँव की गुमनामी में अपने को डुबाने जा रहे हैं। ऐसे रहन-सहन को अपनाने जा रहे हैं जिसके बारे में उन्होंने सुना या पढ़ा भर है। अपने अनुभव-संसार को बौना बना देनेवाले इस फ़ैसले पर बात न करके वे सिर्फ़ उससे एक दफ्तरी पहलू का ज़िक्र कर रहे हैं!

"क्यों? क्या कहते हो?"

"मैं बहुत कुछ कह सकता हूँ, पर...।" कुछ अटककर उसने पूछा, "आपने अचानक यह फ़ैसला कैसे कर डाला?"

"यह फ़ैसला अचानक नहीं है। दरअस्ल, मैं वाणप्रस्थ में जाना चाहता हूँ जहाँ मुझे कई साल पहले चला जाना था। ये रेड्डी-फेड्डी जैसे लोग सत्ता के गलियारों में चक्कर काटते हुए इस भ्रम को पाले हुए हैं कि वे देश-सेवा कर रहे हैं। तुम समझते हो कि मैं उन्हीं जैसा बेवकूफ़ हो सकता हूँ। पर मेरी बेवकूफ़ी दूसरे क़िस्म की है। मैं रेड्डी जैसे लोगों के भुलावे से दूर निकल आया हूँ। सत्ता का तजुर्बा हासिल कर चुकने पर मैं पहली बार आज़ादी का अनुभव कर रहा हूँ। मुझे समझ रहे हो न? या तुम्हारी भी अक़्ल भोथरी हो गयी है! ज़िंदगी के बाक़ी दिन मुझे सचमुच ही किसी काम में बिताने हों—यानी किसी सार्थक काम में—तो मैंने जो तय किया है उसके सिवाय मेरे लिए कोई दूसरा रास्ता नहीं है।"

घूरते हुए : "क्यों? तुम ऐसा नहीं सोचते?"

विवेक ने अपने को सँभाला। पहली प्रतिक्रिया थी : ये महापुरुष अब सत्ता से वंचित होकर नाटकीयता में जीना चाहते हैं! दूसरी प्रतिक्रिया : बाबूजी, आप यहीं टिककर सहजता और शांति के साथ क्यों नहीं रह सकते?

तीसरी, और शब्दों में ढली प्रतिक्रिया : "मेरे सोचने का कोई अर्थ तब होगा बाबूजी,

जब मुझे भरोसा हो कि आप उस पर खुले मन से विचार करेंगे। पर आपने अगर बिस्रामपुर जाने का फ़ैसला कर ही लिया है तो उसके बाद मेरे सोचने या कहने को बचा ही क्या है?"

"इसका मतलब?" वे तीखेपन से बोले, "भूदान आंदोलन में मेरी बहुत पहले से आस्था रही है। तुम इसे नहीं मानते? बिस्रामपुर का आश्रम उसी का जीता-जागता प्रतीक है। तुम यह भी नहीं मानते? वहाँ रहकर अगर मैं उस काम को आगे बढ़ाऊँ जिसे सुंदरी ने अपने त्याग और तपस्या से सींचा था तो...तो वह भी तुम्हारी नज़र में मेरी सनक भर है?"

वह सचमुच ही इसे उनकी सनक भर मान रहा था पर जिस तरह उन्होंने यह बात कही, उससे विवेक को लगा कि नाटकीयता के बावजूद पिता के निर्णय में कोई आस्था, कोई सच्चाई भी हो सकती है। उसका जवाब सच्चाई से ही दिया जा सकता है।

विवेक ने कहा, "सच तो यह है बाबूजी कि आपका यह निर्णय मेरी समझ के बाहर है। मुझे नहीं मालूम कि किस मजबूरी से आप एक बिलकुल नयी जीवन-पद्धति अपनाना चाहते हैं। मुझे यह भी नहीं मालूम कि वहाँ जाकर आप संस्था के हक़ में ऐसा क्या हासिल करना चाहते हैं जिसके लिए आपका वहाँ बराबर मौजूद रहना ज़रूरी हो। शायद संस्था के लिए सारे साधनों को आप यहीं से मुहइया कर सकते हों! बहरहाल, मुझे कुछ भी मालूम नहीं। ज़ाहिर है, इस पर आप ही आख़िरी फैसला दे सकते हैं। दे चुके हैं।"

इस पर उनकी पुरानी गुर्राहट : तुम ठीक कहते हो!

[3]

जो समस्या विवेक की थी, दरअस्ल वही उनकी भी थी।

उन्हें भी पता नहीं था कि बिस्रामपुर जाकर वे सुंदरी की संस्था के लिए कौन-सी लक्ष्य-सिद्धि करना चाहते हैं। यह भी पता नहीं था कि वे जो करना चाहते हैं उसके लिए उनका वहाँ जाना लाज़मी भी है या नहीं। पर उन्हें यह पता ज़रूर था कि संस्था के लिए यह ज़रूरी हो या नहीं, अपने लिए उनका वहाँ जाना बहुत ज़रूरी है।

वे जानते थे कि यह एक भारी-भरकम निर्णय होगा, सत्तातंत्र में इसकी व्यापक चर्चा होगी, शायद यह ऐसे कई लोगों को झकझोरेगा जो अभी उनको पूरी गंभीरता से नहीं समझ रहे हैं। पर यह सब जानते हुए वे यह भी जानते थे कि बिस्रामपुर जाने के पीछे कुछ अनजाने कारण भी हैं जिनकी सही छानबीन वे अभी नहीं कर पा रहे हैं, या नहीं करना चाहते।

उधर विवेक ने कहा था कि यह निर्णय उसकी समझ में नहीं आया। पर अनुमान के सहारे वह जो समझ रहा था, साथ ही जिसे समझने से कतरा रहा था, वह कुछ हद

तक सही भी हो सकता था। उस रात सोने के पहले विवेक ने सोचा, "प्रधानमंत्री की उदासीनता के प्रति अपनी नाराज़गी और तुनकमिजाज़ी दिखाने का यह एक नया तरीक़ा तो नहीं है? बिस्रामपुर में अपने को दफ़न करके वे प्रधानमंत्री को उनकी कृतघ्नता के एहसास से शर्मिंदा तो नहीं करना चाहते?

...पर कठिनाई यहीं हैं... उसने सोचा...हम जो करते हैं उसके अंतर्निहित उद्देश्यों को लेकर हमारी निजी समझ भी धोखा दे जाती है। हर बात उतनी स्पष्ट और सीधी नहीं होती जितना हम मानते या दूसरों को बताते हैं। तब किसी और के यथार्थ की सही परख करना दूसरों के लिए कितना मुश्किल होगा—चाहे यह 'और' उसका पिता ही क्यों न हो!

दूसरे दिन सवेरे नाश्ते पर मिलते समय उसने एक असंभव काम करना चाहा। उसने सोचा कि पिता के इस आत्म-निर्वासन पर उन्हीं की दृष्टि से बातचीत करके उन्हें उसकी व्यर्थता और अनावश्यक नाटकीयता का एहसास कराया जाए। उसे पता था कि उसकी ओर से पिता के निर्णय में किसी भी हस्तक्षेप की कोशिश उनकी ज़िद को और भी मज़बूत कर देगी। फिर भी उसने अपने को मज़बूती से तैयार किया। तभी कुँवर जयंतीप्रसाद सिंह ने कहा, "मैंने बिस्रामपुर आश्रम में मंत्रीजी को पत्र लिखकर अपने आने का प्रोग्राम भेज दिया है। दस हज़ार रुपये का बैंक ड्राफ्ट भी भेजा है जिससे वे मेरे रहने के कुछ ज़रूरी इंतज़ाम पूरे कर लेंगे। पर एक छोटी-सी बात लिखने से छूट गयी है। छूट क्या गयी, छोड़ दी गयी है। अगर दो-चार दिन में कोई ढंग का आदमी वहाँ भेज दो तो वह इस काम को देख लेगा।"

"भेज दूँगा। पर काम क्या है?"

"कमोड।"

"कमोड?"

"हाँ, कमोड। वहाँ के बाथरूमों में देसी ढंग के शौचालय हैं। उन गड्ढों से काम नहीं चलेगा। मेरे बाथरूम में पश्चिमी ढंग के कमोड की ज़रूरत है।"

वे अपने ऊपर एक खुरदरे ढंग की हँसी हँसे। बोले, "अपने पहले ही ख़त में वहाँ मंत्रीजी को कमोड के बारे में लिखना ठीक न होता। क्यों?"

पिता को समझाने के लिए विवेक ने मन ही मन जो बहस तैयार की थी, इस 'क्यों' ने उसे निरर्थक बना दिया। उसके टुकड़े-टुकड़े करके उसने उन्हें किसी अदृश्य कमोड में फेंक दिया, वैसी ही एक अदृश्य जंजीर खींचकर उन्हें फ्लश हो जाने दिया।

[4]

हुआ यह कि बिस्रामपुर पहुँचने पर उनका पहला साक्षात्कार—या उनके नितंबों का साक्षात्कार कमोड से ही हुआ।

तामझाम या किसी प्रचार के बिना वे शाम को विवेक की कार से वहाँ पहुँच गये थे। उस शाम प्रकृति उन पर प्रसन्न नहीं थी। घने बादल, मानसून की पहली ज़ोरदार बारिश, तेज़ हवा—ये सब बुढ़ापे के अवसाद और अकेलेपन को और भी गाढ़ा बना रहे थे। आश्रम में आते ही, वहाँ के संवासियों के स्वागत-समारोह को जल्दी-जल्दी झेलते हुए, वे उस सबसे छोटे कमरे में जाने को बढ़े जहाँ दिल्ली की एक प्लंबिंग फर्म ने उनके लिए पश्चिमी शैली के कमोड की व्यवस्था की थी।

ट्यूबलाइट की जगमग रोशनी में उन्होंने कई बार ऊपर नीचे दाएँ-बाएँ निगाह दौड़ायी। विवेक ने जिस कारीगर को यहाँ बाथरूम का कायाकल्प करने को भेजा था, उसने उम्दा काम किया था।

पर...तभी बिजली ग़ायब हो गयी।

बेचारा महामहिम! न जाने कितने 'नाइट विदाउट एंड' जैसे उपन्यासों को लाँघकर, न जाने कितनी 'प्रयास-और-भूल' की मुसीबतें पार करके जब वह दीवारों, दरवाज़ों के सहारे या सहारे से बहककर कमरे में पहुँचा तो—चरम विश्रांति—वहाँ रोशनी की एक तिरछी लकीर दीख पड़ी। वे जिस कार से यहाँ आये थे उसके ड्राइवर ने बिजली जाते ही कार की हेडलाइटें जला दी थीं। उसके अलावा प्रकाश के और भी स्रोत थे। चारों ओर से घिर आये सीलन भरे अँधेरे में कुछ लालटेनें और गैसबत्तियाँ भी अपनी बेतरतीब रोशनी फैला रही थीं।

बाथरूम में बैठे हुए उन्होंने सोचा था : कमोड ठीक है। अब उन्हें लगा कि कमोड को छोड़कर सब कुछ ग़लत है। उन्हें एक झटका-सा लगा : यह उनकी दुनिया नहीं है, यहाँ सब कुछ अबूझ है। यहाँ कुछ भी नहीं दीख रहा है जिससे वे अपने को जोड़ सकें, जिससे उनका अपनापा बन सके।

साल की पहली मौसमी बारिश होते ही ग्रामीण विद्युतीकरण के संदिग्ध नाम पर आश्रम तक पहुँचनेवाली बिजली की लाइन—लगता था अब पूरी तौर से ख़राब हो गयी है।

कमरे में आते ही शाम की घनी धुंध में उन्हें लगा वे किसी नदी में डूब रहे हैं, कोई बहुत बड़ी भँवर उन्हें तिनके की तरह खींचकर नीचे अतल की ओर लिए जा रही है। चारों ओर से घिरे हुए सीलन भरे अँधेरे में लालटेनें और दो-तीन गैस बत्तियाँ बाढ़ में डूबी हुई झोपड़ियों जैसी लग रही थीं। उनके कमरे के बाहर जो पेट्रोमैक्स रखा था, उस पर बरसाती पतंगों की फौज हमला बोल चुकी थी और उसे बार-बार दरवाज़े से कुछ और दूरी पर ले जाकर रखना पड़ता था।

हैरत की बात है! है न? कमरे की खिड़कियों और दरवाज़ों पर जाली नहीं है! मच्छर पूरी आज़ादी के साथ उनके बाहर उड़ रहे हैं, और अंदर भी! इस जली-कटी पथरीली धरती पर बारिश के बाद बिच्छुओं को भी निकलना चाहिए, वे दीवार के कोनों और दरवाज़े-खिड़कियों की चौखट पर अधमरे से लेटे होंगे, पर किसी के स्पर्श का आभास

पाते ही उनका डंक कितनी जल्दी तन जाएगा—हम सभी जानते हैं!

जब वे कमोड पर थे, और बिजली का उजाला था, सबसे ज़्यादा प्रभावित वे फ़र्श की सफ़ेदी, चिकनाहट और उसकी सफ़ाई से हुए थे। अब, बिजली गुल हो जाने के बाद, लालटेनों और पेट्रोमैक्स की अनिश्चित रोशनी में उन्हें अपने कमरे का फ़र्श घिनौना-सा लगा। वह मटमैली सीमेंट का बना था पर उन्हें लगा कि उसे कुत्ते-बिल्लियों की विष्ठा से लीपा गया है। पहली प्रतिक्रिया यही थी कि कार में तुरंत बैठकर दिल्ली भाग चला जाए। पर कारण क्या बतायें? उसे खोजने की ज़रूरत नहीं, पहले भी कई लोग उसकी आज़माइश कर चुके हैं। सीने का दर्द! यहाँ से भागो और सीधे ऑल इंडिया इंस्टीट्यूट ऑफ मेडिकल साइंसेज़ में भर्ती हो जाओ—जिसके फाटक तुम्हारे लिए हमेशा खुले रहते हैं!

बेहूदगी के भीतर बेहूदगी! इस गंदे फ़र्श पर किसी ने लाल-हरे रंग का एक छोटा-सा क़ालीन डाल दिया है जो फ़र्श से भी ज़्यादा गंदा है! इस क़ालीन को बदलना है : उन्होंने सोचा। फिर सोचा : ये गधे इसे विलासिता की अलामत मान लेंगे! फिर सोचा : इसकी जगह कोई उम्दा दरी डाल ली जाए। अंत में सोचा : इस बारे में कभी बाद में सोचेंगे! क्या पता कि पुराने रहन-सहन की सौंदर्य-बोझिल आँखें इसी मटमैले फ़र्श की आदी हो जाएँ! काश, कि हो जाएँ!

[5]

कुछ देर में वे उसी मटमैले फ़र्शवाले कमरे में मच्छरदानी के अंदर अधलेटे पड़े थे। बाहर से पेट्रोमैक्स की रोशनी की एक फाँक कमरे में आ रही थी, फिर भी फ़र्श से छत तक एक मायूसी-भरी धुंध फैली हुई थी।

पलँग के पास एक सीधी कुर्सी पर आश्रम के व्यवस्थापक—मंत्रीजी बैठे हुए थे। लगता था, उनके लिए विश्व में पतंगों, मच्छरों, बिच्छुओं आदि का अस्तित्व नहीं है। उस बू का भी अस्तित्व नहीं है जो पिछवाड़े बाग के एक दूरवर्ती कोने में सड़ती हुई गोबर की खाद से आ रही है। और उससे बचने के लिए अगर खिड़की बंद कर दी जाती तो उस उमस और गर्मी का भी उनके लिए अस्तित्व न होता जो इस समय कमरे में किसी ठोस पदार्थ-सी समायी हुई है।

तभी चमत्कार हुआ : बिजली आ गयी। मंत्रीजी ने रोशनी को प्रणाम करने की मुद्रा में दोनों हाथ ऊपर उठाये। इस मनोरंजक अंधविश्वास के बावजूद कुँवर जयंतीप्रसाद सिंह का मनोरंजन नहीं हुआ। मंत्रीजी भूदान यज्ञ में दी गयी ज़मीन पर सहकारी खेती के असफल प्रयोग की चर्चा कर रहे थे। उन्होंने सोचा, "अपनी ज़िंदगी पर अकेले जो मैं प्रयोग कर रहा हूँ, जब वही सफल होता हुआ नहीं दीखता तो उस सहकारी प्रयोग से क्या उम्मीद की जाए जिसमें दर्जनों लोग अलग-अलग लाभ के लिए सामूहिक काम

करने का नाटक करते हैं।"

बाहर कहीं घंटी बजी। मंत्रीजी ने कहा कि प्रार्थना का समय हो रहा है। वे आज पहले दिन इस प्रार्थना को छोड़ना नहीं चाहते थे पर स्वभाव और दिनचर्या का अभ्यास इतने बदलाव को एक साथ झेलने के लिए तैयार न था। उन्हें लगा कि प्रार्थना में वे शामिल होते तो ज़्यादा अच्छा होता, कम से कम आश्रम के अनुशासन के लिए यह सही कदम होता। पर उन्होंने मंत्रीजी से कह दिया था, "कल से...मैं कल से प्रार्थना सभा में आऊँगा।" कुँवर जयंतीप्रसाद सिंह के मन में विश्राम, अनुशासन, सही क़दम आदि शब्द तो ज़रूर उभरे पर प्रार्थना सभा का या प्रार्थना की सार्थकता का सवाल एक क्षण के भी लिए नहीं उठा।

[6]

वे खुद अपने आपसे चकित थे। आश्रम में आकर स्थायी रूप से रहने का इतना बड़ा निर्णय उन्होंने अचानक कैसे ले डाला?

पिछले दो दिनों में उन्होंने जो देखा था वह सिर्फ खिझानेवाला था। सबसे पहले यहाँ की ज़बान! हायर सेकंडरी स्कूल के अध्यापक—या अल्लाह! आज के अध्यापक अब ऐसे हो गये हैं! वे आपस में और छात्रों से भी गँवारू जबान बोलते हैं! छात्र उनसे भी ज्यादा गँवार! और छात्राएँ—शहर की छात्राओं की नक़ल करने में मशगूल! उनके बालों से कितना तेल चूता है। उधर बाल विहार में नाक सुड़कते बच्चे, जिनकी कमर पर जाँघिया मुश्किल से टिक पाता है। फिर, मंत्रीजी और उनके सहयोगियों की प्राणघाती विनम्रता! जो उन्हें एक पल के लिए भी सहज नहीं होने देती! जिसके पीछे सज्जनता के अहंकार का एक बदसूरत चेहरा हमेशा झाँकता रहता है। और—इस सबके ऊपर यहाँ के सभी कार्यकर्ताओं की सामूहिक अकुशलता, उनका फूहड़पन! धीरजसिंह ने कहा : छुरी-काँटा कहाँ है? और वे एक दूसरे पर चीख़ने लगे : छुरी-काँटा! छुरी-काँटा! और पंद्रह मिनट बाद कहा गया, यहाँ छुरी-काँटा नहीं है!!

सुरुचि और संस्कृति की यह कैसी अवधारणा है जिसे मठवादी माहौल में पूरी तरह से रौंद दिया गया है? सामान्य जीवन-क्रम से अपने को देस-निकाला देने की यह कैसी ज़िद है जिसे त्याग, सेवा और गोचारणपंथी रूमानियत से सजाकर हम अपने को इस छोरहीन, धुंध भरे दलदल में फँसा रहे हैं?

अब उन्हें ये किसी प्रागैतिहासिक काल की घटनाएँ जान पड़ती हैं। पर कभी—बरसों पहले—वे हाई कोर्ट में प्रैक्टिस करते थे। तब राष्ट्रीय आंदोलन में कुछ किये बिना ही उन्हें इससे जुड़ा हुआ मान लिया गया था क्योंकि उनके पीछे उनके बड़े भाई का सम्मानित नाम था। रियासत के तअल्लुक़ेदार वही थे, 'राजा साहब' कहलाते थे। पर वे गाँधीवादी थे, आज़ादी की लड़ाई के सिपाही थे। वे ब्रिटिश हुकूमत की जेलों में, और आज़ादी

मिलने के बाद कांग्रेसी हुकूमत की जेलों में बाहर से भीतर और भीतर से बाहर होते रहते थे।

तभी, भूदान आंदोलन शुरू होने पर, कुँवर जयंतीप्रसाद सिंह ने बड़े भाई के जेल-प्रवास के दौरान ग्रामदान की घोषणा की। राजनीतिक खेल में यह एक शानदार छक्का था। इसका सर्वोदयी कार्यकर्ताओं में ही नहीं, सरकारी तंत्र में भी वाजिब असर हुआ। उनकी साख बढ़ी, साथ ही खपत भी।

इस तमगे से लैस होकर उन्हें कुछ न कुछ पाना था ही। इसलिए भी कि उनमें कुछ और भी खूबियाँ थीं। आज़ादी के उस शुरुआती दौर में—और कुछ हद तक आज भी—जबकि देश में सभी तरह के विशेषज्ञों का अकाल था, "अंग्रेज़ों जैसी अंग्रेज़ी" के उच्चारण के सहारे—उसमें नवीनतम मुहावरों का शब्दजाल घोलकर—कोई भी विशेषज्ञ बन सकता था। इस तर्क से कुँवर जयंतीप्रसाद सिंह कानून के सिवा कोई और विशेषज्ञता न होते हुए भी एक ऊँचे दर्जे के विशेषज्ञ थे। तभी उनकी हर अदना-सी बात गंभीर आवाज़ और सुस्पष्ट उच्चारण के सहारे एक महत्त्वपूर्ण वक्तव्य बन जाती थी। राजनीति में चमकने के लिए अब जेलयात्रा का प्रमाणपत्र ज़रूरी न था, आभिजात्य का बोलबाला था। ऊँचे नेताओं, बड़े औद्योगिक घरानों और महत्त्वपूर्ण अफ़सरशाहों की घनिष्ठता एक स्वतंत्र मूल्य बन चुकी थी। ज़ाहिर है, (जैसा कि पंडित जवाहरलाल नेहरू अपने हर चौथे वाक्य में जोड़कर बोलते थे) ज़माना अब कुँवर जयंतीप्रसाद सिंह का था।

[7]

उनकी जवानी के दिनों में उस क्षेत्र के सबसे ज़्यादा महत्त्वपूर्ण—यानी सबसे ज़्यादा त्यागी, अन्याय के ख़िलाफ़ सबसे ज़्यादा ऊँची आवाज़ उठानेवाले और जेलों में सबसे ज़्यादा यंत्रणा भोगनेवाले नेता राव साहब थे। कुँवर जयंतीप्रसाद सिंह के बड़े भाई—राजा साहब उनके चेले थे।

राव साहब को 'मध्यप्रांत-केसरी' कहा जाता था। पर केसरी होते हुए भी उनकी आवाज़ में गरज या दहाड़ नहीं होती थी। उनकी बातों में हास-परिहास और कटुता-रहित व्यंग्य की बौछार कभी थमती नहीं थी, राजनीतिक विपक्षियों के साथ गहरे बहस-मुबाहिसे में उनका व्यंग्य ज़रूर बड़ा पैना और धारदार हो जाता था, पर कुँवर जयंतीप्रसाद सिंह ने ऐसा दूसरों से सुना भर था, उसका कभी सीधा अनुभव नहीं किया था।

अपने दो गाँवों के ग्रामदान के बाद जब उन्हें संयुक्त राष्ट्र के प्रतिनिधि-मंडल में जाने का निमंत्रण मिला तो राव साहब ने इसका उन्हें कारण समझाया। (ऐसी ही बात वे एक बार पहले भी कह चुके थे।) बड़े प्यार से कुँवर जयंतीप्रसाद सिंह के गुब्बारे की हवा निकालते हुए उन्होंने कहा, "जयंती, देखो, मेरा अंदाज़ा सही निकला न? अब तुम दिल्ली की निगाह में चढ़ गये हो। वैसे, तुम जिस काम के लिए अमरीका जा रहे हो,

तुम उससे भी बड़ी ज़िम्मेदारियों के लायक़ हो। पर तुम्हारे इस चुनाव से तुम्हारी योग्यता का कोई संबंध नहीं है। असली चीज़ हैं तुम्हारे बड़े भैया। वे समाजवादी पार्टी के होकर सरकार के ज़ोरदार विरोधियों में गिने जाते हैं। और सरकार की ओर से इसका जवाब यही हो सकता है कि वे तुम्हें खींचकर अपनी ओर बैठा लें।"

उस मौक़े पर राव साहब की मुस्कान और मज़ाक के बावजूद यह वक्तव्य उन्हें बदज़ायका मालूम पड़ा था। इससे उनकी योग्यता का तिरस्कार होता था। उन्होंने विलायती मुद्रा में कंधे उचकाकर कहा, "हो सकता है। नहीं भी हो सकता। मुझे पता नहीं।" विनम्रता का अभिनय किये बिना राव साहब से इस तरह बात करने का उनके लिए यह पहला मौक़ा था।

बहरहाल...

उसी के कुछ दिन बाद यह ख़बर भी मिली कि उन्हें केंद्र सरकार में एडिशनल सॉलिसिटर जनरल बनाने का प्रस्ताव है। ख़बर कई महीने हवा में रही पर उसका कोई नतीजा नहीं निकला। अंत में उन्होंने कहना शुरू कर दिया, "मुझे अपना गाँव पसंद है, या फिर लंदन! दिल्ली न इधर है, न उधर। एक छोटी-मोटी नौकरी के चक्कर में वहाँ जाकर रहना मेरे बूते का नहीं।" इसके बाद उनके जीवन-वृत्त में यह पंक्ति भी जुड़ गयी कि वे देश के सॉलिसिटर जनरल का ओहदा ठुकरा चुके हैं।

[8]

वक़्त बदल चुका है : उन्होंने सोचा। फिर अपना मख़ौल उड़ाते हुए सोचा : वक़्त कब नहीं बदला?

नया सत्तातंत्र नये खून की माँग कर रहा है। कई ताक़तवर बूढ़े हैं जो बरसों से देश के थैलीशाहों की निगाहों में सत्ता के प्रतीक बने रहे थे। वे अचानक थैलियाँ वसूलने की राजनीति के बावजूद, थैलीशाही का विस्तार होने पर भी, निरर्थक होते जा रहे हैं। उनकी जगह चुस्त पोशाक पहननेवाले नये प्रबंध विशेषज्ञ आ गये हैं। वे बम्बई-कलकत्ता के सेठों तक ही चुनाव-चंदे को सीमित नहीं रखते, वे विदेशी वाणिज्य-व्यापार में लूट की संभावनाओं का अनुसंधान कर रहे हैं। वे स्मार्ट हैं। वे पार्टी को और खुद अपने को सरसब्ज़ कर रहे हैं। ध्रुव प्रदेशों और रेगिस्तानों तक से पैसा निचोड़ने की नयी प्राविधिकी का वे आविष्कार कर रहे हैं। एक-एक दाँव में करोड़ों डॉलर बटोरकर वे राजनीति को एक अत्याधुनिक और ख़तरनाक हथियार बना चुके हैं। कुछ बचे-खुचे संपाती-नुमाँ बूढ़े हैं जिन्हें भुलाया जा चुका है; या सिर्फ़ बर्दाश्त किया जा रहा है। कुछ बूढ़े अब भी असरदार हैं; उन्हें भारी-भरकम नामवाले निरर्थक राजनीतिक ओहदे देकर ऐसी जगह बैठा दिया गया है जो एक चमकदार कूड़ेदान के सिवाय और कुछ नहीं है।

फिर भी मन में एक ज़िद्दी उम्मीद ज़िंदा थी। कि कुछ भी हो, वे खुद फालतू नहीं

हैं। अपने हम उम्र दोस्तों को हम रोज़-ब-रोज़ दिल के दौरे या दिमाग़ की नस फटने से मरता देखते हैं। पर यही सोचते हैं कि हमारे साथ ऐसा नहीं होगा। उसी तरह राजनीति में दूसरे बूढ़ों का हश्र देखते हुए भी उन्हें अपनी उपयोगिता का भरोसा बना हुआ था।

तभी उन्हें प्रधानमंत्री की 'कृतघ्नता' पर गुस्सा आ रहा था। "कुँवर जयंतीप्रसाद सिंह को गुस्सा क्यों आता है?" इस सवाल का जवाब बहुत मुश्किल नहीं था।

उनके हितैषी प्रधानमंत्री के दरबार में बेल-बूटेदार भाषा में उनका ज़िक्र करते रहे थे; उनके पक्ष में बराबर गर्भवान संकेत देते रहे थे। पर उसका नतीजा वही था जिसे अलंकार की भाषा में मृग मरीचिका कहा जाता है।

और उसके बाद बीमारी, आयुर्विज्ञान संस्थान में दाख़िला। वह ख़बर भी फीकी साबित हुई। कुछ स्वामिभक्त, पर अवकाशप्राप्ति के कगार पर बैठे हुए अफ़सरों, कनिष्ठ मिनिस्टरों, निठल्ले भूतपूर्वों और हर गवर्नर के साथ घुल-मिल जानेवाले पेशेवर मुसाहबों के अलावा किसी को भी उनकी बीमारी कोई घटना जैसी नहीं लगी!

अब यही बचा था कि वे गुमनामी के गड्ढे में दफ़न हो जायँ, या अपनी खिसकती साख को सँभालने के लिए किसी पवित्र दिखनेवाले आंदोलन में जा मिलें। बहुत पहले लोकनायक जयप्रकाश नारायण भूदान आंदोलन से जुड़कर कुछ ऐसा ही रास्ता दिखा चुके थे।

कुँवर जयंतीप्रसाद सिंह के लिए एक आंदोलन से जुड़ने की भूमिका, अचानक, उस दिन बन गयी जब उन्होंने बिस्रामपुर के आश्रम में मंत्रीजी से कहा, "अगर मैं यहाँ पर आकर आपके साथ काम करूँ?"

[9]

दो कमरों में एक शयनकक्ष था; दूसरा निजी दफ़्तर। बैठक, रिसेप्शन हॉल (राष्ट्रपति भवन के अशोक हॉल की याद करके अब हँसा जा सकता था), ड्राइंग रूम, लायब्रेरी, कॉफ़ी रूम—सब कुछ मिलकर एक। पास में एक छोटा कमरा धीरजसिंह के लिए था।

शयनकक्ष में उन्हें आराम करता छोड़कर धीरजसिंह घंटे भर के लिए कहीं चला गया था। आश्रम का एक कर्मचारी कमरे के बाहर उनकी सेवा के लिए बैठा था। कुँवर जयंतीप्रसाद सिंह उसका नाम जान चुके थे पर यह नहीं जान पाये थे कि वह चपरासी-वर्ग का है या बाबू वर्ग का, यानी चतुर्थ श्रेणी का कर्मचारी है या तीसरी श्रेणी का। आश्रम के उलटे-सीधे इंतज़ाम का इसी से पता चल जाता था।

कुछ मिनटों में उनके आगे एक समस्या खड़ी हो गयी, उन्हें प्यास लग आयी थी। उनके बिस्तर से कुछ दूरी पर एक छोटी मेज़ पर पानी का थर्मस और गिलास रखा था। उन्होंने अपने लिए कुछ स्टेनलेस स्टील के गिलास मँगाने का मन ही मन फ़ैसला कर लिया था। पर अभी यह उनका पुराना गिलास ही था—चाँदी का। उन्होंने बिस्तर से लगे

हुए स्विच को दबाकर घंटी बजायी, पर दरवाज़े पर बैठे आदमी पर इसका कोई असर नहीं हुआ। पाव्लोव का कुत्ता बनने में उसे अभी काफ़ी वक़्त लगना था—घंटी की आवाज़ के साथ उसकी कर्मेंद्रियों में कोई उकसाव नहीं आया। तब दो बार घंटी बजा चुकने पर उन्होंने 'कोई है' की हाकिमाना आवाज़ लगायी। बाहर बैठे हुए आदमी के लिए शायद इन दो शब्दों का कोई स्पष्ट अर्थ न था, पर आवाज़ की सार्थकता थी। वह समझ गया कि अंदर जाना चाहिए।

उसकी ओर देखे बिना उन्होंने मेज़ की ओर इशारा किया, कहा, "पानी।" निगाहें किसी पत्रिका पर थीं।

कर्मचारी मेज़ के पास आकर खड़ा हो गया। पानी का थर्मस शायद वह पहली बार देख रहा था, हिचकते हुए उसने चाँदी का गिलास तो उठा लिया पर थर्मस छूने की हिम्मत न पड़ी। उन्होंने अब हाथ उठाकर बाथरूम की ओर इशारा किया, कहा, "गिलास वहाँ से धो लाओ।"

कर्मचारी बाथरूम से गिलास धोकर लाया, उसकी ऊपरी सतह से पानी की बूँदें टपक रही थीं। उन्होंने गुर्राकर कहा, "इसे पोंछना नहीं आता?"

कंधे पर पड़े मटमैले अँगोछे से वह गिलास पोंछने लगा, बोला, "पानी, साहब, कहाँ से ले आएँ?"

उन्होंने थर्मस की ओर इशारा करके कहा, "वह देख नहीं रहे हो?"

वह थर्मस को अजनबी नज़रों से देखता रहा। तभी उनकी नज़र उसके अँगोछे पर पड़ी जिससे अभी-अभी गिलास पोंछा गया था। बड़ी कोशिश से उन्होंने अपनी आवाज़ को क़ाबू में रखा, कहा, "गिलास वहीं रख दो।" वह अचकचाकर उनकी ओर देखने लगा। तब सारे नियंत्रणों को तोड़ते हुए उनकी आवाज़ ने अचानक एक विस्फोट दिखाया। वे चीख़े, "बाहर! बाहर जाओ!"

लगभग पंद्रह मिनट तक वे प्यासे बैठे रहे और गुस्से के इस निरर्थक प्रदर्शन पर अपने ऊपर गुस्सा होते रहे।

[10]

थोड़ी देर बाद धीरजसिंह कमरे में आया और कामकाजी ढंग से गिलास लेकर बाथरूम में चला गया। साफ़ गिलास में थर्मस से पानी भरकर उसे एक छोटी ट्रे पर रखा और तब उसे उनके सामने पेश किया। वे धीरजसिंह को कुछ देर तीखी निगाह से देखते रहे, फिर ख़ामोशी से गिलास उठाकर उन्होंने पानी पिया और गहरी साँस खींची।

साँस का अर्थ था : आश्रम-सेवा का पाखंड वे ज़्यादा दिन न झेल पाएँगे। शायद इसका आभास उन्हें पहले ही से था, तभी वे धीरजसिंह को साथ ले आए थे। उनके लिए वह आज की और पुरानी ज़िंदगी के बीच सेतु जैसा था जिसके होते हुए इच्छा

होने पर वे किसी भी ओर लुढ़क सकते थे। प्रतीक के तौर पर उन्हें लगा था कि धीरजसिंह को दिल्ली में छोड़ आने का शायद यह मतलब होगा कि पुरानी ज़िंदगी में वापसी के दरवाज़े उन्होंने अपने हाथ से बंद कर लिए हैं।

अलसाये मन से वे एक रणनीति सोचते रहे : फूहड़ जल्दबाज़ी दिखाने की ज़रूरत नहीं। यहाँ कम से कम पंद्रह दिन बिताये जाएँ। फिर कुछ दिनों के लिए रियासत लौट चलें—या क्यों नहीं दिल्ली ही, जहाँ जंग का असली मोर्चा है? फिर वापसी, एकाध हफ़्ते यहाँ दुबारा बिताएँ, फिर बिना किसी सफ़ाई के यहाँ से लंबी ग़ैरहाज़िरी। यहाँ के लोग कुछ कहे बिना अपने आप सब कुछ समझ जाएँगे, फिर भी यहाँ के लिए उनका रास्ता बराबर खुला रहेगा।

धीरे-धीरे अतीत और भविष्य के बीच की सीमा-रेखाएँ धुँधली हो गयीं, वे झपकी लेने लगे।

[11]

मंत्रीजी की आवाज़ से उनकी तंद्रा टूटी! "ये चिट्ठियाँ देखेंगे श्रीमान्?"

वे उनके पलंग के पास फ़र्श की दरी पर बैठ गये थे। यहाँ पहले दिन से ही उनके शयनकक्ष के एकांत का कोई लिहाज़ किये बिना मंत्रीजी, बाहर की बैठक में इंतज़ार करने के बजाए, "सबै भूमि गोपाल की" वाली मुद्रा में अंदर आकर बैठने लगे थे। उन्हें अटपटा लगा था, पर ज़िंदगी भर बड़े हिम्मतवर समझे जाने पर भी उन्हें इस मुद्दे पर मंत्रीजी को टोकने की हिम्मत नहीं पड़ी थी।

मंत्रीजी के पास एक बड़ी दफ्तरी ट्रे में बहुत-सी चिट्ठियाँ और अख़बार रखे थे। उन्होंने कहा, "ये सब आपके नाम आये हैं।"

"खोलिए, सुनाइए।"

दो चिट्ठियाँ और एक अख़बारी रिपोर्ट सुनने के बाद ही वे सारी तंद्रा भूलकर पलंग पर उठ बैठे। पर तभी उन्हें लगा कि किसी भी तरह की प्रतिक्रिया को दबाना चाहिए, वे ढीले होकर तकिये के सहारे पसर गये, बोले, "अगर इनमें यही सब है तो छोड़िए। फ़ुरसत से देख लूँगा।"

शताब्दियों पहले उन्होंने जयश्री नाम की...क्या? महिला? लड़की?...किसी जयश्री के नाम एक अधकचरी कविता लिखकर भेजी थी और जवाब में उन्हें मिला था सिर्फ "क्या? क्यों?" पर यह जवाब भी उनको कल्पनाओं के इंद्रधनुष पर बैठाकर आशा और उल्लास के अनंत क्षितिज में सारी रात भटकाता रहा था। अब; इतने वर्षों बाद, ये चिट्ठियाँ और अख़बार पढ़कर उन्हें कुछ वैसे ही उल्लास की उष्मा ने छुआ। मंत्रीजी के कमरे से जाते ही उन्होंने चशमा लगाकर कुछ चिट्ठियों और अख़बारों को सरसरी तौर पर उलटा-पुलटा। फिर ये एक एक कागज़ को धीरे-धीरे, ध्यान के साथ, पढ़ने लगे।

ट्रे में रखे हुए काग़ज़ात पढ़ते ही वे हैरान रह गये। सार्वजनिक जीवन में उन्हें अचानक एक सर्वथा नयी हैसियत का एहसास हुआ जो उन्हें अनजाने ही मिल गयी थी। और वह उन्हें मिली थी उसी फैसले की बदौलत जिसे कुछ क्षण पहले वे अपनी झोंक या जल्दबाज़ी का नतीजा समझकर पछता रहे थे।

ट्रे में दर्जनों तार थे, चिट्ठियाँ और छोटे-छोटे अख़बारों का अच्छा-ख़ासा ज़खीरा था। इस गुमनाम आश्रम में एक अघोषित संरक्षक की हैसियत से आते ही अचानक यह आश्रम—और वे खुद राष्ट्रीय परिदृश्य में जगमगा उठे थे। कभी—गवर्नर की हैसियत से—अपनी दिनचर्या की कुछ पंक्तियाँ स्थानीय अख़बार में छप जाने पर उन्होंने वरिष्ठ जन संपर्क अधिकारी को स्विस चॉकलेट का एक डिब्बा भेंट किया था। आज सारे राष्ट्रीय अख़बार उनके त्याग और आत्मनिर्वासन की महागाथा अपनी ओर से छाप रहे थे।

ख़बरों—और व्यक्तिगत चिट्ठियों में कई बार, और कई तरह से, सिर्फ़ एक बात कही गयी थी।

...कुँवर जयंतीप्रसाद सिंह ने लगभग तीस साल पहले भूदान आंदोलन और सर्वोदय के लिए जो कुछ किया था वह एक क्षणिक आवेश भर न था। बेतवा के किनारे बीहड़ों में बसी हुई इस छोटी-सी सर्वोदयी संस्था को अपना शेष जीवन सौंपकर उन्होंने बता दिया है कि सर्वोदय से उनकी अटूट प्रतिबद्धता है।

उन्हें हैरत हुई कि अख़बारों को उनका पुराना जीवन-वृत्त और उनके फोटो इतनी जल्दी मिले कैसे! ये छोकरे काफ़ी चुस्त-दुरुस्त हैं!!

...सुख-सुविधाओं में पला, विलायत से बैरिस्टर बनकर आया हुआ एक रईस। समाजवादी परंपरावाले एक संपन्न पर तपस्वी परिवार का लाड़ला। हाई कोर्ट का सफल एडवोकेट। आचार्य विनोबा के आह्वान पर साधारण भूदान की जगह दो गाँवों का ग्रामदान करनेवाला एक 'साधू राजा' (अपनी प्रशंसा में ऐसा विशेषण पढ़कर पहली बार अपने पर दया आयी, अपने से खीझ हुई!) संयुक्त राष्ट्र में देश का प्रतिनिधित्व करनेवाला एक कुशल राजनयिक! (पर मेरे लिए तो वहाँ एक शब्द बोलने का भी अवसर नहीं आया था! कैसी कुशलता और कैसा राजनय!) दो-दो समस्याग्रस्त राज्यों का भूतपूर्व राज्यपाल! (पर मैं समस्याओं से घबराया हुआ था और वे अपने आप सुलझ रही थीं!) अपनी जीवन-संध्या में आज वह सब कुछ पीछे छोड़कर (पर अहंकार? उसे कहाँ पीछे छोड़ा है!) इस मामूली-सी सर्वोदयी संस्था में एक मामूली कार्यकर्ता की तरह रहने आया है! (यक़ीनन्! कत्थई रंग का क़ीमती कमोड इसका गवाह है!) त्याग और संन्यास की भारतीय संस्कृति में आज भी कुछ ऐसा है जो कुँवर जयंतीप्रसाद सिंह जैसे संवेदनशील व्यक्ति को ऐसे असाधारण मार्ग पर चलने की प्रेरणा देता है। (तालियाँ!!)

कई बार लगा कि वे अपना व्यंग्य चित्र देख रहे हैं। पर ज़्यादातर वे यही समझे कि अनजाने ही उन्होंने कोई बड़ा काम कर डाला है। मन, जो पहले आत्मंथन कर रहा था, अपने ऊपर व्यंग्यपूर्ण तालियाँ बजवा रहा था, शाबाशी देनेवाली अख़बारी ख़बरों

पर विश्वास करने को उत्सुक होने लगा। कुल मिलाकर हैरत और अपने आपसे खुशी! आशंकाओं और खीझ से जर्जर मनवाले कुँवर जयंतीप्रसाद सिंह अचानक समाज के योगक्षेम की ज़िम्मेदारी लेनेवाले एक देवदूत का दर्शन कर रहे थे। उसका नाम, संयोगवश, कुँवर जयंतीप्रसाद सिंह था!

इस देवदूत के साक्षात्कार के साथ वे इतना अभिभूत रहे कि बहुत देर तक उनका ध्यान अख़बारी रिपोर्टों के एक पहलू पर नहीं गया।

बरसों पहले सुंदरी जब उनकी कोठी छोड़कर बिस्रामपुर में अपने को दफ़न करने गयी थी तब कई बार उन्होंने सोचा था कि अपने कार्यक्षेत्र के लिए उसने इस सबसे ज़्यादा बीहड़ इलाके को क्यों चुना। उन्हें मालूम था कि 'मध्यप्रांत केसरी' राव साहब ने ही बड़ी कोशिशों के बाद बिस्रामपुर का ग्रामदान कराया है। पर इतना कर चुकने पर वे आगे बढ़ गये थे। अख़बारी रिपोर्टें पढ़ने पर अब उन्हें पता चला कि राव साहब बिस्रामपुर की योजना से बहुत साल अप्रत्यक्ष रूप से जुड़े रहे थे; यह भी पता चला कि सुंदरी ने राव साहब की प्रेरणा से ही बिस्रामपुर की योजना में हाथ लगाया था। यानी, अब पता चला कि राव साहब और सुंदरी के बीच एक रिश्ता था जिसका उन्हें पहले पता नहीं था। रँगा सियार! उसे लोग केसरी कहते हैं!! अपने से बहुत खुश होकर उन्होंने अनुपस्थित राव साहब की मन ही मन टाँग-खिंचाई की।

सिर्फ तीस साल बीते हैं। पर 'मध्यप्रांत केसरी' को लोग भूल चुके हैं। नयी पीढ़ी के स्वतः निर्मित इतिहास में उनका नाम नहीं है। पर कभी त्याग और सेवा-व्रत स्वतः सिद्ध मूल्य थे। उन्हीं से प्रेरित होकर राव साहब ने, कई अड़चनों के बावजूद, बेतवा के किनारे बसे हुए इस ऊबड़-खाबड़ गाँव का ग्रामदान कराया था, कुछ दिन वहाँ रहकर संस्था का मार्गदर्शन भी किया था। बाद में उन्हीं के कहने से वहाँ सुंदरी बेन आर्यी—जो बाद में 'बहनजी' हो गयीं—सुशीला बेन आर्यी, जो बाद में गुजरात में सर्वोदय-कार्य के लिए वापस चली गयीं। ये दोनों 'जीवन दानी' थीं। यानी वे जिन्होंने जीवनपर्यंत सर्वोदयी सिद्धांतों पर समाजसेवा करने का संकल्प लिया था। अख़बार बता रहे थे : अब, जब कि सुंदरी के देहांत के बाद बिस्रामपुर जैसा अद्‌भुत प्रयोग डगमगाने लगा है, भूदान यज्ञ के पुराने अधिष्ठाता कुँवर जयंतीप्रसाद सिंह अचानक दृश्यपटल पर आ गये हैं। सारा वैभव, सारी सुख-सुविधाएँ पीछे छोड़कर उन्होंने इस डूबती नाव की पतवार अपने बूढ़े, पर मज़बूत हाथों में ले ली है!

धीरजसिंह जब कमरे में आया, उन्होंने कहा, "याद रखना, बेवकूफ़, भूल मत जाना। विवेक को कल एक तार भेजना है। यहाँ एक पूरा ऑफिस बनाना पड़ेगा, प्राइवेट सेक्रेटरी की ज़रूरत होगी। जितनी डाक यहाँ पर आ रही है, उसे निपटाना इस आश्रम के बाबू के बूते का नहीं है। समझ गये?"

तो—उन्हें यह सोचना बड़ा मनोरंजक लगा—अब यह आश्रम राजभवन में तब्दील होने जा रहा है।

अख़बारों की उत्सुकता तीन-चार रोज़ में मिट गयी पर व्यक्तिगत चिट्ठियाँ बहुत दिन तक आती रहीं। पत्र लिखनेवालों में ज़्यादातर भूदान-आंदोलन के पुराने नेता, गाँधीवादी सामाजिक कार्यकर्ता और अनेक ग़ैरसरकारी रचनात्मक संस्थाओं के प्रतिनिधि थे। ये सब थे और वे भी थे जो उनसे ईर्ष्या करते थे या पूरे-पूरे विरोधी थे। शायद उन्हें यक़ीन था कि यह आदमी अब हमेशा के लिए दफ़न हो गया।

एक चिट्ठी प्रदेश के मुख्यमंत्री की थी। शुभकामनाओं के साथ संस्था के लिए कोई भी सहायता देने का आश्वासन था : "वित्तीय समस्या कभी भी आड़े नहीं आएगी।"

दस-पंद्रह दिन तक उत्साह और प्रशंसा से लबरेज़ इन कागज़ों को देखते-देखते उन्हें लगा कि अपने भविष्य के बारे में उन्हें स्वयं अब कोई निर्णय नहीं लेना है। उनके लिए बिस्रामपुर में टिकने का निर्णय ढेर से अख़बारों और शुभकामना-संदेशों ने ले लिया था।

छह

[1]

बरसों पहले, जब उनके रियासती ग्रामदान के बाद भूमि-व्यवस्था देखने के लिए सुंदरी, सुशीला बेन और निर्मल भाई उनकी कोठी में कार्यालय खोलकर रुक गये थे, कुँवर जयंतीप्रसाद सिंह एक सुबह अपनी जीप पर राव साहब से मिलने निकले।

सुंदरी और सुशीला को उन्होंने साथ चलने को कहा, "चलो, तुम्हारी मुलाक़ात एक शेर से कराऊँगा।" लड़कियाँ समझ गयी थीं कि वे 'मध्यप्रांत केसरी'—राव साहब से मिलने जा रही हैं। सुशीला ने कहा, "बाप रे! शेर से? अगर वह आपको खा गया तो हम वापस कैसे आएँगी? हमें तो जीप चलाना भी नहीं आता!"

सुशीला ने जो बात मज़ाक में कही थी, उसे उसने चलते वक़्त भी दोहराया; कहा, "ड्राइवर को भी साथ लेते चलें।" पर शायद जिस कारण वे ड्राइवर के चलने को कह रही थीं, उसी कारण वे उसे छोड़ देना चाहते थे। आख़िर में बात उन्हीं की रही। उन्होंने समझाया कि वे राव साहब से कुछ गोपनीय बातें करने जा रहे हैं, इसलिए फौजफाटे के बिना ही चलना होगा, वे किसी दूसरे आदमी को साथ नहीं ले जाना चाहते। सुशीला ने कहा, "हम आदमी नहीं हैं?"

उन्होंने दोनों को ग़ौर से देखा, नक़ली गंभीरता से सिर हिलाया, कहा, "नहीं।"

"यह भी कह दीजिए कि तुम आदमी नहीं, सिर्फ़ औरत हो!"

"यह भी नहीं," उन्होंने दोनों को जीप की अगली सीट पर बैठने का इशारा किया, कहते रहे, "तुम औरत नहीं हो, लड़की भी नहीं हो, लकड़ी हो। भूदान-यज्ञ की लकड़ी! क्या कहते हैं उसे, समिधा!" भारी-भरकम ढंग से यह बोलकर सहजता से समझाने लगे, "इस यात्रा में कोई यहाँ का आदमी न चले, यही अच्छा रहेगा।"

लड़कियाँ पिछली सीट पर ज्यादा आराम से बैठना चाहती थीं। पर अगली सीट पर उन्हें अकेले ड्राइवर बनाकर छोड़ देना अशिष्टता होती। वे अगली सीट पर आपस में सटकर बैठीं। घूमकर वे दूसरी ओर से आये और ड्राइवर की जगह सिमटने का दिखावा करते हुए बैठ गये। जीप के चल देने पर सुंदरी ने कहा, "आप गोपनीय पर इतना ज़ोर दे रहे हैं। यह उम्मीद तो नहीं करते कि हम पूछें, यह गोपनीय मामला क्या है?"

"देवीजी, मैं आपसे कोई भी उम्मीद नहीं क़रता।" सुंदरी के चेहरे पर नज़र डालकर

वे फिर ध्यान से जीप चलाने लगे। सड़क ऊबड़-खाबड़ थी, जब जीप कुछ ज्यादा समतल सड़क पर आयी तो वे बोले, "महिला कल्याण के नाम पर तुम दोनों को आज उन गाँवों में पैदल भटकना पड़ता। इस यात्रा के बहाने मैं तुम्हें मध्यप्रांत केसरी से मिला तो रहा ही हूँ, तुम्हें खुद तुम्हारे आत्म-बलिदान से बचा रहा हूँ। कहिए, धन्यवाद!"

"धन्यवाद," सुशीला ने कहा, "और बधाई भी। सर्वोदय का काम ठप करानेवालों में आपका नाम अमर रहेगा।"

[2]

वे बहुत खुश और बेफ़िक्र दिख रहे थे। पर लंपटता के कीड़े उन्हें भीतर ही भीतर खाये जा रहे थे।

लगभग एक घंटे तक सड़क पर चल चुकने के बाद जीप अब एक ऊबड़-खाबड़ गलियारे में आ गयी थी। ग़नीमत थी कि क्वार का महीना होने के कारण गलियारे में धूल नहीं थी। जीप के हिचकोलों से उनका कंधा बार-बार सुंदरी की देह को छूता था, कभी-कभी जाँघ भी। सुंदरी उनकी और सुशीला की बातचीत में दो-चार शब्द जोड़ती चल रही थी और ऐसा लगता था कि उसे कुँवर जयंतीप्रसाद सिंह की शारीरिक निकटता का बिलकुल एहसास नहीं है। पर खुद उनके लिए यह एक उत्तेजक और तनाव-भरा अनुभव था। यह अनुभव उनकी उम्र में पचीस साल घटाकर उन्हें दोबारा उस पुरानी रहस्य-गाथा का नायक बनाये दे रहा था जिसमें वे एक अँधेरे कमरे में साँस रोककर शंटिंग करती हुई गाड़ियों के शोर में, जयश्री की न-सुन-पड़नेवाली पगचाप का इंतज़ार करते रहते थे। बार-बार उन्हें लगता था कि कुछ होनेवाला है, कि उनका भाग्य जयश्री प्रसंग की पुनरावृत्ति कराने जा रहा है, कि उनका भाग्य जब सुंदरी को एक सुदूर प्रदेश से खींचकर उनके पास यहाँ तक ले आया है तो कुछ न कुछ ज़रूर होगा, और वही होगा जो वे चाह रहे हैं।

जीप की छत का कपड़ा उतरा हुआ था, सामने का शीशा भी खुला था और उसे बोनेट पर टिका दिया गया था। एक जगह, जहाँ गलियारे पर महुए के पेड़ों की छाँह पड़ रही थी, उन्होंने जीप रोकी और शीशे को उठाकर आँख के सामने मज़बूती से कस दिया। इससे चेहरे पर झपट्टा मारनेवाली हवा, धूल और तिनकों से छुटकारा मिला। पर जीप के इस चरित्र में सुधार नहीं हुआ कि वह शिकारवाली गाड़ी है।

ऊपर छत के फ्रेम में एक तेज़ बल्बवाली रोशनी जड़ी थी। रात को जब कोई जानवर जीप की हेडलाइट में चौंधियाकर खड़ा हो जाता होगा तो इससे रोशनी फेंककर उसे आसानी से गोली मारी जा सकती होगी। जीप के पीछे मज़बूत रस्सी की जालीवाला ट्रैप सामान ढोने के लिए था और उसमें आसानी से एक बड़े सांभर की लाश ढोयी जा सकती थी। दोनों लड़कियों ने अभी तक या तो जीप के इस हिंसक चरित्र को पहचाना नहीं था या

पहचानकर भी कुछ कहने की जरूरत नहीं समझी थी।

वे ख़ाकी पतलून पहने थे। ग़ौर से देखने पर ही जाना जा सकता था कि पतलून खादी की है, सिर पर सोला हैट थी—वह भी खादी से मढ़ी हुई, आधी बाँह की सफ़ेद कमीज़—वह भी खादी की। पचास-बावन साल की उम्र में, जिस्म के कुछ वज़नी होते हुए भी, वे चालीस-बयालीस साल के मज़बूत जवान होने का भ्रम पैदा करते थे। उनकी गंभीरता से ख़ौफ़ खाये बिना सुशीला इसका ज़िक्र कई तरह से कई बार कर चुकी थी :

"आज आप विवेक के बड़े भाई जैसे दीख रहे हैं।"

"अड़तालीस? नहीं, नहीं, आप झूठ बोल रहे हैं। आपको कोई भी चालीस से ऊपर नहीं बता सकता?"

"आप उम्र चोर हैं।"

शुरू में यह सब सुनना अच्छा लगता था; कि शायद सुशीला उनके लिए किसी कोमल आकर्षण से यह मज़ाक कर रही हो। पर कुछ दिनों बाद, मोहभंगवाली किसी घटना के बिना ही, उन्हें जान पड़ने लगा कि यह मज़ाक नहीं, मखौल है।

आज भी, बातचीत में खादी का ज़िक्र आते ही सुशीला ने कहा, "खादी के बारे में हिंदुस्तानी टोडी बच्चे कहा करते हैं कि इसे पहनकर मिलवाले कपड़ों की चुस्ती नहीं आती। इसका जवाब मुझे आज मिल गया है। सुन रही हो सुंदरी?"

"सुंदरी सुने या न सुने मैं तो सुन ही रहा हूँ।"

"तो आप ही सुन लीजिए। आप पर इस तरह फबनेवाली खादी की पोशाक खादी के प्रचार का सबसे उम्दा विज्ञापन बन सकती है।"

"क्यों? खादी का प्रचार अब विज्ञापनों से किया जाएगा?"

"किया जाए तो क्या हर्ज है? इस पोशाक में आप अपनी उम्र से कम से कम पंद्रह साल छोटे...।"

उन्होंने सुशीला का वाक्य पूरा नहीं होने दिया। अपने ओठों पर तर्जनी रखकर 'श् श् श् श्' की आवाज़ निकालते हुए उसे चुप रहने का इशारा किया और पास के गाँव की ओर एक गलियारे पर जीप मोड़ते हुए बोले, "ख़ामोश हो जाइए। अब हम लोग शेर की माँद में घुसने जा रहे हैं।"

[3]

जीप गाँव के बाहर एक टूटती-सी हवेली के सामने आकर रुकी। बाहर चबूतरे पर बैठा हुआ हलवाहा उन्हें देखकर खड़ा हो गया, भागता हुआ जीप के पास आया। राव साहब के बारे में उसने बताया कि वे यहाँ नहीं हैं, डेरे पर हैं।

"वह कहाँ है?"

"उधर" कहकर उसने सामने की ओर इशारा किया जहाँ कुछ नहीं था, सिर्फ़ खेत

और काफ़ी दूर पहाड़ियाँ थीं।

"मैं आपको वहाँ पहुँचाये देता हूँ।" कहकर रास्ता दिखाने के लिए उसने जीप के आगे भागना शुरू कर दिया। उन्होंने हॉर्न बजाकर उसे रोकना चाहा, कहा, "इसे पीछे बैठा लें।" पर हॉर्न की आवाज़ सुनकर उसने अपनी रफ़्तार बढ़ा दी। सुंदरी यह दृश्य बड़ी उलझन से देख रही थी। कुँवर जयंतीप्रसाद सिंह ने कहा, "यह गाड़ी में बैठने के लिए रुकेगा नहीं। हमारी सामाजिक व्यवस्था कुछ ऐसी ही है।" उन्होंने लंबी साँस खींची और जीप की रफ़्तार घटाकर हलवाहे की लंबी दौड़ को आसान बनाने की कोशिश दिखायी।

वह कमर से घुटनों तक अँगोछा बाँधे था। पिंडलियाँ खुली थीं—पतली और काली। सुंदरी उन्हीं पिंडलियों को देखती रही। वह अब धीरे-धीरे दौड़ रहा था और दौड़ते हुए उसकी सूखी पिंडलियों पर खाल का एक दयनीय खिंचाव बार-बार प्रकट होता था। सुंदरी ने कहा, "इसे बैठा ही लीजिए।" उन्होंने फिर हॉर्न बजाया और गाड़ी रोक दी, पर वह धीरे-धीरे दौड़ता रहा, हाथ के इशारे से जीप को पीछे-पीछे आने के लिए कहा, रुका नहीं। उन्होंने दूसरी लंबी साँस खींची, जैसे जो हो रहा है वह केवल नियति की विडंबना है, उसका उपचार इन्सान के हाथ में नहीं। जीप फिर धीरे-धीरे हलवाहे के पीछे-पीछे चलने लगी।

गलियारा अब बहुत घुमावदार और ऊबड़ खाबड़ हो गया था। उस पर कहीं-कहीं अब खेतों की मेंड़ें थीं, कहीं छिछले गड्ढे थे। लड़कियों की ओर देखकर—लगभग किसी शाबाशी का इंतज़ार करते हुए—उन्होंने जीप को कुशलतापूर्वक आगे बढ़ाया। एक जगह गलियारा इतना सँकरा था कि गाड़ी का पहिया महुए के तने से रगड़ खा सकता था और इधर से बचा जाए तो दूसरी ओर एक गड्ढा था। वहाँ भी वे सफल हुए। बराबर सफल होते हुए वे वहाँ पहुँच गये जहाँ राव साहब का डेरा था।

वहाँ कुछ भी आकर्षक नहीं था। रबी की बुवाई के लिए खेत जुते पड़े थे पर मिट्टी की सीलन कम हो चली थी। बिना सिंचाईवाले इन खेतों की फ़सल का भविष्य अभी से दयनीय दीख रहा था। एक ओर खपरैल की चार-पाँच बैरकनुमाँ झोंपड़ियाँ थीं। उनके पीछे कुछ दूरी पर ठिंगनी पहाड़ियों का सिलसिला शुरू हो जाता था। झोंपड़ियों के आगे एक अपेक्षाकृत समतल मैदान था। वहाँ एक साठ-पैंसठ साल का आदमी दस-बारह साल के दो बच्चों के साथ गुल्ली-डंडा खेल रहा था।

एक ओर किनारेवाली झोंपड़ी के आगे खाट पर बैठा हुआ एक नौजवान एक राइफ़ल साफ़ कर रहा था। खाट पर आठ-दस बंदूकें भी रखी हुई थीं। वे पुराने ढंग की मज़िल लोडिंग बंदूकें थीं। झोंपड़ी के भीतर कुछ चहल-पहल थी। लगता था, अंदर कुछ और लोग भी हैं।

[4]

"आइए, आइए" कहकर उस बूढ़े आदमी ने जीप के रुकते ही उनका स्वागत किया और लड़कों से कहा, "इसके बाद मेरा खेल ख़त्म!" "इस" पर उसने गुल्ली की नोक पर डंडा मारा पर गुल्ली को दूर फेंकने के बजाय ऊपर उछाल दिया। इसके लिए उसे कमर टेढ़ी करके जिस्म के ऊपरी भाग और सिर को फुर्ती से घुमाना ज़रूरी था और जिस सहजता से उसने किया, वह एक चुस्त और तंदुरुस्त आदमी के लिए ही संभव था।

यही राव साहब थे। डंडे को ज़मीन पर फेंकते हुए वे बच्चों से बोले, "देखो, हमारे छोटे भैया आ गये हैं। मुझे इनसे बात करने दो। तुम लोग उधर जाकर खेलो।"

कुँवर जयंतीप्रसाद सिंह ने उनका सुंदरी और सुशीला से परिचय कराया। "अरे, तुम लोग गुजरात की हो!" वे बोले। कुछ क्षणों के बाद ही सुशीला को हैरत हुई कि यह आदमी, जो यहाँ जंगल में रहता है, मोटा कुर्ता पहनता है, गले में डुपट्टा लपेटता है, पैरों में नोकदार चमरौंधा जूते पहने है, बड़ी-बड़ी मूँछों के बीच आसानी से हँसता है, गुजरात के बारे में कितना कुछ जानता है! यही नहीं, यह सुंदरी के पिता को भी जानता है, यह भी जानता है कि वे एक मिल-मालिक हैं और...

"वे उधर के पहले उद्योगपति थे जो 1931 के सत्याग्रह में जेल गये थे।"

"आप उनसे मिले हैं?"

"क्यों नहीं! बड़े आदमियों को खोज-खोजकर उनसे मिलना—यह मेरी पुरानी आदत है।" वे खुले मन से हँसे, "इस जयंती को ही लो। मैं मिलने के लिए इसे ढूँढ़ता रहता हूँ, हाथ ही नहीं आता। अपनी ओर से आज यह बरसों बाद दिखायी दिया है।" हँसी का दूसरा दौर; कुँवर जयंतीप्रसाद सिंह जवाब में कुछ कहें, इसके पहले ही राव साहब ने पूछा, "तुम सुशीला? तुम्हारे पिताजी भी...?"

"वे सरकार में अंडर सेक्रेटरी हैं।"

"अच्छा हुआ कि आज़ादी आ गयी। वर्ना अंग्रेज़ी ज़माने में तुम्हारी जैसी सिरफिरी बेटी अब तक उनकी नौकरी ले चुकी होती।" फिर : "आओ जयंती!"

खपरैल के बरामदे में तीन तख़्त पड़े थे, वहाँ इन लोगों को बैठाया गया। अंदर के दरवाज़े की ओर राव साहब ने कहा, "अरे भाई, मेहमान आये हैं। इन्हें कुछ खिलाओ तो सही।"

राइफ़ल साफ करनेवाले नौजवान ने राइफ़ल खाट पर रख दी और चबूतरे पर जाकर मिट्टी से हाथ साफ करने लगा। उसी समय अंदर से एक तीस-पैंतीस साल की औरत बरामदे में आयी। उसने अभ्यागतों को हाथ जोड़कर प्रणाम किया और फिर अंदर चली गयी। राव साहब ने हँसकर कहा, "रसद के लिए देखने आयी थी कि लश्कर कितना बड़ा है।'

कुँवर जयंतीप्रसाद सिंह ने दरवाज़े की ओर इशारा करके पूछा, "ये?"

"इन्हें नहीं जानते?" राव साहब हँसे, काफ़ी देर हँसते रहे, बोले, "ये तो आजकल बहुत मशहूर हो रही हैं। बड़े-बड़े अख़बारों में इनका ज़िक्र हो रहा है!"

कुँवर जयंतीप्रसाद सिंह का चेहरा खिंच गया : यह वही अप्रिय प्रसंग था जिसके बारे में उन्हें उड़ती ख़बरें मिली थीं। सत्ता पक्ष की ओर से लुके छिपे इस अफ़वाह को मज़बूती दी जा रही थी कि स्वतंत्रता-संग्राम के भीष्म पितामह, हमारे मध्यप्रांत केसरी अपनी सारी राजनीतिक प्रतिष्ठा को आग में झोंककर किसी युवती के आकर्षण में बँध चुके हैं। पर उन्हें पता न था कि उस युवती का साक्षात्कार उन्हें अचानक इस बीहड़ में हो जाएगा; यह भी पता न था कि चरित्र-हनन के इस शुरुआती दौर में ही अख़बारों ने चरित्र हंताओं के इशारे पर चलना शुरू कर दिया है, स्वेच्छा से उनके सामने आत्मसमर्पण कर चुके हैं।

उन्हें मन ही मन पछतावा हुआ कि अख़बारों की पूरी जानकारी लिए बिना ही वे राव साहब से मिलने चले आए हैं। "ज्ञान ही शक्ति है," अंग्रेज़ी का यह पुराना गुरु वाक्य उन्हें अचानक याद आया। उन्हें लगा कि राव साहब से मिलते समय एकाध ज़रूरी हथियार वे पीछे ही छोड़ आये हैं। फिर भी...।

राव साहब ही ने बताया, "इन दो बच्चों के सिवाय इन देवीजी का कोई नहीं है। कम उम्र में ही विधवा हो गयी थीं। हमीं लोगों की सरपरस्ती में हैं। अब लोगों ने बड़ी खोजबीन करके पता लगाया है कि मैं ही इन बच्चों का बाप हूँ, अब तक नहीं हूँ तो अब होनेवाला हूँ।" वे ठठाकर हँसे, कहते रहे, "यह रहस्य अब तक कोई नहीं जानता था। सबसे पहले इसकी जानकारी दिल्ली के एक पत्रकार को हुई है!"

कुँवर जयंतीप्रसाद सिंह ने मुँह बनाया, जैसे इस सबकी जानकारी उन्हें पहले से ही हो, कहा, "यह राजनीति का कुरूप चेहरा है जो अभी नया-नया प्रकट हुआ है। इस पर कुछ कहने से क्या लाभ?"

पर राव साहब ने हाथ धोते हुए नौजवान को पुकारकर कहा, "परसोंवाला वह अख़बार तो ले आओ बेटा...कौन-सा साप्ताहिक है।

तभी वह महिला हाथों में दो तश्तरियाँ लिए बरामदे में आयी : एक में लड्डू थे, दूसरे में नमकीन चूड़ा। उन्हें तख़्त पर रखकर वह अंदर से एक लोटा पानी और दो खाली गिलास ले आयी, लड़कियों से बोली, "चलो बहन, अंदर बैठेंगे।"

दोनों के लिए राव साहब का साक्षात्कार एक विचित्र और उत्तेजक अनुभव था। इस ऊबड़-खाबड़ निर्जन क्षेत्र में, जो सब कहीं से दूर न जाने कहाँ पर था, उन्होंने स्वतंत्रता के इतिहास के अद्‌भुत अध्याय को जीवंत रूप से देखा था, शहरों की जगमगाहट से दूर ऐसे बीहड़ कोनों में भी सत्ता के केंद्र पनप सकते हैं, इस तथ्य का साक्षात्कार किया था, और यह सदमा भी झेल रही थीं कि राजनीति की कुरूपता इतनी तेज़ी से देश और प्रदेश की राजधानियों को पछाड़ती हुई अपनी छाया इस निष्कलंक निर्जन में भी फैलाने

जा रही है। महिला के कहने पर वे तुरंत भीतर चली गयीं, जैसे वे उस छाया के प्रदूषण से बचना चाहती हों।

नौजवान उनके पास आ गया था। कुँवर जयंतीप्रसाद सिंह ने उसे हट जाने का इशारा किया, कहा, "अख़बार की ज़रूरत नहीं, मैं देख चुका हूँ।"

राव साहब हँसने लगे, बोले, "तब छोड़ो।" फिर रुककर, "देखो न जयंती, दिल्ली के नेता भी कैसा कमाल करते हैं! उधर अख़बारों में मेरी तारीफ़ में ऐसी-ऐसी ख़बरें छाप रहे हैं और इधर तुम्हें मेरे पास चुनाव-समझौता करने के लिए भेजा है!"

[5]

कुँवर जयंतीप्रसाद सिंह को झटका लगा। उन्हें उम्मीद न थी कि उनकी इस मुलाक़ात के उद्देश्य को राव साहब पहले ही भाँप चुके हैं।

राव साहब छठे-सातवें दर्जे तक ही पढ़े थे। उनके बारे में मशहूर था कि दूसरे नेताओं की यह खुशक़िस्मती है कि वे ज़्यादा पढ़े-लिखे नहीं हुए, नहीं तो देश के वे किसी भी बड़े नेता के लिए भयानक चुनौती बन सकते थे। ज़बरदस्त सूझ-बूझ, हास-परिहास की अकुंठित प्रवृत्ति, खुला व्यवहार, प्रखर व्यवहार-बुद्धि, कुछ आदर्शों के प्रति कड़ी निष्ठा—इन सारी पारदर्शी विशेषताओं के साथ भी उनके व्यक्तित्व में ऐसा बहुत कुछ बचा था जिसमें औरों का झाँक पाना मुश्किल था। इन खूबियों के साथ उच्च शिक्षा भी जुड़ गयी होती तो विरोधियों के लिए यह मिश्रण घातक हो सकता था। जो भी हो, अखिल भारतीय स्तर पर नेताओं को उनसे कोई ख़तरा न था, उनका कार्यक्षेत्र मध्यप्रांत ही था और सत्तारूढ़ पार्टी को उनके विरोध का तभी सामना करना पड़ा जब उस क्षेत्र में उनकी सर्वोच्चता को चुनौती दी जाने लगी।

अपने क्षेत्र में उनकी हैसियत एक युगपुरुष जैसी रही थी। उसके पीछे उनके संघर्ष और त्याग की, परिश्रम और संगठन-शक्ति की अनेक रोमांचक और लंबी गाथाएँ जुड़ी थीं। यह एक अलिखित विधान जैसा था—जिसे अब सत्ता तंत्र ने तोड़ना शुरू कर दिया था—कि उस क्षेत्र के सारे राजनीतिक निर्णय राव साहब ही के निर्णय होंगे।

कुँवर जयंतीप्रसाद सिंह के बड़े भाई इन्हीं राव साहब के राजनीतिक चेले थे। वे बाद में समाजवादी पार्टी के सदस्य हो गये, पर राव साहब से उनके पारिवारिक संबंध पहले जैसे ही बने रहे। उनके गाँवों के बीच ज़्यादा फ़ासला न था, पर उनके जिले अलग-अलग थे।

भारतीय संविधान के अनुसार पहली बार लोक सभा और विधान सभाओं के चुनाव 1952 में हुए। उस मौक़े पर राव साहब के साथ एक राजनीतिक दुर्घटना हो गयी। अपनी व्यवहार-बुद्धि के बावजूद उन्हें यह भ्रम बना रहा कि उनके राजनीतिक रुतबे को साबित करनेवाला 'मध्यप्रांत केसरी' का जो संबोधन उनके साथ पहले से जुड़ा हुआ था वह आज़ादी

मिलने के बाद भी पूरे अर्थों में लागू रहेगा और जंगल में बबर शेरवाली उनकी हैसियत को कोई छू नहीं पाएगा। पर वह कुछ पुरानी मूर्तियों के टूटने और नयी मूर्तियों के गढ़े जाने का युग था, भले ही टूटनेवाली मूर्तियाँ ग्रेनाइट की हों और नयी मूर्तियाँ घटिया किस्म के बलुहे पत्थर की। तभी आम चुनावों के लिए सत्ताधारी पार्टी ने उम्मीदवारों का चयन जिस तरह किया, उसका रहस्य बहुतों की समझ में नहीं आया।

स्वतंत्रता आंदोलन के दिनों में भी त्याग और संघर्ष के साथ जिनके नाम जुड़े थे वे सभी खरे सिक्के न थे। अब ऐसा लगा कि राजनीति के बाज़ार में खोटे सिक्कों को जान बूझकर चलाने की कोशिश की जा रही है। इस प्रक्रिया में संदिग्ध अतीत और उससे भी ज़्यादा संदिग्ध भविष्यवाले कई नये चेहरे त्याग और संघर्ष की गाथाओं के नायकों के मुक़ाबले बाज़ी मार ले गये। इसे पार्टी में दूसरी पंक्ति के अनिवार्य गठन और विकास की प्रक्रिया बतलाया गया।

राव साहब को अचानक झटका लगा जब उन्होंने देखा कि यह "अनिवार्य गठन और विकास की प्रक्रिया" उनके क्षेत्र के सभी राजनीतिक समीकरणों पर बुलडोज़र चलाने जा रही है। केसरी ने एक दहाड़ लगायी, पर उसकी गूँज या अनुगूँज उन क्षेत्रों तक नहीं पहुँची जहाँ ये सारे निर्णय लिए जा रहे थे। तब केसरी ने 'स्वयमेव मृगेंद्रता' का सिद्धांत अपनाया जो केसरी-संस्कृति का मूल आधार है। उन्होंने राजधानी के नेताओं की ओर से की जानेवाली समझौते की सभी पकी-अधपकी कोशिशों को ख़ारिज कर दिया, हर चुनाव क्षेत्र में अपने उम्मीदवार खड़े कर दिये और उसी क्रम में यह घोषित हुआ कि वे अपनी पुरानी पार्टी छोड़कर उसी पार्टी से निकली हुई एक नयी पार्टी के नेता-मंडल में शामिल हो गये हैं। बाद में उनके अधिकांश उम्मीदवार जीते, खुद उन्होंने कोई चुनाव नहीं लड़ा। गाँव के भीतर वे अपना अधिकांश समय खेती-किसानी में लगाने लगे। वे आचार्य विनोबा भावे के भूदान आंदोलन के संक्रिय कार्यकर्ता हो गये। समझा जाता है कि बिस्रामपुर के ग्रामदान के पीछे उन्हीं की सक्रियता थी।

अब उनके क्षेत्र में संसद के लिए एक उपचुनाव होने जा रहा था। उसके लिए सत्तारूढ़ पार्टी अपने एक मिनिस्टर को खड़ा करना चाहती थी जिसकी मिनिस्टरी बनाये रखने के लिए उसका संसद-सदस्य बनना लाज़मी था। पार्टी के लिए उसका मिनिस्टर बने रहना इतना ज़रूरी था कि वह राव साहब से कोई भी समझौता करने को तैयार थी ताकि वे उसके ख़िलाफ़ अपना उम्मीदवार न खड़ा करें। सत्तारूढ़ पार्टी इसके एवज़ में उन्हीं दिनों होनेवाले विधानसभा के दो उपचुनावों में उनके दो आदमियों का विरोध न करने को तैयार थी। राव साहब के वृहत्तर परिवार और रिश्तेदारों में बहुत से लोग अभी भी सत्तारूढ़ पार्टी में थे। यह भी संकेत था कि अगले चुनावों में उन्हें पार्टी टिकट देने में उदारता बरती जाएगी।

कुँवर जयंतीप्रसाद सिंह के बड़े भाई—राजा साहब—समाजवादी पार्टी की ओर से चलनेवाले एक मौसमी आंदोलन में कुछ दिनों के लिए दुबारा जेल चले गये थे। खुद

कुँवर साहब राजनीति में सक्रिय न होते हुए भी सत्तारूढ़ पार्टी के सदस्य थे। उनके और मध्य-प्रांत केसरी के पारिवारिक संबंधों को देखते हुए समझौते के लिए राव साहब को राजी करने का नाजुक काम अब कुँवर साहब को सौंपा गया था। यह सब गोपनीय था पर राव साहब की सहज बुद्धि ने उन्हें देखते ही बड़ी सहजता से गोपनीयता के तिलस्म को तोड़ दिया था।

[6]

राव साहब की बात से उन्हें हैरत हुई पर उन्होंने उसे प्रकट नहीं होने दिया। उनकी बात का खंडन भी नहीं किया, कहा, "यह सही है कि मैं अब भी आपकी पुरानी पार्टी में हूँ, पर आप खुद जानते हैं कि मैं ऐसा कुछ भी करने की नहीं सोच सकता जो आपकी गरिमा के अनुकूल न हो।"

राव साहब मुस्कराते रहे, उन्हें देखते रहे। कुँवर साहब बोले, "और यह भी तय है कि मैं आपको कोई भी ऐसा सुझाव नहीं दे सकता जो खुद मेरी निगाह में सौ फ़ीसदी सही न हो। पर मुझे यह कहने की जरूरत नहीं, आप खुद जानते हैं।"

"जानता हूँ।" कहकर राव साहब ज़ोर से हँसे बोले, "यह हुई कोई बात! जिसमें पचास फीसदी बैरिस्टर बोल रहा है और पचास फ़ीसदी छोटा भाई।"

कुँवर जयंतीप्रसाद भी हँसे : "आप जैसा समझें। पर मैं जो निवेदन करने जा रहा हूँ उसे पहले सुन लें। आप विपक्ष में चाहे जितनी दूर चले जाएँ, प्रधानमंत्री के लिए आपके मन में जो स्नेह है वह किसी से छिपा नहीं है। वे आपके साथ दो बार जेल में रहे हैं। और आप भी जानते हैं कि वे आपका कितना सम्मान करते हैं। आज उनके और आपके रास्ते भले ही अलग-अलग जान पड़ते हों, पर उन्हें भरोसा है कि ऐसा हमेशा नहीं रहेगा! आपके ख़िलाफ़ जो लोग दुष्प्रचार कर रहे हैं, वे निश्चय ही प्रधानमंत्री के मित्र और हितैषी नहीं हैं।..."

राव साहब ऊपर-नीचे सिर हिला रहे थे। उनकी बात को काटते हुए बोले, "जयंती, देखो, तुमने समझाया और मैं समझ गया। यही मतलब है न तुम्हारा कि यह बात अब मेरे और प्रधानमंत्री के बीच हो रही है? यानी बीच में कोई नहीं, यहाँ का मुख्यमंत्री नहीं, मेरी बदनामी करनेवाले उचक्के भी नहीं, तुम भी नहीं?"

"जी हाँ, बात आपके और प्रधानमंत्री के बीच की है। पर मैं हूँ, मैं आपके चरणों के पास बैठा हुआ हूँ।"

"ठीक है, और प्रधानमंत्री चाहते हैं..."

"कि उन्हें अपने इस मिनिस्टर को हटाना न पड़े, मिनिस्टर बनने के छह महीने के भीतर ही उसे संसद या राज्यसभा का सदस्य बन जाना चाहिए। पी.एम. चाहते हैं कि उसे इस बार संसद में आ जाने दिया जाए, उसकी उम्मीदवारी को आपका आशीर्वाद

मिले।"

"वाह! यह भी कोई बात हुई? संसार में प्रजातंत्र का सबसे बड़ा समर्थक हमारा प्रधानमंत्री बिना चुनाव लड़े ही उसे संसद-सदस्य बना देना चाहता है?"

"चुनाव तो उसे तब भी लड़ना होगा—दूसरी पार्टियों से, स्वतंत्र उम्मीदवारों से। प्रधानमंत्री यह निर्णय तो पहले ही कर चुके हैं कि पड़ोस के ज़िले में विधान सभा की दो सीटें आपके लिए छोड़ दी जाएँगी। पर वे अपनी निजी स्थिति की मज़बूती के लिए उसे संसद में देखना चाहते हैं। उन्होंने इसी भरोसे पर उसे पहले ही मंत्री पद दे दिया है कि संसद के चुनाव में उसे आपका आशीर्वाद मिलेगा।"

"जयंती, तुम यह सब क्या कह रहे हो? प्रधानमंत्री उसे अपनी स्थिति की मज़बूती के लिए नहीं, पार्टी फंड की मज़बूती के लिए चाहते हैं। उसका पिछला कारनामा तुम बिलकुल ही भूल गये हो? अपने पिछले कार्यकाल में उसने बंबई के सेठों को कितना दुहा था, यह तुम नहीं जानते?"

"बड़े भैया, आप भी इसे सही समझते हैं? यह सब तो अख़बारों का वैसा ही दुष्प्रचार था...।"

वे चूक गये थे, ठिठककर उन्होंने बात पूरी की "जैसा कि वे करते ही रहते हैं।" पर राव साहब हँसने लगे थे, रुक-रुककर कहते रहे, "नहीं, नहीं, बात मत बदलो। कहो, कहो न कि तुम्हारे इस उम्मीदवार के ख़िलाफ़ लाखों रुपये बटोरने का आरोप वैसा ही दुष्प्रचार है जैसा कि मेरे ख़िलाफ़! या..." अंदर की ओर इशारा करते "उसके ख़िलाफ़? यानी वह भ्रष्ट है तो मैं भी भ्रष्ट हूँ, और मैं नहीं हूँ तो वह भी नहीं है!"

कुँवर जयंतीप्रसाद सिंह आहत मुद्रा में बैठे रहे, फिर बोले, "ओह बड़े भैया, मज़ाक को इतना निष्ठुर मत बनाइए। ऐसा तो मैंने सोचा भी नहीं, और कहा तो हरगिज़ नहीं।"

राव साहब की हँसी थम गयी, पर वे मुस्कराते रहे, बोले, "अच्छा, तो काम की बात सुनो। अगर मुझे यक़ीन हो—और सचमुच ही मुझे यक़ीन है—कि विधान सभा के उधरवाले दो चुनाव क्षेत्रों में हर हालत में मैं ही जीतूँगा तो यहाँ की लोक सभा सीट के बदले तुम्हारी पार्टी मुझे क्या देगी? इस समय तो वह मुझे वही दे रही है जो मेरा पहले ही से है।"

"बड़े भैया, हर चीज़ क्या हम अब देन-लेन के पैमाने पर ही नापेंगे? मैंने पहले ही निवेदन किया था कि बात प्रधानमंत्री के लिए कुछ रियायत करने की है, उनकी मज़बूती के लिए, सिर्फ़ उनके लिए।"

"जयंती, तुम्हारे जैसे विद्वान को समझना और समझाना—दोनों बातें मेरे लिए बड़ी मुश्किल हैं। देखो, सारी दिक़्क़त प्रधानमंत्री ही को लेकर है। उनको मज़बूत बनाने का मतलब है उनके चहेतों को मज़बूत बनाना। और उन चहेतों को तुम बख़ूबी जानते हो। सच्चाई तो यह है कि जो देश की समस्याओं को सुलझानेवाले थे, उन प्रधानमंत्री का लिबलिबापन देश की सबसे बड़ी समस्या हो रहा है। जिस उम्मीदवार को वे संसद में

चाहते हैं वह इसी लिबलिबेपन की उपज है।"

"यह, बड़े भैया, आप नाराज़गी में कह रहे हैं।"

"नहीं। पर नाराज़गी में कहूँ, तब भी बेजा न होगा। राजनीति में अब विरोधियों से नाराज़ ही रहना चाहिए। विरोध के बावजूद आपस के सौम्य रिश्तों का चलन अब ख़त्म हो गया है। यह भी तुम्हारी पार्टी की उपलब्धि है। वह हर राजनीतिक विरोधी में दुश्मन का चेहरा देखती है। और न भूलो कि प्रधानमंत्री ही तुम्हारी पार्टी के अध्यक्ष हैं।"

"आप जानते हैं कि ऐसा नहीं है।"

"ऐसा ही है। मिसालें दूँ? पर उसकी भी ज़रूरत नहीं। तुम एक बार चार-पाँच सालों के पुराने अख़बार देख जाओ। प्रतिपक्ष की हैसियत धीरे-धीरे किस तरह गिरी है, अपने आप पता चल जाएगा। कई साल पहले हम सब सहयोगी थे। भगतसिंह जैसे क्रांतिकारी या आई.एन.ए. के जवान—वे भी हमारे सहयोगी थे, हमारे अहिंसा के सिद्धांत के ख़िलाफ़ पड़ने के बावजूद! आज़ादी मिलने के बाद विरोधी दलों की हैसियत बदलने लगी। सत्तारूढ़ पार्टी की निगाह में एकाध साल तक ये पुराने सहयोगी 'हमारे दिग्भ्रांत साथी' रहे, फिर 'सुव्यवस्था के विरोधी' हो गये। अब हम तीसरी स्टेज में हैं : 'ग़ैरज़िम्मेदार राजनेता'। इसके बाद दो-चार साल ही में हम 'विदेशी साज़िशों के हथियार' हो जाएँगे। फिर 'विदेशी दलाल' और 'देश और राष्ट्रीयता के दुश्मन' बनने में देर नहीं लगेगी। हमारी पार्टीवाले संसदीय प्रजातंत्र के शत्रु तो मान ही लिए गये हैं...।

"अब तुम्हीं बताओ जयंती, उनकी ज़िम्मेदाराना और हमारी ग़ैरज़िम्मेदाराना राजनीति में मेल कैसे हो?"

"यह समझ लेने से कि विधान सभा के जिन उपचुनावों में आप जीतने का भरोसा रखे हैं वे आपके हाथ से निकल भी सकती हैं।"

"हो सकता है, पर मुझे चुनाव का अंकगणित समझाने के लिए तुम जैसे क़ाबिल बैरिस्टर से काम नहीं चलेगा, इसके लिए मेरे मुक़ाबले के—या मुझसे कुछ ज़्यादा गिरे हुए—चुनावी कीड़े की ज़रूरत है। और वह सिर्फ़ एक है।

"तुम्हारे मुख्यमंत्री जी, जिनसे हमारी कभी बात नहीं हो सकती।"

कुँवर जयंतीप्रसाद सिंह ने हताशा की गहरी साँस ली, छोड़ी—असली भी और राव साहब को दिखाने के लिए भी; कहा, "दिल्ली के अख़बारों ने सब गड़बड़ कर दिया।"

"नहीं जयंती, ऐसा नहीं है। हम लोगों की ट्रेनिंग कुछ दूसरे क़िस्म की है। हम किसी भी पत्रकार को इतना महत्त्व नहीं दे सकते कि कुछ भी आयँ-बायँ-शायँ लिखकर वह हमारी राजनीति की दिशाएँ मोड़ दे। असल बात वही है जो अभी तुमको बता चुका हूँ। यानी यह कि वे हमें इस चुनाव क्षेत्र के बदले जो दे रहे हैं वह तो हमारा पहले ही से है। यह तुम भी समझते हो। अफ़सोस यही कि उन्होंने तुम्हें यह अधिकार नहीं दिया कि तुम अपनी ओर से कोई दूसरा प्रस्ताव मुझे दे सको...।"

[7]

बातें करते-करते दोनों बाहर सहन में आ गये थे। कुछ दूर दोनों बच्चे अब भी गुल्ली-डंडा खेल रहे थे। तभी दरवाज़े पर आकर महिला ने बच्चों को पुकारा, बच्चों ने सुना नहीं। शिकायत के स्वर में उसने राव साहब से कहा, "ये कब तक खेलते रहेंगे?"

"खेल लेने दो आठ-दस दिन। फिर तो क़ैद में पड़ना ही है।"

दोनों लड़कियाँ भी बाहर आ गयी थीं। सुशीला ने पूछा, "बच्चे कहीं जा रहे हैं?"

"इन्हें पढ़ने शहर भेज रहा हूँ। इनकी माँ भी वहीं रहेगी। तुम क्या समझती हो? कि अकेले गुल्ली-डंडा खेलकर ये सारी ज़िंदगी पार कर ले जाएँगे? अब ऐसा नहीं हो सकता। वह पीढ़ी तो हमारे साथ ही ख़त्म हो गयी। जमकर गुल्ली-डंडा खेला और अंग्रेज़ी हुकूमत का मुक़ाबला किया। मैदान से जेल में और जेल से मैदान में। स्कूल की ओर देखा ही नहीं। या कहो कि देखा तो पर गाँधीजी ने हम लोगों का नाम कटा दिया...।"

नक़ली हताशा से वे सुशीला को देखते रहे। नक़ली मायूसी से बोले, "थोड़ी अंग्रेज़ी मुझे भी आ जाती तो बड़ा सुभीता रहता। क्यों जयंती?"

सुशीला उनके पास आ गयी थी, बोली, "गुल्ली-डंडा के अलावा इन बंदूकों का खेल भी तो आपने खेला होगा?"

"नहीं भाई, इस खेल से मेरा क्या लेना-देना? मैं भी तो तुम्हारा जैसा सर्वोदयी हूँ। इन्हें तो हमने यहाँ सुरक्षा के लिए रख लिया है...नहीं, नहीं, अपनी सुरक्षा के लिए नहीं, खुद हथियारों की सुरक्षा के लिए। आचार्य विनोबा की बंदूकें हैं न।" इसके बाद फिर वही खुली हँसी!

सुंदरी ने कहा, "कम से कम आचार्यजी को तो छोड़ दीजिए।"

"कैसे छोड़ दूँ?" वे वैसे ही हँसते रहे, "हमने भी तो दूर-दूर तक विनोबाजी को भूदान में सैकड़ों बीघे ज़मीन दिलायी है। बिस्रामपुर में पूरा ग्रामदान कराया है। और सहकारी खेती का वहाँ जैसा काम शुरू हुआ है, वैसा कभी जयंती के गाँव में हो सकता है? पर तुम्हें पता ही न होगा कि बिस्रामपुर है कहाँ? असली भूदानी तो मैं हूँ, तुम लोग तो सिर्फ़ जीवनदानी हो।" नक़ली हेकड़ी के साथ वे उन सबको घूरते रहे।

"तो आप भूदान यज्ञ इन बंदूकों के सहारे कर रहे हैं।" सुशीला ने पूछा।

"नहीं भाई, बात सीधी-सी है। ये बंदूकें मिलीं तो हमें आचार्यजी के नाम पर ही हैं पर हैं हमारी ही। हमारा एक ज़िला मजिस्ट्रेट बड़ा समझदार अफ़सर था, साफ़-सुथरा, नये विचारोंवाला। जब आचार्यजी का यहाँ पदार्पण हुआ तो वह उनके दर्शनों के लिए आया, यहाँ आकर उसने मेरे भी दर्शन किये। यह बड़ा क्रांतिकारी क़दम था क्योंकि मेरे सरकारी पार्टी से अलग होने के बाद सरकारी अफ़सर मुझसे कन्नी काटते रहते हैं। शायद उन्हें हिदायत मिली है कि वे मुझसे दूर रहें, ताकि जनता को भरोसा हो जाए कि

अपने ही क्षेत्र में मैं एक राजनीतिक कोढ़ी जैसा हूँ। तो, जैसे ही ज़िला मजिस्ट्रेट मेरे दर्शन को आया, मैंने तुरंत उसका फ़ायदा उठा लिया। चर्चा उठा दी कि चारों ओर जंगलों से घिरे हुए इन चार-पाँच गाँवों की फ़सल जंगली जानवरों से बच नहीं पाती और यहाँ भूदान का इतना बड़ा काम हो जाने पर इन गाँवों की समस्याओं पर विशेष ध्यान दिया जाना चाहिए। असली सवाल नीलगाय, सांभर और हिरनों के झुंड को फ़सल से दूर रखने का है। तब डी.एम. ने खुद ही कहा कि कुछ किसान मज़ल-लोडिंग बंदूकें क्यों नहीं ले लेते। रात को दो-चार फ़ायर करने से ही जानवर भाग जाएँगे। तब मैंने उसे अंदरूनी बात बतायी। ये गाँव मेरे प्रभाव में हैं। एक गाँव तो मेरी ज़मींदारी में ही रहा है। यहाँ वाले अब मेरे कारण विरोधी पार्टी को ही वोट देते हैं। इसलिए कोई भी डी.एम. यहाँ वालों को बंदूक का लाइसेंस नहीं दे सकता, नहीं तो कहा जाएगा कि वह मेरे असर में काम करने लगा है, सत्तारूढ़ पार्टी के सारे नेता उससे नाराज़ हो जाएँगे। इस पर डी. एम. ने कहा, "रबिश!" और एक हफ्ते में ही फ़सल-सुरक्षा के लिए आठ बंदूकों के लाइसेंस दे दिये। एक राइफल का लाइसेंस तेंदुए और जंगली सुअरों से बचाव के लिए उस लड़के को दे दिया।

"इसके बाद जो होना था, हुआ, डी.एम. का तबादला दो महीनों में हो गया। पर हमारी फ़सल अब नीलगायों और हिरनों से बच जाती है।

"इधर डकैतों का बड़ा आतंक है। डर लगा रहता है कि डाका डालकर वे किसी किसान की बंदूक छीन न ले जाएँ, और सच तो यह है कि कहीं कोई किसान ही डकैतों को किराए पर बंदूक न पकड़ा दे। इसलिए फ़सल कट जाने के बाद सब किसान अपने हथियार यहीं रख जाते हैं, यहाँ ये सुरक्षित हैं, इनके बेजा इस्तेमाल का भी डर नहीं है।"

"पर डकैत अगर यहाँ से इन्हें एक साथ उठा ले जाएँ?" सुशीला ने पूछा।

"किस डकैत की हिम्मत है ऐसा करने की? सबसे बड़ा डकैत तो मैं हूँ। दूर-दूर तक मेरा नाम चलता है। इतनी बड़ी अंग्रेज़ी हुकूमत थी। मैंने उस पर डाका डाला था।"

[8]

लड़कियों के आने के पहले समझौता-वार्ता का उपसंहार करते हुए राव साहब ने कहा था, "जयंती, मैं तुम्हारी सलाह नहीं मान पा रहा हूँ। पर इसके पीछे तुम्हें परेशान होने की ज़रूरत नहीं है। दिल्लीवाले नेता इतने सीधे नहीं हैं। वे पहले ही से इस नतीजे के लिए तैयार बैठे हैं। शायद उन्होंने तुम्हें बीच में डाला ही न होता। पर तुमसे बड़े काम लेने के पहले ऐसे छोटे-मोटे काम लेना ज़रूरी रहा होगा।"

कुँवर जयंतीप्रसाद सिंह अभी तक इस झीने फ़रेब को खींचते चल रहे थे कि वे यहाँ किसी के कहने पर नहीं, अपनी पहल पर आये हैं। अब उन्होंने इस पाखंड को तोड़ते हुए कहा, "बड़े भैया, आपके इस जंगली डेरे पर तो लगता है कि पूरा इंटेलिजेंस

ब्यूरो खुला है। बताइए न, आपका इशारा किस तरफ़ है। कौन-सा छोटा काम? कैसा बड़ा काम?"

"ब्यूरो की ज़रूरत नहीं है जयंती, सिर्फ़ दो में दो जोड़ने का सवाल है। याद करो, हमारे बड़े भाई साहब ने जेल जाने के पहले सरकार के ख़िलाफ़ कैसे तेज़-तर्रार बयान दिये थे। अब वे महीने भर में छूटनेवाले हैं। वे दुबारा कुछ वैसे ही बयान जारी करें, उसके पहले ही उनकी धार को कुंद करने के लिए दिल्ली को तुम्हारे बारे में कुछ फ़ैसला कर लेना होगा। सीधा काम तो यह होगा कि तुम्हें किसी देश में राजदूत बनाकर भेज दें। पर इसके पहले वे शायद तुम्हें कुछ और परखना चाहेंगे। जो भी हो, इतना तय है कि बड़े भाई साहब तो उनके हाथ से गये, अब छोटे भाई को गँवाने का ख़तरा वे नहीं उठाएँगे। वैसे यह दो और दो के जोड़ की ही बात नहीं है, मुझे कुछ उड़ती ख़बर भी मिली है।"

"वे यह कैसे मान रहे हैं कि उनकी उँगली का इशारा पाते ही मैं किसी भी काम के लिए तैयार हो जाऊँगा?"

कहते ही इसका जवाब भी उनके मन में कौंध गया : उनकी उँगली के इशारे पर ही तो तुम यहाँ आये हो! पर राव साहब ने दूसरी बात कही, "तुम अपना ही कहा भूल रहे हो जयंती। तुम मुझे प्रधानमंत्री के हाथ मज़बूत करने की सलाह दे रहे थे कि नहीं? प्रधानमंत्री में तुम्हारी सच्ची निष्ठा है। यह उन्हें भी मालूम है। उनके लिए मैं कुछ करूँ या न करूँ, तुमको तो कुछ न कुछ करना ही पड़ेगा। मिनिस्टर, गवर्नर, ऐंबैसडर न बने तो कुछ वैसी ही चीज़ बनकर।

"अब आप दो और दो जोड़कर ग्यारह बना रहे हैं।"

"बिलकुल नहीं। तुम क्या समझते हो? कि इतने मज़बूत राजनीतिक घराने को वे इतनी आसानी से विपक्षियों के हाथ में खिसक जाने देंगे? आँखें खोलकर अपने चारों ओर देखते क्यों नहीं?"

वे ख़ामोश रहे, शायद भीतरी आँखें खोलकर अपने चारों ओर देखने लगे थे। तब राव साहब ने हँसकर कहा, "ज़्यादा सोचने की ज़रूरत नहीं, ख़बर है कि तुम्हें जल्दी ही योरोप या अमरीका जाना पड़ेगा।"

कुँवर जयंतीप्रसाद सिंह ने भीतरी उल्लास को दबा लिया, कहा, "मुझे यक़ीन नहीं है!"

पर उन्हें यक़ीन था कि ऐसा हो सकता है। राव साहब के सुझाने पर उन्हें बहुत-से पिछले सरकारी निर्णयों में एक निश्चित योजना की झलक मिल रही थी। सत्तातंत्र एक ओर विपक्षी नेताओं को दर्जा-ब-दर्जा गिराते हुए "प्रजातंत्र के दुश्मन" के ख़ाने में ढकेल रहा था, दूसरी ओर उनके परिवार में अगर कोई सत्ताधारी पार्टी का समर्थक हुआ तो उसे उभारने की कोशिश की जा रही थी। सरकारी प्रचार का मंतव्य स्पष्ट था : यह सिर्फ़ व्यक्तिगत विश्वासों की लड़ाई है, किसी के परिवार के प्रति इसमें विद्वेष के लिए

कोई जगह नहीं है।

कुँवर जयंतीप्रसाद सिंह की जानकारी में ऐसे कई जाने माने परिवार थे जिनके कई सदस्य अपने अलग-अलग राजनीतिक विश्वासों के साथ परस्पर विरोधी पार्टियों में थे। उन्होंने मन ही मन हिसाब लगाया कि प्रायः ऐसे सभी परिवारों के एक ऐसे व्यक्ति को जो सत्तारूढ़ पार्टी में हो, कोई न कोई बड़ा ओहदा दिया गया है। ऐसे भी परिवार थे जहाँ एक भाई सरकार में मंत्री था दूसरा राजनीतिक कारणों से जेल काट रहा था।

एक ओर जहाँ इस व्यवस्था में किसी भी सिद्धांत के चुनाव की छूट को महान् प्रजातांत्रिक मूल्य माना जा रहा था, वहीं दूसरी ओर प्रतिष्ठान की ओहदे बाँटनेवाली नीति से सत्तातंत्र को कुछ छिपे लाभ भी मिल रहे थे। अगर एक भाई सरकार में मंत्री हो और दूसरा राजनीतिक क़ैदी, तो वहाँ भले ही दोनों के बीच तत्काल कोई दरार न दीख पड़े, भविष्य में उसके पनपने की उम्मीद की जा सकती थी। वैसा न हो तो यह संभावना तो थी ही कि परिवार इन दोनों नेताओं के पीछे दो खेमों में बँट जाएगा और लड़ाई के मुद्दे तब सिद्धांत की सीमा ही में न बँधे रहेंगे। यह भी आशा थी कि इस सबसे जनता में परिवार की साख और विश्वसनीयता भी गिरेगी। लोग समझ सकते हैं कि अपनी मिलीभगत से मिनिस्टर और क़ैदी—दोनों भाई एक साथ अपने-अपने ढंग से जनता को बेवक़ूफ़ बना रहे हैं। हर हालत में विपक्षी नेता के दाँतों और नाख़ूनों का पैनापन कम होता जाएगा।

इस एहसास के वावजूद सरकारी तंत्र में जिनेवा या वाशिंगटन की यात्रा का सपना उन्हें उल्लासपूर्ण जान पड़ा। एक गुमनाम और जमींदारी उन्मूलन क़ानून से ध्वस्त तअल्लुक़ेदारी से बाहर निकलकर अखिल भारतीय स्तर पर कुछ कर दिखाने का मौक़ा उन्हें मिलनेवाला है! वे राव साहब के इस इशारे से हतोत्साह नहीं हुए कि ऐसी नियुक्तियाँ कुछ राजनीतिक परिवारों के ख़िलाफ़ साजिश के तौर पर की जा रही हैं। (अब हम स्वतंत्र देश के नागरिक हैं। अगर हमारी प्रजातांत्रिक सरकार हमारी योग्यता का सही-सही उपयोग देश के हित में करना चाहती है तो हमें हिचक क्यों हो?) बिना किसी हिचक के उन्होंने अपने ख़ानदान की हैसियत पर ग़ौर किया, अपनी शिक्षा-दीक्षा को याद किया, अपने विलायत के प्रवास को एक क्षण में दोबारा जीने की कोशिश की और तय किया कि अगर प्रधानमंत्री उन्हें कोई समुचित अवसर देते हैं (ओहदा नहीं, अवसर!!) तो वे उसे शालीनता से कृतज्ञतापूर्वक स्वीकार करेंगे।

और राव साहब? बड़े भाई साहब? अपना रास्ता उन्होंने खुद चुना है। मुझे उसके बारे में कुछ सोचने की, कुछ कहने की इजाज़त ही कब रही है?

[9]

रास्ते में सुशीला ने कहा :

“उसका नाम दमयंती है। शादी बचपन ही में हो गयी थी, दो बच्चे हुए। उसका

पति किसी कॉलेज में पढ़ता था। बी.ए. का छात्र था। 1942 में 'भारत छोड़ो' आंदोलन में वह गिरफ्तार हुआ। मुक़दमा चलने के पहले थाने पर उसे न जाने कितनी यंत्रणाएँ दी गयीं। मन पर जो घाव लगे सो तो लगे ही, तन पर भी ऐसे कई घाव लगे जो भरे नहीं। उसे चार साल की जेल हुई पर वह ढाई साल ही जेल में रह पाया। यह समझकर कि उसका बचना असंभव है, ब्रिटिश हुकूमत ने उसे ढाई साल बाद जेल से छोड़ दिया। उसके कुछ महीने बाद उसकी मृत्यु हो गयी।

"जेल में वह राव साहब के साथ था। उसके न रहने पर राव साहब ने उसके परिवार की देखरेख का कुछ प्रबंध करा दिया। हर महीने दमयंती के पास एक मनीऑर्डर आ जाता था। यह राव साहब के किसी परिचित उद्योगपति की ओर से था। बाद में जब राव साहब खुद जेल से बाहर आये, वे दमयंती की सीधे मदद करने लगे।

"सब ठीक चल रहा था पर राव साहब पुरानी पार्टी छोड़कर विपक्ष में चले गये। जिस छोटे क़स्बे में दमयंती रहती थी, वहाँ की आबादी सत्तारूढ़ पार्टी के पक्ष में थी। विपक्ष में जाते ही राव साहब नायक की जगह खलनायक हो गये, उसी के साथ दमयंती को खलनायिका का दर्जा मिला। उसके पास आनेवाली चिट्ठियों और मनीऑर्डरों पर फब्तियाँ कसी जाने लगीं। राव साहब का नाम लेकर कई तरह के आक्षेप लगे। महिला का वह अपना समाज अचानक प्रतिपक्ष बन गया।

"इसीलिए कुछ महीने हुए राव साहब ने उसे यहाँ बुला लिया है और उसके रहने का प्रबंध डेरे पर कर दिया है। इससे विरोधियों को राव साहब के खिलाफ़ एक नया हथियार मिल गया है। पर राव साहब बेफ़िक्र हैं। अब उन्होंने बच्चों की पढ़ाई के लिए इस परिवार को शहर भेजने की सोची है। फ़िलहाल वह उनके एक वकील मित्र की कोठी पर रहेगा। आशा है कि दमयंती को वहाँ एक महिला संस्थान में कुछ काम मिल जाएगा। तब उसको वहीं रहने के लिए एक क्वार्टर भी मिलेगा।

"दमयंती ने जो बताया उससे लगता है कि बात कुल इतनी-सी है, और राव साहब के विरोधी समझते हैं कि इसके सहारे वे उनकी राजनीतिक हत्या कर देंगे! उनकी अक़्ल पर तरस आता है।"

सुंदरी ने कहा, "हमीं लोग इन्हें बुलाकर अपने पास क्यों न रख लें?"

कुँवर साहब को इसका जवाब देने में एक सेकंड भी नहीं लगा, बोले, "अपने बारे में दमयंती को भी कुछ सोचने का मौक़ा देना चाहिए।"

[10]

गलियारे के दोनों ओर अब जंगल का लंबा-चौड़ा फैलाव था। ज़मीन ऊबड़-खाबड़ थी। झाड़ियाँ बहुत ऊँची नहीं थीं पर उनका सिलसिला बहुत घना था। उन्होंने बगल में बैठी हुई सुंदरी को बाएँ हाथ के घेरे में ले लिया, कहा, "कभी योरोप गयी हो सुंदरी?"

उनके स्पर्श से अपने को छुड़ाने के लिए उसने कोई प्रकट चेष्टा नहीं दिखायी। पर उनके हाथ के नीचे उसका कंधा कसमसाया। उसकी लहर उनके हाथ की शिराओं तक पहुँच गयी होगी। उन्होंने हाथ का कसाव ढीला किया, फिर उसे लापरवाही से खींचकर जीप के स्टियरिंग ह्वील पर रख लिया।

सुंदरी ने मुँह बिचकाया।

"यह कैसा सवाल है!"

"और तुम, सुशीला?"

सुशीला ने मख़ौल-भरी नज़र उनके चेहरे पर डाली।

उन्होंने कहा, "गुजरात के मिलमालिकों की लड़कियाँ—मैंने सुना है—विदेश जाती ही रहती हैं।"

सुंदरी की आवाज़ में उन्हें शायद पहली बार तीखेपन का अहसास हुआ, वह कह रही थी, "अब तो आपको मालूम हो गया है। वह सत्याग्रही मिलमालिक है, टोडी बच्चा नहीं।"

वे मुस्कराते हुए जीप चलाते रहे। अब जंगल की सघनता मिट रही थी। छोटी-छोटी झाड़ियों के बीच में अंतराल था। उनके पार खेत दिखायी देते थे। सहसा सुशीला ने पूछा, "क्या आप योरोप जा रहे हैं?

"अभी तो अपने घर वापस जा रहा हूँ।"

"पर अभी के बाद?"

"नहीं, ज़माना हुआ योरोप को मैं पीछे छोड़ चुका हूँ।"

"योरोप की बदक़िस्मती!" सुशीला खुलकर हँसी।

वे बार-बार अपनी दायीं ओर देख रहे थे। अचानक उन्होंने जीप रोककर इंजन बंद कर दिया, फुर्ती से पीछे जाकर जीप के नीचे से एक राइफल खींच ली। अभी तक लड़कियों को पता नहीं था कि गाड़ी में दो हथियार भी रखे हैं। उनकी समझ में कुछ नहीं आया। सुशीला ने कहा, "हमारी जान न लीजिए महाराज!"

वे राइफल की मैगज़ीन में कारतूस भरकर, जीप की टेक लेकर खड़े हो गये थे। एक हाथ से उन्होंने लड़कियों को चुप रहने का इशारा किया, फिर सामने के खुले मैदान की ओर निशाना साधने लगे।

सुंदरी उनके निशाने की दिशा में ध्यान से देख रही थी। पहले उसकी समझ में कुछ नहीं आया, फिर उसने लगभग ढाई सौ गज़ की दूरी पर दो पेड़ों के बीच तीन-चार सांभरों के एक परिवार को खड़ा हुआ देखा। उनके पीछे मटमैली झाड़ियाँ थीं, तभी वे पहली नज़र में नहीं दीख पड़े थे।

सुंदरी ने उनकी उँगली को ट्रिगर पर मुड़ते हुए देखा और ज़ोर से पुकारा, "नहीं!" एक छलाँग-सी लगाकर वह उनके पास पहुँची और एक झटके से राइफल की नली को ऊपर उठा दिया। वे लड़खड़ाये, पर उन्होंने अपने को तुरंत सँभाल लिया। सुंदरी भी

लड़खड़ा गयी थी। एक क्षण के लिए उसकी देह उनके सहारे टिकी रही, फिर उसने अपने आपको उनसे अलग किया। उसकी साँस फूल रही थी, एक सर्वथा अपरिचित आवाज़ में उसने कहा, "मेरे सामने किसी भी जानवर की हत्या नहीं होगी।"

वे सुंदरी को अजनबी निगाह से देख रहे थे। धीरे-धीरे उनका चेहरा सहज होने लगा, पर आवाज़ बहुत भारी थी। बोले, "आपने बहुत ख़तरनाक काम किया है। गोली चल सकती थी, किसी भी ओर जा सकती थी, कुछ भी हो सकता था।"

सुंदरी की उत्तेजना अभी खत्म नहीं हुई थी, उसने कहा, "मुझे मालूम होता कि आप जीप में अपना तोपख़ाना लेकर चल राहे हैं तो मैं कभी न आती।"

बिना कुछ बोले वे जीप के पीछे गये, राइफल से कारतूसें निकालकर उन्हें एक थैली में रखा, फिर राइफ़ल को सज़ा जैसी देते हुए उसे लापरवाही से सीट के नीचे ठेल दिया, ड्राइवर की सीट के पास आकर ठंडे सुर से बोले, "चलिए।"

सुशीला ने कुछ नहीं कहा, पूरे दृश्य को वह ख़ामोशी से देखती रही थी; अब भी उसी तरह देखती रही।

सात

[1]

ये सब बहुत पुरानी बातें हैं। तब के प्रौढ़ बहुत बूढ़े हो गये हैं, निरंतर 'विद्युच्चलं जीवितम्' की चेतावनी से आतंकित, और बच्चे अब प्रौढ़ता की देहली छूने जा रहे हैं। फिर भी बिस्रामपुर की ऊबड़-खाबड़ धरती और छोटी झाड़ियोंवाले जंगल में कुँवर जयंतीप्रसाद सिंह को उस जंगल की याद आ रही है जहाँ अचानक सारा संतुलन खोकर सुंदरी ने उन पर हमला किया था, उनकी रायफल की नली का रुख़ आसमान की ओर कर दिया था।

कुछ ही दूरी पर भरके शुरू हो जाते थे; भयानक नहीं, मामूली, और उनका टेढ़ा-मेढ़ा विस्तार बेतवा के किनारे ख़त्म होता था। बेतवा टीलों से काफ़ी नीचे थी, उसकी धार का टकराव इसी ओर था। नदी की धार इस ओर गहरी थी, दूसरी ओर उसका छिछला फैलाव था, मोटी ललछौं रेत थी, हलकी ढलानवाले खेत थे जिनमें बरसात के बाद रबी की बुवाई होगी। यहाँ नदी की धार धनुषाकार हो गयी थी, उसकी एक नोक पर आश्रम का परिसर था, दूसरी नोक पर, काफ़ी दूर, एक दूसरा टीला था—यहाँ से ऊँचा, जिस पर एक पुरानी हवेली थी, उसका बहुत-सा हिस्सा महुए के पेड़ों से ढका था। पीछे आते हुए रामलोटन से उन्होंने पूछा, "वह इमारत कौन-सी है?"

"दुबे महराज," उसने कहा; बात साफ़ नहीं हुई।

मज़बूत देह और तनी मूँछोंवाले इस किसान को उन्होंने तीन दिन पहले देखा था। वह प्रार्थना गृह के बाहर चबूतरे पर बैठा हुआ था। बाद में उन्होंने पाया कि वे जहाँ कहीं भी हों, वह कुछ दूरी पर टहलता रहता है। मंत्रीजी ने बताया था कि आश्रम में उसे हाल ही में रखा गया है। उन्होंने समझ लिया था कि रामलोटन का असली काम उनके अंगरक्षक का है। फ़ौजी कप्तानों और भारतीय पुलिस सेवा के अफ़सरों को चुस्त वर्दी में अपने अंगरक्षकों में देख चुकने के बाद रामलोटन के स्तर पर अपना अधःपतन उन्हें काफी दिलचस्प जान पड़ा था। फिर भी उन्होंने कुछ कहा नहीं। बिलकुल अकेले बाहर निकलने के लिए वे अभी तैयार नहीं थे; (शायद कभी नहीं होंगे; और जब एक बार वे अकेले निकलेंगे तो वह उनकी अंतिम यात्रा होगी।)

इसमें शक नहीं कि यहाँ के कार्यकर्ताओं में वह सबसे उपयुक्त अंगरक्षक दीख पड़ता था। उन्होंने सोचा : इसे सूबेदार मेजर की वर्दी पहना दी जाए तो उसमें खूब जँचेगा।

पर साफ़ ढंग से बात करने में इस सूबेदार मेजर को इतना लाचार पाकर उन्हें खीझ हुई। गुर्राकर बोले, "दुबे महराज का मतलब?"

"दुबे महराज की हवेली है मालिक।"

"कौन हैं ये दुबे महराज?"

"यहाँ के मालिक हैं, मालिक। यह क्वाप्रेटिव फारम उन्हीं का है।"

यानी, यहाँ के भूतपूर्व ज़मींदार, जिन्होंने राव साहब के कहने पर कभी यह भूमि ग्रामदान में दी थी, दिलायी थी। उन्होंने या उनके पुरखों ने। आज वे इस फ़ार्म के प्रबंध निदेशक हैं। नई-नई मदों पर सरकारी अनुदान से ही उनकी इतनी आमदनी है कि फ़ार्म के कागजों को छोड़कर उसका उनके लिए कोई अर्थ नहीं रहा है।

"उन्हें कभी मेरे पास बुला लाना।"

"मेरे कहने से वे थोड़े ही आएँगे मालिक।"

हुक्म पर ऐतराज़ करनेवाले सूबेदार मेजर को उन्होंने घूरकर देखा। उसे सुनाते हुए अपने आपसे कहा, "अच्छा देखेंगे।"

पगडंडी काफ़ी चौड़ी थी, उसके ऊपर झाड़-झंखाड़ न थे। वे धीरे-धीरे आगे बढ़ते रहे। पिछली बारिश के कारण हवा में ठंडक थी। सूरज डूबने में अभी आधा घंटा होगा।

"तुम्हारा नाम रामलोटन है न?"

"हाँ मालिक, लोटन।"

"अयोध्या की तरफ़ के रहनेवाले हो?"

"नहीं मालिक, इसी गाँव का हूँ।"

"इधर रामलोटन तो होते नहीं हैं।"

उन्होंने सही कहा था पर रामलोटन के पास इसका जवाब नहीं था। जवाब के लिए यह कहा भी नहीं गया था। इस इलाक़े में रामलोटन का नाम बिलकुल नया है। ऐसे नाम अयोध्या के पास वाले दस-पंद्रह ज़िलों में ही पाये जाते हैं, बुंदेलखंड में नहीं। राम के नाम के पीछे कोई भी शब्द लगा देने पर एक नया नाम बन जाता है—रामदरस, रामपरगट, रामअँजोर, रामहेत, रामकेर, रामफेर, रामपलट, रामखेलावन, रामलोटन! हो सकता है कि इसका बाप कभी उधर के ज़िलों में रहा हो! पर उन्होंने मन ही मन इस सवाल को वहीं छोड़ दिया।

अचानक छह सात हिरनों का एक गिरोह उनके सामने एक करिश्मे जैसा प्रकट हुआ और उसी तरह बीहड़ों में ग़ायब हो गया।

"चिंकारा हैं मालिक।"

रियासती दिनों में किसी नौकर की हिम्मत न होती कि हुक्म पाये बिना उनके आगे मुँह खोलता : उन्हें याद आया और साथ ही रामलोटन का मुँह खोलना उन्हें दिलचस्प जान पड़ा।

"आश्रम में नौकरी करने के पहले क्या करते थे?"

"बनारस में था मालिक।"

इन जाहिलों के लिए यह शहर अभी तक ब्रिटिश दिनों का बनारस ही है, वाराणसी नहीं हुआ है! दूसरी दिलचस्प बात।

"वहाँ क्या करते थे?"

"रिक्शा चलाता था।"

"रिक्शा चलाने के लिए बनारस! किसी आसपास के शहर में क्यों नहीं?"

"क़िस्मत में बनारस ही लिखा था मालिक।"

"बनारस कब गये थे?"

"सात साल पहले।"

"लौट क्यों आये?"

"घर में नहीं रहीं। बच्चों को कौन देखता?"

रिक्शा के नाम से उन्हें झटका लगा था। यह मज़बूत काठी वाला प्रौढ़ किसान, जिसकी अधपकी मूँछें ऊपर की ओर तनी हुई हैं, जो कंधे पर लाठी रखे हुए पीछे-पीछे आ रहा है—यह रिक्शा कैसे चला सकता है? क्या हो गया है इस दुनिया को?"

रिक्शा चलाने के लिए दुबली पतली कायावाला आदमी चाहिए, पिचके गाल, फटी बनियाइन—तस्वीर इससे बनती है। लोटन जैसे मज़बूत और रोबीली शक्ल वाले का रिक्शा खींचना उन्हें बहुत नागवार गुज़रा। रिक्शाचालकों की समस्या उनके लिए एक सामाजिक या आर्थिक समस्या नहीं, मूलतः एक सौंदर्य-मूलक समस्या रही थी—वैसे ही जैसे लूलों, लँगड़ों, कोढ़ियों या फटेहाल भिखारियों की समस्या, उन्हें देखकर हममें से बहुतों के मन में सामाजिक विषमता और लचर व्यवस्था के ख़िलाफ़ आक्रोश नहीं पैदा होता, उन्हें देखते ही सबसे पहले हमारे सौंदर्य-बोध को चोट लगती है।

मिट्टी से ढकी पथरीली ज़मीन में चट्टान का एक टुकड़ा एक जगह ऊपर निकला था, पिछली बारिश ने उसे धो दिया था। उस पर बैठने के लिए वे रुके, जेब से रूमाल निकाला पर उसके पहले ही रामलोटन ने उसे आपने अँगोछे से झाड़ दिया था। चट्टान पर बैठे हुए वे नदी की ओर देखते रहे, अचानक पूछा, "कितने बच्चे हैं?"

"चार हैं मालिक, एक बिटिया भी है, ब्याह गयी है।"

"कुछ खेती बारी भी है यहाँ?"

उसकी भौंहें सिकुड़ गयीं जैसे अपनी याददाश्त पर पूरा ज़ोर डालकर उसे किसी बड़े कठिन सवाल का जवाब देना पड़ रहा हो। बहुत सोच-समझकर बोला, "क्वाप्रेटिव वाली ज़मीन तो मालिक क्वाप्रेटिव के साथ गयी, बाप दादों का खेत भी लेती गयी।"

"क्या हुआ इस खेत का?"

"क्या बताएँ मालिक।"

"दुबे महराज?"

उनसे निगाह जैसी चुराते हुए रामलोटन ने कहा, "वही तो हर काम के कर्ता-धर्ता हैं।"

"डरो नहीं, साफ़-साफ़ बताओ कि क्या हुआ।"

कैथे का सहारा छोड़कर वह सीधा खड़ा हो गया, बोला, "आदमी से मैं नहीं डरता मालिक, न बाघ बघर्रा से। डर मुझे काग़ज़ से लगता है। काग़ज़ ने हमारी ज़मीन कैसे ले ली, मैं नहीं जानता। सारी बात मंत्रीजी जानते हैं। वही बताएँगे।"

[2]

बधाई और शुभकामना के संदेशों ने उन्हें यहाँ रोक लिया था पर यहाँ रहने की व्यर्थता का एहसास मन में बार-बार उभरा करता था। रामलोटन की बात ने उन्हें अचानक उकसाया : वे उसका और उस जैसे दूसरे किसानों का पक्ष लेकर सहकारी फ़ार्म से एक संघर्ष की शुरुआत कर सकते हैं। इस कल्पना ने उन्हें उत्साहित नहीं किया। यह बहुत छोटा काम होगा, उस पर यह विडंबना भी कि शक्ति और सत्ता के बिना इसमें भी सफल होने की उम्मीद बहुत कम है। एक अंग्रेज़ी कहावत याद आयी : यह चाय का प्याला मेरे लिए नहीं है। रामलोटन से बोले, "मैं यहाँ कुछ देर बैठूँगा, तब तक तुम कुछ देर घूम लो।"

घूमने का मतलब यह कि रामलोटन कैथे का सहारा छोड़कर उनकी निगाह की ओट में चला गया। अब वे चट्टान पर पाल्थी मारकर बैठ गये। कई साल पहले वे सवेरे नियमित आसन और प्राणायाम करते थे, तब योग की जगह 'योगा' शब्द की ईजाद नहीं हुई थी, इसलिए इन क्रियाओं के साथ ध्यान, मनन और चिंतन के भी कुछ तत्व जुड़े थे। उसका उन्हें लाभ भी मिला था : थोड़ी बहुत गुर्राहट को छोड़कर उनका सामान्य आचरण और व्यवहार प्रायः संतुलित और सुसंयत रहता था। यहाँ तक कि प्रौढ़ावस्था के आरंभ में विधुर हो जाने के बावजूद स्त्रियों के आकर्षण ने उन्हें आसानी से विकल नहीं किया, उस दिशा में भी वे ज्यादातर सुसंयत जीवन बिताते रहे। सुंदरी का अचानक मंच पर प्रवेश उनके जीवन की दुर्घटना थी। उसके प्रति उनका भीषण आकर्षण और व्यवहार एक अपवाद था—एक बहुत लंबा और बहुत गहरे तक उन्हें विचलित करनेवाला अपवाद।

यौगिक आसन आदि वे बहुत पहले छोड़ चुके थे। (इस उम्र में जो भी छूट जाए, अच्छा है!) पर यहाँ उन्हें लगा कि वे अब भी पद्मासन में बैठ सकते हैं। बैठने की कोशिश की। उन्हें मालूम था कि शरीर के अंगों पर ज़ोर डालकर किसी आसन की मुद्रा अपनाना खतरनाक है। पद्मासन को लेकर पहली कोशिश के बाद ही उन्होंने हार मान ली।

मौत! सब कुछ मर चुका है। रामलोटन के हटते ही न जाने क्यों और कैसे, एक अपरिभाषित हताशा ने उन्हें घेर लिया था। शायद यहाँ के सहकारी फ़ार्म से उन्हें बिस्रामपुर में ग्रामदान की याद आयी, उसी से जुड़ी हुई राव साहब की याद थी। इस गाँव में आधी

ज़मींदारी राव साहब के ममेरे भाई की थी, आधी दुबे वंश की। दोनों को ही राव साहब ने प्रेरित किया था। ममेरे भाई का ख़ानदान अब शहर में रहने लगा है, दुबे वंश का प्रतिनिधि गाँव का तानाशाह है। राव साहब अब कहीं नहीं हैं। उनका अब बचा ही क्या है? स्वयं उनके आंदोलन का क्या बचा है?

राव साहब? अब नहीं हैं। बुख़ार था, अचानक पेशाब रुक गया और दो दिन में वे ख़त्म हो गये। प्रास्ट्रेट की समस्या रही होगी। विरोधियों ने कहा कि पुराना सुज़ाक था जो बुढ़ापे में उभर आया था! वही बड़े भाई साहब के साथ हुआ। पीलिया से मरे। विरोधियों ने कहा कि बहुत शराब पीने से जिगर चौपट हो गया था। और अपना वह मित्र? वह सहपाठी? वह डॉक्टर? वह प्रोफ़ेसर? वह कमिश्नर? अब कोई नहीं है।

बचपन में गाँव के स्कूलों की हाज़िरी याद आई, जब विद्यार्थी का नाम पुकारा जाता था तो वह बोलता था, "हाज़िर जनाब!" अंग्रेज़ी स्कूलों में, "प्रेज़ेंट सर", "यस सर!" इस वक़्त चट्टान पर डूबते सूरज की ओर मुँह करके बैठे हुए इस बूढ़े आदमी के सामने कालदेवता बिना रुके दर्जनों नामों की हाज़िरी ले रहे थे। नाम पुकारनेवाले और हर पुकार पर जवाब देनेवाले खुद वही थे। और हर बार वही जवाब : गैरहाज़िर। ऐबसेंट! सरदार पटेल? ग़ैरहाज़िर! जवाहरलाल नेहरू? ग़ैरहाजिर! मौलाना आज़ाद? ग़ैरहाज़िर! राममनोहर लोहिया! ग़ैरहाज़िर! राव साहब? ग़ैरहाज़िर! बड़े भाई साहब? ग़ैरहाज़िर! सुंदरी बेन? वह भी ग़ैरहाज़िर!

कुँवर जयंतीप्रसाद सिंह? हाज़िर होते हुए भी ग़ैरहाज़िर! या ग़ैरहाज़िर, फिर भी कुछ कुछ हाज़िर!

एक और है—सुशीला। सुशीला? प्रेजेंट सर! कुछ दिन हुए उसका पत्र मंत्रीजी के पास आया था। सुंदरी उसके लिए अपने कुछ कागज़-पत्तर छोड़ गयी है। सुशीला ने लिखा है कि अगर उसका दिल्ली आना हुआ तो दो-तीन दिन के लिए बिस्रामपुर भी आएगी। तय नहीं है कि कब आएगी पर इसमें कोई शंका नहीं है—और यही सबसे बड़ी आशंका है—कि वह ज़रूर आएगी। सुशीला से मिलने की संभावना से डर लगता है। तीन दशक बीत चुके हैं, फिर भी सुशीला से डर लगता है। अकेली वही है जो सुंदरी के पीछे उनके पागलपन के बारे में सब कुछ जानती है! फिर भी, उन्हें मिलना चाहिए, इस नये कायाकल्प के बाद उन्हें उससे ज़रूर मिलना चाहिए।

सूरज डूब चुका था पर रोशनी बाक़ी थी। वे खड़े हुए, उठने में कुछ दिक़्क़त हुई, दोनों हथेलियों का सहारा लेना पड़ा, फिर घुटनों पर हाथ का ज़ोर डाला—लगा कि पास आते हुए रामलोटन के आगे वे छोटे होते जा रहे हैं। फिर भी जी कड़ा करके, बुढ़ापे की अलामतों को छिपाने की सारी सभ्य कोशिशों का परित्याग करके वे किसी तरह उठ खड़े हुए। रामलोटन ने ज़मीन से उनकी छड़ी उठाकर उन्हें पकड़ा दी और मुस्तैदी से उनके पीछे-पीछे चलने लगा।

सुंदरी अब भी उनके साथ थी। लगभग तीस साल पहले की जीप यात्रा अभी ख़त्म

नहीं हुई थी जब वे राव साहब से मिलने के लिए उनके डेरे पर गये थे। उन्होंने सांभरों पर राइफल का निशाना साधकर सुंदरी को नाराज़ कर दिया था। उन्हें उसका अफ़सोस होना था, पर उस घटना के बाद कई दिन तक अफ़सोस की जगह एक उत्तेजक याद बनी रही—याद और कुछ सपने, कुछ फंतासियाँ। उन्हें वह क्षण बड़ी तीव्रता से याद रहा जिसमें राइफ़ल की नली को ऊपर ठेलकर सुंदरी लड़खड़ाती हुई उनकी बाँह से आ लगी थी। उस बाँह पर सुंदरी के उभरे हुए, पुष्ट स्तनों की उष्मा का वे लगातर बहुत दिन तक अनुभव करते रहे थे। एक अचकचाये हुए क्षण का वह आकस्मिक स्पर्श, सुंदरी के लिए एक अवांछित स्पर्श, उनके लिए न जाने कितने दिन अकल्पनीय सपनों का जाल बुनता रहा था।

आज उन घटनाओं—या घटनाहीनताओं की याद करके वे ग्लानि का अनुभव कर रहे हैं, पर यह अजीब-सी ग्लानि है; वह उन यादों पर पूरी तौर से पटाक्षेप नहीं करना चाहती, किसी न किसी तरह उन्हें उस याद से जोड़े रखना चाहती है और यह ग्लानि का दूसरा कारण है।

उस घटना के कुछ ही दिनों बाद उन्होंने पाया था कि गंभीरता और आत्मसम्मान की सारी सीमाएँ तोड़कर वे सुंदरी को किसी वैसे ही घनिष्ठ पल में पकड़ना चाहते हैं और उसके लिए जयश्री की स्मृति के प्रेतों का आवाहन करने की अब ज़रूरत नहीं रह गयी है। वे जानते थे कि कुछ मज़बूत आदर्शों के भरोसे ही उसने भूदान यज्ञ के लिए जीवनदान का निर्णय लिया है और अपने संपन्न परिवार की सुरक्षा छोड़कर एक अजनबी और ख़तरनाक दुनिया में प्रवेश किया है। उन आदर्शों का कवच तोड़कर उसकी भावुकता को छूना, कमज़ोरी के किसी दुर्लभ क्षण में उसे पकड़ लेना संभव न होगा। पर उनका आवेग इसे स्वीकार करने को तैयार न था।

[3]

उनके जुनून का एक क्षण ऐसा भी था जिसका पता न सुंदरी को चल पाया, न सुशीला को।

राव साहब के डेरे से लौटने के लगभग दस दिन बाद वे कोठी के उत्तरी भाग में टहलते हुए आये। चाल का अंदाज़ कुछ ऐसा था जैसे वे इमारत के रखरखाव का निरीक्षण कर रहे हों। पहले कोठी का यह हिस्सा ख़ाली पड़ा रहता था, इधर उन्होंने इसे भूदान कार्यकर्ताओं के लिए खोल दिया था। ऊपर एक बहुत बड़ा कमरा था। उसमें उन्होंने भूदान कार्यालय खुलवा दिया था। उसका सारा काम निर्मल भाई देखते थे। उसके नीचे दो कमरे थे, किनारेवाला निर्मल भाई के लिए, उसके पासवाले कमरे में सुशीला और सुंदरी साथ-साथ रहती थीं।

सुंदरी के कमरे के सामने से निकलते हुए उन्होंने देखा, खिड़की का पर्दा अंदर से गिरा हुआ है। हवा में उमस और गर्मी के कारण प्रायः खिड़की खुली रहती थी और

पर्दा हटा दिया जाता था। उन्होंने समझा कि लड़कियाँ कहीं गयी हुई हैं। पर दरवाज़े के बाहर की सिटकनी बंद न थी। उसमें ताला नहीं लगाया जाता था पर सिटकनी लगे होने से पता चल जाता था कि कमरे में कोई नहीं है। वे बरामदे के आख़िरी छोर तक चले गये। निर्मल भाई के कमरे में ताला पड़ा था। लौटते समय वे सुंदरी के कमरे के सामने ठिठके। अंदर-बाहर घना सन्नाटा था। उन्हें अपने अंदर भी उस सन्नाटे का अनुभव हुआ, फिर तेजी से दिल के धड़कने का—जिसे वे अपने कानों से सुन रहे थे।

बहुत साल पहले वे इसी तरह जयश्री के कमरे की ओर गये थे। उस समय जयश्री अपने सास-ससुर के साथ बाज़ार गयी थी। बँगले में उनके सिवाय और कोई न था। धड़् धड़् करते हुए इंजनों की शंटिंग के दौरान रात के अँधेरे में वे जयश्री के कमरे में चोर की तरह कई बार गये थे परंतु वहाँ उन्हें उसके बिस्तर भर की जानकारी थी। उन्हें पता नहीं था कि दिन के उजाले में उसका कमरा कैसा दीखता होगा। उस दिन भी वे कमरे को अंदर से नहीं देख पाये, बाहर ताला पड़ा था। पर छत पर जयश्री के सूखते हुए कपड़ों को देखकर उनके दिल की धड़कन तेज़ हो गयी थी। उन्होंने उसकी चोली को झिझकती उँगलियों से छुआ, जैसे वे खुली छत पर उसके खुले जिस्म को छू रहे हों। इसके बाद, शुरुआती झिझक को दबाकर वे काफ़ी देर तक जयश्री के घनिष्ठ कपड़ों की दुनिया में खोये रहे। उन्हें उन्होंने कई बार अपने मत्थे, आँख और पूरे चेहरे पर फेरा था, उन्हें सूँघा था, उसके ब्लाउज़ के रेशे-रेशे को अपनी उँगलियों से सहलाया था, डोरी पर फैली हुई उसकी साड़ी को अपने बदन पर लपेटकर हवा में उड़ने दिया था। और यह उत्तेजक खेल तब हो रहा था जब कि उन कपड़ों से जयश्री की वह सुपरिचित गंध ग़ायब थी जिसके लिए वे आकुल हो रहे थे, चोली तक में उस साबुन की ही झीनी गंध थी जिससे उसे धोया गया था।

सुंदरी के दरवाज़े पर वे कुछ पल खड़े रहे, फिर उँगली से हलकी खट् खट् की। पर अंदर का सन्नाटा नहीं टूटा। दरवाज़े को उन्होंने बहुत धीरे-से, लगभग चोर की सी सतर्कता के साथ, खोला। अंदर घुसते ही उन्होंने सुंदरी की उपस्थिति महसूस की। वह सो रही थी।

बाल तकिये पर बिखरे हुए थे, गर्मी के मारे शायद वह उन्हें सिर के आसपास बिखेरकर ही सोयी थी। वह सीधी लेटी हुई थी, दाहिनी बाँह आँख को ढ़कती हुई मत्थे के ऊपर आ गयी थी, दूसरी छिटककर पलँग के किनारे की ओर चली गयी थी। एक घुटना मुड़कर ऊपर की ओर उठ आया था और साड़ी के ऊपर खिंच जाने से उसकी सुडौल पिंडली का निचला हिस्सा बाहर झलक रहा था। उसके जिस्म पर पतली खादी का हलके भूरे रंग का ब्लाउज़ था, उसके नीचे ब्रा नहीं थी—गर्मी के कारण उसे निकाल दिया गया होगा। ब्लाउज़ के नीचे उसके उरोज गहरी नींद की नियमित साँस के साथ हलकी लहरों पर चलती हुई नाव की तरह उठ रहे थे, गिर रहे थे।

धीमी चाल से चलता हुआ बिजली का पुराना पंखा भारी उमस और गर्मी को तोड़

नहीं पा रहा था। सुंदरी की भौंहों और नाक की नोक पर पसीने की छोटी बूँदें टिक गयी थीं और पूरे जिस्म पर पसीने का गीलापन स्पष्ट झलक रहा था। हलके भूरे रंग की साड़ी और ब्लाउज़ में उसकी पूरी देह और चेहरे की मुद्रा एक विशेष प्रकार के निर्वासन का संकेत दे सकती थी, देखा जा सकता था कि वह अपने ही हाथों अपना परित्याग झेल रही है। अपने संपन्न परिवेश से इतनी दूर एक अजनबी जगह पर ऐसी भयानक उमस में उसके इस तरह अकेले पड़े होने का दृश्य किसी को करुणाजनक भी लग सकता था, पर कुँवर जयंतीप्रसाद सिंह इस वक़्त अपनी सहज संवेदनाओं से बहुत दूर चले गये थे।

वे पूरे दृश्य को दरवाज़े के पास से कुछ देर देखते रहे। फिर किसी स्वचालित रोबो की तरह उसके पलँग के पास पहुँच गये। वहाँ खड़े-खड़े वे सुंदरी को कब तक देखते रहे और कब उसके ऊपर झुक आये, इसका उन्हें पता नहीं चला।

कुछ ही देर में उनकी दायीं हथेली सुंदरी के उरोजों पर थी। वे सजग रूप से उत्तेजित नहीं थे, एक मूर्च्छा जैसी थी जिसने उनकी बुद्धि, विवेक और चेतना को निलंबित कर दिया था। कुछ पलों के बाद उनकी हथेली का दबाव बढ़ गया, उनकी उँगलियाँ भी सक्रिय हो गयीं।

सुंदरी ने तभी ज़ोर की साँस छोड़ी और करवट बदली। वे चौंककर सीधे खड़े हो गये और पीछे हट आये। अब उनकी आँख के आगे उसके बिखरे बाल थे, पीठ थी। उन्होंने गहरी साँस खींची और उसे छोड़ नहीं पाये, वह उनके सीने में अटकी रही। उन्होंने अधखुले दरवाज़े की ओर देखा और धीरे-धीरे क़दम बढ़ाते हुए कमरे के बाहर निकल आये। भयानक उत्तेजना का अनुभव उन्हें बाहर की खुली हवा में हुआ।

धीमी चाल से लौटते हुए उन्होंने अब अपने बारे में सोचा। उन्हें लगा कि इसी तरह अगर वे अपने को ढील दिये रहे तो उन्हें किसी मनश्चिकित्सक के पास जाना पड़ेगा। सुंदरी को इस तरह से छूने के कई ख़तरनाक परिणाम हो सकते हैं। बदनामी, राजनीतिक भविष्य का ध्वंस! और, "आप जेल जा सकते हैं बैरिस्टर साहब!" उन्होंने घबराकर अपने आप से कहा। अपने ख़िलाफ़ उनका मन कटुता और हीनता के अतिरेक में उबल रहा था।

दुर्भाग्य यह रहा कि उनकी अपने प्रति यह कटुता स्थायी नहीं थी। स्थायी सिर्फ़ एक याद रही, वह याद जो उस क्षणिक स्पर्श से जुड़ी थी, जिसे उन्होंने एक सोती हुई सुंदरी से चोर की तरह हासिल किया था।

अपने ख़िलाफ़ तीखी कटुता का अनुभव आज उन्हें लगभग तीस साल बाद हो रहा था।

[4]

कहीं एक अंधविश्वास था कि उनकी ज़िंदगी में कुछ होनेवाला है और शायद इसीलिए सुंदरी कहीं और नहीं, उन्हीं के गाँव में, उन्हीं की कोठी के एक हिस्से में आकर रहने

लगी है।

संयुक्त राष्ट्र के लिए भारतीय प्रतिनिधि मंडल का बहुप्रचारित दायित्व निकम्मा निकला। उसमें उनके करने के लिए लगभग कुछ भी नहीं था। पर अंदरूनी लोगों को छोड़कर, जिन्हें सरकारी तंत्र के रेशे-रेशे की जानकारी होती है, लगभग सभी लोग इसे उनकी एक विशिष्ट उपलब्धि मान रहे थे। अपनी ओर से वे भी उनका भ्रम दूर करना ज़रूरी नहीं समझते थे। इस तरह वे कुछ समय अमरीका और योरोप में बिताकर विजेता की चाल से अपने गाँव वापस आये और आते ही पता लगा कि सुशीला कुछ दिनों के लिए पवनार आश्रम गयी है। दिन भर उनकी आँखें सुंदरी को खोजती रहीं और बाद में उन्हें बताया गया कि सुंदरी और निर्मल भाई पड़ोस के एक गाँव में गये हैं।

हारकर वे अपने कमरे में आ गये और अनमने ढंग से यात्रा में इकट्ठा हुए काग़ज़ों को छाँटने लगे। जब वे रेडियो पर रात की ख़बर सुन रहे थे तभी उन्हें सुंदरी के आने की ख़बर मिली।

"वे दीवानख़ाने में हैं।" नौकर ने बताया।

वे अपने शयनकक्ष में थे। नौकर की ओर आँख उठाये बिना, सामने फैले काग़ज़ों को जाँचते हुए उन्होंने कहा, "यहीं बुला लाओ।"

सुंदरी कुछ दुबली हो गयी थी पर उसे देखते ही उन्हें लगा कि वह इतनी सुंदर कभी नहीं थी। विदेश में जब फ़ंतासी की आँखों से वे सुंदरी को देखना चाहते तो पूरी कोशिश के बावजूद उसका पूरा जिस्म फ़ोकस में नहीं आ पाता था। उसकी आँखें, सुडौल दाँत, ओंठ—जिन्हें वे कभी छू नहीं पाये और उसका आकर्षक वक्ष—जिसे चोर की तरह वे सिर्फ़ एक बार छू पाये थे—अलग-अलग उनकी चेतना में कौंधते थे। आज इतने दिन बाद सुंदरी को सामने देखकर उन्हें विस्मय हुआ, उन्हें लगा कि उनकी फ़ंतासी उनके साथ सिर्फ़ खिलवाड़ करती रही थी क्योंकि वह सुंदरी की कमनीयता का एक अधूरा चित्र तक उन्हें नहीं दे पायी थी।

सुंदरी को देखते ही वे खड़े हो गये थे, उनका अंग-अंग उत्साहित था। उन्होंने पूछा "आप कुशल से तो हैं न?"

वह हँसी, बोली : "इस स्टैंडर्ड सवाल का स्टैंडर्ड जवाब बार-बार संस्कृत नाटकों में आता है। पढ़ा है कभी आपने?"

"नहीं, संस्कृत नाटकों को लेकर मैं बिलकुल अपढ़ हूँ।"

संस्कृत नाटकों में जब पूछते हैं कि "आप कुशल से तो हैं न?" तो जवाब होता है "आपके दर्शन से" या "आपको देखकर", मैं भी यही कह सकती हूँ।

सुंदरी से अब तक उन्होंने बैठने के लिए भी नहीं कहा था। उन्हें पता नहीं कि वे कब उसकी ओर बढ़ आये। दो महीने पहले सोती हुई सुंदरी के साथ वे जो जेल जाने लायक़ अपराध कर चुके थे, उसके बाद की आत्म-भर्त्सना और ग्लानि इस समय उनके दिमाग़ से बिलकुल धुलपुंछ गयी थी। उन्होंने सुंदरी को अपनी बाँहों में ले लिया,

कहा, "अब सुंदरी, मुझे देखो, नज़दीक से, और नज़दीक से...।

उनकी बाँहों का घेरा काफ़ी मज़बूत था। एक क्षण के लिए वह उनकी जकड़ में सारी जीवंतता खोकर एक वस्तु की तरह बँधी रही, पर जब उन्होंने उसके ओठों पर अपने ओंठ रखने चाहे, वह चौंकी और उनकी जकड़ से बाहर निकल आयी। वह हाँफ-सी रही थी, दीवार के सहारे पीठ टिकाकर खड़ी हो गयी थी।

कुछ हिचककर, जैसे कोई ग़लतफ़हमी दूर कर रहे हों, वे फिर उसकी ओर बढ़े, उसके कंधे को छूते हुए बोले, "प्लीज़ सुंदरी...।"

वह उनके स्पर्श की पहुँच से दूर हट आयी, इस हरकत में न तीखापन था, न उतावलापन, बोली, "नहीं!"

"बैठ जाओ प्लीज, मुझे अपनी बात समझाने का मौक़ा दो।"

"मैं समझ रही हूँ, विदेश से आप काफ़ी सेंटिमेंटल होकर लौटे हैं, मैं जा रही हूँ। आप नॉर्मल हो जाएँ, तब मिलेंगे।"

"मैं पूरी तौर से नॉर्मल हूँ। तुम समझती हो कि मैं तुम्हारे साथ खेल कर रहा हूँ?"

"नहीं, खेल तो मासूमियत से जुड़ा होता है।"

वे आरामकुर्सी पर बैठ गये, सुंदरी वैसे ही खड़ी रही।

"बैठ जाओ सुंदरी, तुमसे ज़रूरी बात करनी है।"

उसने सिर हिलाकर इनकार किया; दरवाज़े की ओर बढ़ते हुए कहा, "मैं जा रही हूँ।"

"मुझे ग़लत मत समझो सुंदरी, रुक जाओ। मैं बहुत पहले से कहना चाहता था, पर कह नहीं पा रहा था। मैं तुम्हारे बिना रह नहीं सकता। मैं तुमसे शादी करना चाहता हूँ।"

थोड़ी देर वह ख़ामोश रही, फिर हँसी, उसने कहा, "तो अभी जो हुआ वह शादी का रिहर्सल था?"

जिस तरह वह अचानक हँसने लगी थी वैसे ही अचानक चुप हो गयी। वे उसे कुंठित निगाहों से देख रहे थे। सुंदरी ने कहा, "क्या कहूँ? आपको धन्यवाद दूँ? पर यह नामुमकिन है।"

"तुम्हें मेरी उम्र से ऐतराज़ है?"

उसने फिर इनकार में सिर हिलाया, कहा, "नहीं। पर यह नामुमकिन है। सब कुछ नामुमकिन है।"

सुंदरी दो सप्ताह बाद वहाँ से चली गयी थी। बुंदेलखंड के एक अनुर्वर गाँव में ग्रामदान के बाद सहकारी खेती का प्रयोग होने जा रहा था; कुछ और भी संस्थाएँ खुल रही थीं। समाज-कार्य के लिए यह अछूता क्षेत्र था।

आठ

[1]

रामलोटन काग़ज़ से क्यों डरता है?

मंत्रीजी ने जो बताया उसका निष्कर्ष यह है :

बिस्रामपुर की ज़मीन के तीन खंड हो सकते हैं। एक वह है जिसमें अब आश्रम है, यानी बाल विहार, विद्यालय, महिलाओं का हस्तकला प्रशिक्षण केंद्र और बहुत-सी ख़ाली ज़मीन। इसी में ख़राब मिट्टी के बावजूद बड़ी सघनता से वृक्ष उगाये गये हैं। वही विनय वाटिका है। यह ज़मीन जिस ज़मींदार की थी वे राव साहब के रिश्तेदार थे। राव साहब की प्रेरणा से इसे उन्होंने ग्रामदान में डाल दिया था। यह सारी ज़मीन बंजर थी। जो भूदान आंदोलन के विरुद्ध यह प्रचार करते हैं कि इसमें प्रायः घटिया ज़मीन ही दी गयी है, वे इस भूमि को उदाहरण के तौर पर दिखा सकते हैं।

दूसरे खंड की भूमि में आज का कोऑपरेटिव फार्म है। इसके ज़मींदार दुबे महराज के बूढ़े पिताजी थे। उनको राव साहब के रिश्तेदार ने प्रेरित किया। उन्हें समझाया कि ज़मीन के ग्रामदान में चले जाने पर भी उनकी जोत उन्हीं के हाथ में रहेगी क्योंकि ग्रामदान के बाद यहाँ सहकारी फ़ार्म बनेगा। सहकारी फार्म या सामूहिक फार्म—जो भी बने वे अपनी पुरानी जोत पर क़ब्ज़ा बनाये रख सकते हैं। सिर्फ़ काग़ज़ पर यह ज़मीन गाँव सभा की मिल्कियत हो जाएगी। नाक सीधे न पकड़कर हाथ सिर के ऊपर से घुमाओ और उसे दूसरी तरफ़ से पकड़ लो। उसमें क्या हर्ज है? कुछ भी नहीं।

तीसरे खंड में लगभग पंद्रह किसानों की छोटी-छोटी जोतें थीं। इन पर भी दुबे वंश का स्वामित्व था पर इसमें किसानों को मौरूसी हक़ मिल चुका था। इनमें अधिकांश किसानों की कुछ खेती दूसरे खंडवाली भूमि में भी थी। उन्हें समझाया गया कि वे चाहें तो अपनी मौरूसी जोत ग्रामदान में गाँवसभा को दे दें। उसके बाद भी वे अपनी जोत पर खेती करते रहेंगे। दो-तीन किसानों ने ऐसा ही किया, बाक़ी को ऐसा करने की ज़रूरत नहीं पड़ी। क्योंकि तब तक यह मान लिया गया था कि गाँव की पचहत्तर प्रतिशत ज़मीन मिल जाए तो ग्रामदान पूरा हो जाएगा। रामलोटन भी उन किसानों में था जिसकी एक जोत दूसरे खंड के कोऑपरेटिव फार्म में चली गयी और दूसरी उसके पास बनी रही। ग्रामदान के इस ढीले-ढाले स्वरूप को औपचारिक मान्यता कुछ साल बाद मिली पर व्यवहार

में ऐसा ही रहा। ग्रामदान के समय इन दस-बारह किसानों की उस निजी जोत का ज़िक्र नहीं किया गया जिसे ग्रामदान से छूट दे दी गयी थी।

बिस्रामपुर के ग्रामदान में शुरू ही से खोट थी।

मंत्रीजी ने कहा :

"आप देख ही रहे हैं कि यह प्रथम खंडवाली ज़मीन, जो खेती के लायक़ नहीं थी, बहनजी के आशीर्वाद से फल फूल रही है। इसकी धमनियों में पूरी गति से रक्तसंचार हो रहा है—ख़ासतौर से विनय वाटिका में, जहाँ वृक्षों को तीस साल में पाल पोसकर इतना बड़ाकर दिया गया है, दूर-दूर से लोग इन्हें देखने आते हैं। पर बिस्रामपुर के बाक़ी शरीर को लकवा जैसा मार गया है, सहकारी फार्म सुन्न पड़ा है, किसानों की निजी जोतें धीरे-धीरे दुबे महाराज ने हथिया ली हैं। किसान चौपट हो गये हैं।

"ग्रामदान के बाद बहुत-सी ज़मीन जो खेती के लायक़ नहीं थी, हम लोगों की संस्थाओं के नाम कर दी गयी। शुरू में विनोबाजी के निर्देश पर दो सान्याल-बंधु इन संस्थाओं में काम करने के लिए आये। उन्हें यहाँ की जलवायु रास नहीं आयी। वे बीमार रहने लगे और उन्हें यहाँ से बिहार में जनकार्य के लिए चले जाना पड़ा। तब पहले मैं आया, फिर सुंदरी बेन। कुछ महीने राव साहब भी आकर रहे।

"इतनी कम उम्र में भी सुंदरी बेन को न जाने कितना तजुर्बा था। इधर इमारतें बन रही थीं, उधर विनय वाटिका में बहुत बड़े पैमाने पर वृक्ष लगाये जा रहे थे, श्रमदान से लोग घड़ों में नदी से पानी भरकर लाते थे और वृक्षों को सींचते थे। और वृक्ष भी कैसे-कैसे? खूब ऊँचाई तक जानेवाले, खूब घनी छाया वाले। पीढ़ी दर पीढ़ी हम सुनते आये थे कि यहाँ आम का पेड़ नहीं उगता। आपने देख ही लिया, तुख़्मी आमों के पेड़ किस तरह आसमान छूने को ललक रहे हैं।..."

कुँवर जयंतीप्रसाद सिंह ने पहले भी देखा था, विनय वाटिका का ज़िक्र आते ही मंत्रीजी कवि बन जाते हैं, महाकाव्य सुनाने लगते हैं। उन्होंने टोका, "यह विनय वाटिका का नाम...इसे विकास वाटिका होना चाहिए था।"

"यही", मंत्रीजी बोले, "एक मिनिस्टर आये थे, उन्होंने भी यही कहा। पर हमारे सान्याल भाई कहने लगे कि विकास शब्द से सरकारी धंधे की बू आती है। तब सरकारी ग्राम विकास का नाम चल निकला था, सामुदायिक विकास की योजना आ गयी थी, उसमें काम भी हो रहा था और वह बदनाम भी हो रही थी। इसलिए सान्याल भाई ने कहा कि विकास वाटिका का नाम नहीं चलेगा, इसे विजय वाटिका कहना चाहिए। इस ऊबड़-खाबड़ बंजर में, जहाँ पानी नदी के सिवाय कहीं है ही नहीं, यह वाटिका मानव के प्रयासों की विजय का घोष करती है। पर यह नाम भी नहीं चला। सुंदरी बेन ने इसे विनय वाटिका कहना शुरू कर किया। जब राव साहब आये, इस नाम से बहुत प्रसन्न हुए। बोले कि इन वृक्षों को उगाने में हम लाख मेहनत करें, यह न भूलना चाहिए कि इस बंजर में यह वाटिका हमें वनदेवताओं के वरदान की तरह मिल रही है और

हमें इसको विनय के साथ ग्रहण करना चाहिए, विजय के अहंकार से नहीं।"

"तब?"

"तब" से मंत्रीजी को सही चेतावनी मिली, वे मूल प्रसंग पर वापस आ गये। बोले, "तब दुबे वंशवाली ज़मीन पर कोऑपरेटिव फार्म बना, उसमें अधिकांश भूमि दुबे वंश की थी, कुछ किसानों की जोतें थीं। उसी साल बुजुर्ग ज़मींदार दुबे का देहांत हो गया। उनकी जगह इस दुबे महराज ने ले ली जो उनका आवारा पियक्कड़ लड़का है।"

"वही इस फार्म का मैनेजिंग डाइरेक्टर बन गया। उसका एक चचेरा भाई है, पागल नहीं है पर जहाँ तक समझ की बात है, पागलों से भी बदतर है। उसे इस फार्म की कोऑपरेटिव समिति का अध्यक्ष बना दिया गया है। बीच के कुछ सालों को छोड़कर पिछले अट्ठाईस साल से इस फार्म का प्रबंध इसी जोड़ी के हाथ में है।

"शुरू से ही यह फार्म घाटे पर चला। इसके सदस्यों, यानी पुराने किसानों की हालत खेतिहर मज़दूरों की-सी हो गयी। बाद में सरकारी तंत्र ने हस्तक्षेप किया, समिति को भंग करके एक प्रशासक नियुक्त कर दिया, दुबे बंधु निकाल दिये गये। प्रशासक कृषि-विभाग के एक इंस्पेक्टर थे। उनके शासनकाल में फार्म पर सरकारी अफ़सरों के अनगिनत दौरे हुए, खूब दावतें उड़ीं। खेती का काम सरकारी फार्मों जैसा होने लगा, यानी पहले से भी पीछे चला गया। पर बहुतों को इस बात से खुशी हुई कि कभी बंजर-सुधार, कई सिंचाई के साधन, कभी फार्म हाउस का निर्माण या कृषियंत्रों की खरीद के नाम पर फार्म के लिए बराबर सरकारी अनुदान आने लगे और उसी अनुपात से सरकारी अफ़सरों की इसमें दिलचस्पी बढ़ती गयी। फार्म चौपट था, किसान मज़दूर बन चुके थे पर परियोजना फल-फूल रही थी। ग़ल्ला नहीं था, सिर्फ़ फार्म के खाते में अनुदान के रुपये थे। तब दुबे महराज ने कुछ शहरी नेताओं की मदद से "सहकारिता आंदोलन पर नौकरशाही की जकड़" का नारा बुलंद किया। कुछ जोड़-तोड़ भी हुई होगी। उनका आंदोलन सफल हुआ। प्रशासक गया, उनकी जगह पुराने अध्यक्ष और प्रबंध निदेशक वापस आ गये, एक फरमाबरदार प्रबंध समिति भी बन गयी जिसमें वही पुराने किसान या नये मज़दूर थे। खेती की हालत पहले जैसी ही रही, पर अनुदानों का सिलसिला उसी तरह जारी रहा। सरकार की निगाह में यह ऐसा प्रयोग था जिसे सफल बनाना उसकी प्रतिष्ठा का प्रश्न था।

"अनुदान के साथ फार्म को सहकारी बैंकों से और सरकार से कर्जे भी मिलते थे—कई कर्जे बेकार की मदों पर थे। यह जानते हुए भी कि यहाँ ट्यूबवेल सफल नहीं होंगे, दो ट्यूबवेलों के लिए अनुदान के साथ कर्ज भी दिया गया। इनका भुगतान फार्म को अपने फंड से करना था। पर फार्म बराबर घाटे पर चल रहा था, अनुदान और कर्ज के रुपयों को छोड़कर उसके फंड में कुछ था ही नहीं। तब कर्ज की अदायगी के लिए दुबे महराज ने सदस्य किसानों के शोषण का नया तरीक़ा निकाला। उसने मज़दूर की मज़दूरी से कटौती करके एक ऋणअदायगी फंड बनाया और मज़दूरी की कटौती का

वह पैसा, जो उसकी अपनी जेब में न गया हो, इस फंड में डालना शुरू किया। पर कर्ज की अदायगी के लिए यह रकम बहुत कम थी, तब उसने रामलोटन जैसे उन सदस्यों को पकड़ा जिनके पास फार्म के बाहर निजी जोतें भी थीं। उसने उन्हें कर्जे की लंबी रक़में सुनाकर कहा कि फार्म के कर्जे की देनदारी उनकी निजी ज़िम्मेदारी है जिसे मज़दूरी में कटौती से ही पूरा नहीं किया जा सकता। अगर वे कर्ज की वसूली में जेल से बचना चाहते हों तो उन्हें अपनी फार्म से बाहर वाली जोत बेचनी या रेहन करनी होगी। इस जाल बट्टे में उसने कुछ किसानों की ज़मीन खरीद ली, कुछ की रेहन रख ली। उन्हें उसकी क़ीमत नहीं दी गयी, कहा गया कि कीमत की रक़म सरकार को कर्ज अदायगी में दे दी गयी है। किसान कुछ सोच सकें इसके पहले ही उनकी जोत उनके हाथ से निकल गयी थी। रेहन के नाम पर किसी काग़ज़ पर अँगूठा लगवाकर उसने रामलोटन की ज़मीन भी अपने क़ब्ज़े में कर ली। सरकारी क़ानून है कि किसान की ज़मीन का रेहन कब्जे के साथ नहीं हो सकता। पर यहाँ सरकार का क़ानून नहीं, दुबे महराज का क़ानून चलता है।

"रामलोटन ने कुछ शोर मचाया था। उसने कहा कि काग़ज़ पर मेरा अँगूठा लिया, मेरा खेत भी ले लिया पर रेहन का रुपिया मुझे मिला ही नहीं। तब दुबे ने जवाब में उसे गाली दी, कहा, "तो क्या उस कोऑपरेटिव वाले कर्ज़ का भुगतान तुम्हारे बाप ने किया है? वह इसी रुपये से तो हुआ है!"

"अब और क्या कहा जाए, उस मौसम में इस गाँव ने लगभग आधा दर्जन रिक्शाचालकों का निर्यात किया।"

कुँवर जयंतीप्रसाद सिंह की पहली प्रतिक्रिया थी कि एक बार दुबे महराज से बात की जानी चाहिए, पर मंत्रीजी ने कहा कि वह बदकलाम आदमी है, दिन-रात पिये रहता है, उससे कोई तुक की बात की ही नहीं जा सकती। बदमाशों की सोहबत रखता है। हम लोग जानबूझकर उसके रास्ते में नहीं आते। यही क्या कम है कि वह भी हमारे रास्ते में नहीं आता।

वे ख़ामोश रहे, मंत्रीजी की बात आश्रम पद्धति की सबसे बड़ी कमज़ोरी जान पड़ी जिसमें अत्याचार से कतराकर निकल जाने का प्रतिपादन किया जा रहा था। पर अब ऐसी बातों पर वे तत्काल कुछ नहीं कहते थे। कुछ देर बाद केवल तीन शब्द कहे, "कुछ करना पड़ेगा।"

[2]

जो किया वह सरकारी तंत्र का जाना-माना तरीक़ा था। उन्होंने इस सहकारी योजना पर राज्य के मुख्यमंत्री को एक पत्र लिखा। अपने व्यक्तित्व का पूरा वज़न डालने के लिए उन्होंने इसे व्यक्तिगत पत्र की तरह लिया। कभी अपने बधाई और शुभकामना संदेश

में मुख्यमंत्री ने लिखा था, "मेरे योग्य कोई सेवा हो तो निस्संकोच लिखें।" अपने पत्र में छिपे तौर से इस सदिच्छा का हवाला देते हुए उन्होंने मुख्यमंत्री के उस पत्र का भी उल्लेख कर दिया। उन्होंने सारे मामले में तुरंत एक उच्चस्तरीय जाँच की माँग की। इस मुद्दे की जाँच पर उन्होंने विशेष ज़ोर दिया कि फार्म पर सहकारी कर्ज के मामले में कुछ किसानों को व्यक्तिगत रूप से ऋणी बताकर उनकी ज़मीन के फ़र्ज़ी रेहननामे लिखाये गये हैं और उन्हें ज़मीन से बेदख़ल कर दिया गया है।

ऐसा ही पत्र उन्होंने सहकारिता मंत्री को लिखा पर फर्क यह था कि वह व्यक्तिगत न होकर वह था जिसे सरकारी भाषा में अर्धशासकीय कहते हैं। उसकी प्रतिलिपि उन्होंने राज्य के मुख्य सचिव को भी भेजी। पहले वह कहीं उनसे मिल चुका था। जिले के कलेक्टर और पुलिस कप्तान को भी उन्होंने अलग से लिखा।

कुछ ही दिनों में इन ख़तों के नतीजे आने शुरू हो गये।

सबसे पहले उन्हें मुख्यमंत्री के हस्ताक्षर से जवाब मिला। मुख्यमंत्री ने उन्हें पत्र के लिए धन्यवाद दिया था और उसे किसी उपयुक्त अफ़सर के पास 'तुरंत एवं आवश्यक कार्रवाई' के लिए भेज देने की बात लिखी थी। ख़ास बात यह थी कि उस टाइप किये पत्र की अंतिम पंक्ति के रूप में मुख्यमंत्री ने खुद अपनी लिखावट में "सादर अभिवादन और अमित शुभकानाओं के साथ" जोड़ दिया था।

कुछ ऐसा ही जवाब कुछ देरी से—सहकारिता मंत्री के यहाँ से आया। उसमें सिर्फ दो भिन्नताएँ थीं। उसमें हस्ताक्षर के सिवाय सब कुछ टाइप में था और अभिवादन आदि का कोई ज़िक्र न था।

ज़िले के कलेक्टर और कप्तान की ओर से कोई जवाब नहीं मिला, पर इतना हुआ कि एक दिन दोपहर बाद, जब वे सो रहे थे, एक डिप्टी सुपरिंटेंडेंट ऑफ़ पुलिस उनसे मिलने आया और मंत्रीजी से यह कहकर चला गया कि कोई भी दिक़्क़त हो तो तुरंत थाने पर इत्तला दी जाए, थाने पर पूरी हिदायत दे दी गयी है कि गवर्नर साहब को कोई तकलीफ़ नहीं होनी चाहिए, कोई ज़रा भी बदमाशी करे तो साले को उसी वक़्त बंद कर दिया जाए।

उन्हें आशा थी कि जिले के युवा अधिकारी पत्र पाते ही उनसे मिलने चले आएँगे। पर ऐसा नहीं हुआ। डिप्टी एस.पी. ने मंत्रीजी को बताया कि पुलिस कप्तान साहब गुंडा-विरोधी अभियान में फँसे हैं और कलेक्टर साहब की माताजी दिल्ली के एक अस्पताल में भर्ती हैं, वे छुट्टी लेकर वहीं गये हैं।

सबसे ज़्यादा सक्रियता राज्य के मुख्य सचिव ने दिखायी। उन्होंने उनके पत्र को 'मूल रूप में' राज्य की सहकारी समितियों के रजिस्ट्रार को एक जोरदार पत्र के साथ भेजा और उनसे अपेक्षा की कि वे स्वयं मामले को देखें और पूरी कार्रवाई करके उन्हें एक महीने में सूचित करें। इसके जवाब में रजिस्ट्रार ने तुरंत एक पत्र लिखकर उसकी प्रतियाँ तीन लोगों को भेजीं : श्रीमान कुँवर जयंतीप्रसाद सिंह बार-ऐट-ला को, राज्य के

मुख्य सचिव को और अतिरिक्त कृषि निदेशक (सहकारी कृषि क्षेत्र) को। पत्र का अभिप्राय यह था : सहकारी फार्म मेरे अधिकार क्षेत्र के बाहर हैं। यह काम राज्य कृषि निदेशक के संगठन में अतिरिक्त कृषि निदेशक देखते हैं और इसीलिए मामले के सारे काग़ज़ात अ.कृ.नि. (स.कृ.क्षे.) को 'तुरंत आवश्यक कार्रवाई' के लिए भेजे जा रहे हैं।

अतिरिक्त कृषि निदेशक को कुछ दिनों बाद जब उन्होंने अधूरे मन से एक पत्र लिखा तो उन्हें बताया गया : दुबे महराज शराब पीकर पागलों की तरह बकझक कर रहा है, कह रहा है कि शिकायत करनेवाले को गोली मार दूँगा।

[3]

प्रभास भाई मंत्रीजी के सहायक थे। रहनेवाले इसी क्षेत्र के थे, अपढ़ और ग़रीब माँ-बाप की संतान, पर भाग्यचक्र ने उन्हें पहले कलकत्ता भेजा, बाद में शांतिनिकेतन। उनके आरंभिक नाम 'छेदालाल' का 'प्रभास कुमार' के रूप में कायांतरण शायद शांतिनिकेतन ही में हुआ। वहाँ रहते हुए उन्हें जैसे ही पता चला कि बिस्रामपुर में उनके मन का समाज-कार्य उनकी राह देख रहा है और उसके साथ कुछ वेतन भी मिल सकता है, वे यहाँ चले आये। वे सुशिक्षित, कर्मठ और कर्तव्यनिष्ठ आदमी थे और यह भले ही लगे कि वे दूसरों के निर्देश पर ही काम करते हैं, करने को बहुत-सा काम वे अपनी समझ से भी निकाल लेते थे।

कुँवर जयंतीप्रसाद सिंह के पत्रों के जवाब में बहुत-से पत्र भले ही आये हों पर बात जहाँ थी, वहीं रह गयी थी। पर वे मामले को ठंडा नहीं होने देना चाहते थे और जरूरत पड़े तो राजधानी जाकर मुख्यमंत्री से मिलने तक को तैयार थे। आश्रम के सीमित दायरे से बाहर का यह काम मंत्रीजी को ख़ास उत्साहित नहीं कर रहा था, पर वे समझ चुके थे कि कुँवर साहब को रोकना कठिन होगा। अपने निजी विचारों के बावजूद वे कुँवर साहब की इच्छानुसार ही चल रहे थे। उन्हीं के कहने से मंत्रीजी ने प्रभास भाई को यह काम सौंपा था कि वे शहर जाकर राजधानी के कुछ अफ़सरों से फोन पर कुँवर साहब की ओर से बात कर लें।

कुँवर जयंतीप्रसाद सिंह ने तय कर लिया था कि सहकारी फार्म से उदासीन रहने की नीति अब नहीं चलेगी। उन्हें लगा कि इस फार्म से जुड़े हुए किसानों के लिए कुछ कर दिखाने में ही उनके इस नये अवतार की सार्थकता होगी। दुबे महराज ने जिस दिन नशे में ऊधम मचाया था और गोली मार देने की धमकी दी थी उसी के दूसरे दिन प्रभास भाई को शहर जाने का हुक्म मिला। उनको दो काम दिये गये। उन्हें कुँवर जयंतीप्रसाद सिंह का एक पत्र जिला मजिस्ट्रेट को देना था। उसमें उन्होंने अनुरोध किया था कि कुछ तात्कालिक समस्याओं के समाधान के लिए जिला मजिस्ट्रेट कृपया यथाशीघ्र आश्रम में आकर उन्हें दर्शन दें। प्रभास भाई का काम था कि वे जिला मजिस्ट्रेट से यहाँ आने की

निश्चित तारीख़ ले लें और मुमकिन हो तो यह तारीख़ इसी सप्ताह में हो। अगर जिला मजिस्ट्रेट आने में आनाकानी करें तो इसका अर्थ होगा कि वे निकम्मे अफ़सर हैं और उनसे दुबे महराज और सहकारी फार्म में से किसी एक को भी ठीक करने की आशा नहीं की जा सकती। तब प्रभास भाई का यह काम होगा कि वे वहीं से मुख्यमंत्री के सचिव को फोन करें और मुख्यमंत्री से कुँवर जयंतीप्रसाद सिंह की मुलाक़ात की तारीख़ और समय निश्चित करा लें।

प्रभास भाई कुँवर साहब का पत्र लिए हुए शाम के पाँच बजे जिला मजिस्ट्रेट के बँगले पर पहुँचे। अर्दली से उन्होंने जब पूछा कि साहब बँगले पर हैं, तो जवाब मिला कि हैं पर मुलाक़ातियों से मिलने का समय सवेरे नौ से ग्यारह तक का है। प्रभास भाई ने कहा कि मैं गवर्नर साहब का ख़त लेकर आया हूँ और मुझे डी.एम. से आज ही मिलना है। अर्दली ने उनकी घिसी हुई चप्पल, खादी के धोती-कुर्ते, दो दिन की बढ़ी हुई दाढ़ी को एक नज़र देखा, मन ही मन दोहराया कि आजकल पता नहीं चलता कि कौन क्या है और डी.एम. को बँगले के अंदर ख़बर देने चला गया।

थोड़ी देर में जिला मजिस्ट्रेट अंदर से निकलकर बरामदे में आये। उनके पैरों में सफ़ेद जूते थे, पतलून भी झकाझक सफ़ेद थी और देह पर वे बनियाइन जैसी सफ़ेद कमीज़ पहने थे। उनका रंग साँवला था, आँखों पर चश्मा लगा था, देह दुबली-पतली थी, उम्र तीस-बत्तीस की रही होगी। वे हाथ में टेनिस का रैकेट लिए थे। साफ़-सुथरे कपड़ों के आतंक के बावजूद वे प्रभास भाई को घरेलू क़िस्म के, लगभग गाँव-घर के लड़के जैसे लगे। उन्होंने प्रभास भाई को भौंहें चढ़ाकर देखा और सवालिया ढंग से कहा, "आप?"

प्रभास भाई ने कुँवर जयंतीप्रसाद सिंह का पत्र उनकी ओर बढ़ाया, "यह पत्र गवर्नर साहब ने आपके लिए भेजा है।"

उन्होंने पूछा, "आप राजधानी से आ रहे हैं?"

"जी नहीं, बिस्रामपुर से।"

प्रभास भाई समझ गये कि जिला मजिस्ट्रेट को ग़लतफ़हमी हुई है पर यह नहीं समझे कि ग़लतफ़हमी के कारण वे खुद हैं, बोले, "यह पत्र कुँवर जयंतीप्रसाद सिंह का है। पिछले साल तक वे गवर्नर थे। वे आजकल बिस्रामपुर में हैं।"

"आप ग़लत कहते हैं। वे हमारे राज्य के गवर्नर कभी नहीं थे।"

"आप ठीक कह रहे हैं श्रीमन्।"

तब तक डी.एम. लंबे क़दमों से बँगले के फाटक की ओर बढ़ने लगे थे। प्रभास भाई उनसे कुछ पीछे हटकर साथ-साथ चलने लगे। डी.एम. ने कहा, "यह पत्र वहाँ अर्दली को दे दीजिए।"

प्रभास भाई को मालूम था कि बँगले के पास ही क्लब है और उन्होंने अनुमान लगा लिया था कि जिला मजिस्ट्रेट टेनिस खेलने जा रहे हैं। वे डी.एम. के क़दम से क़दम

मिलाकर चलते रहे, बोले, "श्रीमान्, मुझे इस पत्र का उत्तर लेकर जाना है। बिस्रामपुर की स्थिति विस्फोटक हो रही है। इस विषय पर मैं इस पत्र के साथ आपकी सेवा में आया हूँ।"

डी.एम. टेनिस कोर्ट में पहुँचने की जल्दी में होंगे या शायद इस बात-से आहत हुए हों कि गवर्नर का झूठा-मूठा हवाला देकर उनकी शाम में खलल डाला गया। उन्होंने ठिठककर कहा, "आप जाइए, पत्र का उत्तर बिस्रामपुर पहुँच जाएगा।"

"पर श्रीमन्, मुझे, खुद इसका उत्तर लेकर...।"

"आपने सुना नहीं, पत्र का उत्तर बिस्रामपुर पहुँच जाएगा।" कहते हुए डी.एम. ने दूसरे वाक्य का उच्चारण एक-एक शब्द पर ज़ोर देते हुए किया, जैसे यह बात किसी मानसिक रूप से बाधित व्यक्ति को समझायी जा रही हो। प्रभास भाई समझ गये, समझ गये कि यह हमारे गाँव-घर का लड़का नहीं है, किसी अजनबी दुनिया की उपज है।

प्रभास भाई बँगले पर लौट आये। वह पत्र अर्दली को दे दिया गया। ग़नीमत है कि उसकी प्राप्ति की रसीद पाने में कोई उलझन नहीं हुई।

अब प्रभास भाई को असली विपत्ति का सामना करना था। उनकी सबसे बड़ी विपत्ति नये ज़माने की मशीनें थीं। उनसे उन्हें घबराहट होती थी। टेलीफोन भी इन्हीं मशीनों में था। उसके रिसीवर पर हाथ रखने के मुकाबले किसी साँप के फन पर हाथ रखना शायद उन्हें ज़्यादा आसान लगता। वे अपने एक मित्र के यहाँ गये और उनके टेलीफोन पर उन्होंने मुख्यमंत्री के सचिव को ट्रंककाल करना चाहा। प्रभास भाई ने अपने मित्र से कहा कि आप यह नंबर एस.टी.डी. पर मिला दें। मित्र ने तीन-चार बार कोशिश की पर उस समय सचिव का फोन खाली नहीं था। तब मित्र ने प्रभास भाई को किसी फोन पर सीधी ट्रंक डायलिंग की प्रक्रिया समझायी। ट्रंककाल के दूसरे रहस्यों में भी उसे दीक्षा दी, यानी साधारण, तुरंत या 'लाइटनिंग' आदि भेदो-प्रभेदों का तंत्र समझाकर ट्रंककाल लगवाने का तरीक़ा भी सुझाया। प्रभास भाई धैर्यपूर्वक सुनते रहे, न उन्हें समझना था, न वे समझे।

मित्र को किसी काम से बाहर निकलना था। पूरी प्रक्रिया समझाकर उसने कहा, "अब मैं रात नौ बजे तक लौटूँगा। तब तक तुम फोन पर बात कर लेना और नहा धो लेना। टी.वी. देखने का मूड हो तो वह सोने के कमरे में है। भोजन हम लोग साथ ही करेंगे।"

प्रभास भाई को अच्छी तरह जानते हुए भी मित्र उनकी वह घबराहट नहीं भाँप पाये जो टी.वी. का नाम सुनकर प्रभास भाई के चेहरे पर फैल गयी थी। रात को जब वे घर वापस आये तो नौकर से उन्हें मालूम हुआ कि प्रभास भाई की मुख्यमंत्री के सचिव से बात नहीं हो पायी और इसीलिए उनसे मिलकर बात करने को वे साढ़े आठ वाली गाड़ी से राजधानी चले गये हैं।

कहने की ज़रूरत नहीं कि प्रभास भाई ने फोन मिलाने की कोशिश ही नहीं की।

इस मशीन के जंजाल से जूझने के मुक़ाबले उन्हें यह ज़्यादा आसान लगा कि रेल से तीन सौ किलोमीटर की यात्रा करके राजधानी में मुख्यमंत्री के सचिव से जाकर मिल लिया जाए।

[4]

कुँवर जयंतीप्रसाद सिंह की ज़िंदगी आदमक़द शीशों की सोहबत में गुज़री थी—शयनकक्ष में उन्हें देखा जा सकता था—या वे आपको देख सकते थे। वे अपने शरीर पर मुग्ध रहनेवाले आदमी नहीं थे पर जब आप अवसर के उपयुक्त कपड़े पहनकर बाहर निकल रहे हों और लोगों के बीच अपने सर्वोत्तम स्वरूप में प्रकट होना चाहते हों (जिसे अंग्रेज़ी में 'पुटिंग योर बेस्ट फुट फारवर्ड' कहा जाएगा) तो इस विधान में आदमक़द शीशे का होना लाज़मी है।

आश्रम में उन्हें ऐसे शीशे की कमी खली थी पर उसे विलायती कमोड जैसा अनिवार्य पदार्थ मानकर उसे शहर से मँगाना उन्हें अटपटा जान पड़ा था। धीरे-धीरे उसकी कमी वे भूलने लगे थे। दूसरी कमी टी.वी. की थी। बिजली होते हुए भी बिस्रामपुर में टी.वी. प्रसारण पकड़ में नहीं आते थे। पड़ोस के शहर में कुछ रईसों ने ऊँचे बूस्टर लगा रखे थे फिर भी उन्हें जो देखने को मिलता था वह चित्रों का आभास भर था। कुँवर साहब ने ट्रांज़िस्टर के सहारे इस कमी से भी समझौता कर लिया था।

पर जिस कमी से वे समझौता नहीं कर पाये वह टेलीफोन की थी। कुछ वर्ष पहले, उनकी गवर्नरी के दिनों में, राष्ट्रपति शासन लागू होने पर केंद्र सरकार ने उनके लिए तीन सलाहकारों की नियुक्ति का सुझाव दिया। तीनों भारत सरकार के सर्वोच्च पदों से सेवानिवृत्त हुए थे। पर उन्होंने यह सुविधा लेने से इनकार कर दिया था, कहा था, "मैं यहीं राज्य सरकार के तीन सीनियर अफ़सरों को अपने दफ़्तर में लगा लूँगा। इसके साथ मुझे तीन टेलीफोन दे दो। मैं अपने बेडरूम से ही काम करते हुए इस राज्य के प्रशासन को सबसे उम्दा बनाकर दिखा दूँगा।" उनकी गर्वोक्ति निराधार नहीं थी।

आश्रम की विकास योजनाओं में वे टेलीफोन की कमी को सबसे बड़ी बाधा मानते थे। बाद में, जबसे उन्होंने दुबे महराज से उसी तरह निबटने का मानसिक संकल्प किया जिस तरह एक उच्चकोटि के प्रशासक को किसी देहाती गुंडे से निबटना चाहिए तब उन्हें लगा कि टेलीफोन के बिना वे बिलकुल निहत्थे हैं। उन्होंने उसी वक्त केंद्रीय संचार मंत्री से आश्रम तक टेलीफोन की लाइन खिंचवाने की बात करनी चाही पर उसके लिए भी टेलीफोन की ज़रूरत थी। तब उन्होंने संचार मंत्री को एक पत्र लिखा पर अब वे समझने लगे थे कि ऐसे पत्रों का ज्यादा भरोसा नहीं करना चाहिए।

"मंत्रीजी," उन्होंने कहा, "संस्कृत में पत्र का अर्थ तो जानते हैं न? पत्र माने पत्ता। किसी पेड़ का पत्ता। सरकार में हमारे पत्रों की हैसियत अब पत्ते की ही है, सच पूछिए

तो पतझड़ के पत्ते की। वह उड़कर कहाँ चला गया, कहाँ नष्ट हो गया—यह हिसाब भला कोई रख सकता है!"

मंत्रीजी ने अपनी स्वाभाविक प्रतिक्रिया दिखायी, यानी वक्ता को ऐसी मुस्कान दी कि वह चाहे तो प्रोत्साहित हो सकता था।

प्रभास भाई को आश्रम से गये हुए ढाई दिन हो गये थे और वे उनकी ग़ैरज़िम्मेदाराना ग़ैरहाज़िरी पर ही नहीं, नये सिरे से टेलीफोन की कमी पर भी खीझने लगे थे। कह रहे थे, "कल सवेरे तक वह न आये तो किसी को शहर भेजिए, जाकर पता लगाये कि वह कहाँ ग़ायब हो गया, और एक तीसरा आदमी भी तैयार रखिए। अगर आपका दूसरा आदमी भी वहाँ बैठा रहे तो तीसरा जाकर पता लगाये।"

मंत्रीजी बोले, "प्रभास भाई अगर इतने समय तक बाहर रहे हैं तो वे ज़रूर काम पूरा करके लौटेंगे। यह और बात है कि आधुनिक जीवन की बहुत-सी सुविधाएँ उनकी समझ में नहीं आतीं, वे टेलीफोन को नहीं छूते, लिफ्ट में चढ़ने की हिम्मत नहीं करते, बड़े-बड़े शब्दकोशों के अधिकांश शब्द उन्हें ज़बानी याद हैं पर टेलीफोन डाइरेक्टरी या रेलवे टाइमटेबल देखने के मामले में वे पूरी तौर से अपढ़ हैं। फिर भी वे कर्मठ व्यक्ति हैं, उन पर पूरा भरोसा किया जा सकता है, जो भी काम वे हाथ में लेते हैं उसमें कोई चूक नहीं होती है।"

कुँवर जयंतीप्रसाद सिंह ने धीरे से कंधा हिलाया, जैसे कहा हो, 'हैरत है!" पूछा, "और इस पर भी आप कहते हैं कि वह काफी पढ़ा लिखा है।"

"जी हाँ, चार पाँच साल पहले उन्होंने दर्शनशास्त्र में प्राइवेट एम.ए. किया है, कुछ साल शांतिनिकेतन में भी बिताये हैं।"

"ऐसे पढ़ने से क्या फ़ायदा कि टेलीफोन डाइरेक्टरी और रेलवे टाइमटेबल देखकर घबराहट हो।"

"ऐसी बात उनसे कई बार कही जा चुकी है। उनका जवाब है कि विश्वविद्यालय में मैंने लिफ्ट चलाने या टेलीफोन ऑपरेटरी करने के लिए अध्ययन नहीं किया है। ये मामूली बातें हैं जो प्रवृत्ति होने पर आधे घंटे में सीखी जा सकती हैं, ज़िंदगी की मार ऐसी चीज़ें एक पल में सिखा देती हैं। पर हमने शांतिनिकेतन में वह सीखा है जो वहीं सीखा जा सकता था।"

कुँवर साहब बड़ी गंभीरता से सुन रहे थे, कुछ कहते, इसके पहले ही प्रभास भाई उन्हें आते हुए दिखायी दिये। उनका अभिवादन स्वीकार करने के पहले ही कुँवर साहब ने कहा, "क्या हुआ?"

प्रभास भाई ने कहा, "विस्तार से बाद में निवेदन करूँगा। संक्षेप में हुआ यह है कि तीन दिन बाद कृषि निदेशक और सहकारी कृषि क्षेत्रों के अतिरिक्त निदेशक आपके दर्शनार्थ यहाँ आ रहे हैं। मुख्यमंत्रीजी की ओर से उन्हें निर्देश मिल चुके हैं।"

[5]

बाहर चमकदार धूप फैली थी—ऐसी धूप जिसमें पेड़ों की छाँह बहुत घनी और काली दीखती है। उसकी उजास में उनका कमरा भी धुला-पुँछा-सा दिख रहा था। वे बिस्तर के सिरहाने एक गाव तकिये की टेक लिए हुए एक बहुत मोटी फाइल देख रहे थे। यह सुंदरी की टिप्पणियों का संग्रह था जिसे विवेक ने छपाने के लिए संपादित किया था। उन्हें यह पिछली डाक में ही मिला था।

रात में वे संग्रह की लंबी प्रस्तावना देख गये थे। इसे विवेक ने लिखा था। उसे सरसरी तौर पर नहीं पढ़ा जा सकता था। दुबारा पढ़ने के पहले उसे छोड़कर वे सुंदरी की टिप्पणियाँ उलट-पुलट रहे थे। वे मुख्यतः बुंदेलखंड के किसानों की थीं जिनकी ज़िंदगी का क्रम देसी रियासतों की हुकूमत ने तय किया था, पर जो किसान ज़मींदारों की रिआया थे उनकी और संयुक्त प्रांत के (जिसे आज़ादी के बाद 'उत्तर प्रदेश' का नाम दिया गया) के किसानों की स्थिति में विशेष अंतर न था। उनके उत्पीड़न और संघर्ष की स्थिति एक-सी थी, अंतर इतना था कि अवध के किसानों के आंदोलन को स्वयं पं. जवाहरलाल नेहरू का नेतृत्व मिल गया था और उसके प्रभाव में एक सशक्त स्थानीय नेतृत्व का विकास हुआ था, प्रांत के शेष भाग के किसानों को स्थानीय नेतृत्व की सक्रियता या अकर्मण्यता के अनुसार चलना पड़ता था।

सुंदरी के अध्ययन में संयुक्तप्रांत के अलावा प्रसंगवश बिहार के किसानों की दशा का भी संक्षिप्त विवेचन था। कुँवर जयंतीप्रसाद सिंह की जानकारी के अनुसार उस सब में कोई नई बात न थी। पर ज़मींदारी टूटने के तीस-बत्तीस साल बाद आज जब उन्होंने ज़मींदारी प्रथा के कुछ अजूबे रीतिरिवाज़ों के बारे में पढ़ा तो उन्हें लगा कि वे किसी आदिम क़बीलाई समाज की गाथा पढ़ रहे हैं।

बड़े ज़मींदारों को राजा कहा जाता था—उनके बड़े भाई खुद ऐसे ही राजा थे। ज़मींदारों की आमदनी का मुख्य स्रोत किसानों की जोत पर लगनेवाला कर—लगान था। उसका एक हिस्सा वे मालगुज़ारी के नाम पर सरकार को देते थे। उनकी हैसियत बिचौलिये या दलाल की थी पर ज़मीन के ऊपर उनकी मिल्कियत होने के कारण वे किसानों पर स्वामित्व का-सा हक़ रखते थे जिसे लचर क़ानूनों ने व्यवहार में ऐसी मज़बूती दे दी थी जिसका ज़िक्र किसी भी कानून में नहीं था।

लगान, यानी ज़मीन का वार्षिक कर तो था ही, उससे भी ज़्यादा सांघातिक कर वे थे जो राजा साहब की परिवार की खुशी के मौक़ों पर लगाये जाते थे। राजा साहब को हाथी खरीदना है, किसानों पर 'हथियावन' नाम का कर लगा दिया! मोटर ख़रीदने के लिए 'मोटरावन' और रानी साहबा गर्भवती हुईं तो नये कुँवर साहब के स्वागत में 'पेटपिरावन'!

ग़नीमत है कि हमारी रियासत ऐसी ग़लीज़ से बची रही : उन्होंने सोचा। पर इन दिलचस्प टिप्पणियों को किसी के साथ बैठकर दुबारा पढ़ने की इच्छा बनी रही : देखेंगे,

इस सबमें मंत्रीजी की कितनी जानकारी है।

घंटी बजाकर उन्होंने धीरजसिंह को बुलाया, अभी वक्त नहीं हुआ था, फिर भी कॉफ़ी लाने का हुक्म दिया, धीरे-धीरे फ़ाइल पलटते रहे।

पांडुलिपि में शुरू के दो पन्ने खाली छोड़ दिये गये थे। विवेक ने कहा था कि वे इनमें अपनी संक्षिप्त भूमिका लिख दें : उन्हें कुछ औपचारिक भर लिखना होगा, विषय की गंभीरता में जाना ठीक नहीं होगा, जगह की सीमा तो है ही, आगे के पृष्ठों में विवेक की लंबी प्रस्तावना भी है। (ऐसा नहीं होना चाहिए कि लोगों को बाप-बेटे की बौद्धिक ऊर्जा की तुलना करने का मौक़ा मिले।)

भूमिका के दो पन्नों के बाद वाला पन्ना भी खाली था, उस पर इंगित किया गया था कि यहाँ सुंदरी बेन का फोटो होगा।

अचानक उन्हें याद पड़ा कि सुंदरी का कोई भी फोटो उन्होंने आज तक नहीं देखा। पूरे आश्रम में सुंदरी का फोटो कहीं भी देखने को नहीं मिलता। जब वे प्रार्थना सभा में पहली बार गये थे, उन्होंने मंत्रीजी से कहा था कि यहाँ दीवार पर सुंदरी का फोटो लगना चाहिए। मंत्रीजी ने कहा था, "उन्होंने यहाँ कभी अपना फोटो नहीं खिंचाया, अगर किसी चित्रकार से उनका चित्र बनाने को कहा जाए तो उसे भी कुछ आधार चाहिए।"

मंत्रीजी ने सुंदरी के भाई से कहा था। उसकी मृत्यु के बाद जब वे यहाँ आए थे तो उन्होंने सुंदरी के फोटो की माँग की थी। उन्होंने बताया था कि उसके कुछ फोटोग्राफ़ हैं तो पर वे ज़्यादातर उसके बचपन के हैं, एकाध कॉलेज के दिनों के भी हैं पर जिन सुंदरी बेन को वे लोग जानते हैं क्या उसके पैंतीस-चालीस साल पुराने फोटो से उनका काम चल पाएगा? उन्होंने फोटो भेजने के लिए कहा था, पर भेजा नहीं, सिर्फ़ पिता ने सुंदरी के लिए जो धन छोड़ा था, उसका एक अंश आश्रम के लिए भेज दिया था, बाकी दूसरी संस्थाओं को दिया गया था।

पता नहीं कि विवेक जानता है या नहीं कि सुंदरी का कोई इधर का फोटो अस्तित्व में नहीं है। या, क्या पता...।

एक संभावना थी : सुंदरी का कोई फोटो विवेक के पास तो नहीं है? ऐसा तो नहीं कि भूदान यज्ञ के शुरुआती दौर में, जब वह उनकी कोठी पर रहती थी, विवेक ने उसका फोटो लिया हो? या कभी बाद में—जब आश्रम में रहते हुए वह विवेक से सम्पर्क बनाये हुए थी? कैमरे के सामने न पड़ने का संकल्प क्या विवेक के संपर्क में टूट गया था?...

इस संभावना पर ज़्यादा सोचना उन्हें असंगत लगा, इस उम्र में मुझे यह सब न सोचना चाहिए, उन्होंने अपने को टोका और फ़ाइल के पन्ने पलटने लगे।

पर आश्रम में सुंदरी का कोई फोटो हो या न हो, ख़राब रोशनी में ख़राब कैमरे से खींचे हुए कई छायाचित्र उनके मन के किसी कोने में छिपे हैं। उनका रंग उड़ गया है, वे धुँधले पड़ गये हैं। पर वे जानते हैं कि वे वहाँ मौजूद हैं। उन्हीं में से एक इस

फ़ाइल में सुंदरी के फोटोवाले पृष्ठ की ख़ाली जगह को भर देता है।

यह सादगी से धुला हुआ आश्रम का कमरा नहीं है, यह उनकी पुरानी कोठी के सहन का कोना है जहाँ एक पेड़ के नीचे वे बाँस की चारपाई पर बेतकल्लुफ़ी से लेटे हुए एक अख़बार पलट रहे हैं। सामने एक मैली दरी पर बीस-पचीस हथियार रखे हुए हैं, राइफलें, बंदूकें, रिवाल्वर और पिस्तौलें—हलके से वज़नी बोर तक की, पिस्तौलों में कुछ दुर्लभ सजावट वाली, हाथी दाँत की मूठ की या चमचमाती कीमती धातुओंवाली। ये हथियारों की वार्षिक सफ़ाई के दिन हैं, शहर की पुलिस लाइंस से एक आर्मरर इसी काम के लिए बुलाया गया है। वह एक राइफ़ल की सफ़ाई कर रहा है, नली में झाँकते हुए कहता है, "यह '35 रेमिंग्टन—बेकार हो गयी है, ग्रूव ख़त्म हो गये हैं। इसे निकाल दीजिए।"

"अपने लिए लाइसेंस बनवा लो। तुम्हीं ले लेना।"

लगभग तीस साल हो गये हैं पर उन्हें लगता है कि यह सब आज हुआ है।

वे देख नहीं पाते हैं, सुंदरी पीछे से आकर उनके सामने खड़ी हो जाती है। हाथ जोड़कर कहती है, "मैं बिस्रामपुर जा रही हूँ। आपका आशीर्वाद लेने आयी हूँ।"

वे बरामदे में मौजूद नौकरों को पुकार लगाकर कुर्सी लाने के लिए कहते हैं, पर अचानक चारपाई से उठकर खड़े हो जाते हैं, हथियारों पर निगाह डालकर कहते हैं, "नहीं, यहाँ नहीं। आओ, लायब्रेरी में चलते हैं।"

[6]

उस रात सुंदरी को अपने आलिंगन में लेकर और उसके बाद शादी का असफल प्रस्ताव सुनाकर वे कुछ दिनों तक बहुत विचलित रहे थे। भीरुता उनके स्वभाव में नहीं थी, पर कोई भी खटका होते ही उन्हें लगता था कि कुछ लोग उनका जवाब तलब करने आ रहे हैं! इस घबराहट के माहौल में उनके अगले तीन दिन गुज़रते हुए घंटों की बहुत धीमी रफ्तार पर कटे थे। किसी मरणासन्न रोगी के बारे में डॉक्टर कहता है : "अगले बहत्तर घंटों तक हमें बराबर देखना होगा। अगर रोगी इन्हें पार कर ले गया तो, समझो, ख़तरा टल गया है।" उन्होंने अपने से कुछ ऐसा ही कहा था, "अगले बहत्तर घंटे तक अगर सब कुछ सामान्य बना रहा तो समझ लो, ख़तरा टल चुका है।" और अगले बहत्तर घंटे तक सब कुछ सामान्य बना रहा था—बहत्तर घंटे तक और उसके बाद भी। सुशीला पहले ही की तरह उनसे मुस्कराकर नमस्कार करती रही थी, निर्मल भाई पहले ही की तरह सम्मान से पेश आते रहे थे और पहले ही की तरह गाँव की भूमि-व्यवस्था पर विचार-विमर्श के लिए उत्सुक दीख रहे थे। एकाध बार सुंदरी भी उनके सामने पड़ी थी और सिर झुकाकर नमस्कार का संकेत करते हुए आगे बढ़ गयी थी। लगता था कि सुंदरी ने उस रात की घटना को अपने मन की गहराइयों में चुपचाप दफ़न कर दिया है।

उन्होंने सुन रखा था कि सुंदरी कुछ दिनों के लिए बिस्रामपुर जानेवाली है। वहाँ ग्रामदान की व्यवस्था का अध्ययन करने के लिए उसे भेजा जा रहा है। सुंदरी का सामना होने पर उन्हें इन दिनों जो असमंजस होता था, उसके समाधान के लिए यह ठीक ही था। फिर भी मन का एक कोना इसके लिए तैयार न था, वह सुंदरी को रोकना चाहता था, वह चाहता था कि वे उस रात के अपने आकस्मिक आचरण के लिए उससे माफी माँग सके, वह चाहता था कि सुंदरी कहे, 'कोई बात नहीं, आपकी सदाशयता को अच्छी तरह समझती हूँ,' और सब कुछ पहले जैसा हो जाए। आशंका और ग्लानि से बोझिल मन में अब भी कहीं यह लालसा थी कि सुंदरी उन्हें सांत्वना दे कि मेरी निगाह में आपकी अब भी वही इज़्ज़त है। छिपे-छिपे उनका मन अब भी मानना चाहता था कि उनके बारे में सुंदरी का रुख़ बदल रहा है, वह उनके अकेलेपन को तोड़ने का मन बना रही है। मन यह सब चाहता था पर सुंदरी में इतना बदलाव नहीं चाहता था कि उनकी शादी के प्रस्ताव पर फिर से सोचना शुरू कर दे।

उस रात सुंदरी को अचानक बाँहों में बाँध लेने और उसके ठंडे प्रतिरोध को झेल चुकने के बाद उन्होंने सुंदरी से शादी का आग्रह किया था। अगर उसने 'हाँ' कर दिया होता तब वे क्या करते? वे जानते थे कि वे ऐसा नहीं चाहते, शादी का प्रस्ताव उन्होंने अपनी खोयी हुई नैतिक साख को बचाने के लिए रखा था और जैसे ही उन्होंने प्रस्ताव का वाक्य कहा, उसका मक़सद पूरा हो चुका था। उस रात सुंदरी उन्हें झकझोरकर चली गयी थी, पर सवेरे, दिन के उजाले में उन्होंने सुंदरी को धन्यवाद दिया था, चिंता और आशंका के बावजूद एक तरह के छुटकारे का अनुभव किया था।

कुछ दिनों बाद उन्हें लगा कि सुंदरी में एक फ़र्क आ गया है। वह उनके सामने बहुत कम पड़ती है, उनकी कोठी के पीछेवाले बाग़ में शाम के वक़्त वह अब नज़र नहीं आती। सिर्फ़ एक बार ऐसा हुआ था। वे ऊपर की मंजिल के कमरे से देख रहे थे। सुंदरी एक क्यारी के पास खड़ी थी और एक नाली में पानी का बहाव देख रही थी। बाग़ का यह टुकड़ा रूखा था, यहाँ फूल-पौधे न थे, हरियाली बहुत कम थी। पता नहीं कि पानी के बहाव के सिवाय वह क्या देख रही थी, क्या खोज रही थी। उसका एक गाल ही उनकी दृष्टि की परिधि में आ रहा था—और एक आँख, नाक और गर्दन का कुछ हिस्सा। इतनी दूर से कुछ कहना कठिन था पर उन्हें लगा कि उस चेहरे को एक गहरी हताशा ने जकड़ रखा है, यह किसी छोटी बच्ची का चेहरा है जिसे घर में कोई अच्छा काम करने पर भी सज़ा दी गयी है। उन्होंने उसी समय उसके पास जाकर कहना चाहा, "मैं तुम्हारा गुनहगार हूँ सुंदरी, मुझे क्षमा कर दो और फिर से सब कुछ पहले जैसा हो जाने दो।" पर यह धुँधली कल्पना भर थी। वे जानते थे कि एक के बाद दूसरा क्षण बीतता है और पहले जैसा कुछ नहीं रहता।

और आज बिस्रामपुर जाने के लिए एक सफ़ेद साड़ी पहने हुए वह उनके अध्ययन कक्ष में बैठी है। उन्होंने मज़ाक किया, "लोग यात्रा में बिल्ली का रास्ता काटना अशुभ

मानते हैं। तुम्हारे लिए बिल्ली का काम इन राइफ़लों और बंदूकों ने किया है। अब आज मत जाओ, कल चली जाना।"

पैरों में रबर के हवाई चप्पल—जो तब देश में नये-नये चले थे, बिलकुल प्रसाधन रहित चेहरा, जिस पर कोई शिकन नहीं। वह मुस्कराती है, "वह सांभर का शिकार? आप अभी तक नहीं भूले?"

"नहीं, ग़लती मेरी थी।"

ख़ामोशी। "तो?" वे कहते हैं क्योंकि वे नहीं जानते कि और क्या कहें।

इस बार उसका पूरा चेहरा मुस्कराता है—पूरी मुस्कान जो उसके ओठों, गालों, आँखों—सबको अपने सहज आलोक में समेट लेती है, "तो...मैं घंटे भर में जा रही हूँ।"

"कितने दिन के लिए?"

"अब वहीं रहना होगा।"

उन्हें इसकी ख़बर नहीं है, उन्होंने सुन रखा है कि वह सिर्फ़ दो-तीन सप्ताह बिस्रामपुर में रहेगी। उनकी भौंहें सिकुड़ती हैं, सहज हो जाती हैं।

"यहाँ का क्या होगा?"

"यहाँ आप हैं ही, सुशीला रहेगी, निर्मल भाई भी।"

वे कहना चाहते हैं, "सुंदरी, मुझे अफ़सोस है।" पर कह नहीं पाते, पूछते हैं, "ट्रेन कितने बजे जाती है?"

वह उठने की तैयारी करती है : "बस, अब मुझे चल देना चाहिए।"

"मैं ड्राइवर से कहे देता हूँ। कार से स्टेशन छोड़ आएगा।"

"इक्का मँगा लिया है। आप कार के लिए...।"

वे दरवाज़े के पास आकर खड़े हो जाते हैं, सुंदरी भी खड़ी है, "तुम्हारे लिए अब इतना भी नहीं किया जा सकता? स्टेशन तक कार भी नहीं भेज सकता?"

वह कहती है, "ठीक है।"

वे भौंहें चढ़ाकर उसे देखते हैं। वह दोहराती है, "ठीक है, कार से चली जाऊँगी।"

उसके बाल रूखे और कुछ अस्तव्यस्त हैं। हवा कहीं से एक तिनका उड़ा लायी है। वह बालों में फँसा हुआ है। न जाने क्यों, उन्हें मन में असहायता का, लाचारी का-सा अनुभव होता है।

वे बरामदे में आ जाते हैं। अचानक नीचे झुककर वह उनके पाँव छूती है, कहती है, "आपको प्रणाम करने आयी थी। अब चलती हूँ।"

वे अचकचाकर अपने पैर पीछे खींच लेते हैं, "यह क्या?"

"आप बड़े हैं।"

उनके यहाँ कुँवारी कन्याओं से पाँव नहीं छुवाते, खुद उनके पैर छूते हैं। सुंदरी को वे यह बताना चाहते हैं पर बता नहीं पाते : उसके कुँवारेपन पर हमला करके उसे अपने परिवार की उदात्त परंपरा बताने का अधिकार मैं खो चुका हूँ।

गहरी ग्लानि, पर श्मशान-वैराग्य की तरह कुछ घंटों बाद वे इसे भूल जाएँगे।

"मेरी सारी शुभकामनाएँ हमेशा तुम्हारे साथ रहेंगी।"

वह मुड़कर उन्हें देखती है, फिर धीरे-धीरे बरामदे से उतरकर सहन में आ जाती है। वहाँ उसकी चाल तेज़ हो जाती है। उनकी निगाह उसकी एड़ियों पर है। सामने से उसके पाँव जितने गोरे और आकर्षक हैं, एड़ियाँ उतनी ही कुरूप हैं। धूल के निरंतर संसर्ग से उनकी खाल दरक गयी है।

आज—तीस वर्षों बाद—जब उनकी गोद में फटी बिवाईवाले किसानों की ज़िंदगी पर सुंदरी की किताब खुली पड़ी है, सुंदरी की एड़ियों की त्वचा की तरह उनका मन भी दरक रहा है, दर्द की आड़ी-तिरछी रेखाएँ एक दूसरे को काट रही हैं।

[7]

कुछ दिन पहले राज्य के कृषि निदेशक और अतिरिक्त कृषि निदेशक आश्रम में आकर उनसे मिल चुके थे। सहकारी फार्म के भविष्य पर विस्तार से बात हुई थी। उस पर सहकारी फार्म के सदस्यों का मत लेना ज़रूरी था।

अँधेरा हो जाने पर आठ-दस सदस्य—रामलोटन जैसे खेतिहर मज़दूर—प्रार्थनागृह में इकट्ठा हुए। वे सब दरी पर आकर बैठे और धीरे-धीरे मौसम के सूखेपन पर बात करते रहे। "अब तक बेतवा उफना चलती थी," एक ने कहा। दूसरे ने गर्मी के दिनों की बात उठायी : "असाढ़ आते-आते नदी पार मोरंग उठाने के लिए ट्रकों का आना जाना बंद हो जाता था—दूर-दूर तक पानी फैल जाता था। यह कैसी बरसात है कि ट्रक अब भी किनारे तक आ रहे हैं।" किसी ने भी सहकारी फार्म का ज़िक्र नहीं किया। प्रार्थनागृह के एक दूसरे छोर पर मंत्रीजी अलमारी में कुछ किताबें क़रीने से लगाते रहे।

कुँवर जयंतीप्रसाद सिंह धीरे-धीरे आकर कालीन से ढकी हुई एक बड़ी चौकी पर बैठ गये, धीरजसिंह ने पीछे गाव तकिया लगा दिया। रामलोटन उनके पीछे था। रोज़ की तरह वह इन्हें चौकी पर बैठाकर प्रार्थनागृह के दरवाज़े पर नहीं गया। वह सदस्यों में जाकर शामिल हो गया। सब चुप थे। कुँवर साहब ने पूछा, "तब, आप लोगों ने क्या तय किया?"

कई लोगों ने आपस में कुछ बातें धीरे-धीरे कहीं जिनका अर्थ साफ़ नहीं हो पाया। रामलोटन ने कहा, "ये लोग क्या तय करेंगे मालिक? आप जैसा कहें वैसा ही होगा।"

"मैं अपनी तरफ़ से कुछ फ़ैसला नहीं दे सकता। मैं बाहरी आदमी हूँ। फार्म आप लोगों का है, फ़ैसला आपको ही करना है।" इस भूमिका के बाद उन्होंने फार्म के भविष्य की रूपरेखा समझायी।

"...सहकारी फार्म अब एक उजाड़ बंजर भर है, बीहड़ में बदल रहा है। इसके कई सदस्य इस्तीफ़ा देकर बाहर चले गये हैं। वे शहर में ईंटगारा ढो रहे हैं, रिक्शा चला

रहे हैं। फ़ार्म की ज़मीन पर झाड़ियाँ उग आयी हैं, नदी की तरफ़ भरके निकल रहे हैं। फार्म की समिति के पास यह साधन नहीं है कि नीचे की तरफ़ बंधा बनवाये, पानी का इंतज़ाम करे, सारी ज़मीन को ट्रैक्टर से जुताया जाए और खाद देकर उसमें खेती करायी जाए। अब इसका उद्धार इसी में है कि सरकार अपनी एक नयी योजना में इसे लेकर कुछ साल खुद उन्नत ढंग की खेती कराये। इस योजना का नाम बीहड़-सुधार-योजना है। वे बुलडोज़र चलाकर ज़मीन को हमवार करेंगे, कटान रोकने के लिए नदी की तरफ़ बाँध बनाएँगे, उस पर घनी घास और झाड़ियाँ उगाएँगे, सिंचाई का इंतज़ाम करेंगे और जब ज़मीन पर दो-तीन फ़सलें कट चुकेंगी तब भूदान समिति के प्रस्ताव के अनुसार उसे आप लोगों को अपनी-अपनी निजी खेती के लिए बाँट देंगे। इस वक़्त जो हालत है, उसमें अपने आप कोई बदलाव नहीं आएगा। मुर्दा घोड़े को चाहे जितने कोड़े मारो, वह चल थोड़े ही पाएगा!

"अगर आप चाहते हैं कि सरकार अपने पैसे से इस ज़मीन को खेती लायक़ बनाकर इसका बँटवारा कर दे तो ज़रूरी होगा कि पहले प्रबंध समिति के रूप में आप लोग ऐसा ही प्रस्ताव करें, फिर वही प्रस्ताव फार्म की सामान्य समिति पास करेगी। प्रस्ताव यह होगा कि सहकारी फार्म ख़त्म किया जाए और सरकार इस ज़मीन को बीहड़-सुधार में कुछ दिनों के लिए ले ले।"

उन्होंने इशारे से यह भी बताया कि बीहड़-सुधार योजना में इस ज़मीन का लिया जाना उतना आसान नहीं है! यह योजना लंबे-चौड़े असली बीहड़ों के लिए है। उन्होंने अपना पूरा असर दाँव पर लगा दिया है। तभी सरकार इसे मंजूर करने को तैयार हुई है। वे किसानों के लिए यहाँ से दिल्ली तक, जो भी करना ज़रूरी होगा, करेंगे। पर सबसे पहले खुद किसानों को सहकारी फार्म का नाटक बंद करने को तैयार होना चाहिए।

सामने बैठे हुए लोग उनकी ओर देखकर आपस में एक दूसरे की ओर देख रहे थे। ओठों की हरकत और कुछ अस्पष्ट इशारों से अपनी सहमति भी जता रहे थे। पर उन्होंने ज़मीन के भविष्य को लेकर अभी जो घोषणा की थी, उसे लेकर कोई ख़ास उत्साह नहीं दीख रहा था।

उन्होंने पूछा, "तो आप लोग क्या कहते हैं? मेरे पास यह प्रस्ताव कब तक आ जाएगा?"

"कभी नहीं," बाहर दरवाज़े पर खड़े हुए दुबे महराज ने जवाब दिया।

बाहर का बल्ब अंदर की रोशनी के मुक़ाबले धीमा था। उसकी उजास में उन्होंने दुबे महराज के ठिंगने जिस्म को दरवाज़े की चौखट पर पाँव रखे हुए देखा। एक दुनाली बंदूक को कंधे पर लाठी की तरह रखे हुए वह चौखट पर खड़ा था। उसकी आवाज़ सुनते ही दो-तीन किसान अचकचाकर अपनी जगहों पर खड़े हो गये।

कुँवर जयंतीप्रसाद सिंह ने दरवाज़े की ओर आँख से इशारा करते हुए भोलेपन से

पूछा, "ये कौन है?"

"मैं तुम्हारा बाप हूँ" कहकर दुबे महराज ने नशे से लड़खड़ाती आवाज़ में दहाड़ लगायी, "ख़बरदार, इस बूढ़े खूसट के चक्कर में न पड़ना। मैं अभी ज़िंदा हूँ।"

रियासत और राजभवन की सुरक्षा में उन्हें ऐसा अनुभव कभी नहीं हुआ था। समाज में वे जिस राजनयिक चतुरता के लिए मशहूर थे, उसका ऐसे मौक़े से कोई रिश्ता न था। अचानक वे कह बैठे, "तुम्हीं नहीं, यहाँ सभी ज़िंदा हैं। अब वे पुराने दिन भूल जाओ दुबे।"

दुबे महराज ने बंदूक उछालकर उसका कुंदा कंधे से टिका लिया, पर नली सामने नहीं, ऊपर की ओर उठी थी। कहा, "ज़्यादा लाट साहबी न छाँटो बुढ़ऊ, नहीं तो भूनकर रख दूँगा।"

बंदूक को पलटकर उसने बग़ल में दबा लिया और मुड़कर अँधेरे में ग़ायब हो गया। पर उसकी बकझक और गालियाँ बहुत देर तक ग़ायब नहीं हुईं। अँधेरे में चहलक़दमी करता हुआ वह ऊलजलूल बकता रहा।

पहले ख़ामोशी। फिर कानाफूसी शुरू हुई। अचानक रामलोटन उठ खड़ा हुआ, बोला, "अभी इसे ठीक करता हूँ मालिक।" उन्होंने हाथ के इशारे से उसे शांत रहने को कहा। धीरे-धीरे फ़र्श पर बैठे हुए समिति के सदस्य उठने लगे और उनकी ओर जुहार करके बाहर निकलने लगे। जयंतीप्रसाद सिंह को लगा कि वे वहाँ बिलकुल अकेले हैं, एक जाना बूझा अतीत था, उसके और आज के बीच अब सिर्फ़ टिमटिमाते हुए कमज़ोर बल्ब, ख़ामोश जंगल, बीहड़ और बहुत दूर अँधेरे में डूबी हुई अपरिचित पहाड़ियाँ भर रह गयी हैं, उस पुरानी दुनिया का कुछ भी नहीं बचा है।

उन्हें अपने से हैरत हुई, अजीब-सा संतोष महसूस हुआ कि उनका दिल गुस्से से फट क्यों नहीं रहा है। पूरी घटना को वे ऐसी तटस्थता से देख रहे थे जैसे यह किसी दूसरे के साथ हुआ हो, अब अकेलेपन का एहसास टूट रहा था, लगता था जैसे उनका सार्वजनिक अपमान करके दुबे महराज ने उन्हें भीतर से मुक्त कर दिया हो।

[8]

वे जानते थे कि आश्रम में दुबे की बेहूदगी को लेकर ज़ोरदार चर्चा हो रही होगी और लोग उत्सुकता से देख रहे होंगे कि उनकी ओर से उसका क्या जवाब दिया जाएगा। पर किसी ने उनसे खुलकर बात नहीं की थी। दूसरे दिन सवेरे मंत्रीजी उनके पास आये और विद्यालय की कुछ नयी कक्षाओं के बारे में बात करते रहे। वे मन ही मन मंत्री जी के इस संयम की सराहना कर रहे थे कि अपनी ओर से उन्होंने पिछली शाम की घटना का कोई ज़िक्र नहीं किया है। तभी मंत्रीजी बोले, "मुझे कल शाम ही पूछना चाहिए था। दुबे महराज के बारे में क्या पुलिस में रिपोर्ट लिखा दी जाए?"

"कुछ फ़ायदा होगा?"

"हम लोग अब तक थाना-पुलिस से दूर रहे हैं। मुझे क़ानूनी पक्ष का पता नहीं है। फिर भी उसे ऐसा करने की हिम्मत न पड़नी चाहिए थी। उसे रोकने के लिए कुछ तो करना होगा।"

"अगर हम कहें कि शराब के नशे में यहाँ आकर कल उसने बकझक की तो कोई ख़ास मुक़दमा नहीं बनता। पर कुछ नमक-मिर्च लगा दीजिए तो बात बन जाती है। अगर हम कहें कि वह मुझे गोली मारने जा रहा था तो मामला गंभीर हो जाएगा। पर सवाल यह है : क्या वह सचमुच ही मुझ पर गोली चलाने जा रहा था?"

"लगता तो ऐसा ही है।"

"तो फिर चलाया क्यों नहीं!"

"हिम्मत नहीं पड़ी होगी।"

"तब भी आप चाहेंगे कि कोर्ट में जाकर मैं बाहलफ़ बयान दूँ कि वह मेरी हत्या के इरादे से आया था? आप लोग गवाह बनकर खड़े हों? आपको ऐसा नहीं लगता कि ऐसे जुर्म सामान्य नागरिकों के खिलाफ़ हुआ ही करते हैं।"

"आप सामान्य नागरिक नहीं हैं।"

"मंत्रीजी, मेरे ख़िलाफ़ ऐसी बातें आप लोग कब तक कहते रहेंगे?"

"तो आपकी आज्ञा है कि इस घटना को हम सब भूल जाएँ?"

इसका जवाब उन्होंने नहीं दिया क्योंकि उनका ध्यान दरवाज़े की ओर चला गया था। दरवाज़े पर पर्दा नहीं था। कुछ दिन हुए वहाँ जालीवाला पारदर्शी दरवाज़ा लगवाया था। उन्होंने देखा कि उसके बाहर बरामदे में एक बच्चा खड़ा है। चार-पाँच साल का रहा होगा। उसके खूब काले चेहरे में दो बड़ी-बड़ी आँखें चमक रही थीं। उसकी नेकर कमर के नीचे हिलग आयी थी, नाक के नीचे गीलापन था। वह उनकी ओर बेझिझक उत्सुकता से देख रहा था। उनसे जब उसकी निगाह मिली तो ओंठ खोलकर कुछ झेंपते हुए वह हँसा। उन्होंने झुंझलाहट में भौंहें सिकोड़ी, इस पर बच्चे की मुस्कान कुछ ज़्यादा चौड़ी हो गयी।

मंत्रीजी उठकर दरवाज़े के पास गये, तब तक उन्होंने धीरजसिंह के लिए घंटी बजा दी थी। धीरजसिंह मंत्रीजी को बरामदे के बाहर ही मिला, मंत्रीजी ने उसे इशारा किया कि वह बच्चे को वहाँ से हटा ले जाए, पर कुँवर जयंतीप्रसाद सिंह के लिए इतना काफ़ी न था। दिनों दिन उनकी गुर्राहट अब मिटती जा रही थी, पर इस समय उन्होंने पुरानी शैली में गुर्राकर कहा, "भगाओ, भगाओ उसे।"

धीरजसिंह ठिठका, कुछ थमकर ही समझ पाया कि उसे क्या करना है। काला कलूटा बच्चा अब जाली से मुँह सटाकर कमरे के भीतर झाँकने लगा था। धीरजसिंह ने उसकी पीठ पर हाथ रखकर उसे धीरे से ठेला, कहा, "चलो आवारा साहब, उधर चलो।"

वह मुस्करा रहा था। कुँवर जयंतीप्रसाद सिंह को लगा कि आश्रम में आकर धीरजसिंह

असभ्य हो गया है, पर मंत्रीजी की मौजूदगी में उन्होंने अपने को रोका, रिपोर्टवाले प्रकरण पर वापस आते और उसे ख़त्म करते हुए बोले, "अगर आश्रम की ओर से आज तक हमने थाना-पुलिस की मदद नहीं ली, तो अब भी नहीं लेंगे। चिंता न कीजिए, इसे मैं खुद देख लूँगा।"

कहने को तो कह दिया पर सोच नहीं पाये कि कैसे देखेंगे।

[9]

उन्हें अपनी ओर से कुछ भी करने की ज़रूरत नहीं पड़ी। दोपहर तक आश्रम में ख़बर आयी कि पुलिस ने दुबे महराज को गिरफ्तार कर लिया है। कुछ देर बाद थाने का पुलिस इंस्पेक्टर कुँवर जयंतीप्रसाद सिंह से मिलने आया। उन्हें एक चुस्त सैल्यूट देकर बोला, "दुबेवाली जाँच के सिलसिले में आपका थोड़ा वक्त लेना चाहता हूँ सर। अभी सुविधा न हो तो बाद में आ जाऊँगा।"

यह अनुभव नया जैसा लगा। रियासत के दिनों की बात और थी, तब हर सरकारी आदमी से मिलने और स्वागत-सत्कार करने के मानदंड पहले से तय कर लिये गये थे। कांस्टेबल से लेकर पुलिस के इंस्पेक्टर जनरल की आवभगत कैसे और किस स्तर पर की जाएगी, यह सभी कर्मचारियों को मालूम था। वहाँ भी इंस्पेक्टर के साथ सीधे बात करने का मौक़ा बहुत कम आया था। यह काम मैनेजर के स्तर का था। बाद में, गवर्नरी के दिनों में, वे डाइरेक्टर जनरल या इंस्पेक्टर जनरल का सलाम लेते रहे थे, दौरे पर पुलिस कप्तानों से भी बात हो जाती थी, पर इंस्पेक्टर!

पर पिछली शाम के सिलसिले में इंस्पेक्टर का सैल्यूट पाकर और उसके मुँह से 'सर' सुनकर उन्हें कुछ इत्मीनान का अनुभव हुआ। स्टेशन अफ़सर की प्रतीक्षा में थाने पर बैठे हुए फ़रियादी की हीनता का जो धुँधला आभास उन्हें दुबे की गालियाँ खाने के बाद हुआ था, वह तिरोहित हो गया।

राष्ट्रपति शासन के दौरान किसी जिले में सांप्रदायिक दंगा हो गया था। उस पर वे मुख्य सचिव, गृह सचिव, पुलिस महानिदेश जैसे चार-पाँच अफ़सरों के साथ विचार-विमर्श करने को बैठे थे। कमरे में इन अफ़सरों के बीच जिला मजिस्ट्रेट और वर्दीधारी पुलिस कप्तान को देखकर उन्होंने मुख्य सचिव की ओर सवालिया निगाह उठायी। मुख्य सचिव ने बताया कि नवीनतम स्थिति जानने के लिए इन्हें भी बैठक में बुला लिया गया है। उन्होंने कहा, "तब यहाँ आपके या डी.जी.पी. के होने की क्या ज़रूरत है? मैं इन्हीं दोनों के साथ मीटिंग किये लेता हूँ।" जब मुख्य सचिव के इशारे पर वे दोनों कमरे के बाहर चले गये तब उनके इस वाक्य से बैठक की शुरुआत हुई, "सीनियर अफ़सरों को सारे तथ्य खुद अपनी उँगलियों पर रखने चाहिए। जूनियर अफ़सरों के साथ तैयारी करनी हो तो अपने-अपने कमरों में करें, मेरे कमेटी रूम में नहीं।"

इंस्पेक्टर ने कहा, "प्रभास भाई ने दुबे के ख़िलाफ़ एक शिकायत पुलिस कप्तान को भेजी है। एक नक़ल मुझे भी दी है। आपने देखा ही होगा। मैंने अपनी ओर से उस पर कार्रवाई भी शुरू कर दी है।"

"पहले इधर तशरीफ़ रखिए", उन्होंने एक कुर्सी की ओर इशारा किया, "और अब बताइए कि आप किस रिपोर्ट का ज़िक्र कर रहे हैं। मुझे किसी रिपोर्ट का पता नहीं है।"

इंस्पेक्टर ने उन्हें शिकायती पत्र दिखाया। प्रभास भाई ने लिखा था कि आश्रम के प्रार्थना गृह में अखिलेश्वर दुबे वल्द नामालूम नामक गुंडे ने ऊधम मचाया और भूतपूर्व राज्यपाल परमपूज्य कुँवर जयंतीप्रसाद सिंह की ओर बंदूक तानकर उन्हें जान से मार देने की धमकी दी। अब परमपूज्य कुँवर साहब ही के लिए नहीं, आश्रम के हर व्यक्ति को उक्त गुंडे से जान का ख़तरा है!

इसे प्रभास भाई की हिम्मत कहें या हिमाकत! उनसे पूछे बिना ही उन्होंने पुलिस बुला ली! कुँवर जयंतीप्रसाद सिंह के मन में झुँझलाहट उभरी और उभरते ही दब गयी। उन्हें एहसास हुआ कि प्रभास भाई उनके मातहत नहीं हैं, दूसरी ओर उन्हें राहत भी महसूस हुई कि भीतर ही भीतर जिस मसले को लेकर वे खुद पसोपेश में थे वहाँ प्रभास भाई ने उन्हें एक अप्रिय निर्णय लेने से बचा लिया है।

"...आपने देखा होगा कि प्रभास भाई ने दुबे महराज के गिरोह का भी ज़िक्र किया है। लिखा है कि वह एक कुख्यात अपराधी है और उसके साथ दस-पंद्रह असामाजिक तत्वों का एक गिरोह है...।"

उन्होंने अपने को हँसने से रोका : असामाजिक तत्व! तो प्रभास भाई को यह अख़बारी लफ़्फ़ाजी भी आती है!

"कौन हैं ये लोग?"

इंस्पेक्टर ने कहा, "प्रभास भाई वही तो नहीं बता रहे हैं सर! फ़िलहाल मैं अकेले दुबे को लेकर यह जाँच आगे बढ़ा रहा हूँ।"

"दुबे इस समय कहाँ है?"

"थाने पर!"

"हवालात में?"

"हवालात में तो उसे बंद होना ही है सर। पर उसके पहले आपसे पूछना ज़रूरी था। इस रिपोर्ट की पुष्टि तो आप कर ही रहे हैं...।"

वे सोचते रहे। इंस्पेक्टर ने कहा, यह दुबे अव्वल दर्जे का पाजी है सर। पर इस बार वह बच नहीं पाएगा।"

कुँवर जयंतीप्रसाद सिंह ने कहा, "देखिए, इस मामले को आगे बढ़ाने में मेरी दिलचस्पी नहीं है। प्रभास भाई की रिपोर्ट बिलकुल सही है। फिर भी मैं इस मामले को अदालत तक नहीं ले जाना चाहता हूँ। हम लोग यहाँ एक गाँधीवादी संस्था चला रहे हैं। यह

अहिंसा और भाईचारे के सिद्धांत पर खड़ी हुई है। हम नहीं चाहते कि यहाँ बदले की भावना पनपे। आप दुबे महराज को आज ही छोड़ दें।"

इंस्पेक्टर कुछ देर अपने बूट की नोक को देखता रहा, अंत में बोला, "अगर सर, आप कोर्ट में अपनी गवाही के बारे में सोच रहे हों तो ऐसा नहीं होगा। आपको वहाँ नहीं जाना पड़ेगा। घटना के दर्जनों गवाह हैं। इतना सबूत बहुत काफ़ी है। उसी के आधार पर मैंने दुबे की बंदूक थाने पर जमा करा ली है और उसे जेल भेजने जा रहे हैं।"

"हम मामले को आगे बढ़ाना नहीं चाहते। उसे आज ही छोड़ दीजिए। आप चाहें तो मैं आपके कप्तान को भी लिख दूँगा।"

"ठीक है सर, उसे छोड़ दिया जाएगा। पर ऐसे पाजी आदमी का इलाज बहुत ज़रूरी है।" कहकर इंस्पेक्टर मुस्तैदी से खड़ा हो गया।

वे कम बोलने के लिए मशहूर रहे हैं, पर उन्हें आज कुछ नाटकीय वक्तव्य देना ज़रूरी जान पड़ा। बोले, "हमारी पोज़ीशन समझने की कोशिश कीजिए। इस आश्रम में हम दूसरों के इलाज की बात बाद में सोचते हैं, पहले खुद अपना इलाज करते हैं। अगर किसी के आचरण से हमारे अहंकार को चोट लगती है तो उसका इलाज प्रतिहिंसा से नहीं हो सकता। बहरहाल...।"

इंस्पेक्टर के चले जाने पर वे कुछ देर निश्चेष्ट बैठे रहे। गाँधीवादी अहिंसा और उदारता के साथ जो आत्मसंतोष जुड़ना चाहिए उसका उन्हें एहसास नहीं हो रहा था, उसकी जगह उन्हें अपने ख़िलाफ़ आत्म-उपहास का अनुभव हुआ।

विक्टर ह्यूगो के उपन्यास के एक पादरी की याद आयी। पादरी का मेहमान उसके चर्च से चाँदी के दो शमादान चुराकर भागा था। जब पुलिस उसे पकड़कर ले आयी तो पादरी ने उसे बचाने के लिए कहा कि ये शमादान इसने चुराये नहीं हैं, इसे खुद मैंने ही दिये हैं।

उन्होंने सोचा :

उस पादरी का लबादा ओढ़कर इस नाटक से तुम क्या हासिल करना चाहते हो?

पादरी की उदारता, उसकी क्षमाशीलता! इस बार उन्होंने अपने पक्ष में तर्क दिया : यह उदारता और क्षमाशीलता का अभिनय भर हो तब भी हर्ज क्या है?

[10]

आवारा साहब : उम्र साढ़े चार साल। उनका असली नाम छबलाल था।

'आवारा साहब' का ख़िताब उन्हें अपनी घुमक्कड़ी के कारण मिला था। वे अनाथ थे, पर उन्हें इसका पता न था। वे बाल विहार की एक लोकप्रिय हस्ती थे और उन्हें अपनी लोकप्रियता का भी पता न था। उन्हें यह भी पता न था कि बाल विहार के घेरे

के बाहर प्रार्थनागृह को खेल का मैदान समझना या अतिथिगृह के कमरों में झाँकना मना है। उन्हें यह भी पता नहीं था कि कुँवर जयंतीप्रसाद सिंह भीतर ही भीतर बाल विहार के बच्चों को पसंद नहीं करते।

आवारा साहब को बाल विहार का अहाता हमेशा नाकाफ़ी जान पड़ता था। इस कारण वहाँ की आया को उनके पीछे बराबर झिड़की खानी पड़ती थी। उधर अपनी घुमक्कड़ी के दौरान आवारा साहब को वह बुड्ढा किसी ज़िंदा अजायबघर के बाघ जैसा दिलचस्प जान पड़ता था जो अपने कमरे में मोटे तकिये के सहारे बैठा रहता था। उसका चेहरा और ख़ासतौर से उसकी तीखी निगाह उन्हें बड़ी अच्छी लगती थी। उसके बारे में आवारा साहब की जिज्ञासा का अंत नहीं था।

उधर कुँवर जयंतीप्रसाद सिंह का मन अभी तक बाल विहार के बच्चों से पूरा-पूरा समझौता नहीं कर पाया था। ये बच्चे मानवीय स्नेह और निर्दोषिता के सर्वोत्तम प्रतीक हैं : यह बात न जाने कितनी बार और कितने तरीक़ों से उन्होंने अपने को समझायी थी पर उनकी कुछ सौंदर्य-विषयक समस्याएँ थीं। बच्चे गाँव के ग़रीब घरों से आये थे और अधिकांश बेसहारा थे। बच्चों को यथासंभव साथ-सुथरा रखा जाता था, फिर भी उन्हें एक साथ देखकर वह आह्लाद और स्फूर्ति नहीं मिलती थी जो किसी हैसियतदार कान्वेंट स्कूल में मध्यावकाश के समय झुंड के झुंड लुभावने बच्चों को देखकर पैदा होती है। यहाँ के बच्चों को देखकर कुँवर जयंतीप्रसाद सिंह को लगता कि दुनिया का सारा फूहड़पन बटोरकर इस इमारत में भर दिया गया है। अच्छी देखरेख के बावजूद यहाँ किसी बच्चे की नाक बह रही होती, कोई लार गिरा रहा होता, किसी की फ्राक गीली होती और शायद ही कोई बच्चा हो जिसकी नेकर नीचे न खिसक रही हो। और सबसे ख़राब बात! ज्यादातार बच्चे साँवले या काले रंग के थे। आवारा साहब तो बिलकुल ही काले थे। कुँवर साहब का कालेपन के बारे में यह बहुत पुराना आग्रह था कि यह रंग कहीं न कहीं सफ़ाई की कमी से जुड़ा है।

उधर आवारा साहब ने अपने काले कलूटे चेहरे और चमकती हुई गोल-गोल आँखों के साथ शायद अपने ऊपर कुँवर जयंतीप्रसाद सिंह को रिझाने की ज़िम्मेदारी ले रखी थी। इसलिए मौक़ा पाते ही वे उनके पास जाकर तार की भाषा में दो-चार शब्द बोलते और देह की भाषा से उन्हें अपनी ओर खींचने की कोशिश करते।

मंत्रीजी की मौजूदगी में उस दिन छबलाल जब बरामदे में खड़ा होकर झेंप से मुस्कराने और पलकें झपकाने लगा था, वे कुछ ज़्यादा ही खीझ गये थे। धीरजसिंह ने उसे मुलायमत और प्यार से दूसरी ओर हटा दिया था, इससे वे कुछ और खीझ गये थे। इसके पहले आवारा साहब की मुखमुद्राओं पर एकाध बार उन्हें खुद हँसी छूटी थी पर उन्हें डर था कि थोड़ी-सी आत्मीयता दिखाने पर इस कलूटे बच्चे से छुटकारा पाना मुश्किल हो जाएगा। इसीलिए ऐसे अवसरों पर वे प्रायः अपनी निगाह अख़बार में गड़ाकर धीरजसिंह के लिए अपना हाथ घंटी की ओर बढ़ा देते थे।

[11]

आवारा साहब को कई बातों का पता न था और वे वयस्क होते तब भी उन्हें पहले से पता नहीं हो सकता था कि एक दिन वे ही कुँवर जयंतीप्रसाद सिंह के कायांतरण के माध्यम होंगे।

उस दिन वे सायंकालीन दिनचर्या के अनुसार नदी के किनारेवाले बगीचे की ओर घूमने निकले। सीढ़ियों के पास उन्हें खुले में पाँच-छह बच्चे खेलते हुए मिले। ऊँची-नीची ज़मीन और नदी की निकटता होने के कारण इधर बच्चों का आना मना था। फिर भी वे कभी-कभी आया के साथ आ जाते थे। आज भी वह कुछ दूरी पर बैठी हुई बच्चों की निगरानी कर रही थी। उन्होंने उसे इस अनुशासनहीनता के लिए टोकना चाहा, पर यह काम मंत्रीजी का था—जैसे कि राज्यों में किसी ज्वाइंट सेक्रेटरी को फटकारने का काम मुख्य सचिव का हो सकता है—गवर्नर का नहीं। वे सीढ़ियों की ओर बढ़ गये। आज उन्हें घुटनों का दर्द भी परेशान कर रहा था।

आवारा साहब उन्हें देखते ही बच्चों के गिरोह से अपने को अलग करके उनके पीछे हो लिए थे। उसकी मौजूदगी का पता उन्हें तब लगा जब वे तीन-चार सीढ़ियाँ उतर आये। उन्होंने मुड़कर उसे आँख के इशारे से घुड़का, ऊपर की ओर छड़ी उठाकर उसे वापस जाने का इशारा किया। पर उसने अपनी गोल-गोल आँखें भर घुमायीं, वापस जाने का कोई इरादा नहीं दिखाया। फिर मुँह खोलकर उनकी ओर इस तरह देखा जैसे झपटकर उन्हें पकड़ लेना चाहता हो। उनकी ओर अपना नन्हा-सा हाथ फैलाकर तर्जनी के दो पोरों को हिलाया, जैसे वह किसी फुदकती चिड़िया को अपनी ओर बुला रहा हो।

वे हैरानी से उसकी बहती लार और चिकने हाथ को देखते रहे जिस पर उन्हें मैल की पर्तें जमा होने का शुबहा था, फिर गुर्राकर बोले, "भाग जाओ।"

इस पर आवारा साहब कुछ ज़्यादा ही उत्साहित हो गये, उन्हें देखकर मुस्कराने लगे। हारकर उन्होंने दूर-दूर तक अपनी निगाह दौड़ायी! बच्चे ऊपर खेल रहे थे और आया का कहीं पता नहीं था। खीझकर वे आख़िरी सीढ़ी उतरे और बगीचे में आ गये। बारहदरी उनके सामने थी।

उन्हें अपनी पीछे कुछ आहट सुनायी दी। छबलाल बड़ी तेज़ी से सीढ़ियाँ उतरता हुआ उनकी ओर आ रहा था। वह शायद उनके पैरों से लिपटना चाहता था और उसी के लिए अपनी दोनों बाँहें हवाई जहाज़ के डैनों की तरह फैलाये हुए था। उसे अपनी ओर दौड़कर आता देख वे बिना सोचे ही उसके रास्ते से हट गये और जब तक वे कुछ सोच सकें, छबलाल आख़िरी सीढ़ी पर एक क़दम चूककर बारहदरी के सामने मुँह के बल गिर पड़ा था।

उनके घुटने अपने आप उसको उठाने के लिए नहीं झुके। दर्द था—वह तो था ही, पर छबलाल को छूने की भी समस्या थी। आसपास कोई दिखायी नहीं दे रहा था। किसी

को पुकारना और उसके आने तक बच्चे को पड़े रहने देना—यह भी नहीं हो सकता था। मजबूरी में घुटनों पर हाथ टेककर वे नीचे झुके और छबलाल की कलाई पकड़कर उसे ऊपर उठाया।

अचानक उन्हें एक नये स्पंदन का अनुभव हुआ—ऐसा अनुभव जिसे वे बिलकुल ही भूले हुए थे। यह चमत्कार जैसा था। बिस्तर, कुर्सी, काग़ज़, प्याला, गिलास छूनेवाली मृतप्राय उँगलियों में स्वस्थ रक्तप्रवाह को उद्दीप्त करनेवाला यह मानवीय स्पर्श का भूला-बिसरा अनुभव था। उसके साथ ही सब कुछ अपने आप होने लगा।

एक हाथ से उसे पकड़े हुए दूसरे से उन्होंने उसकी छाती और पेट झाड़ने का अभिनय किया, "शाबास, बहादुर बच्चा है, घोड़े से कूदा है!"

पर छबलाल उनकी टाँगों से चिपक गया था। कई क्षणों से रुकी हुई साँस छोड़कर अब वह छह महीने के बच्चे की तरह बड़े ज़ोर से चिल्लाकर रोया। उसका चेहरा धूल और आँसुओं के गीले धब्बों से धूमिल हो रहा था। उन्होंने जेब से रूमाल निकालकर उसकी आँखें और नाक पोंछी, उसकी पीठ पर हाथ फेरा, सिर और गालों को छूकर इत्मीनान किया कि उसे कोई चोट नहीं आयी है, फिर उसे पुचकारना शुरू किया, अपने आप वे उसे बच्चों की तोतली बोली में पुचकारने लगे। यह एक सर्वथा भूली हुई बोली थी जो उनकी जबान पर उन्हें बिलकुल नयी जान पड़ी, उन्हें लगा कि यही उनकी मूल भाषा है, यह उनकी आदिम बोली है जो शताब्दियों बाद उनके मुँह से निकली है, जबान की नोक पर उन्होंने उसकी उत्तेजक मिठास का अनुभव किया, अब वे छबलाल से ही नहीं, वह बोली खुद अपने से भी बोल रहे थे। वे उसे चुप कराते रहे, गाल थपथपाते रहे और उसके हाथों पर, जो नये पत्तों की तरह चिकने लग रहे थे, अपना हाथ फेरते रहे। उन्हें लगा शताब्दियों के अकेलेपन के बाद उन्होंने मानवीय स्पर्श पाया है। अभी वे किसी वीरान घाटी में फँसे रहे थे जहाँ वनस्पति नहीं थी, पशु-पक्षी नहीं थे, छाया नहीं थी, अब वह दुस्वप्न टूट रहा है। जब तक बाल विहार की आया दौड़ती हुई वहाँ तक आयी, छबलाल की चीखें सिसकियों में बदल गयी थीं।

वह जादू कुछ पलों का ही था जिसे आया ने तोड़ दिया। छबलाल को धीरे से पीछे ठेलते हुए उन्होंने उसे आया की ओर बढ़ाया और कहा, "इसे ले जाओ।" फिर सख्त आवाज़ में : "बच्चों को इस तरह अकेला छोड़ा जाता है?"

वह कुछ सफ़ाई देने जा रही थी। उन्होंने पहले ही टोक दिया, "ख़बरदार! बच्चों को इस तरह बाहर निकलने दिया तो..." अपनी बात को सुस्पष्ट ढंग से कहने में उन्हें शब्दों की कमी कभी नहीं महसूस होती थी पर इतनी नाचीज़ हस्ती से सीधे बात करने का यह नया अवसर था।...'तो' के बाद उनकी ज़बान में अटकाव आया, फिर किसी तरह वाक्य पूरा किया "...तो तुम्हारे कान उमेठे जाएँगे।"

कान उमेठने की बात मुँह से निकलते ही जितनी हास्यास्पद उन्हें लगी उससे ज़्यादा खुद आया को। छबलाल को गोद में उठाकर वह तेज़ी से सीढ़ियाँ चढ़ने लगी। बाएँ

हाथ की हथेली से उसने अपना मुँह ढक लिया था। उन्हें शुबहा हुआ कि वह ख़ामोशी से बेहिचक हँस रही है।

तब उन्होंने देखा कि जिस रूमाल से उन्होंने छबलाल का मुँह पोंछा था, वह अब भी उनके हाथ में है। उन्होंने पुकारकर कहा, "यह रूमाल लेती जाओ, बच्चे को दे देना।"

रूमाल उन्होंने पास की सीढ़ी पर रख दिया और बगीचे में संगमरमर की बेंच की ओर चल दिये। उनके दिमाग़ में कुछ भी स्पष्ट न था, पर हथेली पर मानवीय स्पर्श की जीवंत उष्णता अभी तक बरक़रार थी।

[12]

विक्टर ह्यूगो के उपन्यास में पादरी की क्षमाशीलता से अपराधी का हृदय-परिवर्तन होता है और बार-बार मानसिक उत्थान और पतन के दो छोरों के बीच झूलते हुए एक नये मनुष्य का अभ्युदय होता है। पर क्या ऐसा दुबे महराज के साथ हो सकेगा?

उन्हें इसकी आशा नहीं थी। दुबे को पुलिस से छुटकारा दिलाकर उन्होंने कुछ लोगों में अपनी सर्वोदयी छवि भले ही बना ली हो, पर उन्हें पता था कि उस पर इस गाँधीवादी क्षमादान का कोई असर न होगा। वह पहले की तरह शराब पीकर शाम को गाली-गलौज करेगा, सहकारी फार्म पर अपना कब्जा बनाये रहने के लिए अभियान चलायेगा, किसानों की निजी जोतों पर फ़र्जी रेहननामों के सहारे अपना क़ब्ज़ा क़ायम रखेगा और पूरा गाँव पहले की ही तरह उसकी मुट्ठी में बँधा रहेगा।

तब दुबे को छोड़ देने का फ़ैसला करके उन्होंने क्या पाया? क्या उन्होंने उसी शक्ति को बढ़ावा नहीं दिया जिसने रामलोटन और उसके कई साथियों को अपंग बना डाला है?

अपने अनमनेपन में उन्होंने प्रभास भाई को बुलाकर उनसे बात करने का फ़ैसला किया। पर पता लगा कि जिस दिन दुबे महराज को थानेवालों ने छोड़ दिया है, उसी दिन वे शहर चले गये हैं। सहसा उन्हें बड़ी प्रबलता से महसूस हुआ कि उन्हें अब प्रभास भाई से यह सफ़ाई नहीं माँगनी है कि उन्होंने बिना उनकी राय लिए पुलिस में क्यों रिपोर्ट दी। उसकी जगह उन्हें खुद सफ़ाई देनी चाहिए कि जब दुबे महराज के खिलाफ़ पुलिस सक्रिय हो गयी थी तो उन्होंने उसे छुटकारा क्यों दिलाया। प्रभास भाई के न मिलने पर उन्होंने मंत्रीजी को बुलाकर पूछताछ की। उन्हें पहली बार लगा कि मंत्रीजी उनसे खुलकर बात करने में कतरा रहे हैं, अंत में उन्होंने मुस्कराकर कहा, "प्रभास भाई राजधानी गये हैं। वे आपके ख़िलाफ़ बग़ावत का झंडा उठा चुके हैं।"

"आपकी बात से लगता है कि इस बग़ावत को आपका भी आशीर्वाद मिला हुआ है। पर यह कैसी बग़ावत है? मेरे पास कौन-सी सल्तनत है जिस पर क़ब्जा करने के लिए हमारा शाहज़ादा बाग़ी हो गया है?"

मंत्रीजी से इतने अच्छे अभिनय की उम्मीद न थी, बोले, "गुलाम की जानबख़्शी हो तो वह कुछ अर्ज़ करे जहाँपनाह।" कहकर वे सहज ढंग से कहने लगे, "प्रभास भाई ने जो रिपोर्ट लिखवायी थी, उसका उद्देश्य पूरा हो गया है। दुबे महराज को पुलिस ने मुचलके पर रिहा भले ही कर दिया हो पर उसके ख़िलाफ़ मुक़दमा अभी ख़त्म नहीं हुआ है। उसकी बंदूक थाने में जमा करा ली गयी है। इस वक़्त वह आक्रमण करने की स्थिति में नहीं है, खुद अपने बचाव में लगा है।"

"प्रभास भाई ने इस स्थिति का लाभ उठाया है। उन्होंने सहकारी फार्म की प्रबंध समिति के सदस्यों में से दो-तीन लोगों को छोड़कर सबके हस्ताक्षर या अँगूठे के निशान इस प्रस्ताव पर ले लिए हैं कि फार्म को सरकारी प्रबंध में ले लिया जाए। उन्होंने ज़िले के कृषि अधिकारी से बात कर ली है। आश्रम में आकर दुबे ने जो गुंडागर्दी की थी, उससे ज़िले के अधिकारियों में काफ़ी सनसनी है। वे शायद सोचते हैं कि अगर इस समय आपकी योजनाओं पर तुरंत कुछ नहीं किया गया तो ऊपर से उन पर फटकार पड़ सकती है। इसीलिए सदस्यों के इस प्रस्ताव पर ज़िला कृषि अधिकारी अपने विभाग से सहकारी फार्म की समिति को भंग कराने जा रहे हैं। उसी के साथ फार्म सरकारी नियंत्रण में आ जाएगा और उस पर बीहड़-सुधार योजना लागू कर दी जाएगी। दुबे जब तक मुक़दमे के जाल में फँसा है, प्रभास भाई यह सब करा लेना चाहते हैं।"

वे ध्यान से पूरी बात सुनते रहे, शिकायत के स्वर में बोले, "आपकी जानकारी में यह सब होता रहा और आपने अपनी ओर से मुझे कुछ नहीं बताया?"

मंत्रीजी ने बड़ी सरलता से कहा, "बताना क्या था श्रीमान? प्रभास भाई फार्म के लिए वही सब तो कर रहे हैं जो आपने चाहा था।"

"पर उनकी बग़ावत का ज़िक्र भी आप ही ने किया है!"

वैसी ही सरलता से मंत्रीजी ने जवाब दिया, "मेरा इशारा पुलिस में प्रभास भाई की शिकायत की ओर था। मैं जानता हूँ कि वह काम उन्होंने आपकी इच्छा के विरुद्ध किया है और उन्हें इसकी सफ़ाई देनी होगी।"

कुँवर जयंतीप्रसाद सिंह के सिर से एक बोझ जैसा उतर गया। सहकारी फार्म मे खुद उनकी योजना को लागू करने के लिए प्रभास भाई अपनी पहल पर जो कर रहे थे, उसके लिए उनकी प्रशंसा की जानी चाहिए। पर अभी उन्होंने कोई प्रतिक्रिया नहीं दिखायी, बोले, "सफ़ाई माँगने का काम आपका है, मेरा नहीं। मैं तो आपका मेहमान भर हूँ...।" हाथ के इशारे से उन्होंने समझाया कि इसका ज़िक्र करने से क्या लाभ! फिर कहा, "सिर्फ़ एक मसला रह जाता है। रामलोटन की जो ज़मीन दुबे के क़ब्ज़े में चली गयी है, फ़र्ज़ी रेहननामे की समस्या—उसका क्या होगा?"

"समस्या अकेले रामलोटन की नहीं है, कई दूसरे किसान भी हैं। जिस तरह उन्होंने मिलकर सहकारी फ़ार्म के बारे में प्रस्ताव पास कर लिया है, इसका भी वे कोई न कोई समाधान निकालेंगे। शायद उन्हें मुक़दमा चलाना पड़ेगा।"

तीन दिन बाद प्रभास भाई आश्रम में वापस आ गये। मंत्रीजी के साथ वे कुँवर जयंतीप्रसाद सिंह से मिलने आये और उन्हें प्रणाम करके बोले, "मैंने बड़ी मनमानी की है। उसके लिए क्षमाप्रार्थी हूँ। पर मैंने जो भी किया है उसमें कुछ भी ऐसा नहीं है जो आपके सम्मान के अनुकूल न हो।"

उन्होंने प्रभास भाई की आलंकारिक भाषा को नज़रअंदाज़ किया, बोले, "यह तो बताओ, क्या करके लौटे हो?"

प्रभास भाई ने अपनी यात्रा का वृत्तांत और अफ़सरों से मुलाक़ात का विवरण काफ़ी विस्तार से बताया। निष्कर्ष यह था कि सहकारी फार्म की प्रबंध समिति भंग हो गयी है, फार्म सरकार के नियंत्रण में चला गया है, इस बार जो प्रशासक नियुक्त हुआ है, वह निष्पक्ष और ईमानदार आदमी है, दुबे महराज उसे प्रभावित नहीं कर पाएँगे, और अंत में, "मुझे यही संतोष है कि अंत में जनमत की विजय हुई।"

"बस, यही मत कहो, बाक़ी सब ठीक है," मंत्रीजी ने कहा। कुँवर साहब ने उन्हें सवालिया निगाह से देखा। मंत्रीजी बोले, "यह विजय तो सरकारी तंत्र की है। जो अधिकार अभी तक जनता के हाथ में था वह सरकार के हाथ में चला गया है। जनमत की विजय तो तब होती जब प्रबंध समिति और सामान्य सभा प्रस्ताव पास करके अध्यक्ष और प्रबंध निदेशक को निकाल देती और उनकी जगह अच्छे कार्यकर्ताओं का चुनाव करती। अगर सारे सदस्य निर्णय लेने के अपने अधिकारों को किसी एक सरकारी अफ़सर को सौंप देते हैं तो यह जनमत की विजय कैसे हो गयी।"

प्रभास भाई ने कहा, "हो सकता है कि मैंने ग़लत शब्द का प्रयोग किया हो। समझ लीजिए, जो हुआ वह आपद्धर्म है।"

"तो इसे सिर्फ़ आपद्धर्म कहिए।"

कुँवर जयंतीप्रसाद सिंह ने इतने विश्वास के साथ सहकारी फार्म की प्रबंध समिति और सामान्य सभा की जगह प्रशासक की नियुक्ति का सुझाव दिया था कि वे खुद इस बहस से हैरान रह गये। शायद इतने वर्ष सरकारी तंत्र में बिता चुकने के बाद उन्हें यह सूझा ही नहीं था कि जो हुआ है वह सैद्धांतिक रूप से अवांछनीय भी हो सकता है। मंत्रीजी की बात में उन्हें कहीं अपनी विचारधारा की प्रच्छन्न आलोचना भी जान पड़ी। उन्होंने कहा, "तो आपका क्या सुझाव है? हमें क्या करना चाहिए?"

"कुछ भी नहीं। मैं तो सिर्फ़ जनतंत्र में प्रभास भाई की आस्था को परख रहा था।"

कहकर वे सहजता से हँसे। उन्हें राहत मिली, इधर कई दिनों से बातचीत में विनम्र औपचारिकता का पर्दा हटाकर मंत्रीजी सहजता से बात करने लगे थे। कुछ महीने पहले कुँवर जयंतीप्रसाद सिंह शायद इसे गुस्ताख़ी समझते। पर आज उन्हें इस एहसास से और भी राहत मिली कि मेरे सामने वे लोग अब सहज हो गये हैं, उन्होंने मुझे अपना लिया है।

[14]

रामलोटन की जोत की समस्या का कोई समाधान नहीं निकल पाया था। यह तय था कि दुबे महराज पर मुक़दमा चलाकर वह अपनी ज़मीन वापस पाने की उम्मीद नहीं कर सकता। दुबे महराज के पास पैसे की ताक़त थी जिसके सहारे वह मुक़दमे को आसानी से पंद्रह-बीस साल तक खींच सकता था। तब क्या किया जाए?

उन्हें अब तक अपने में अटूट विश्वास रहा था। किसी भी तरह की प्रशासनिक गुत्थी को सुलझाने में वे तुरंत निर्णय ले सकते थे और प्रायः उनका निर्णय सही निकलता था। पर आज वे इस छोटे से मामले में रामलोटन को कोई सीधा सुझाव नहीं दे पा रहे थे।

एक गहरी साँस, फिर एक सच्चाई का अनुभव।

अगर वे तत्काल निर्णय लेते थे और प्रायः सही निर्णय लेते थे तो उसके पीछे उनके दिमाग़ की ताक़त भर नहीं थी। असली ताक़त उनकी हैसियत की थी। तअल्लुक़ेदारी का दौर हो या गवर्नरी का, उनकी हैसियत के पीछे सैकड़ों मातहतों की योग्यता, उनके अधिकार और उनकी शक्ति मज़बूती के साथ मौजूद थी। जिसे वे अपना निर्णय समझते, वह दूसरे की योग्यता और शक्ति से निकलता था या उन्हीं से अपनी सफलता खींचता था।

अकेले अपनी दिमाग़ी ताक़त लिए बैठे रहो कुँवर जयंती आदि आदि सिंह! अब इससे कुछ नहीं होना है!

दोपहर के पहले वे अपने बिस्तर पर अलसाये हुए लेटे थे। अचानक धीरजसिंह कमरे में आया, बोला, "उधर खेतों में मारपीट हो गयी है।"

धीरजसिंह का इस तरह आना साबित करता था कि कोई बड़ी घटना हुई है, उन्होंने पूछा, "क्या हुआ?"

"खेतों में फ़ौजदारी हुई है। मैं मंत्रीजी को बुलाकर लाता हूँ।"

मंत्रीजी ने बताया कि रामलोटन और उसके साथी किसानों ने आज अपने खेतों में हल चलाया है। उन पर पिछले तीन-चार साल से दुबे महराज खेती कर रहा था। थाने से छूटने के बाद वह कुछ दिन के लिए शहर चला गया है। उसकी ग़ैरमौजूदगी में किसानों ने अपने खेतों पर क़ब्ज़ा कर लिया है। दुबे महराज के आदमियों ने उन्हें रोकना चाहा था, इसी झगड़े में दोनों पक्षों के बीच जमकर मारपीट हुई है। कोई मरा नहीं है पर कई लोग घायल हुए हैं। थाने पर दोनों ओर से रिपोर्ट हुई है। पुलिस ने अभी किसी को गिरफ़्तार नहीं किया है पर कई लोगों को थाने पर बैठा रखा है।"

"यह कैसा पागलपन है?"

"किसानों को किसी वकील ने शहर में सलाह दी है। उस वक़्त दुबे महराज पर पुलिस का दबाव बढ़ा हुआ है। वकील ने शायद उन्हें सुझाव दिया है कि इसी वक़्त तुम अपने खेतों पर क़ब्ज़ा कर लो, जल्दी-जल्दी उनकी बुवाई कर दो। इसके बाद तुम्हें कुछ करने की ज़रूरत न होगी। मुक़दमा चलाना हो तो खुद दुबे महराज चलावे।"

"रामलोटन की क्या हालत है?"

"दो चार मामूली चोटें आयी हैं। दुबे महराज के आदमियों में एक कुछ ज़्यादा घायल हुआ है।"

"बड़ा ख़राब हुआ," उन्होंने कहा, कहते ही याद आया कि रियासत के पुराने दिनों में ऐसी घटनाएँ हुआ ही करती थीं, वे कभी विचलित नहीं होते थे, यह उनका जाना-बूझा क्षेत्र था।

"अब क्या होगा? हो सकता है कि दुबे महराज के लौटने पर लड़ाई और ज़ोर पकड़ ले।"

मंत्रीजी बोले, "कुछ कहा नहीं जा सकता, हम लोग बीच में पड़ भी नहीं सकते क्योंकि तब लगेगा कि सब कुछ हमारे इशारे पर हो रहा है। पर मुझे लगता है कि पुलिस मामले को रफ़ा दफ़ा करने की कोशिश करेगी। कह रही है कि तुम लोग दीवानी में अपना फ़ैसला कराओ, यहाँ कोई झमेला किया तो सबको हवालात में बंद कर दिया जाएगा।"

"लगता है ये सभी लोग पागल हो गये हैं।" इसके सिवाय उस वक़्त वे कुछ नहीं कह सके।

शाम को रामलोटन आश्रम में आया। उसके एक हाथ पर पट्टी बँधी थी और सहारे के लिए उसे गले से लटके हुए कपड़े के फंदे में टिका लिया गया था। चोट के बावजूद उसकी चाल-ढाल आज एक स्वस्थ और बलिष्ठ आदमी की थी। उनके पास आकर रामलोटन ने हमेशा की तरह उन्हें रामजुहार नहीं की। उसने पहले अपने स्वस्थ हाथ से उनके दोनों पाँव छुए, फिर घुटनों के बल बैठकर उन पर अपना मत्था टेका।

"यह क्या तमाशा है?" वे खीझकर बोले।

"तमाशा नहीं है मालिक, इन्हीं चरणों का प्रताप है। दुश्मन को खेतों से खदेड़कर भगा दिया है, खेतों में बीज भी छिटका दिया है।" उसकी आवाज़ में विजेता की खनक थी। वे अपनी आँखों के सामने केंचुए को साँप की शक्ल में बदलता देख रहे थे।

वह उनसे दस-बारह क़दम दूर जाकर उकड़ूँ बैठ गया था, चोट खाये हाथ का कंधा सहला रहा था।

"...यह चोट?"

"हम लोगों ने कुछ नहीं किया मालिक। हम आठ-दस थे। अपने-अपने खेत जोत रहे थे। तभी दुबे के आदमियों ने हम पर धावा बोला—दस-बारह रहे होंगे। दुबे महराज तो था नहीं, अच्छा ही हुआ, नहीं तो बात बढ़ जाती। हम लोगों ने कुछ नहीं किया, उनकी थोड़ी-सी गर्द झाड़ दी। सब भाग खड़े हुए।"

"कुछ नहीं होगा मालिक," यह दूसरा ही रामलोटन था। बड़े इत्मीनान से कहता रहा, "एक बार जब हमने अपना खेता जोत लिया तो दुबे के पुरखे भी उतर आवें, खेत की मेंड़ पर पाँव नहीं धरने पाएँगे।"

"भारी खून खराबा होगा।"

"कुछ नहीं होगा मालिक, दारोग़ाजी ने हमें बहुत गालियाँ दी हैं, पर उन्हें और भी ज़्यादा गालियाँ दीं, एक-आध हाथ भी लगाये हैं। सबका मुचलका ले लिया है, लिखा लिया है कि दोनों तरफ़ से कोई झगड़ा-फसाद नहीं करेगा। इस पर भी वे दंगा-फ़साद करें तो हमें कोई फ़िक्र नहीं। मालिक का हाथ हमारे सिर पर बना रहे तो किसी की हिम्मत नहीं कि हमारे खेतों की ओर...।"

उन्होंने उठकर बैठने की कोशिश की, बोले, "तुम सब पागल हो गये हो। तुम लोग हमारा नाम लेकर फौजदारी कर रहे हो। ऐसा नहीं हो सकता। मैं खुद तुम्हारे ख़िलाफ़ बयान दूँगा और तुम लोगों को जेल भिजवाऊँगा। जाओ, मंत्रीजी को इसी वक़्त यहाँ भेजो, उनसे बात करनी होगी।"

"ऐसा न कहें मालिक, हमें आपका ही सहारा है।" कहकर रामलोटन उनके सामने से हट गया। उसे भरोसा था कि मालिक खीझ भले ही रहे हों, फौजदारी में वे उसके साथ हैं।

पर वे सचमुच ही चिंतित थे। उन्हें डर था कि ज़मीन के झगड़े दुश्मन की गर्द झाड़ देने से ही ख़त्म नहीं होते। एक बार जब हथियार निकल आते हैं तो किसी भी वक़्त लाशें गिर सकती हैं।

मंत्रीजी भी चिंतित थे पर उनकी चिंता अहिंसा के सिद्धांत के कारण थी। घटना के व्यावहारिक पक्ष पर उन्हें ज़्यादा उलझन न थी। वे कहते रहे, "दुबे को थाने में भले ही छोड़ दिया गया हो गया पर प्रभास भाई की शिकायत अपनी जगह है। इसीलिए किसानों की हिम्मत बढ़ गयी है। सरकारी कागज़ों में उनकी ज़मीन पर अभी तक उनका नाम चढ़ा है। दुबे के पास वे ग़ैरक़ानूनी रेहननामे भले ही हों, उसका नाम काग़ज़ों में नहीं आया है। किसानों ने अपना क़ब्ज़ा वापस पा लिया है और उसे क़ायम रखने के लिए मरने-मारने को तैयार हैं। उधर पुलिस भी शायद किसानों के हक में ढील देने को तैयार बैठी है। हो सकता है कि इसमें वह आपका भी लिहाज़ कर रही हो पर इसमें आपको कोई असमंजस नहीं होना चाहिए। आपने पुलिस से कुछ नहीं कहा है, जो कुछ हुआ है किसानों ने खुद अपनी ओर से किया है...।"

"फिर भी...फिर भी..." जैसा आजकल हो रहा है, वैसा पहले कभी नहीं हुआ था। पूरी उम्र वे नपे-तुले साफ़-सुथरे वाक्य बोलते रहे थे। अचानक अब उन्हें शब्दों की कमी महसूस होने लगी थी।

[15]

फिर भी...किंतु...परंतु।

1950-51 में साम्यवादियों के नेतृत्व में तेलंगाना में भूस्वामियों के ख़िलाफ़ किसानों

का आंदोलन चल रहा था। उन पर पुलिस का दमन चक्र भले ही कसता जा रहा हो पर आंदोलन की हिंसात्मक उग्रता रुक नहीं रही थी। इस पृष्ठभूमि में एक दिन आचार्य विनोबा भावे तेलंगाना की पदयात्रा पर निकले। 18 अप्रैल, 1951 को पोचमपल्ली पहुँचने पर उन्होंने छोटे किसानों और खेतिहर मज़दूरों की दारुण स्थिति के सुधार के लिए भूदान-आंदोलन की अवधारणा दी। विपन्न लोगों की मदद के लिए उन्होंने गाँव के ही संसाधनों पर भरोसा करने की बात कही और भूमिपतियों से अपील की कि वे अपनी ज़मीन का कुछ हिस्सा भूमिहीनों के लिए निकाल दें। अपील कारगर हुई, एक भूस्वामी ने सौ एकड़ ज़मीन के दान की घोषणा की। यह भूदान यज्ञ के लिए पहली आहुति थी।

वे इक्यावन दिन तक तेलंगाना की यात्रा करते रहे। पवनार आश्रम में वापस आकर उन्होंने भूदान यज्ञ की सुव्यवस्थित योजना बनायी। बाद में भूदान आंदोलन का एक वृहत्तर रूप ग्रामदान के रूप में विकसित हुआ। हिंसा और उग्र क्रांति की जगह इस आंदोलन ने इस धारणा को प्रचारित किया कि सूर्य के प्रकाश और हवा की भाँति भूमि पर भी सबका समान अधिकार होना चाहिए। इस तपः पूत आंदोलन से अगले बीस वर्षों में भूमिहीनों के लिए लगभग बयालीस लाख एकड़ भूमि भूदान में प्राप्त हुई। लगभग डेढ़ लाख से ऊपर गाँवों की ज़मीन ग्रामदान के नाम से सार्वजनिक हित में जोड़ी गयी।

अब आज, पोचमपल्ली की उस ऐतिहासिक घटना के लगभग बत्तीस साल बाद, कुँवर जयंतीप्रसाद सिंह बिस्रामपुर आश्रम के एक कुटी जैसे कमरे में पड़े हुए सोच रहे हैं कि इतिहास की यह कैसी विडंबना है, कि सारा आंदोलन पूरे वृत्त का चक्कर काटकर फिर उसी बिंदु पर आ गया है जहाँ से तेलंगाना में सशस्त्र क्रांति की शुरुआत हुई थी, जहाँ—ग्रामदान के बावजूद—बिस्रामपुर के किसान फिर अपनी जोत के लिए हथियार तानकर खड़े हो गये हैं।

नौ

[1]

सुशीला से उनकी मुलाक़ात बड़े नाटकीय ढंग से हुई पर उसकी नाटकीयता का आभास अकेले उन्हीं को हो सकता था।

कार्तिक की शाम। विनय वाटिका की टेढ़ी-मेढ़ी पगडंडी। उसके किनारे मोढ़े की शक्ल में गड़े हुए एक पेड़ के तने पर वे अकेले बैठे थे। रामलोटन उनकी देखरेख के लिए कुछ दूरी पर मौजूद था।

इन पिछले महीनों में उनमें कुछ ऐसे बदलाव आये थे जो उनके पुराने परिचितों से छिप नहीं सकते थे। रहन-सहन में स्वाभाविक सादगी आ गयी थी, जबान पर कड़े शब्द अब मुश्किल से आते थे, फूहड़पन के किसी भी प्रदर्शन से न अब उनकी सुरुचि को पहले जैसा आघात पहुँचता था, न उनकी भौंहें पहले जैसी मशीनी तत्परता से ऊपर उठ जाती थीं। कोई भी बाहर से उन्हें देखकर समझ सकता था कि उनका रुझान सहजता—एक प्रकार की साधुता की ओर जा रहा है। कुछ दिनों से उन्होंने गीता और योगवासिष्ठ भी पढ़ना शुरू कर दिया था और उसकी नियमित चर्चा वे प्रभास भाई से करने लगे थे। वे स्वयं इन बदलावों से परिचित थे और भीतर ही भीतर इस निष्कर्ष पर पहुँच गये थे कि अच्छाई का अभिनय भी अच्छी चीज है, धीरे-धीरे अभिनय समाप्त हो जाता है, सिर्फ़ अच्छाई रह जाती है।

फिर भी उनमें एक मानसिक विलासिता बची थी जिसे लगभग आधी शताब्दी बीत जाने पर भी वे नहीं छोड़ पाये थे। उसके केंद्र में जयश्री को लेकर उनके दिवास्वप्न थे। वास्तविक जीवन में कभी ऐसा नहीं हुआ था कि उजाले में उन्होंने जयश्री के साथ निर्भीकता और निश्चिंतता के कुछ क्षण गुजारे हों। उनके सारे प्रेम-प्रसंग रात के अँधेरे, घबराहट और अस्तव्यस्तता के साथ जुड़े थे। इस अतृप्ति और उत्कंठा के साथ बाद में उनका एक दिवास्वप्न जुड़ गया।

वे जहाँ भी कोई समुद्रतट, पहाड़, घना जंगल या खंडहर देखते, उसके सूनेपन में उन्हें जयश्री की याद आती। बाद में यह कल्पना कई लुभावने रंगों में उनकी चेतना पर एक बाज़ारू फिल्म की तरह उतरने लगी। काश, यह एकांत होता और यहाँ सिर्फ़ तुम होतीं और मैं होता! ऐसा सोचना उन्हें अच्छा लगता, उत्कंठा की एक हलकी खुराक की

तरह अपनी भोथरी होती हुई रोमांटिक भावना पर जहाँ भी प्रकृति उन्हें मौक़ा देती, वे इसका प्रयोग करते रहते। यह प्रकृति के रहस्य-भरे स्थलों तक ही सीमित नहीं था, शुरू में किसी भी प्रकार का एकांत उन्हें विचलित कर देता था। होटल के अकेले कमरों, सरकारी अतिथिगृहों आदि तक में उन्हें बार-बार भाग्य की विडंबना का यह एहसास होता कि वहाँ के एकांत स्थलों में उन्हें जयश्री नहीं मिल सकती, उसे वहाँ मिलना था जहाँ न वे उसका चेहरा देख सकते थे, न आवाज़ सुन सकते थे। बाद में, जैसे-जैसे जयश्री की छवि उनकी कल्पना में धूमिल होती गयी, उससे गुँथे हुए अंतरंगता के दिवास्वप्नों के बीच ज़्यादा लंबा अंतराल आने लगा। किसी घने जंगल की अपारदर्शी हरियाली में उसके साथ काल्पनिक क्षण बिताते हुए वे उसके चेहरे की द्रवित मुद्राओं को अपनी कल्पना में बार-बार बाँधना चाहते पर इतने वर्षों के बाद वे अपनी पहचान खोने लगी थीं। सिर्फ़ एक काल्पनिक ढाँचा बचा था, जिसमें कई रंग और रेखाएँ मिलजुलकर एक अस्पष्ट, अनर्गल कौंध भर रह जाती थीं। पर मन था कि इसी कौंध को बाँध रखना चाहता था। एक हवा में विलीन होता हुआ अनुभव था जो व्यतीत होने से इनकार कर रहा था।

बाद में सुंदरी भी इस फंतासी में जुड़ गयी। किसी घने, अभेद्य जंगल की गहराइयों में या किसी पहाड़ी चट्टान के पीछे उनकी कल्पना उन्हें जिससे बाँधती वह सुंदरी या जयश्री—कोई भी हो सकती थी, पर वे दोनों ही धुँधली, द्रवणशील आकृतियाँ थीं और अपनी स्पष्ट पहचान खो चुकी थीं। पर सुंदरी की मौत के बाद वह एक वर्जित क्षेत्र में चली गयी, उससे जुड़ी हुई कोई भी शृंगारिक अनुभूति भ्रष्टाचरण जैसी जान पड़ने लगी। आश्रम में आ जाने पर उन्हें अपना पुराना अनाचार बराबर अपराध-बोध और ग्लानि में डुबो देता था। संतोष बस यही था कि अपने अंतिम दिनों में यहाँ आकर और सुंदरी की ही जीवन पद्धति को अपनाकर एक प्रकार से वे अपने पुराने कदाचरण का प्रायश्चित कर रहे थे। अब सुंदरी के बारे में पुरानी आकांक्षाओं की याद तक एक भयानक धर्मोल्लंघन जैसी जान पड़ती थी। पर लंबे अंतरालों के बावजूद, जयश्री उनके दिवास्वप्नों से पूरी तौर से तिरोहित नहीं हुई थी।

उन्हें अपने जुनून पर ग्लानि महसूस होती। अखबारों में अब भी कभी-कभी उनके त्याग और साधुता के चर्चे हो जाते थे। उन्हें कोड़े की तरह इस्तेमाल करके वे अपने लंपटतापूर्ण सपनों को लहूलुहान करना चाहते। वे अपने को व्यंग्य और उपहास के साथ रामलोटन की निगाह से देखने की कोशिश करते : विनय वाटिका के सुनसान जंगल में यह बूढ़ा ध्यान लगाये बैठा है, इस बगुला भगत के धोखे में न आओ, वह अब भी किसी छोकरी के चक्कर में है। वे मन ही मन अपना मज़ाक उड़ाते, फिर भी कभी न कभी बेतवा के दूसरी ओर घिरता हुआ शाम का धुँधलका या विनय वाटिका की रहस्यमय हरियाली जयश्रीवाले दिवास्वप्नों को उत्तेजित कर सकती थी।

आज भी ऐसा ही हुआ। रामलोटन कहीं पास ही था पर उनकी निगाह से ओझल था। उन्होंने अपने पीछे पगडंडी की ओर देखा और उन्हें लगा कि उसके मोड़ पर जयश्री

किसी अदृश्य झुरमुट से निकलकर उनकी ओर आ रही है। हमेशा की तरह उन्होंने सोचा : यह भ्रम है। पर एक नाटकीय क्षण में उन्हें लगा कि सचमुच ही एक स्त्री उनकी ओर बढ़ती आ रही है। उसके बाल सफ़ेद हो चले हैं, देह में कुछ स्थूलता है। एक क्षण पहले उनकी साँस रुक गयी थी। अब सहज होकर उन्होंने देखा कि वह जयश्री नहीं है। उन्हें पहचानने में कुछ देर लगी पर पास आ जाने पर उन्होंने पहचाना।

"सुशीला? तुम? यहाँ कैसे? कब आयीं?"

[2]

सुशीला ने उन्हें हाथ जोड़कर नमस्कार किया, कहा, "बताया गया था कि आप यहीं होंगे। आप ही को खोजती हुई आ रही हूँ।"

लकड़ी के एक दूसरे खुरदरे कुंदे को वहीं ज़मीन में गाड़कर मोढ़ा बना दिया गया था। उस पर बैठने का इशारा करते हुए कुँवर जयंतीप्रसाद सिंह ने पूछा, "कब आयीं?"

"आज दोपहर को।"

"मुझे किसी ने बताया नहीं।"

"बड़ी बेजा बात है। इसके लिए किसी को सज़ा मिलनी चाहिए।" नक़ली गंभीरता से उसने ओंठ दबाये। उन्होंने कहा, "ओह सुशीला! तुम बदली नहीं हो।"

पर वह काफ़ी बदल गयी थी। बत्तीस साल पहले की सस्ती खादी पहननेवाली एक छरहरी समाज सेविका की जगह वह अब प्रौढ़ और संपन्न महिला जैसी दिख रही थी। अभी उसने परिहास की कोशिश की थी, पर उसका साथ देनेवाली वे चमकीली आँखें अब नहीं थीं, निगाह गंभीर थी और चश्मे के नीचे कुछ और भी ज़्यादा गंभीर हो गयी थी। जिस्म भर आया था और मोटापे की ओर बढ़ रहा था। सामने के बाल सफेद थे और सबसे पहले वही उनकी निगाह से टकराये थे। दाँतों की सुघड़ क़तार में अब वह चमक नहीं थी, सामने के दो दाँतों के बीच थोड़ा-सा फ़ासला निकल आया था जिससे चेहरे की पुरानी कमनीयता छीज गयी थी। मोटी खादी की जगह अब हैंडलूम की एक क़ीमती साड़ी ने ले ली थी जिसका चमकदार बार्डर डूबते सूरज की एक भटकी हुई किरण को छूकर झिलमिला उठा था। कानों में छोटे पर आकर्षक टॉप, गले में पतली सोने की चेन और एक उँगली में अँगूठी जिसमें हीरा जड़ा था। आचार्य विनोबा भावे के आंदोलन में धूल फाँकनेवाली यह पहलेवाली सुशीला नहीं थी।

सिर्फ़ आवाज़ नहीं बदली थी, उसमें आज भी वही तरलता, वही उच्छलता थी।

सुशीला ने कहा, "और आप भी...। आप भी नहीं बदले हैं। बिलकुल वैसे ही दीख रहे हैं।"

"हाँ, बत्तीस साल पहले भी मैं ऐसा ही बूढ़ा दीखता था।" कहकर वे हताश सी हँसी हँसे। वे छड़ी के सहारे उठकर खड़े हो गये और धीरे-धीरे वापस लौटने लगे। सुशीला

उनके पीछे थी।

"कहाँ से आ रही हो? वर्धा से?"

"नहीं, मैं अब अहमदाबाद में रहती हूँ। वहीं से आ रही हूँ—दिल्ली होते हुए।"

"विवेक भी दिल्ली में है—तुम्हें मालूम होगा।"

"जी हाँ, मैं उससे मिली थी।"

उन्होंने इस सूचना को ख़ामोशी से ग्रहण किया, मन में कुछ सवाल उठे, पर उन्हें दबा दिया।

पगडंडी पार करके वे विनय वाटिका के बाहर आये। तब सुशीला ने अपने पीछे रामलोटन को आते देखा। वह अपनी जगह पर ठिठक गयी ताकि इस अपरिचित को आगे निकल जाने दिया जाए, पर वह भी अपनी जगह पर रुक गया। कुँवर जयंतीप्रसाद सिंह ने गर्दन मोड़कर पीछे देखा, कहा, "उसकी फ़िक्र मत करो," नक़ली अकड़ से बोले, "वह हमारे सिक्योरिटी स्टाफ़ में है।"

"चलिए, राहत मिली। मुझे तो अभी तक बड़ा डर लग रहा था।"

"अभी तो कुछ दिन रुकोगी न?" उन्होंने सहज ढंग से पूछा।

"दो दिन—या शायद तीन। और आप?"

"मैं?" उन्होंने सुशीला की ओर हैरत से देखा।

सुशीला ने सहजता से पूछा, "आप अभी यहाँ कितने दिन रुकेंगे।"

उन्हें इस सवाल में बदतमीज़ी की खनक सुनायी दी। वे चलते-चलते खड़े हो गये। सीधी निगाह से सुशीला को देखते हुए बोले, "तुम्हें शायद पता नहीं है। मैं वापस जाने के लिए यहाँ नहीं आया हूँ। यह आश्रम ही मेरा घर है।" कुछ सोचकर उन्होंने अंग्रेज़ी में कहा, "मैं अपनी सब नावें जला आया हूँ।"

सुशीला के जवाब से लगा कि वह इसे एक मज़ाक भर समझ रही है। उसने कहा, "तब तो आपका काम कार से भी नहीं चलेगा, हेलिकॉप्टर मँगाना पड़ेगा।"

[3]

दोनों अब आश्रम के कमरे में आ गये थे। सुशीला से इस तरह अचानक मिलना उनके लिए एक झटका जैसा था। शायद इसीलिए रोज़ के अभ्यास के विपरीत इस समय उन्होंने अपने लिए कॉफ़ी मँगा ली थी। सुशीला कॉफ़ी या चाय नहीं पीती थी—तब भी नहीं और अब भी। उसके लिए धीरजसिंह एक ट्रे में फलों की तश्तरी और चाकू आदि रख गया था, पर सुशीला ने उसे छुआ न था।

सुंदरी के साथ बत्तीस साल पहले की वह घटना इतनी पुरानी हो गयी थी कि उन्हें जान पड़ने लगा था, वह उनके साथ नहीं, किसी दूसरे के साथ घटी है। उसे लेकर अब उनका मन यह मानने के लिए भी तैयार हो गया था कि वह कोई गंभीर घटना नहीं,

स्वभाव के हलकेपन का क्षणिक प्रदर्शन भर था जिसे पश्चिम के सभ्य समाज में हँसकर और 'नो हार्ड फ़ीलिंग्स' कहकर भुलाया जा सकता था। पर आज सुशीला को देखकर उन्हें लगा कि वह घटना एक कंटीले यथार्थ की तरह पुनर्जीवित हो गयी है। उन्हें यक़ीन था कि कभी न कभी सुंदरी ने उसके बारे में सुशीला को ज़रूर बताया होगा और ऐसा हुआ भी था। उनकी शर्मिंदगी के उस क्षण के बारे में अकेले जिसको जानकारी थी, आज वह उनकी निगाह के सामने थी। फिर भी वे अपने को पूरा-पूरा सहज बनाकर उससे घर-बाहर की बातें कर रहे थे और इस कोशिश में थे कि इन बत्तीस वर्षों के अपरिचय को जल्दी से जल्दी लाँघ लिया जाए।

उन्हें हैरत हो रही थी। आचार्य विनोबा भावे, वर्धा, पवनार आश्रम, भूदान आंदोलन की प्रगति, उसकी मौजूदा स्थिति—इस सबके बारे में सुशीला के उत्तर बहुत संक्षिप्त और अनमने से थे। अचानक सुशीला ने पूछा, "आपने बताया नहीं, आप कब वापस जा रहे हैं।"

"तुमने सुना नहीं, मुझे अब वापस नहीं जाना है। मैं अब यहीं रहूँगा।"

"क्यों?"

अपनी बैरिस्टरी के ज़माने में जब वे अपने विपक्षियों पर "कैसे" या "क्यों" का कोड़ा मारते थे तब बड़े-बड़े हिम्मतवर, जवाब होते हुए भी, जवाब देने में हिचक जाते थे। अब आज इस "क्यों" के सामने निरुत्तर होने की खुद उनकी बारी थी। कुछ देर सुशीला को ध्यान से देखकर कहा, "तुम्हारी जिरह का जवाब बाद में दूँगा। पर पहले मुझे आचार्यजी के बारे में बताओ। उन्होंने उपवास करके—प्रायोपवेश से—शरीर त्याग किया। मेरा बड़ा मन था, वहाँ जाऊँ। पर जा नहीं सका। इसका मुझे आज भी अफ़सोस है। तुम्हीं बता सकती हो सुशीला, ऐसा उन्होंने क्यों किया। शरीर के प्रति ऐसी निर्ममता दिखाने की क्या ज़रूरत थी? मेरी कुछ समझ में नहीं आता।"

सुशीला ने कहा, 'मैं वहाँ थी नहीं। सुनी-सुनायी बातें कहने से क्या फ़ायदा? जो मैंने सुना है, आप भी सुन चुके होंगे।"

वह इस विषय पर बात करने को उत्सुक नहीं थी। यह स्पष्ट था।

"फिर भी?"

"फिर भी क्या! वे महापुरुष थे। शरीर को लोक-सेवा का माध्यम बनाकर जितना कर सकते थे, कर चुके थे। अब सत्तासी वर्ष की उम्र छूकर शरीर को निरर्थक ढोते रहने में उनकी रुचि नहीं रही तो इसमें आश्चर्य की कोई बात नहीं। जिस तरह उनका जीवन एक संदेश था, उनकी मृत्यु भी हमारे लिए एक संदेश है!"

शक की निगाह से उन्होंने सुशीला को देखा : यह ऐसा क्यों कह रही है? मेरे ऊपर कोई कटाक्ष कर रही है क्या?

पर सुशीला कहती रही : उनके लिए जैसे जीवन एक महोत्सव था, वैसे ही मरण भी। ईशावास्य उपनिषद् का विनोबाजी ने जो भावपूर्ण अनुवाद किया है, वह हम सब

लोगों को याद था, आज भी याद है। उसका एक अंश है :

"यह प्राण उस चैतन्यमय अमृतत्व में विलीन हो जाए और फिर शरीर मिट्टी में मिल जाए। हे दृढ़ संकल्पवाले जीव! ईश्वर का नाम लेकर उसके किये हुए का स्मरण कर...क्रतो स्मर कृतम् स्मर!"

"आचार्यजी के लिए मरण एक मंगल उत्सव है; किसी के लिए भी हो सकता है पर इसकी एक शर्त है कि उसने अपना जीवन भी एक मंगल-उत्सव ही की तरह जिया हो।"

कहकर वह चुप हो गयी, खिड़की के बाहर देखती रही, एक क्षण के लिए उनकी निगाह से सफ़ेद होते बालोंवाली यह प्रौढ़ सुशीला गायब हो गयी, उसकी जगह बरसों पहलेवाली युवती के चेहरे का रुख़ उभर आया जो अपनी असंदिग्ध आस्था के साथ आचार्य विनोबा के आंदोलन में अपना सर्वस्व लगाकर उतर आयी थी।

"सच," सुशीला ने कहा, "मैं आचार्य के अंतिम दिनों के बारे में ज़्यादा नहीं बता पाऊँगी। काफ़ी अर्से से मेरा सम्पर्क उधर से टूटा हुआ है।"

"उधर कब से नहीं गयीं?"

"बरसों हुए...।"

उन्होंने सिर झुका लिया, कहा, "कितना वक़्त बीत गया है! तीस साल! बत्तीस! तब मुझे लगता था कि तुम्हारे बारे में सब कुछ जानता हूँ। जानता था न? और अब कुछ नहीं जानता हूँ!"

"मुझे भी ऐसा ही लगता है।"

उन्होंने सुशीला की ओर अपनी सवालिया निगाह उठायी। सुशीला ने कहा, "मेरा मतलब है खुद अपने बारे में। अब लगता है कि कुछ भी नहीं जानती।

"फिर भी...इन तीस सालों में...।"

"मैं समझती थी कि आपको पूरा पता होगा। आपसे पत्र व्यवहार नहीं रहा, पर विवेकजी से...मेरा मतलब है, उनसे हमारा बराबर संपर्क रहा है। सोचा था कि उनसे आपको ख़बर मिलती रही होगी...शायद उन्होंने आपको बताया नहीं।"

"विवेक..." कुछ सोचते हुए उन्होंने उसका नाम लिया, आगे कुछ नहीं कहा।

ख़ामोशी। बाहर शरत्काल की निर्मल शाम पूरे परिदृश्य पर उतर आयी थी, छायाएँ अँधेरे में घुल-मिल गयी थीं। कमरे के अंदर की ख़ामोशी में बाहर से आ रही चिड़ियों की टूटती-बिखरी आवाज़ें अराजकता फैला रही थीं।

सुशीला ने कहा, "निर्मल की याद है न?"

"निर्मल भाई?"

"वही। पर मैं उनको निर्मल भाई नहीं कह सकती। वे मेरे पति हैं।"

कुछ दिन पहले दुबे महराज से अपने खेतों का क़ब्ज़ा छीनने के लिए बिस्रामपुर के किसानों ने लाठी का सहारा लिया था। वहाँ के ग्रामदान के इतिहास की यह भयानक

विडंबना थी। भले ही उन्हें रामलोटन की सफलता पर संतोष मिला हो, सर्वोदयी मूल्यों के इस ह्रास से उन्हें झटका लगा था। भूदान आंदोलन की याद करते हुए अब उन्हें दूसरा झटका लगा। ये वही सुशीला और निर्मल भाई हैं जिन्हें उन्होंने 'जीवनदानी' समझा था। अपनी प्रखर सामाजिक चेतना और युवा आदर्शवादिता के प्रवाह में उन्होंने बत्तीस साल पहले कुछ मूल्यों के लिए अपना सब कुछ अर्पित कर दिया था। और अचानक उनका विवाह! साधारण गृहस्थी का चक्कर!"

"निर्मल भाई इस वक़्त कहाँ हैं?"

"तिहाड़ जेल में।"

[4]

सुशीला ने कहा :

"आपको याद होगा, आपके यहाँ दो साल बिताकर हम महाराष्ट्र चले गये थे, हम, यानी मैं और निर्मल। निर्मल हमारे आंदोलन के सैद्धांतिक प्रवक्ता जैसे थे। अपने विरोधियों पर क़ाबू पाने के लिए उनके पास सबसे कारगर हथियार उनकी आवाज़ थी, अब भी है। पता नहीं आप क्या सोचते थे, पर इतनी खूबसूरत, हवा के हलके झोंके की तरह सहलानेवाली ऐसी आवाज़ आसानी से सुनने को नहीं मिलती। और उस पर बौद्धिकता का लबादा! वे पाँच-छह भाषाएँ जानते हैं—फ्रेंच, थोड़ी स्पैनिश भी। बहुत-सी भाषाएँ जानने वाले को हम यूँ भी विद्वान मान बैठते हैं, निर्मल ने सचमुच ही बहुत अध्ययन कर रखा था।

"कुछ सालों बाद यह देखा कि भूदान आंदोलन के लिए विदेशों में, ख़ासतौर से अमरीका और योरोप के लोगों में उत्सुकता पैदा हुई है और वहाँ के कई संगठन उसके प्रवक्ताओं को सुनना चाहते हैं। तब निर्मल को आंदोलन की उपलब्धियों और सिद्धांतों पर व्याख्यान देने के लिए बाहर भेजा जाने लगा। वे अपना यह काम बखूबी निभा रहे थे, यह इसी से ज़ाहिर है कि अब उन्हें बाहर से बराबर निमंत्रण मिल रहे थे। भूदान आंदोलन के प्रवक्ता के रूप में अपने को स्थापित करने के लिए अब उन्हें भूदान संगठन की ज़रूरत नहीं रह गयी थी।"

कुँवर जयंतीप्रसाद सिंह ने कहा, "मैं निर्मल भाई की प्रतिभा का तब भी क़ायल था।...।"

"उसी प्रतिभा की तारीफ़ कर रही हूँ। आप तो क़ायल भर थे, मैं उस पर मुग्ध थी। वह आवाज़, और उस पर लहरें लेता हुआ शब्दों का चमत्कार—यही नहीं, उन दिनों मैंने निर्मल में न जाने कितने गुणों का अनुसंधान किया होगा। मैं पैंतीस साल की हो रही थी, समाज-सेवा से मुझे विरक्ति नहीं थी, पर मुझे लगता था कि समाज के प्रति अपने दायित्व को मैं बहुत कुछ निभा चुकी हूँ और अब मुझे अपने प्रति दायित्व के बारे

में भी सोचना चाहिए। तभी लगभग सत्रह साल हुए, हम दोनों ने अहमदाबाद जाकर शादी कर ली। पर व्यवस्थित ढंग से हम लोग साथ-साथ बहुत कम रहे। वे प्रायः बाहर रहते थे। मैं कुछ समय पवनार में बिताती, पर प्रायः अहमदाबाद रहती।

"शायद वे शादी के पहले ही भीतर से बदल चुके थे। तब उनके लिए मैं एक सम्मोहन के दौर में गुज़र रही थी और इसे पहचान नहीं पायी थी। शादी के बाद उनके साथ रहते हुए मुझे महसूस हुआ, उन्हें विदेश-भ्रमण का चस्का पड़ चुका है और शायद उन चीज़ों का भी जिनके लिए लोग विदेश जाने के लिए लालायित रहते हैं। मैं देख रही थी कि उनकी संपन्नता बढ़ रही है, उनकी जेबें डॉलर नोटों से भरी रहती हैं। मैं उन्हें जब सुझाव देती कि उस आमदनी को सरकार के आगे घोषित करके सर्वोदय समाज को अर्पित कर देना चाहिए तो वे मुझे हमेशा आश्वासन देते कि वे ऐसा ही कर रहे हैं। पर मैं बेचैन थी, जानती थी कि ऐसा होगा नहीं।

"धीरे-धीरे उन्होंने एक नया अवतार ग्रहण किया। वे अपने पुराने परिवेश के साथियों से कटने लगे। मेरे लिए यह समझना कठिन न था कि भूदान के साथ उनका भावात्मक लगाव मिट रहा है, सक्रिय कार्यकर्ता के रूप में वह आंदोलन उनके लिए अपना अर्थ खो चुका है। आंदोलन के सिद्धांतों और उसकी उपलब्धियों की व्याख्या करना उनके लिए अब एक रटा-रटाया अध्यापकीय काम भर रह गया था। व्याख्यानों के लिए भी उनके विषयों का दायरा अब बड़ा व्यापक हो गया था। गाँधीवाद, निःशस्त्रीकरण आदि से लेकर अब वे मानव अधिकारों के भी प्रवक्ता बन गये थे।

"उनकी पोशाक भी अब पश्चिमी हो गयी थी। उनकी धारणा बन गयी थी कि सर्वोदय या भूदान आंदोलन की बात करने के लिए यह ज़रूरी नहीं है कि हम पश्चिम में भिक्षुकों का भेस बनाकर जाएँ। इतने वर्षों तक जिस वेशभूषा को हम सम्मान से अपनाये रहे थे वह अब उनकी निगाह में भिखमंगों की पोशाक थी। व्यवहार में उनका जीवनदर्शन पूरी तरह से सुविधावादी हो गया था; सुविधावादी नहीं, भोगवादी—हेडानिस्टिक! मैं उनसे खुलकर बात करना चाहती थी, उन्हें बहस के लिए उकसाती। पर वे मेरी बातों से कतरा जाते, बाद में मुझसे भी कतराने लगे।

"ज़्यादा कहने से क्या फ़ायदा। इस समय दिल्ली की तिहाड़ जेल में हैं।"

कुँवर जयंतीप्रसाद सिंह पूरे विवरण को धीरे-धीरे पचाते रहे थे; उन्हें किसी ख़ास तकलीफ़ का, किसी ट्रैजेडी का एहसास नहीं हुआ। इतने वर्षों बाद निर्मल भाई अब उनके लिए किसी पुराने उपन्यास के अर्द्धविस्मृत चरित्र भर लग रहे थे जिसे सुशीला की मौजूदगी भी एक यथार्थ सत्ता की तरह उनसे नहीं जोड़ पा रही थी। फिर भी उन्होंने शिष्टता के साथ पूछा, "जुर्म?"

"सोना! सोने की तस्करी।"

"विवेक जानता है?"

"हाँ। उन्होंने ही दिल्ली में निर्मल के मुक़दमे की पैरवी का इंतज़ाम किया था। मैं

अपने को इससे बिलकुल अलग रखना चाहती थी। पर विवेक के कारण मुझे उससे उलझना पड़ा। मुझे निर्मल से कोई हमदर्दी नहीं थी।, न है।''

उनके मन में अब एक वकील की उत्सुकता जाग उठी, पूछा, "निर्मल भाई क्या कहते हैं?''

उनका कहना है कि सोने के बिस्कुट उनके एक सहयात्री ने चोरी से हैंड लगेज में रख दिये थे। मुझ तक को उनकी इस बात का विश्वास नहीं, कोर्ट को कैसे होगा?''

"पर निर्मल भाई की बात सही भी हो सकती है।''

"होगी—पर कोर्ट को विश्वास नहीं हुआ।''

"वे कब तक...।''

"डेढ़ साल बाद छूटेंगे।''

"फिर?''

"फिर कुछ नहीं। पहले भी हमारे बीच कुछ नहीं बचा था, अब भी कुछ नहीं। इसीलिए मुझे तलाक़ की भी ज़रूरत नहीं पड़ी। पर अब शायद कुछ सोचना पड़ेगा। अपने नाम के साथ उनके नाम का बोझ ढोना अब अच्छा नहीं लगता।''

"बच्चे?''

"यह मेरा सौभाग्य है, हमारे बच्चे नहीं हुए। यह भी सौभाग्य है कि बच्चों की कमी मुझे कभी खटकी नहीं। जो कहा करते हैं कि नारी की संपूर्णता उसके मातृत्व में ही है, उसके प्रभाव से मैं हमेशा अछूती रही।''

"अहमदाबाद में तुम्हारे साथ कोई और भी है?''

"माँ है, मैं माँ के ही घर पर रहती हूँ। वहाँ निर्मल की एक शानदार कोठी है, और भी बहुत कुछ। पर उससे मेरा कुछ लेना देना नहीं है।''

कुछ क्षणों की ख़ामोशी। फिर : "मुझे अफ़सोस है सुशीला, तुम्हारा दुर्भाग्य...।''

सुशीला ने तेज़ी से कहा, "पर यह दुर्भाग्य बीच में कहाँ आ टपका? मेरे साथ जो हुआ है, या जो हो रहा है, वह मेरे ही निर्णय का फल है। मैं बच्ची नहीं थी, खूब सोच-समझकर, जानबूझकर निर्मल से शादी की थी। उसके पहले अपने पूरे विवेक के साथ उन्हें समझना नहीं चाहा। यह मेरी ही ग़लती थी। शादी का रास्ता मैंने ही चुना था। भाग्य का इससे क्या लेना-देना?''

"ऐसा सोचकर तुम अपने को सज़ा जैसी दे रही हो। पर मैं भाग्य में विश्वास रखता हूँ। पहले शायद इतना भाग्यवादी नहीं था, पर ज़िंदगी के अनुभवों ने मुझे भाग्यवादी बना दिया है।''

"मैं आपके लिए ऐसा नहीं कह सकती, पर मैं बहुत से भाग्यवादियों को जानती हूँ। उनमें ज़्यादातर वही लोग हैं जो सच्चाई के साथ अपनी ग़लती के परिणाम को स्वीकार न करके उसे किसी दूसरे के मत्थे मढ़ना चाहते हैं, उसी दूसरे का नाम भाग्य है।''

वे मुस्कराये, यह संकेत था कि वे इस बहस को ज़्यादा बढ़ाना नहीं चाहते। कुछ

रुककर बोले, "निर्मल भाई की सज़ा पूरी होने के पहले ही उन्हें रिहा कराने की कोशिश की जा सकती है।"

"विवेक कुछ कर रहे हैं। पर उसमें मेरी दिलचस्पी नहीं है।"

उनके मन में विवेक के ख़िलाफ़ झुँझलाहट पैदा हुई : मेरे ख़िलाफ़ यह ख़ामोशी का कैसा षड्यंत्र है! विवेक ने इतने दिनों तक बराबर सुंदरी, सुशीला, निर्मल भाई—भूदान युग के इन पुराने भग्नावशेषों से संबंध बनाये रखा है—बावजूद इसके कि वह उनके राजनीतिक दर्शन का विरोधी रहा है। वे सब उससे इतनी घनिष्ठता के साथ जुड़े हुए हैं और बड़ी आसानी से खुद उन्हें—कुँवर जयंतीप्रसाद सिंह को—अपने दायरे से बाहर छोड़े हुए हैं! विवेक ने भी इन अंदरूनी रिश्तों का उन्हें आभास नहीं दिया है! पिछले दिनों भी वे दिल्ली में इतने लंबे अर्से तक विवेक के साथ थे, तब भी उसने कभी अपनी ओर से सुशीला या निर्मल भाई का ज़िक्र नहीं किया था। क्यों? क्या उसे कुछ ऐसी जानकारी है जो उसे उनके सामने सुशीला आदि का ज़िक्र करने से रोकती है? पर ऐसा नहीं हो सकता, क्योंकि तब उसने सुंदरी की इस पुस्तक पर उनकी भूमिका की माँग न की होती!

सुशीला के चले जाने के बाद वे काफ़ी देर अनमने बने रहे। फिर उन्होंने अपने को समझाया : तुम्हें यह सब सोचने की ज़रूरत नहीं है। अपने अहम् को लेकर तुम्हें कुछ भी सोचने की ज़रूरत नहीं है। तुम बूढ़े हो गये हो। तुम्हारी ज़िंदगी का कोई भरोसा नहीं है! (वैसे, किसी की भी ज़िंदगी का भरोसा नहीं है।) तुम्हारी अंतिम यात्रा किसी भी समय हो सकती है। तुम्हारी सुरक्षा-जाँच हो चुकी है। डिपार्चर लाउंज में बैठे हुए तुम अब अपनी अंतिम उड़ान की प्रतीक्षा कर रहे हो। किसी भी समय माइक्रोफोन पर घोषणा हो सकती है कि तुम्हारा हवाई जहाज़ उड़ान के लिए तैयार है। "...अदृश्य लोक को जानेवाले यात्री उड़ान संख्या शून्य के लिए गेट संख्या शून्य शून्य की ओर कृपया प्रस्थान करें।"

यह समय है जब तुम्हें प्रस्थान-कक्ष के पीछे छूटी हुई दुनिया के बारे में भूल जाना चाहिए। सुशीला या सुंदरी या विवेक—अपने इतने दीर्घ जीवन के बाद तुम क्यों नहीं सोच पाते कि इनके बारे में कुछ सोचने का अब कोई अर्थ नहीं है।

पर—उन्होंने हताश होकर सोचा—यह दीर्घ जीवन ही तो झगड़े की जड़ है। हर नया दिन नये अनुभवों के साथ ख़त्म होता है और स्मृतियों के अवांछित बोझ को लगातार वज़नी बनाता जाता है। जिसने स्मृतियाँ बनायीं उसने इस बोझ को फेंकने के लिए कूड़ेदान का इंतज़ाम क्यों नहीं किया?

[5]

सुशीला बिस्रामपुर में तीन दिन रही। अपना कुछ सामान, जिसमें ज़्यादातर किताबें और काग़ज़ थे, सुंदरी सुशीला के लिए छोड़ गयी थी। मंत्रीजी का पत्र पाकर उसने लिखा

था कि उसे वहीं सँभालकर रखे रहें, मौक़ा मिलते ही मैं खुद वहाँ आकर ले जाऊँगी। कुछ महीने बीत जाने पर जब इस बार वह दिल्ली गयी तो उधर से बिस्रामपुर चली आयी थी।

आश्रम में वह जब तक रही, वे एक मानसिक असुविधा से पीड़ित रहे। उन्हें यक़ीन था कि बरसों पहले सुंदरी के साथ उन्होंने जो फूहड़ 'प्रेम-निवेदन' किया था, उसके बारे में सुशीला को ज़रूर पूरी-पूरी जानकारी होगी। कोशिश करने पर भी वे अपनी शर्मिंदगी के इस गवाह के सामने सहज़ नहीं हो पा रहे थे। वे यह भी देख रहे थे कि सुशीला उनके आश्रम-जीवन से दूसरों की तरह प्रभावित नहीं है और बार-बार उनकी वापसी के बारे में पूछकर साबित कर रही है कि यह तथाकथित त्याग उनकी चंदरोज़ा सनक भर है। अच्छा ही हुआ जो पहली शाम की मुलाक़ात के बाद वह दूसरे दिन उनसे नहीं मिली और जब तीसरे दिन वह उनके कमरे में आयी तो उसने कहा कि यह उसकी आख़िरी मुलाक़ात है, वह कल सवेरे वापस चली जाएगी और अब शायद उसका दुबारा वहाँ आना न होगा।

उन दिनों वे गीता के बारे में बहुत उत्साहित थे। प्रभास भाई दोपहर बाद उनके साथ बैठते थे और गीता की विभिन्न व्याख्याओं पर उनसे चर्चा करते थे। प्रभास भाई के विषय में सुशीला को बताते हुए उन्होंने उसके गीता-ज्ञान का भी ज़िक्र किया। अचानक सुशीला ने पूछा, "आपने आचार्यजी का गीता-प्रवचन पढ़ा है?"

"अफ़सोस, मैं उसे अभी नहीं पढ़ पाया हूँ।"

"उसकी प्रति आश्रम में होगी या मैं अहमदाबाद पहुँचकर आपके लिए भेज दूँगी। अब आप वक़्त की कमी की शिकायत नहीं कर सकते। पढ़ लीजिएगा।"

"मुझे याद पड़ता है कि गीता प्रवचन की प्रति मुझे स्वयं आचार्य विनोबा भावे ने दी थी। उस पर उनके हस्ताक्षर थे।"

"उस पर उन्होंने 'नित्य पठनीय' भी लिखा होगा।"

"हाँ, यह भी लिखा हुआ था, याद नहीं पड़ता वह कहाँ गयी।"

सुशीला ने कहा, "नित्य पठनीय पुस्तकों के साथ ऐसा ही होता है। आप फ़िक्र न करें, मैं भेज दूँगी।"

"ज़रूर भेजना, मैं प्रतीक्षा करूँगा...।"

"और तुम?" सहसा उन्होंने पूछा, "तुम अब भी गीता का नियमित स्वाध्याय करती हो?"

"नहीं," इस बार उसकी आँखों में शरारत की पहले जैसी चमक दीख पड़ी, "आपने उस दिन कौन-सी अंग्रेज़ी कहावत कही थी...मैं अपनी नावें जला आया हूँ। मैं भी वही अपने बारे में कह सकती हूँ।"

वे सुशीला की ओर देखते रहे, बोले, "बता सकती हो, भूदान यज्ञ के प्रति तुम्हारा मोहभंग कैसे हुआ?"

"कैसा मोहभंग?" उसने तेज़ी से उनकी बात काटी, "वह तो वहाँ होगा जहाँ मोह हो। पर मैं किसी मोह से भूदान आंदोलन में नहीं गयी थी। मन में एक तर्कनिष्ठ विश्वास था। वह आज भी है। फ़र्क़ बस इतना है कि आज मुझमें सक्रिय समाज सेवा की प्रवृत्ति नहीं बची है। मैं थक गयी हूँ। पर इसका यह अर्थ नहीं कि मेरी आस्था खंडित हो गयी है। नहीं, मेरा विश्वास अपनी जगह है।"

वे धीरे-धीरे सिर हिलाते रहे, जैसे किसी जटिल तर्क-शृंखला को समझने की कोशिश कर रहे हों। सुशीला ने कहा, "आप खुद भूदान आंदोलन के अग्रणी रहे हैं। आपसे क्या कहूँ? पर जैसा मैं तब सोचती थी, वैसा ही आज भी सोच रही हूँ।

"देश में चारों ओर आज क्या हो रहा है? कुछ लोग पिछले पैंतीस साल से सारी व्यवस्था को क्रांति से, हिंसा से, आतंकवाद से बदलने की कोशिश कर रहे हैं। पर उसका नतीजा क्या है? हिंसा ने सिर्फ़ हिंसा को बढ़ाया है। मूल व्यवस्था ज्यों की त्यों है। उधर सरकार के पास हर सामाजिक विकृति का सिर्फ़ एक इलाज है। कानून। जहाँ भी कोई विकृति दिखायी दे, एक नया क़ानून लागू करके नागरिक के पाँवों में एक और बेड़ी डाल दो। वे यह भूल जाते हैं कि आदमी की कुप्रवृत्ति को अगर सुधारने की कोशिश न की गयी तो उसकी एक चाल सारे क़ानूनी बदलावों को मात दे देगी।

"कुप्रवृत्तियों से प्रेरित व्यक्ति जब हमारे तंत्र को तोड़ने लगता है तो हम उसे न समझना चाहते हैं और न बदलना ही चाहते हैं, हम तंत्र के भीतर ही जोड़-गाँठ शुरू कर देते हैं। तभी अगर हम देश में अलगाव या टूटन के संकेत देखते हैं, वर्ग-संघर्ष या जातिवाद को बढ़ता हुआ पाते हैं तो वह हमें एक सामाजिक या मानवीय समस्या नहीं जान पड़ती, हमें सिर्फ़ ऐसा लगता है कि इसमें हमारे क़ानून या संविधान की कमज़ोरी है। तभी हमें अमरीका या फ्रांस की अध्यक्षीय व्यवस्था की याद आती है, हम संविधान के संशोधन की बात करने लगते हैं, जैसे मनुष्य के चारित्रिक भटकाव का वही एक इलाज है।

"हमारा मानना है कि समाज के लिए नयी-नयी समस्या खड़ी करनेवाली कोई भी कुप्रवृत्ति मनुष्य के लिए अस्वाभाविक है। उसका सहज भाव सत्प्रवृत्ति का है। इसीलिए हम उसकी सद्‌वृत्ति को उभारने की कोशिश करते हैं। सामाजिक या राजनीतिक दबाव कोई बदलाव नहीं ला सकते जब तक कि व्यक्ति खुद अपने को पूर्णतः नहीं बदलता। पर यह लंबा रास्ता है और हमने इसे सोच-समझकर अपनाया है। बात बस इतनी-सी है। इसमें हमारा कहीं मोह नहीं है, इसलिए मोहभंग भी नहीं है।

"पद्धतियों को बदलने की बातें वे दिल्ली में करते रहें। उससे हमारा कोई झगड़ा नहीं है। हमारा लक्ष्य स्पष्ट है। हम अपने स्तर पर आदमी को बदलकर उसकी प्रवृत्तियों को इतना ऊर्ध्वमुखी बनाने की सोचते हैं कि सरकारी पद्धतियाँ जैसी भी हों, अपने और समाज के लिए वह एक सुखद और वांछनीय वातावरण बना सकें। यह आदमी की सत्प्रवृत्ति में आस्था का सवाल है।"

वह सुशीला की बात बड़े ध्यान से सुनते रहे थे, बोले, "यही तुम्हारे उस 'क्यों,'

का भी जवाब है।"

"कौन-सा क्यों?"

"तुम भूल गयी हो। परसों मैंने तुम्हें बताया था कि मैं अब वापस नहीं जा रहा हूँ, मुझे यहीं रहना है। और तुमने पूछा था : क्यों? तुमने मुझसे सफ़ाई माँगी थी।"

"ओह! वह! उसे भूल जाइए।"

"नहीं सुशीला। यह भूलने की बात नहीं है। मैं तुम्हारे 'क्यों' का जवाब देना चाहता हूँ। आदमी की मूलभूत सद्वृत्ति में तुम्हारी जैसी आस्था है, वैसी ही मेरी भी है। मैं भी आदमी में उसे पूरी तौर से विकसित करना चाहता हूँ। और मेरे प्रयोग के लिए वह आदमी कोई और नहीं, मैं खुद हूँ।"

सुशीला कुछ हिचकी, पर जब बोली तो उसकी आवाज़ में कोई हिचक न थी; उसने कहा, "पर इसके लिए सुंदरी का आश्रम ही क्यों? आपको इसमें कोई विडंबना नहीं दीखती?...शायद मुझे यह सब न कहना चाहिए पर...।"

"नहीं सुशीला, मेरी आलोचना करने का तुम्हें पूरा अधिकार है।..." दोनों जानते थे कि वे किस हवाले से बोल रहे हैं, "...एक शायद तुम्हीं हो जो सब कुछ जानती हो। तुमसे मुझे यह कहने में कोई हिचक नहीं कि आत्मसुधार का, प्रायश्चित का अधिकार सबको है, मुझको भी। और इसके लिए सबसे ज़्यादा सही जगह यही है।"

सुशीला ने कहा, "शायद मेरा इधर आना न हो। अब शायद आपसे मिलना न होगा। इसलिए मैं कोई अप्रिय बात नहीं करना चाहती। पर खुद सोचिएगा, क्या एक घर छोड़कर दूसरे घर में रहने लगना ही सबसे बड़ा प्रायश्चित है?"

उनकी पुरानी अकड़ का कुछ अंश उभरकर सतह पर आ गया, बोले, "मैं शायद कुछ ज़्यादा ही विनम्रता से बात कर रहा हूँ। तभी तुम मुझे बराबर पीछे ढकेलती जा रही हो।"

"विनम्रता? महात्मा गाँधी ने कहा है कि वह विनम्रता तनिक भी विनम्रता नहीं है जिसमें अपने अस्तित्व का बोध मौजूद हो," बिना कोई ढील दिये वह कहती रही, "विनम्रता से नहीं, आप बड़े आत्मसंतोष के साथ बात कर रहे हैं।"

पता नहीं क्यों, वह उत्तेजित हो चली थी; बोली, "इतना आत्मसंतोष अच्छा नहीं है। अगर आपको पता होता कि दूसरों की ज़िंदगी में आपने कितनी उथल-पुथल पैदा कर दी है तो शायद सचमुच ही विनम्र होना चाहते।"

"मुझे अफ़सोस है कि चलते वक़्त तुम इतनी अनर्गल बातें कर रही हो।"

वह ख़ामोश हो गयी, गहरी साँस लेकर बोली, "मुझे भी अफ़सोस है। मैं अपने को रोक नहीं सकी। मुझे क्षमा कर दीजिएगा।"

वे अपनी आहत निगाह फ़र्श पर टिकाये रहे, फिर हलके ढंग से बोले, "हम लोग झगड़कर एक दूसरे से विदा नहीं ले सकते। रुको, धीरजसिंह ने हलवा बनाया है। उसे खाकर जाना।"

[6]

अहमदाबाद वापस आकर सुशीला ने गीता प्रवचन की एक प्रति कुँवर जयंतीप्रसाद सिंह को भेज दी। जैसा कि उसने बताया था, आचार्य विनोबा भावे ने अपने हाथ से उस पर 'नित्य पठनीय' लिखकर हस्ताक्षर किया था।

अगर गीता के उपदेश को अमृत माना जाए तो सुशीला ने उनके लिए बड़ी घातक मात्रा में ज़हर भी भेजा था। पता नहीं, निर्मल भाई के साथ उसके असफल विवाह का परिणाम था या जीवन में कुछ दूसरी कुंठाएँ, पिछले सालों में उसके स्वभाव में एक अजीब-सी निर्ममता आ गयी थी। साधारण बातचीत में भी कभी-कभी वह किसी ऐसे अप्रत्याशित बिंदु पर उत्तेजित हो जाती थी कि दूसरों को उसका कारण समझना कठिन हो जाता था। उसकी इस निर्ममता और क्रूरता का निशाना कोई भी हो सकता था, पर सबसे गहरा घाव जिसे लगा वे कुँवर जयंतीप्रसाद सिंह थे। उसमें भी विडंबना यह थी कि सुशीला ने वह हमला अपनी समझ में सुंदरी, और विशेष रूप से विवेक के प्रति अपने निजी लगाव के कारण किया था।

'गीता प्रवचन' खोलते ही किताब में रखा हुआ उन्हें एक लिफ़ाफ़ा मिला। यह एक पत्र था जो आज से चौदह साल पहले सुंदरी ने सुशीला को डाक से भेजा था। सुशीला को कुँवर जयंतीप्रसाद सिंह के व्यवहार में एक अवांछित आत्मसंतोष दीख पड़ा था। उसी को ध्वस्त करने के लिए उसने इस पत्र का अस्त्र की तरह इस्तेमाल किया था। उसने उन पर आरोप लगाया था कि उन्होंने दूसरों की ज़िंदगी में भयानक उथल-पुथल पैदा कर दी है। अब एक अजीब-सी प्रतिशोध भावना से वह खुद उनकी ज़िंदगी में उथल-पुथल पैदा करने जा रही थी। पर उसने अपने मंतव्यों और उसके परिणामों को पहचानने की कोशिश नहीं की थी, कुल इतना सोचा था; वह वहाँ आश्रम में बैठकर सोच रहा है कि उसने अपने पुराने पाप का प्रायश्चित कर लिया है। पर उसे मालूम तो हो कि उसके उस पाप की ज्वाला कितनी दूर तक फैल गयी है और आज भी किस-किस को जला रही है!

यह पत्र सुंदरी ने सुशीला को उसके किसी पत्र के उत्तर में भेजा होगा। तब सुशीला की शादी हुए कुछ ही साल बीते थे। उसी उत्साह में उसने सुंदरी पर ज़ोर डाला होगा कि अस्वाभाविक वैराग्य को राह छोड़कर उसे अब अपने मन की बात मान लेनी चाहिए और शादी के जिस प्रस्ताव को वह इतने सालों से ठुकराती आ रही है उसे स्वीकार कर लेना चाहिए।

पत्र कुछ लंबा था पर कुँवर जयंतीप्रसाद सिंह की नस-नस को झकझोर देने के लिए इतना ही काफ़ी था :

"तेरी सभी बातें सही हैं, पर जब तू उन्हें तर्क बनाकर इस्तेमाल करती है तो वे ग़लत हो जाती हैं।

"माना कि विवेक मेरे लिए सोलह साल से इंतज़ार कर रहा है और हम दोनों प्रौढ़ता के कगार पर पहुँच गये हैं। पर वह समझदार है; रोमियो, महीवाल, मजनूँ की जाति का नहीं है। उसे यह भी अच्छी तरह मालूम है कि मैं समाज-कार्य के महासागर में शादी रचाने के लिए नहीं कूदी थी और अब वह स्वयं देख रहा है कि प्रत्येक बीतते हुए दिन के साथ मैं किनारे से लगातार दूर होती जा रही हूँ, जीवन की जो पद्धति मैंने अपने लिए चुनी है उसके साथ मेरा रिश्ता दिन-प्रति-दिन मज़बूत होता जाता है।

"...तू समझती है कि मैं एक छोटी-सी पुरानी घटना को लेकर अपनी और विवेक की ज़िंदगी जला रही हूँ। तू बार-बार यह बात दोहराती है और अगर इसे दुबारा लिखा तो मैं तेरे पत्र का जवाब नहीं दूँगी।

"मैं पहले भी लिख चुकी हूँ : यह पुरानी घटना नहीं है, क्योंकि इस अभागे नाटक के सभी पात्र आज भी मौजूद हैं और उस घटना को अतीत की विस्मृति में दफ़न कर देने का कोई रास्ता नहीं है। वह एक सोयी हुई नागिन की तरह है जो किसी भी वक़्त फन काढ़कर फुफकारने लग सकती है।

"...वह घटना इतनी छोटी भी नहीं है। यह एक पुरुष की बेजा हरकत भर नहीं है। ऐसा होता तो भुलाया जा सकता था। सार्वजनिक जीवन में महिलाओं के साथ ऐसा होता ही रहता है। जिन्हें बहुत विश्वास योग्य माना जाता है वे भी महिला सहकर्मियों के साथ अवांछित चेष्टाएँ कर बैठते हैं। हमें समझदारी और संतुलन के साथ ऐसी समस्याओं का सामना करना पड़ता है। हम हमेशा अपना सिर नहीं पीटने लगते। पर कुँवर साहब ने कुचेष्टा भर नहीं की, उन्होंने बाक़ायदा विवाह का प्रस्ताव रखा! भले ही वह प्रस्ताव आवेश में किया हो या, जैसा कि तू कहती है, अपने अपराध को ढकने के लिए। पर प्रस्ताव उन्होंने किया और उसके बाद सब कुछ बदल जाता है।

"मैं यही मानती हूँ कि यह भाग्य का इशारा था। उसके तीन दिन पहले ही विवेक ने अपने मन की बात खोली थी। तेरे लिए यह सब कुछ खेल जैसा है। तू तभी से कह रही है कि मैं 'हाँ' कह दूँ। मैं भी यही चाहती थी। मेरा मन, मेरा रोम-रोम 'हाँ' कहने के लिए उतावला था पर मेरी अंतरात्मा मुझे रोक रही थी। समाज के प्रति मेरे आदर्श, मेरे संकल्प मुझे चुनौती दे रहे थे। फिर भी लगता था कि विवेक के प्रस्ताव के सामने वे अपने हथियार फेंकनेवाले हैं। तभी कुँवर साहब का आक्रमण हुआ और उस आक्रमण ने मुझको बचा लिया।

"उस समय मेरा संतुलन टूट गया था। मैं कुछ भी कर सकती थी। चिल्ला सकती थी, उन पर स्टूल उठाकर फेंक सकती थी। पर ऊपर से मैं शांत रही। उस रात, जब तू खर्राटे भर रही थी, मेरी पलक तक नहीं झँपी। मैं दरवाज़ा पीटना चाहती थी, कुछ तोड़-फोड़ करना चाहती थी। पर सवेरा होते-होते मैं सो गयी। जागने पर मुझे लगा कि कुँवर साहब पर नाराज़ होना व्यर्थ है, मेरा भाग्य उनके माध्यम से मुझे एक संदेश भेज रहा है। वे मुझे अपनी पत्नी बनाना चाहते हैं। इसी से तय हो गया है कि मैं उनके

पुत्र की पत्नी नहीं बन सकती, उनके महल में पुत्रबधू की तरह रहते हुए हर सवेरे उनसे आशीर्वाद पाने का अभिनय नहीं कर सकती।

"तू इसे भाग्य की विडंबना कहती है, पर कुँवर साहब का व्यवहार मेरे लिए दैवी कृपा सिद्ध हुआ है। उसने कुँवर साहब को कुछ क्षणों के लिए खलनायक बनाकर मुझे अपने मानसिक ऊहापोह से छुटकारा दिला दिया है। इसीलिए मेरे मन में कुँवर साहब के लिए क्रोध या घृणा नहीं है। उन्हीं के कारण मैं कह सकी थी कि विवेक, मुझे विवाहित जीवन के सपनों में न भटकाओ, मैंने अपने लिए जो रास्ता चुना है, उसी पर मुझे जीवन भर चलना है।

"...विवेक की तू फ़िक्र न कर। मेरे बार-बार 'नहीं' कहने से उसे हैरानी भले ही हो, पर वह मेरी भावनाओं को पहचानता है। वह जानता है कि मैं एक साथ दो नावों पर नहीं चढ़ सकती और पहली नाव का मोह मुझे उससे उतरने नहीं दे रहा है!"

पत्र में और भी बहुत कुछ था, पर उनके मन को बेरहमी से झकझोरकर अवसन्न कर देने के लिए इतना ही काफी था। एक साथ उठती हुई परस्पर-विरोधी भावनाओं के बवंडर में उन्हें सिर्फ़ एक विचार डंक जैसा मार रहा था : मुझसे यह कैसी क्रूरता हुई!

याद करने को बहुत कुछ था, पर अतीत के बहुत-से अनुमान, तथ्य, घटनाएँ—अग्निकांड के बाद बिजली के तारों की तरह—एक दूसरे से उलझकर चिपक गयी थीं और उन्हें अलग-अलग करके देखना मुमकिन न था। उनके अनुभव की प्रक्रिया सुन्न होती जा रही थी। बर्फ़ की पतली तह पहले सतह पर जमती है, नीचे द्रव बना रहता है। यहाँ इसका उलटा हो गया था। नीचे अतल में ठोस बर्फ़ जम गयी थी, बर्फ़ ही बर्फ़ थी, सिर्फ़ सतह पर कुछ बुलबुले दिख रहे हैं। उन्हीं बुलबुलों में एक हलका मज़ाक था जो उन्होंने पिछले साल विवेक से किया था।

याद करने को बहुत कुछ था पर इस वक़्त उन्हें वही मज़ाक याद आया।

वे दिल्ली के ऑल इंडिया इंस्टीट्यूट ऑफ़ मेडिकल साइंसेज़ में भर्ती थे। अब तक तय हो चुका था कि उन्हें कोई गंभीर बीमारी नहीं है। सवेरे जो महिला डॉक्टर उनका ब्लड प्रेशर लेने आती थी, उस दिन भी आयी। उस वक़्त विवेक उन्हीं के पास बैठा था।

यह डॉक्टर लगभग बत्तीस साल की लंबी, छरहरी लड़की थी—बहुत ही आकर्षक। उसकी आवाज़ और भी आकर्षक थी, बोलती थी तो सुननेवाला बाहरी दुनिया से कट जाता था, उसके लिए अकेले वही रह जाती थी। दक्षता और कमनीयता का वह अद्भुत मिश्रण थी।

उस दिन भी उनका रक्तचाप ले चुकने के बाद वह रोज़ की तरह कुछ क्षणों के लिए उनके बिस्तर के पास कुर्सी पर बैठ गयी। उन्होंने उसका विवेक से परिचय कराया और कुछ देर तीनों हलकी-फुलकी बातें करते रहे। फिर उसने घड़ी देखी, मुस्करायी,

कहा, "मुझे अब चल देना चाहिए।" और चली गयी।

उन्होंने विवेक पर अर्थ-भरी निगाह डाली, बोले, "इससे शादी क्यों नहीं कर लेते? मेरे मन में अपनी पुत्रवधू की एक तस्वीर है। हू-ब-हू इससे मिलती है।"

विवेक ने तुरंत जवाब दिया—जैसे वह बरसों से ऐसे सवाल का जवाब तैयार कर रहा हो, "नॉट गुड एनफ़!" यानी : इस लायक़ नहीं।"

वे बिस्तर पर बैठे हुए, चश्मा चढ़ाये, कोई पत्रिका देख रहे थे। चश्मा उतारकर उन्होंने नक़ली आश्चर्य की मुद्रा बनायी, अंग्रेज़ी में कहा, "आई बेग योर पार्डन," (क्षमा करें, आपकी बात सुन नहीं पाया।)

विवेक ने कहा, "मेरा मतलब है : आई ऐम नॉट गुड एनफ़ फ़ॉर हर! (मैं उसके लायक़ नहीं हूँ!)

विवेक के विवाह की सारी संभावनाएँ उन्हीं के हाथों नष्ट हुई हैं! उन्होंने महसूस किया, विवेक के आगे उनका यह सुझाव नहीं था, मज़ाक भी नहीं था, उनकी क्रूरता का प्रदर्शन भर था।

दस

[1]

विवेक के बारे में कुँवर जयंतीप्रसाद सिंह ने सुंदरी से कहा था, "उससे होशियार रहना। मेरा बेटा वामपंथी है। उसकी जगह वह वाममार्गी होता तो मुझे उतनी उलझन न होती।"

तब विवेक पड़ोस के शहर में प्राध्यापक हो गया था। छुट्टियों में वह गाँव आ जाता था। जब कुँवर साहब भारत सरकार के प्रतिनिधि मंडल में शामिल होकर अमेरिका चले गये तो गाँव में उसका आना-जाना बढ़ गया। पर उससे सुंदरी की तीन-चार मुलाक़ातें पहले ही हो चुकी थीं। इन अवसरों पर बातचीत में उसने अपने आपको एक आदर्श श्रोता सिद्ध किया था और सुंदरी को ऐसा कुछ नहीं लगा था कि उससे होशियार रहने की ज़रूरत है। भूदान-कार्य की प्रगति के बारे में उसने बड़ी शालीनता से पूछ-ताछ की थी और अगर उसका कोई वामपंथी रुझान रहा भी हो तो उसने उसका आभास नहीं दिया था।

सुंदरी से उसने भूमिहीनों में भूमि-वितरण के बारे में जानकारी ली थी और उससे जुड़े जितने सवाल किये थे, उससे सुंदरी को कुछ असुविधा जान पड़ी थी। उसे लगा था कि पूरे कार्यक्रम के कई छोटे-मोटे पहलू हैं जिन पर अभी विस्तार से सोचा नहीं गया है। विवेक ने कुछ नये किसानों का ज़िक्र करके जानना चाहा था कि वे भूदान में मिली भूमि का उपयोग किस प्रकार करेंगे। उनके पास हल-बैल हैं या नहीं, सिंचाई के क्या साधन हैं, अच्छे बीज और खाद की क्या व्यवस्था है—ये सवाल तो उठे ही थे, उसने फ़सलों के चक्र की भी बात उठायी थी : गेहूँ या धान की फ़सल के पहले और बाद में क्या बोया जाएगा? बाद में उसने कहा था : "इससे तो लगता है कि भूमिहीनों को ज़मीन देकर हम उन्हें अपनी क़िस्मत पर छोड़े दे रहे हैं। इस तरह की खेती उनके लिए घाटे का काम होगा। मज़दूरी करके वे शायद ज़्यादा कमा लें।"

निर्मल भाई ने कहा था, "जो भी हो, वे अब मज़दूर नहीं हैं। उनके पास अपनी ज़मीन है। इससे उनमें आत्मसम्मान की भावना का विकास होगा।"

"मैं सिर्फ़ इन नयी जोतों के अर्थशास्त्र की बात कर रहा था। पर लगता है कि किसान में आत्मसम्मान के विकास को आप काफ़ी समझते हैं। वैसे, मैं नहीं समझता कि उन्नतिशील खेती और किसान के आत्मसम्मान के बीच कोई अंतर्विरोध है।"

उसने पहली बार कोई टेढ़ी बात कही थी और निर्मल भाई ने उसका जवाब भी देना शुरू कर दिया था। पर सुंदरी को लगा था कि जिन समस्याओं की ओर विवेक इशारा कर रहा था उन्हें नज़रअंदाज़ नहीं किया जा सकता : भूमिहीनों को भूमि देने का कोई अर्थ नहीं है अगर वे आत्मनिर्भर न बन सकें। यह भी स्पष्ट था कि आत्मनिर्भरता के लिए किसानों को सहकारिता और कृषि-विभाग के स्थानीय कर्मचारियों के सहारे नहीं छोड़ा जा सकता। उनकी सहायता और परामर्श के लिए किसी मज़बूत ग़ैरसरकारी संगठन की ज़रूरत होगी। सुंदरी ने ऐसा कहा भी, इस पर निर्मल भाई ने जवाब दिया, "अगर तुम सोचती हो कि यह काम तुम सँभाल सकती हो तो इस भ्रम को इसी वक्त मन से निकाल दो। हमारा कार्य-क्षेत्र वैसे ही बहुत विस्तृत है, उसे अब और नहीं फैलाया जा सकता।"

वह निर्मल भाई से कुछ कहनेवाली थी, पर विवेक ने कहा, "छोड़िए भी, नहीं तो निर्मल भाई समझेंगे आप विरोधी ख़ेमे में शामिल हो गयी हैं।"

[2]

विरोधी ख़ेमे की मौजूदगी का एहसास सुंदरी को कुछ दिन बाद हुआ।

पड़ोस के गाँव में तहसीलदार का कैंप लगा था। वहाँ भूमिहीनों में भूदान की ज़मीन बाँटी जा रही थी। सुंदरी, सुशीला और निर्मल भाई को वहाँ रुककर देखना था कि भूमि-वितरण में कोई गड़बड़ी न होने पाये। दूसरी ओर कुँवर साहब विवेक को अमेरिका जाने के पहले हिदायत दे गये थे कि भूमि-वितरण रियासत की इच्छानुसार होना चाहिए। वह जानता था कि रियासत के कर्मचारी पर्दे के पीछे तहसीलदार पर कुछ दबाव डाल रहे होंगे। पर उसे विश्वास था कि निर्मल भाई आदि के होते हुए कोई अनियमित काम नहीं होगा। उसे किसी भी ओर से स्वयं कुछ नहीं करना था। पर वह सुंदरी आदि के साथ तहसीलदार के कैंप में जाने के लिए तैयार हो गया : कम से कम इससे कुँवर साहब को कुछ संतोष मिलेगा।

किसी प्रसंग में मार्क्स और गाँधी की चर्चा उठी और, विवेक के सामने शायद यह साबित करने के लिए कि वे अपने विचारों में कितने उदार हैं, निर्मल भाई ने दोनों के दर्शनों की अपने ढंग से व्याख्या शुरू कर दी। उन्होंने मध्यम मार्ग अपनाया और समन्वयवादी धर्मप्रचारकों की तरह समझाना शुरू किया कि मार्क्स और महात्मा गाँधी की अनेक मान्यताओं में बड़ी समानता है। उन्होंने गाँधीजी के एक साक्षात्कार का हवाला दिया जिसमें गाँधी ने कहा था कि मैं भी अपने को कम्यूनिस्ट मानता हूँ।

उन्होंने समझाया कि मार्क्सवादी जिस प्रकार से मार्क्स को प्रस्तुत करते हैं वह उनका असली स्वरूप नहीं है, और यही बात गाँधी के भी साथ है। गाँधीवादियों ने भी गाँधी के विचारों को प्रायः ठीक ढंग से नहीं रखा है। विवेक का इस प्रकार के वक्तव्य से

कोई खास झगड़ा न था। निर्मल भाई ने इसके बाद बड़ी आदर्शवादी भाषा में "यह भी ठीक है और वह भी ठीक है" की शैली अपनाते हुए अपनी बात आगे बढ़ायी जो सार्वजनिक भाषण देनेवाले शिक्षित और चतुर वक्ताओं का सुपरिचित और अभ्यस्त तरीक़ा है।

सबसे पहले उन्होंने श्रम की गरिमा की बात की। "गाँधी और मार्क्स—दोनों ही श्रम को एक गरिमामय मूल्य मानते हैं।" फिर निजी पूँजी के बारे में मार्क्स की अवधारणा को उन्होंने गाँधी के अपरिग्रह से जोड़कर उनमें समानता दिखायी। साधन और साध्य की पवित्रता के बारे में एक उलझी हुई तर्क-शृंखला की अतिसरलीकृत व्याख्या करते हुए उन्होंने बताया कि मूल रूप से वहाँ भी गाँधी और मार्क्स की धारणा एक-सी है। यही नहीं, उन्होंने मार्क्स का एक उद्धरण भी दिया जिसमें कहा गया था कि जिस साध्य की प्राप्ति के लिए अनुचित साधनों का प्रयोग हो, उसे कभी उचित नहीं ठहराया जा सकता। उन्होंने आख़िरी बात कही कि दोनों ही चिंतित थे कि उनके विचारों को रूढ़ि में ढालकर उन्हें एक 'वाद' का रूप न दे दिया जाए। उन्हें डर था कि उनके विचारों पर 'वाद' या 'पंथ' चल जाने के बाद उनके अनुयायियों में विचार तो लुप्त हो जाएगा, सिर्फ कर्मकांड या बाहरी प्रतीक भर रह जाएँगे। इसीलिए वे अपने विचारों के प्रायोगिक और विकासपरक स्वरूप को खुला छोड़ने के पक्ष में थे और जिसे आज 'मार्क्सिज़्म' या 'गाँधीज़्म' कहा जाता है, उस संज्ञा से घबराते थे।

निर्मल भाई धर्म प्रचारकों वाले आत्मविश्वास के साथ बोल रहे थे और दोनों विचारधाराओं के अलंघ्य अंतरालों को इतनी सहजता से पार किये जा रहे थे कि विवेक ने उन्हें बोलते रहने के लिए प्रोत्साहित रखना ही ज़्यादा सही समझा। स्पष्ट था कि निर्मल भाई की प्रवृत्ति उन समन्वयवादी धर्मोपदेशकों की थी जो विभिन्न धर्मों की अलग-अलग आस्था-संबंधी स्थापनाओं, पौराणिक मान्यताओं, कर्मकांडों और दैनंदिन व्यवहार की असमानताओं को नज़रअंदाज़ कर देते हैं और सिर्फ़ नैतिक मूल्यों की समानता का हवाला देकर घोषणा करते हैं कि सारे धर्म एक हैं। वे भूल जाते हैं कि अपने समग्र रूप में सारे धर्म आज मानव समाज में पारस्परिक घृणा, हिंसा और असहिष्णुता की पौधशाला बने हुए हैं।

पूरी कोशिश के बावजूद थोड़ी देर में विवेक का धीरज जवाब देने लगा। उसने कहा, "निर्मल भाई, आप ही की बात को आगे बढ़ाते हुए मैं मार्क्स और गाँधी की एक और बड़ी समानता बताना चाहता हूँ। मेरा मतलब है...दोनों ही अब इतने बड़े महापुरुष बन गये हैं कि उन्हें उद्धृत करने के लिए उनका साहित्य पढ़ना ज़रूरी नहीं रहा!"

निर्मल भाई आहत से दिखे, बोले, "मैं आपको इतना अपढ़ लग रहा हूँ?"

"नहीं निर्मल भाई, विश्वास करें, मैं आप पर कोई आक्षेप नहीं कर रहा हूँ। मैं तो सिर्फ़ उस ट्रैजेडी की तरफ़ इशारा कर रहा था जो हर बड़े विचारक के साथ होती है। उसके विचारों को अपने संदर्भ से उखाड़कर लोग उन्हें अपनी सुविधा के अनुसार ढाल लेते हैं।

"आपने अभी कहा कि मार्क्स और गाँधी को अपने विचारों के किसी 'वाद' में ढल

जाने की संभावना से घबराहट होती थी क्योंकि उन्हें डर था कि उससे वे रूढ़िबद्ध हो जाएँगे, उनका प्रायोगिक स्वरूप नष्ट हो जाएगा। पर ऐसी बात नहीं है।

"पहली बात तो यही है कि मार्क्स और गाँधी की सभी प्रमुख अवधारणाएँ निश्चयात्मक हैं, वे प्रायोगिक नहीं हैं। उदाहरण के लिए, अहिंसा को लें। गाँधी के लिए वह एक चरम मूल्य है। उसे अगर सिर्फ़ साधन के रूप में लिया जाए तो उनकी निगाह में वह उसका अवमूल्यन होगा। वैसे ही पूँजी, श्रम और परिवर्तन में क्रांति की भूमिका को लेकर मार्क्स की विचारधारा प्रायोगिक न होकर बहुत ही निश्चयात्मक है।

"इसके बावजूद जब वे अपने विचारों के साथ 'वाद' या 'इज़्म' का लेबल जुड़ने से हिचकते हैं तो शायद इसीलिए कि वादों के भविष्य से वे भली-भाँति वाक़िफ़ होंगे। किसी भी विचारधारा के वाद में परिवर्तित हो जाने से उसके विकास की प्रक्रिया एक निश्चित और संकीर्ण मार्ग पर चलने लगती है। वह वाद तब एक संप्रदाय या पंथ बन जाता है, आपने अभी खुद कहा, उसका एक कर्मकांड विकसित हो जाता है। कुछ अर्से बाद उन कर्मकांडों के घटाटोप में सब कुछ पनपता है, कैजुएलिटी सिर्फ़ विचारधारा की होती है।

"बौद्धधर्म में यह सब वज्रयान और महायान के रूप में हुआ। शंकराचार्य की अमूर्त विचारधारा के साथ मठों का कर्मकांड जुड़ा, मार्क्सवाद की परिणति स्टैलिनवादी कम्यूनिज़्म के रूप में हो रही है और गाँधी को मरे अभी चार-पाँच साल ही हुए हैं पर गाँधीवाद की कर्मकांडी परिणति के संकेत हमें गाँधी प्रतिष्ठानों और गाँधी आश्रमों में मिलने लगे हैं। वैसे ही संकेत मुझे उन आंदोलनों में भी दीख रहे हैं जिनसे आप लोग जुड़े हैं—भूदान या ग्रामदान आंदोलन...।"

इस पर शोरगुल तो नहीं मचा पर तीन-तीन प्रतिबद्ध भू-दानियों के सामने विवेक को अपनी बात वहीं छोड़ देनी पड़ी।

[3]

बहस का आख़िरी चरण प्रवचन बन गया था जब विवेक ने विचारधाराओं के अधःपतन को उनके कर्मकांड से जोड़ा था। उसके पहले, बातचीत के दौरान, भूमि-समस्या के समाधान के लिए जब निर्मल भाई ने बड़ी निष्ठा से भू-स्वामियों के हृदय-परिवर्तन में विश्वास प्रकट किया तो उसने इसे "अनुभव पर आशा की विजय" बताकर उसका मज़ाक उड़ाया था। उसने कहा था, 'जिस देश में सुई की नोक भर ज़मीन के लिए महाभारत का युद्ध हुआ हो वहाँ सद्भाव और हृदय-परिवर्तन की बात भावुकता भर है। सामूहिक हृदय-परिवर्तन इतनी आसानी से नहीं होते। उसके लिए रूस जैसी व्यापक क्रांति की ज़रूरत होती है।"

निर्मल भाई ने उत्तर दिया था, "पर विवेक भाई, आपका हृदय-परिवर्तन कैसे हुआ? क्या मार्क्स ने आपकी कनपटी पर पिस्तौल अड़ाकर कहा था कि कुँवर साहब, मेरा

सिद्धांत मान लो; नहीं तो एक गोली में तुम्हारा भेजा उड़ा दूँगा। आपके, और आप जैसे हज़ारों बुद्धिजीवियों के सदियों पुराने संस्कारों को एक किनारे हटाकर मार्क्स की दो-एक किताबों ने उनका हृदय-परिवर्तन कर दि, विचार की दृढ़ता किस तरह ख़ामोशी से किसी का हृदय-परिवर्तन कर सकती है, इसके सबसे बड़े उदाहरण आप खुद हैं। और आपही हृदय-परिवर्तन में हमारी आस्था को कमज़ोर बनाना चाहते हैं!"

पूरी बहस में बस यही एक बात बची थी जिसने उस रात विवेक को कई घंटे जगाये रखा।

[4]

कुँवर जयंतीप्रसाद अमेरिका से दिल्ली लौट आये थे। विवेक को आज शहर जाकर टेलीफोन पर उनसे बात करनी थी। उसने सुंदरी के कमरे के पास आकर बरामदे में खड़े-खड़े कहा, "मैं शहर जा रहा हूँ। चल रही हैं?"

कुछ दिन पहले उससे सुंदरी ने कहा था कि उसे शहर जाना है, वहाँ उसके कुछ काम अटके पड़े हैं। उसने विवेक को कमरे में बुला लिया, बोली, "आज नहीं, परसों चल सकती हूँ।"

"आज कोई दिक्क़त है?"

"निर्मल भाई के लिए संदेश आया है कि उन्हें कुछ दिन बिहार में जाकर काम करना होगा। वे आज शाम को निकल जाएँगे। मुझे अभी रुककर उनसे यहाँ के कई मामले समझने हैं।"

"बिहार में निर्मल भाई के लिए क्या है?"

"हमारा आंदोलन सबसे ज़्यादा बिहार ही में सफल हो रहा है। इसका अर्थ यह है कि हम लोगों के लिए सबसे ज़्यादा काम बिहार ही में है।"

अचानक वह ज़ोर से हँसने लगा, सुंदरी ने नक़ली गंभीरता से उसकी ओर ताका जैसे उसके चेहरे पर किसी बीमारी की अलामतें खोज रही हो, पूछा, "मैंने कोई मज़ाक की बात कही है क्या?"

"सब कुछ मज़ाक ही तो है!" उसने कहा, "आचार्य विनोबा भावे मामूली संत नहीं हैं। उन्होंने भूदान-आंदोलन नाम के हथियार की ईजाद की है। उसके पहले ही वार में एक तरफ़ तेलंगाना में साम्यवाद अधमरा होकर गिर गया, दूसरी तरफ़ बिहार और उत्तरप्रदेश में गाँधीवाद के हाथ-पाँव टूट गये।"

ऐसा कई दिन से हो रहा था। उन लोगों में मिलते ही कोई न कोई बहस शुरू हो जाती थी। विवेक जब सुशीला या निर्मल भाई की मौजूदगी में बात करता तो सीधे तर्कों का सहारा लेता था। पर सुंदरी से बात करते हुए उसका ढंग बदल जाता, वह गाँधीवाद, सर्वोदय या भूदान आंदोलन को लेकर हलके ढंग से उसे खिझानेवाली बातें करता। सुंदरी

ने शुरू में तर्कपूर्वक उसका जवाब देने की कोशिश की थी, अब वह उसे बहुत कम टोकती थी; ज़्यादातर मुस्कराती रहती थी, कभी-कभी खीझ भी जाती थी।

इस वक़्त सुंदरी उसके मज़ाक में शामिल नहीं हुई, खीझकर बोली, "आचार्यजी को बदनाम करने के लिए आप कुछ भी कह सकते हैं।"

"मैं तो तारीफ़ ही कर रहा हूँ और जो कह रहा हूँ उसे साबित कर सकता हूँ।"

"आपको अब शहर नहीं जाना है?"

"जाना है, पर इतने महत्त्व की बात अधूरी कैसे छोड़ सकता हूँ?" वह कुर्सी पर कुछ और इत्मीनान से बैठ गया, बोला, "मैंने कल ही किसान-आंदोलन के विषय में गाँधीजी के विचार पढ़े हैं। तभी मुझे लगा कि आचार्यजी का आंदोलन एक दुधारी तलवार है जो एक ओर साम्यवाद को काटती है, दूसरी ओर गाँधीवाद को...

"नाराज़ मत होइए, मेरी बात को ग़ौर से सुनिए...

"पहले तेलंगाना को लें। यह तो सभी मानते हैं कि साम्यवादियों द्वारा चलाये जानेवाले किसान आंदोलन से क्षुब्ध होकर आचार्यजी ने वहाँ पदयात्रा की थी और उसी से भूदान-आंदोलन की अवधारणा बनी। इसमें भी कोई शक नहीं है कि भूदान आंदोलन की सफलता के बाद तेलंगाना में साम्यवादियों का अभियान काफ़ी हद तक ठंडा पड़ गया है। कुछ लोग इसे एक ख़ास क़िस्म की राजनीति के जवाब में एक दूसरे क़िस्म की राजनीति भी मान सकते हैं। पर मैं यह न कहूँगा कि आप भी ऐसा ही मानें। पर यह सच है कि साम्यवादियों के समर्थन से जो किसान बड़ी उग्रता से किसी क्रांति का सपना देख रहे थे, उनमें से अधिकांश भूदान के शांत और कृतज्ञ लाभार्थी बन गये।

"अब बिहार और उत्तर प्रदेश का हाल सुनिए।

"मत भूलिए कि गाँधीजी का भारतीय राजनीति में प्रवेश चंपारन के किसानों को निलहे साहबों के शिकंजे से छुड़ाने के साथ हुआ था। माना कि वे अहिंसा में विश्वास रखते थे और सत्तारूढ़ लोगों के हृदय-परिवर्तन के भी हामी थे। पर किसान के बारे में उनकी धारणा एक पालतू और कृतज्ञ लाभार्थी की न थी। वे उसके क्रांतिधर्मी होने में विश्वास रखते थे।

"मैंने कल ही पढ़ा है। लुई फ़िशर के कुछ सवालों के जवाब में उन्होंने उसे बताया था कि सिविल नाफ़र्मानी के अनुसार किसान लगान की अदायगी बंद कर देंगे, वे नमक बनाएँगे और उनका अगला क़दम ज़मीन पर क़ब्ज़ा करने का होगा। फ़िशर ने पूछा, "क्या हिंसा के साथ?" इस पर गाँधीजी ने कहा, "हिंसा भी हो सकती है। पर ज़्यादा संभव यह है कि भूस्वामी किसानों से सहयोग करने लगें।" फ़िशर ने कहा, "आप बड़े आशावादी हैं।" तब गाँधीजी ने अपनी बात स्पष्ट की, कहा, "भूस्वामी गाँवों से पलायन कर सकते हैं और यही उनका सहयोग होगा।"

"सुंदरीजी, आप किसानों के बारे में गाँधी-साहित्य को एक बार फिर पढ़िए। तब

आपको पता चलेगा कि गाँधी का आदर्श किसान दीन-हीन नहीं है, न विनम्र और कृतज्ञ लाभार्थी मात्र है। उसकी सनातन बुद्धि ही में नहीं, उसकी क्रांतिशीलता में भी गाँधी का अटूट विश्वास है। वह अपने हक़ के लिए संघर्ष करना जानता है। मुझे लगता है कि भूदान जैसे दाता और दानग्रहीता वाले आंदोलन ने किसान की इस गाँधीवादी अवधारणा पर वैसी ही चोट की है जैसी कि साम्यवादी संघर्ष पर। तभी मैं इसे दुधारी तलवार बताता हूँ।"

"विवेकजी, मैं समझती हूँ कि हमें अब ये राजनीतिक बहसें बंद कर देनी चाहिए क्योंकि इनका मक़सद यही है कि घूम-फिरकर आचार्यजी पर कटाक्ष किया जाए। आपका इससे भले ही मनोरंजन होता हो पर मेरे लिए यह...।"

"बरदाश्त के बाहर है—यही कहना चाहती हैं न आप? पर सच तो यह है कि मैं आपको राजनीति का गंभीर विद्यार्थी समझकर यह विश्लेषण प्रस्तुत कर रहा था। और ठंडे दिमाग़ से किये गए किसी विश्लेषण को भी अगर हम सम्मान-अपमान की शब्दावली से जोड़ने लगे तो समझ लीजिए कि राजनीतिक चर्चा का ज़माना गया। आप ठीक कह रही हैं, हमें राजनीतिक बहसें बंद कर देनी चाहिए। क्यों न हम लोग कल्चर की बात करें, फ़िल्मों की। 'महल' 'आग', 'आवारा' इनके बारे में आप क्या सोचती हैं?"

सुंदरी के चेहरे पर खिंचाव था; आचार्यजी के बारे में हलकेपन से कही हुई बातें वह पचा नहीं पायी थी। उसने कहा, "यही क्या कम है कि आपने मुझे इन महान फ़िल्मों के बारे में कुछ कहने लायक़ समझा। पर सच तो यह है कि मैंने बरसों से कोई फ़िल्म नहीं देखी है। उनके बारे में मैं कुछ नहीं जानती।"

विवेक उसके चेहरे पर तनाव की रेखाओं को देखता रहा, बड़ी मुलायमत से बोला, "सुंदरीजी।"

सुंदरी ने उसकी ओर निगाह उठायी।

"बहुत नाराज़ हैं?"

सुंदरी ने ऊपर नीचे सिर हिलाकर 'हाँ' का संकेत दिया। उसने दोनों ओंठ दबा लिए थे पर विवेक की संक्रामक मुस्कान में वह शामिल हो गयी थी।

[5]

दशहरा और दीवाली की लंबी छुट्टियाँ हो गयी थीं। इसलिए वह अपना पूरा समय गाँव ही में बिता रहा था। निर्मल भाई बिहार चले गए थे। वह शाम को प्रायः महल से मुख्य सड़क तक जानेवाली सड़क पर घूमने निकलता और वही समय था जब सुंदरी और सुशीला भी उसको वहीं मिल जातीं। दो-तीन दिन के बाद एक अलिखित समझौता-सा हो गया, वे दोनों उसे उसी पुल पर बैठी मिलतीं जहाँ आचार्य विनोबा भावे ने एक तपती हुई दोपहरी में दो गाँवों का ग्रामदान स्वीकार करते हुए एक संक्षिप्त प्रवचन दिया था।

विवेक प्रायः चुप रहता था और जो भी कहना होता, उसे कम से कम शब्दों में पूरा कर देता था। पर इधर उसने महसूस किया था कि लड़कियों के सामने-और ख़ास तौर से सुंदरी की उपस्थिति में जब वह बोलना शुरू करता है तो बात कुछ लंबी हो जाती है और कहीं न कहीं सुंदरी की खिंचाई होने लगती है। उसने अपने को रोकने की कोशिश नहीं की थी; इस तरह की स्वच्छंदता में उसे एक आंतरिक मुक्ति का-सा अनुभव होने लगा था।

आज की शाम उसके लिए एक विशेष समाचार लायी थी। उसे दिल्ली विश्वविद्यालय में नियुक्ति मिल गयी थी। वह सड़क पर घूमने के लिए निकला। अभी सूरज नहीं डूबा था पर उसे विश्वास था कि लड़कियाँ पुल पर होंगी। पर वहाँ सिर्फ़ घने पेड़ों का झुरमुट और झुंड से अलग-थलग पड़ी हुई एकाध चिड़ियों की आवाज़ें थीं। अचानक उसे लगा कि वह आगे नहीं बढ़ना चाहता, वह अपनी नियुक्ति की खुशी औरों के साथ बाँटना चाहता है। वह लौटा और सीधे लड़कियों के कमरे की ओर गया। बाहर से वहाँ सिटकनी लगी थी। किसी ने बताया कि वे बाग़ में हैं।

बाग़ में अकेली सुंदरी थी। सुशीला अपराह्न में पड़ोस के गाँव गई थी और अभी लौटी न थी।

बाग़ में सिंचाई के लिए एक ट्यूबवेल था, पर कुछ पुराने कुएँ भी थे जिनसे रहट द्वारा सिंचाई होती थी। सुंदरी एक कुएँ के पास ज़मीन पर फैले हुए एक पेड़ के तने पर बैठी थी। पिछली बरसात में यह पेड़ गिर गया था और उसकी काट-छाँट करके तने के एक टुकड़े को वहाँ वैसे ही पड़ा रहने दिया गया था।

आज भूमिकाएँ बदल गयी थीं। सुंदरी से उसकी पहली मुलाक़ात यहीं हुई थी। दो महीने पहले ऐसी ही एक शाम थी। वह पेड़ के तने पर उसी तरह बैठा था जैसे कि आज सुंदरी बैठी थी। वह सफ़ेद कमीज़ और ख़ाकी पतलून पहने था। सुंदरी उसकी ओर सहज चाल से आयी थी, कहा था, "आपसे अब तक मिल नहीं सकी थी। मैं सुंदरी हूँ।" उसने अपने पिता की तरह यह नहीं कहा था कि, "वह तो आप हैं ही;" सहजता से उठकर खड़ा हो गया था, कहा था, "मिलकर खुशी हुई। मैं खुद आपकी तरफ़ आनेवाला था।"

थोड़ी देर में ही वे एक निरर्थक वार्तालाप में फँस गए थे। पर उसके पहले लगभग आधे घंटे तक उनके बीच रुक-रुककर दूसरी बातें होती रही थीं। अचानक सुंदरी को लगा था कि इस आधे घंटे में उसने अपने परिवार से लेकर भूदान आंदोलन के प्रति आकर्षण और पिछले महीने की पदयात्राओं के प्रति विवेक को बहुत कुछ बता दिया था। पर विवेक के बारे में वह इसके सिवाय और कुछ नहीं जान पायी थी कि वह आजकल पास के शहर में एक कॉलेज में अर्थशास्त्र पढ़ा रहा है और अपने ताऊ के लिए, जो आजकल जेल में है, कुछ चिंतित है।

और आज की शाम सुंदरी खुद यहाँ बाग़ के एकांत में कुएँ के पास तने पर बैठी

है और विवेक उसकी ओर, वैसी ही सफ़ेद क़मीज और ख़ाकी पतलून में आ रहा है।

रहट में चक्राकार लगी हुई बालटियों की शृंखला बराबर ऊपर-नीचे घूम रही थी; हर बालटी नीचे जाकर कुएँ का पानी भरकर ऊपर लाती थी और रीती होकर फिर. अपनी अटूट यात्रा में नीचे चली जाती थी। सुंदरी ने कहा था, "सिंचाई के लिए ट्यूबवेल के मुक़ाबले यह रहट कितने भरोसे का है। किसान को कभी धोखा नहीं दे सकता।"

"महात्मा गाँधी ने शायद ऐसा ही कहा है; क्यों?"

इसके बाद—उस पहली मुलाक़ात ही में—एक निरर्थक बहस चल निकली थी। सुंदरी ने कहा था, "महात्मा गाँधी ही नहीं, आप लोग भी शायद ऐसा ही सोचते हैं। तभी ट्यूबवेल के साथ यहाँ रहटवाले कुएँ भी हैं।"

"आप ठीक कहती हैं; पर मैं ऐसा नहीं सोचता। हमारे परिवार में असली गाँधीवादी ताऊजी हैं। उन्हें इन पुरानी पद्धतियों से बड़ा लगाव है। कितने अफ़सोस की बात है कि हमारी गाँधीवादी सरकार ने उन्हें जेल में डाल रखा है!

मशीनों के प्रति गाँधीजी की आशंकाएँ, गाँधीवाद, ताऊजी की जेल-यात्रा, रहट का इतिहास, उसमें छिपा हुआ जीवन-दर्शनः बातचीत के लिए उस अवसर पर विषयों की कमी नहीं जान पड़ी थी!

अब, आज विवेक को सामने देखकर सुंदरी ने बस इतना कहा, "आइए।" और विवेक के बैठ जाने पर उससे कुछ सुनने की प्रतीक्षा करने लगी।

"एक नयी ख़बर है" कहकर विवेक ने उसे दिल्ली विश्वविद्यालय का पत्र पढ़ने को दिया। उसने पढ़ा और चुपचाप वापस कर दिया।

वह बधाई की आशा कर रहा था, पर उसने कहा, "इसका मतलब है कि अब यहाँ से आपका संबंध टूट गया।"

"संबंध इस तरह नहीं टूटते हैं सुंदरी जी।"

"संबंध इसी तरह टूटते हैं विवेकजी; मुझे देखिए। अहमदाबाद जाने से मुझे कोई नहीं रोक रहा है। पर एक मिशन से जुड़कर जब वहाँ से निकल आयी तो सब कुछ छूट गया। कितना समय बीत गया है! न उधर से कोई चिट्ठी आयी, न मैंने ही लिखी।"

सुंदरी से उसने पहली बार अपने घर के बारे में कोई बात सुनी थी। उस आवाज़ में उसे हताशा का एक क्षीण तंतु-सा जान पड़ा पर तुरंत कुछ कहकर विवेक ने उसे तोड़ना नहीं चाहा। उसने रहट पर अपनी निगाह केंद्रित कर ली। कुछ देर की ख़ामोशी के बाद उसने कहा, "पर मेरे लिए दिल्ली जाने का यह मतलब नहीं कि मैं अपनी जड़ों से अपने को अलग किये ले रहा हूँ।"

"पर होना यही है। आप शायद भौगोलिक फ़ासले के बारे में सोच रहे हैं। पर इस जोड़-तोड़ में भौतिक भूगोल का उतना हाथ नहीं रहता; रिश्तों की शक्ल हमारे कार्यक्षेत्र से, भविष्य की आकांक्षाओं से बनती है। खुद बताइए, आप जो शोध-कार्य हाथ में लिए हैं, उसमें इस गाँव की क्या भूमिका है? कुछ दिन हुए, आप खुद किसी विदेशी विश्वविद्यालय

में जाकर शोध-कार्य की बात कर रहे थे। तो, भविष्य का रास्ता है: यहाँ से दिल्ली, दिल्ली से शायद हार्वर्ड...।

"हार्वर्ड हरगिज़ नहीं, अमेरिका मुझे पसंद नहीं करेगा। ज़्यादा से ज़्यादा लंदन स्कूल ऑफ़ इकोनॉमिक्स...।

"तो वही सही; यहाँ से दिल्ली, वहाँ से लंदन। उसके बाद यह गाँव आपके आरंभिक बायो-डेटा की एक पंक्ति भर होकर रह जायगा।"

बातचीत अनजानी दिशा में मुड़ गयी थी। सुंदरी की गंभीरता ने उसे हैरत में डाल दिया था। कहीं ऐसा तो नहीं कि कुछ सप्ताहों के परिचय में ही एक भ्रांति ने उन्हें मज़बूती से बाँध दिया है: कि वे ऐसे ही निरुद्देश्य मिलते रहेंगे, ऐसी ही निरुद्देश्य बहसें होती रहेंगी, गाँधीवाद और मार्क्सवाद की ऐसी ही खिंचायी होती रहेगी और इस सबमें किसी उद्देश्य का आभास भी हुआ तो उसे बेहिचक अनदेखा कर दिया जाएगा।

इस मूड को तोड़ने के लिए उसने हलकेपन से कहा, "तो आपकी राय है कि मुझे यहाँ से जाना नहीं चाहिए?"

"नहीं विवेकजी, आपको जाना तो है ही, और जाना भी चाहिए। पर कुछ दिन पहले इसी रहट को लेकर आपने मुझे ताऊजी की फ़िलॉसफ़ी समझायी थी। आपने कहा था कि हमें त्याग के लिए रहट की बालटियों से सबक़ लेना-चाहिए। वे नीचे से पानी भरकर लाती हैं और ऊपर की हरी-भरी दुनिया में एक क्षण भी रुके बिना अपना सारा पानी दूसरों को सौंपकर फिर से पाताल-यात्रा शुरू कर देती हैं! मैंने सोचा था कि इस फ़िलॉसफ़ी के साथ अपना सारा संचित जल आप यहाँ की धरती को सौंपना चाहेंगे। पर कोई बात नहीं, वहाँ भी यही धरती है।"

फिर; "कब जाएँगे?"

"अगले सप्ताह। बाबूजी के अमेरिका से लौटने के बाद।"

अपनी पहली मुलाक़ात में उसने सुंदरी से कहा था :

"रहट। इसे अंग्रेज़ी में परशियन व्हील कहते हैं। पर ताऊजी का मानना है कि यह फ़ारस से नहीं आया, यह हमारे देश का ही आविष्कार है। अपने प्राचीन भारत में इसे घटीयंत्र कहते थे।

"कर्मनिष्ठा और त्याग की शिक्षा देने के लिए ताऊजी ने घटीयंत्र से एक फ़िलॉसफ़ी निकाली है। उसके जलपात्र—यानी ये बालटियाँ—बिना रुके चलती रहती हैं और नीचे से जल को उठाकर दूसरों के लाभ के लिए उलीच देती हैं। वे अनवरत त्याग और कर्म की प्रतीक हैं।

"ताऊजी की बात सही भी है और ग़लत भी! रहट की बालटियाँ खुद अपनी गति से चलकर कुएँ से पानी नहीं लातीं। रहट की शहतीर से जुता हुआ जो बैल है वही रहट

को बराबर चक्कर लगाकर संचालित करता है। तभी रहट की बालटियाँ अपने परिक्रमा के पथ पर चल पाती हैं। सारा खेल बालटियों का नहीं, बैल की मेहनत का है।

"पर मैंने ताऊजी को अपनी राय नहीं बतायी। अगर ज़िंदा बैल के मुक़ाबले उन्हें मुर्दा बालटियों से ज़्यादा प्रेरणा मिलती है तो मुझे क्या एतराज़ हो सकता है?"

विवेक के चले जाने के बाद भी वह तने पर बैठी रही; पानी से भरी बालटियों का ऊपर आना और रीती होकर नीचे जाना देखती रही।

कुँवर जयंतीप्रसाद सिंह तीन दिन बाद गाँव पहुँचनेवाले थे। अपनी नियुक्ति के बारे में विवेक को दिल्ली में किसी को फ़ोन करना था। वह दोपहर बाद शहर जा रहा था। सुंदरी भी वहाँ से कुछ किताबें और पत्रिकाएँ लाने के लिए उसके साथ चली गयी।

शहर में उनके सारे काम डेढ़ घंटे में ख़त्म हो गए। विवेक ने कहा, "कोठी का हाल-चाल लेते हुए हम उधर से ही वापस लौट चलेंगे।"

कोठी का पुराना फाटक नये पेंट में चमक रहा था। उसे पार करके उनकी जीप एक अर्धवृत्ताकार गलियारे पर चलती हुई दो बड़ी मोटरों को टिकाने लायक पोर्टिको में आकर रुकी। गलियारे के एक ओर लीची का घना बाग़ था, दूसरी ओर क़रीने से कटी हुई बाड़ के उस पार विस्तीर्ण लॉन था। उसके पार एक दूसरा बाग़ था, उसके किनारे-किनारे केलों की घनी क़तार थी, अंदर आम के पेड़ थे।

कार्तिक की ढलती हुई धूप में वहाँ शांति और स्निग्धता का दुर्लभ वातावरण था। लगता था, ग़रीबी और संघर्ष का संसार बहुत पीछे छूट गया है। कुछ महीनों बाद ही ज़मींदारी प्रथा का उन्मूलन होनेवाला था। उसे समाप्त करने का विधेयक राज्य की विधान-सभा में पेश किया जा चुका था। ज़मींदारी-उन्मूलन के बाद इस तरह की बहुत-सी कोठियों का रंग-रोगन उड़ने लगेगा, पलस्तर गिरने लगेगा, बाग़ में झाड़-झंखाड़ और लॉन में जंगली घास उगने लगेगी, मोटर गैरेजों में पुरानी ब्यूक और फ़ोर्डों के धूल भरे अस्थि-पंजर भर दिखायी देंगे और इस शांति और स्निग्धता की जगह चारों ओर ह्रास और बदहाली दिखायी देगी। इस सबके बावजूद संपन्नता और संतुष्टि का यह वातावरण इतने नज़दीक आ चुके परिवर्तन की हुंकार नहीं सुन रहा है; ऐसी कोठियों के ऐसे भी बहुत से मालिकान होंगे जो सूरज डूबने के पहले ही अपना व्हिस्की का गिलास हाथ में लेकर यह मानने से इनकार कर रहे होंगे कि कुछ ही दिनों में एक नया युग उनकी जीवनशैली पर ज़ोरदार ठोकर मारने जा रहा है।

सुंदरी ने कहा, "बड़ी शानदारी कोठी है आपकी! अब समझ में आया कि आप इतनी आसानी से कम्यूनिस्ट कैसे बन गए!"

"कम्यूनिस्ट नहीं, मुझे जैसों को पार्लर पिंक कहा जाता है।"

"बाग़ के कोने से एक माली दौड़ता हुआ उनकी ओर आ गया था। विवेक ने कहा, "कॉटेज खोल दो।"

वे जीप से उतर आये थे। वह कोठी के विस्तीर्ण बरामदे की सीढ़ियाँ चढ़ने के बजाए

बाग़ के किनारे से जाते हुए एक पक्के गलियारे पर चलने लगा। कोठी से कुछ दूरी पर यह दो कमरे का छोटा-सा घर था। इसी को उसने कॉटेज कहा था। आगे जाकर छोटे कमरों की एक क़तार थी जिसमें नौकर-चाकर रहते होंगे।

माली ने कॉटेज खोल दी थी। पहला कमरा बैठक और अध्ययन कक्ष था। एक आराम कुर्सी पर बैठते हुए सुंदरी ने चारों ओर निगाह दौड़ायी; कहीं कुछ भी अव्यवस्थित नहीं था। किताबें अलमारियों में क़रीने से लगी थीं, दो-चार किताबें पढ़ने की मेज़ पर थीं पर उन्हें भी एक छोटे रैक में लगा दिया गया था। कागज़, फ़ाउंटेन पेन, पेंसिल-सब कायदे से रखे हुए थे। कमरे के अंदरूनी कोने के पास एक दरवाज़ा था जिससे रसोईघर जुड़ा हुआ था। विवेक वहाँ अंदर जाकर कुछ देखने लगा। सुंदरी को कमरे का फ़र्नीचर काफ़ी पुराना, पर कीमती और आरामदेह जान पड़ा। पर वहाँ उसे एक बड़ी अजीब-सी कमी दीख पड़ी, दीवारों पर एक भी तस्वीर न थी, सिर्फ़ उस वर्ष का कैलेंडर था जिसमें किसी पहाड़ी झील का रंगीन दृश्य बना हुआ था।

विवेक ने कमरे में आकर कहा, "चाय?"

'मैं चाय नहीं पीती।"

"तब आपके लिए तुलसी और नींबू की चाय बना दी जाए? चाय के नाम से एतराज़ हो तो उसे काढ़ा समझकर पी लीजिएगा।" कहकर विवेक ने माली को पुकारकर तुलसी की पत्तियाँ और नींबू लाने को कहा। सुंदरी उठकर खड़ी हो गयी, बोली, "आप बैठिए, मैं चाय बनाती हूँ।"

"जी नहीं, मेज़बान का हक़ आप नहीं छीन सकतीं।" कहकर वह रसोईघर में चला गया। सुंदरी उठकर दरवाज़े के पास खड़ी हो गयी।

रसोईघर कमरे से भी ज़्यादा सुव्यवस्थित और साफ़ सुथरा था; वह विवेक को अपने अभ्यस्त और दक्षतापूर्ण हाथों से काम करते देखती रही। उसने स्टोव जलाकर पानी खौलाया और अपने लिए एक छोटी केतली में चाय तैयार की; फिर बचे हुए पानी में तुलसी की पत्तियाँ डालकर सुंदरी के लिए नींबू की एक प्याला चाय बनायी, एक छोटी अलमारी खोलकर एक नये पैकेट से उसने कुछ बिस्कुट निकाले; फिर सारी सामग्री एक ट्रे में रखकर वह बैठक में आ गया।

इस दौरान वह इस शहर के डिग्री कॉलेज में पढ़नेवाले गाँव के छात्रों की समस्याओं पर बात करता रहा था, अपने अनुभव बताते हुए समझा रहा था कि समस्या सिर्फ़ पिछड़े वर्ग के ही छात्रों की नहीं, गाँव से आनेवाले सभी छात्रों की है : "कुछ अपवादों को छोड़ दीजिए—जैसे कि मैं—पर उच्चतर शिक्षा के लिए जब गाँव के लड़के शहर के किसी डिग्री कॉलेज या विश्वविद्यालय में जाते हैं तो अपने शहरी मित्रों के मुक़ाबले उनकी जानकारी और अध्ययन का दायरा बहुत सीमित होता है।"

वे धीरे-धीरे चाय पीते रहे। बाहर धूप ढलने लगी थी, पर लगता था कि उन्हें वापस लौटने की जल्दी नहीं है। चाय पी चुकने के बाद जब सुंदरी ने प्याले आदि वहाँ से

उठाने चाहे तब भी उस विवेक ने उसे वैसा नहीं करने दिया। चाय के बर्तन ले जाकर उसने रसोईघर में कायदे से साफ़ किए, उन्हें सावधानी से पोंछा और अपनी पुरानी जगह पर रख दिया। चलने के पहले उसने शक्कर और मिल्क पाउडर के डिब्बों की जाँच की, उनके ढक्कन अच्छी तरह बंद थे। रसोईघर पर चारों ओर एक आख़िरी निगाह डालकर वह कमरे में आया, बीच का दरवाज़ा बंद करके बोला, "चलें?"

अंदर का कमरा उसका शयनकक्ष रहा होगा परंतु उन दोनों के वर्तमान में उसका अस्तित्व नहीं था।

कॉटेज से बाहर आकर जब वे पोर्टिको की ओर लौटने लगे तो सुंदरी ने कहा, "आपकी तारीफ़ में एक बात कहे बिना नहीं रह सकती। आप बहुत कुशल गृहणी हैं।"

[6]

वे शाम के धुँधलके में वापस लौट रहे थे। जीप विवेक चला रहा था, ड्राइवर पीछे की सीट पर था। गोधूलि का यह ऐसा क्षण था जब हेडलाइट के बिना गाड़ी चलाने में असुविधा होती और हेडलाइट जला दी जाती तो दिन की बची-खुची रोशनी से मिलकर सड़क को ठीक से रोशन न कर पाती। सड़क ऊबड़-खाबड़ थी। इन दोनों कारणों से वह खामोशी के साथ पूरा ध्यान जीप पर केंद्रित किए था। शरद ऋतु का उत्तरार्ध था। दीवाली बीत चुकी थी, पर हवा की ठंडक अभी सुखद बनी थी, उसमें जाड़े की चुभन नहीं आयी थी। सड़क के किनारे के खेतों में रबी की बुवाई हो चुकी थी, कुछ बुवाई के लिए तैयार थे। क्षितिज में वृक्षों की काली क़तारें अँधेरे से गठबंधन जैसा कर रही थीं। खेतों के ऊपर भी, धरती से कुछ ऊँचाई पर, धुएँ की एक चौड़ी अर्धपारदर्शी लकीर-धरती से समानांतर-फैली हुई थी और अँधेरे के साथ धीरे-धीरे अंतरिक्ष में घुलती जा रही थी। सड़क वीरान थी और किनारे के पेड़ों पर चिड़ियों की चहचहाहट के बावजूद एक अजीब-सी नीरवता थी जिसे जीप के इंजन की एक स्वर पर बँधी हुई अटूट आवाज़ भी तोड़ नहीं पा रही थी। गाड़ी अब सड़क के एक अच्छे टुकड़े पर चल रही थी।

अचानक सुंदरी के मन में इस क्षण के लिए असाधारण आकर्षण जागा। चारों ओर सब कुछ साधारण होते हुए भी सब कुछ असाधारण जान पड़ा। लगा कि यथार्थ की स्थूल सीमा रेखाएँ पीछे छूट गयी हैं। जो कुछ दिख रहा है वह यथार्थ नहीं है—यह सड़क, ये खेत, कच्चा अँधेरा, ये अजनबी गाँव और जंगल, यह जीप, विवेक का नाम अपनाये हुए पास बैठा हुआ यह आदमी जिसने पता नहीं कितनी शताब्दियों पहले अपनी दक्ष उँगलियों से तुलसीदल की चाय बनायी थी, और यह मैं—जिसने शायद उसी धुँधले अतीत में कभी उसे एक अजनबी कमरे में चाय बनाते देखा था! क्या यह सब सचमुच ही हुआ था, क्या यह सब सचमुच ही हो रहा है?

पर : उसने आँख फैलाकर खेतों की ओर देखा और फिर विवेक की ओर—यह

यथार्थ नहीं है, पर भ्रांति भी नहीं है। काल्पनिक लगते हुए भी—मैं जानती हूँ—यह सच्चा अनुभव है। क्या इसे मुट्ठी में बंद किया जा सकता है?

चमकदार हेडलाइट में जीप की ड्राइविंग अब सहज हो गयी थी। विवेक कुछ कह रहा था। सुंदरी ने कहा, "मैं न कुछ सुन रही हूँ, न कुछ समझ रही हूँ।"

"बापू के तीन बंदरों की तरह!"

उसने जवाब नहीं दिया, जीप के बाहर झाँककर चेहरे पर हवा की ठंडक का अनुभव किया। विवेक चुपचाप जीप चलाता रहा।

वे फिर सड़क के एक ख़राब हिस्से में आ गए थे और उसकी ख़राबी का सीधा अनुभव उन्हें तब हुआ जब जीप अचानक एक गड्ढे के बीच से निकली और हेडलाइट की रोशनी अचानक ग़ायब हो गयी। विवेक झटके से गाड़ी रोककर नीचे उतर आया, सुंदरी ने कहा "अब?"

"कोई तार इधर से उधर हो गया होगा। ठीक हो जाएगा।"

ड्राइवर टॉर्च लेकर गाड़ी के सामने पहुँच गया था। बोनेट खोलकर उसने थोड़ी देर में ही हेडलाइट का कारण खोज निकाला। उसे दुरुस्त करके वे चलने को हुए कि ड्राइवर ने कहा; पिछले पहिये की हवा भी कम जान पड़ती है।"

हवा कम नहीं, बहुत कम थी। लगता था कि कोई बहुत बारीक पंक्चर हुआ है। विवेक कहा, "पहिया बदल लो।"

ड्राइवर को जीप पर काम करता छोड़कर वे जीप से कुछ दूर सड़क पर टहलने लगे। विवेक ने कहा, "जो बात न आप सुन रही थीं, न समझना चाहती थीं; वह निर्मल भाई की थी।"

"उनकी याद कैसे आ गयी?"

"तुम्हें याद होगा, बहुत दिन पहले उन्होंने एक लंबा व्याख्यान दिया था—यह साबित करने के लिए कि मार्क्सवाद और गाँधीवाद अपने मूल रूप में एक जैसे हैं। अभी हम लोग जिन गाँवों के पास से निकल रहे थे, वहाँ सबसे ज़्यादा आबादी जुलाहों की है और आज भी वे हथकरघों पर काम करके किसी तरह गुज़र-बसर करते हैं। इन गाँवों के पास से निकलते हुए मुझे निर्मल भाई के उसी व्याख्यान की याद आ गयी।"

"क्यों?"

"मार्क्स के एक लेख की याद करके। मार्क्स ने अंग्रेज़ी राज में शुरुआत से ही गाँव के दस्तकारों की बरबादी का ज़िक्र किया है। रहन-सहन की ज़रूरतों को लेकर गाँवों में उस समय तक जो आत्म-निर्भरता थी, उसके टूटने का ज़िम्मेदार उन्होंने ब्रिटिश शासन को ही ठहराया है। निर्मल भाई चाहते तो वे इसमें भी मार्क्स और गाँधी के विचारों की समानता देख सकते थे।"

"वे अगर ऐसा करते तो आप को कोई ऐतराज़ होता?"

"जरूर होता। गाँधीजी उत्पादन के साधनों का, गाँव के स्तर पर, परिवार को इकाई

मानते हुए, विकेंद्रीकरण का नुस्ख़ा पेश करते हैं। मार्क्स को यह हज़म न होता।"

वे जीप से काफ़ी दूर निकल आये थे। अब पेड़ और उनकी छायाएँ, खुले खेत और ऊबड़-खाबड़ रास्ते अँधेरे में एकाकार हो गए थे। पर अँधेरा घना नहीं था। आसमान में पंचमी का चाँद झलकने लगा।

वह कहता रहा, "जो भी हो, निर्मल भाई मार्क्स और गाँधी को एक पटरी पर बैठाने की जो असंभव कोशिश कर रहे हैं, इसके लिए उनकी हिम्मत की दाद देनी चाहिए।"

सुंदरी खड़ी हो गयी, बोली, "पर आप यह क्यों मानकर चल रहे हैं कि मैं इस विषय पर निर्मल भाई से सहमत हूँ? मैं बिलकुल दूसरे ढंग से सोचती हूँ। मैं समझती हूँ कि हर महत्त्वपूर्ण मुद्दे पर गाँधी और मार्क्स की स्थापनाओं में बहुत अंतर है। उनकी आरंभिक स्थापनाएँ ही अलग-अलग हैं। समाज के आदर्श स्वरूप को लेकर वे अलग-अलग सोचते हैं। महात्मा गाँधी का ट्रस्टीशिप का सिद्धांत—क्या उसकी किसी भी तरह मार्क्सवाद से संगति बैठ सकती है? मेरी खुद यही धारणा है कि इन दोनों विचाराधाराओं में समन्वय नहीं हो सकता, मार्क्सवाद और गाँधीवाद कभी एक नहीं हो सकते।"

वह सुंदरी के इतना पास खड़ा था कि सुंदरी को उसके शरीर की उष्मा-तरंगें छूती सी जान पड़ीं। वह एक क्षण ख़ामोश रहा, फिर धीरे से बोला, "पहले मैं भी यही सोचता था, अब मेरा विचार बदल गया है।"

अँधेरे में सुंदरी की हँसी की हलकी खनक हवा में बिखर गयी। उसने पूछा, "अब आपका क्या विचार है?"

विवेक ने कहा, "मेरा विचार है कि मार्क्सवाद और गाँधीवाद साथ-साथ रह सकते हैं। वे एक हो सकते हैं। उसका तरीक़ा यही है कि हम दोनों साथ-साथ रहने लगें, हमेशा के लिए एक हो जाएँ।"

दोनों के बीच गहरी ख़ामोशी उतर आयी थी जो उन्हें बाँट रही थी—अपनी-अपनी निजी दुनिया में ढकेल रही थी; और बाँध भी रही थी। छिपाकर सुंदरी ने धीरे-धीरे एक गहरी साँस ली, कमज़ोर आवाज़ में कहा, "चलिए, वापस चलें।"

पर विवेक अपनी जगह खड़ा रहा, सुंदरी को रुक जाना पड़ा।

"मैं तुम्हें एक बात का विश्वास दिलाना चाहता हूँ, " जैसे तेज़ हवा में किसी पेड़ के अधपके पत्ते झर गए हों, 'आप' की औपचारिकता उसकी ओर से ख़त्म हो गयी थी; उसने कहा, " मैंने इम्पल्स में आकर यह बात नहीं कही है। मैं बहुत दिन से तुमसे यह कहना चाहता रहा हूँ। बाहर से हम लोग देश की, समाज की न जाने कितनी बातें करते रहे हैं। पर कुछ दिनों बाद वह मेरे लिए पाखंड जैसा हो गया था। सब बातों को छोड़कर हर बार मेरा मन तुमसे एक ही बात करना चाहता था, सिर्फ़ एक सवाल पूछना चाहता था...।"

उसके शब्द जल्दी-जल्दी निकल रहे थे जैसे उसे डर हो कि बोलना बंद करते ही

सुंदरी उसके सामने से अचानक ग़ायब हो जाएगी। वह कहता रहा, "देखो सुंदरी, हम दोनों के सामने बहुत काम हैं, हम बहुत व्यस्त व्यक्ति हैं; एक दूसरे के बारे में निरंतर सोचकर हमें ज़्यादा वक्त नहीं गँवाना चाहिए। पर कम से कम मेरी यही हालत हो गयी है; शोध का काम एक किनारे पड़ गया है, रात-रात भर मैं किताब खोलकर बैठा रहता हूँ, आँखें छपे हुए पन्ने पर होती हैं और सोचता मैं तुम्हारे बारे में हूँ। इससे अच्छा है कि हम लोग शादी कर लें और उसके बाद निश्चिंत होकर अपने कार्यक्षेत्र में जुट जाएँ!"

सुंदरी ने फिर वही शब्द दोहराये, "चलिए, वापस चलें।"

किनारे हटकर उसने सुंदरी को आगे हो जाने दिया, फिर धीरे-धीरे उसके साथ चलने लगा; कहता रहा, "नहीं, यह सम्मोहन भर नहीं। मुझे विश्वास है कि मेरी ज़िंदगी में संपूर्णता तुम्हीं से आ सकती है। अपनी ओर से मैं यही वादा कर सकता हूँ कि मैं तुम्हारे रास्ते में बाधा नहीं बनूँगा, तुम जिस लक्ष्य को पाने का प्रयास कर रही हो, उस तक पहुँचने में तुम्हें कमज़ोर नहीं होने दूँगा...।"

सुंदरी ख़ामोश रही।

वे वहाँ पहुँच गए थे जहाँ अँधेरे का वृत्त टूट रहा था। जीप के अंदर बहुत धीमी रोशनी का बल्ब जल रहा था। उसका पहिया बदला जा चुका था। विवेक ने कुछ कहकर सुंदरी को रोकना चाहा; अपने अधूरे संवाद का अनजाना भविष्य उसे कुछ और कहने को उकसा रहा था; पर उसे लगा कि जितना कहा जा चुका है उसके बाद सारे शब्द चुक गए हैं।

जीप तक आते-आते सुंदरी अपने आप ठिठक गयी, बोली, "विवेक, तुम जानते हो, मैं वहाँ अपना परिवार छोड़कर यहाँ एक नया परिवार बसाने नहीं आयी हूँ। मेरे सामने एक मिशन है। कोर्टशिप, विवाह—यह सब मेरे एजेंडा में नहीं हैं।"

वह सिर झुकाये हुए खड़ी थी; सहसा उसने अपना बायाँ हाथ मत्थे और गाल पर फेरा, उसके शब्द टूट से रहे थे, बोली, "मैं कुछ भी सोच नहीं पा रही हूँ। यह सब कितना अचानक है। विवेक, यह बात हम यहीं छोड़ दें।"

वे जीप पर बैठ गए, ड्राइवर पहले की तरह पीछे की सीट पर बैठा। रास्ते में वे दोनों ही खामोश थे। कुछ फ़ासला तय कर लेने के बाद विवेक ने सिर पीछे मोड़कर ड्राइवर की मौजूदगी का एहसास कराते हुए अंग्रेज़ी में कहा, "इसे आकस्मिक बनाने के लिए मैं माफी चाहता हूँ। पर चाहते हुए भी मैं अपनी बात किसी और तरह से नहीं रख सकता था। जो भी हो, यह मेरे लिए अब कुछ आसान हो गया है। मैं अब पारंपरिक शब्दों में भी वही निवेदन कर सकता हूँ।..."

"नहीं विवेक, यह बात यहीं छोड़ दो।"

कोठी पर आकर विदा लेने से पहले विवेक ने कहा, "मैं कल सवेरे आकर मिलूँगा।"

"नहीं, विवेक नहीं। इतनी जल्दी नहीं।"

उस रात उसने सुशीला से कुछ नहीं बताया था, पर वह जानती थी कि उसे बताना

पड़ेगा; वही थी जिससे सलाह ली जा सकती थी, जिसके साथ मिलकर उलझी हुई भावनाओं को कुछ व्यवस्था दी जा सकती थी।

सुशीला पास के बिस्तर पर गहरी नींद सो रही थी, सुंदरी की आँखें खुली थीं।

वह पहले से एक गणित तैयार करके भूदान-आंदोलन में आयी थी। पर सारी ज़िंदगी का फैसला, आज जान पड़ा, ऐसे गणित से नहीं हो सकता। हम अपने भविष्य की रूपरेखा बड़ी सूझ-समझ से तैयार करते हैं पर एक अचीन्हा तत्व भी है। क्या उसी को संयोग कहते हैं? यह कैसी कमज़ोरी है कि अपनी सारी चेतना को, सारे सुचिंतित जीवन-क्रम को संयोग के हाथों सौंप देने का मन हो रहा है: रात के तीसरे पहर सुंदरी अपने ख़िलाफ एक अजीब-सी बेचैनी का अनुभव कर रही थी।

[9]

सुशीला से बात करने का कोई परिणाम नहीं निकला। उसने कहा कि फ़ैसला अकेले सुंदरी को ही करना है। अकेले वही जानती है कि वह विवेक को कितना चाहती है और यही आधार है जिस पर उसे फैसला करना चाहिए।

"तो मुझे सब कुछ भूलकर विवेक से शादी कर लेनी चाहिए?" शादी! कहकर सुंदरी ने आँखें फैलायीं; ज़ोर से हँसी; जैसे वह फिर बच्ची बन गयी हो और बच्चों की कोई राक्षसोंवाली फ़िल्म देख रही हो जिसे देखते हुए डर भी लगता हो और दूसरों को दिखाने के लिए हँसना भी जरूरी हो।

सुशीला इस अभिनय से अप्रभावित रही। बोली, "ज़रूर कर लेनी चाहिए, बशर्ते कि न करने में तुम्हें दुख झेलने का डर हो, कर लेने पर तुम्हारे सुखी होने की राह खुल रही हो।"

अगले तीन दिनों में भी वह तय नहीं कर पायी थी; पर एक भावना धीरे-धीरे मन में उभर रही थी। त्याग, अपरिग्रह और सेवा के लिए स्वीकार किये गए सभी मानदंड उसको रोक रहे थे, फिर भी उसे लग रहा था कि उसकी नियति अब अपरिहार्य रूप से विवेक के साथ जुड़ गयी है।

तभी कुँवर जयंतीप्रसाद सिंह विदेश-यात्रा से लौट आये और संयोग की जिस शक्ति के बारे में उस रात सुंदरी ने सोचा था वही एक क्रूर विडंबना के साथ सुंदरी को ढकेलकर एक अप्रत्याशित रास्ते पर पहुँचा गयी। भौतिक भूगोल में यह रास्ता बिस्रामपुर को जाता था।

यह संयोग ही था कि, अपने आप से झिझकते हुए, जब वह विवेक के प्रस्ताव को स्वीकार करने का मन बना रही थी, तभी विवेक के पिता ने उसे अचानक अपनी बाँहों में बाँधकर घोषणा की थी, "मैं तुमसे विवाह करना चाहता हूँ।" उसके बाद सुंदरी के निर्मम भविष्य का फैसला सुंदरी के हाथ में नहीं रहा, इस संयोग के हाथ में चला गया।

ग्यारह

[1]

सुशीला के आने के कुछ दिन पहले दिल्ली के एक प्रसिद्ध अख़बार की महिला रिपोर्टर ने बिस्रामपुर का दौरा किया था। देखने में वह दिल्ली के किसी कॉलेज की चुस्त-दुरुस्त छात्रा जैसी लगती थी—जींस, कमीज़, कंधे से लटकता कैमरा। आजकल हिंदी फ़िल्मों में किसी कमसिन नारी पत्रकार का जो मॉडल देखने में आता है, वह उस पर बिलकुल चस्पाँ होता था। उन्हें उसकी बातें बहुत ताज़गी-भरी और मनोरंजक जान पड़ी थीं और अपने विशाल अनुभव के बावजूद वे लगभग भूल गए थे कि वह उनका साक्षात्कार ले रही है।

उसने सुंदरी से जुड़ी हुई संस्थाओं की काफ़ी गहरायी से जानकारी ली। विनय वाटिका ने उसे ख़ासतौर से आकर्षित किया और उसकी घनी हरियाली के उसने कई चित्र भी खींचे। उसने सुंदरी की प्रकाशित होनेवाली किताब को भी पलटा और उन्होंने अपने पुराने अंदाज़ में उसे यह लिखने से रोका कि उस किताब के कुछ हिस्से उसने पढ़े हैं। "यह अभी गोपनीय है और प्रेस द्वारा इसकी चर्चा करने का अधिकार सिर्फ़ विवेक को है," उन्होंने कहा। फिर भी उसने भूमि व्यवस्था के बारे में सुंदरी की स्थापनाओं की जानकारी ली और उन पर अपनी तात्कालिक और बुद्धिमत्तापूर्ण प्रतिक्रिया भी दी।

लगा कि उसे सब कुछ आता है और उसके मुक़ाबले कुँवर जयंतीप्रसाद सिंह की जानकारी में जंग लग रहा है। राजधानी के अनेक नेताओं के बारे में उसने कई घनिष्ठ और मज़ेदार क़िस्से सुनाये। बात करने का उसका अंदाज़ बड़ा आकर्षक था और दिल्ली के महापुरुषों के बारे में उसका मूर्तिभंजक रूप और भी ज़्यादा आकर्षक था। अपनी गुरुता के बावजूद वे थोड़ी ही देर में उसके बौद्धिक खेल में उसके स्तर पर शामिल हो गए थे।

जिस दिन सुशीला के नाम उन्होंने सुंदरी का पत्र पढ़ा था उसी दिन दोपहर के बाद उन्हें दिल्ली का यह अख़बार मिला। पत्र पढ़कर आत्मग्लानि ने उन्हें इतना आहत कर दिया कि उन्हें अपने हाथ-पैर सुन्न होते से जान पड़े। उनके अविवेक और उतावलेपन ने अनजाने ही सुंदरी और विवेक की ज़िंदगी के सहज क्रम को एक झटके से तोड़ दिया है, इस एहसास ने उनहें इतना शिथिल कर दिया था कि वे दोपहर का भोजन भी

नहीं कर सके थे। अवसन्नता के इस घटाटोप अँधेरे में भी उन्हें कभी-कभी लगता था कि जो कुछ हुआ है, उसमें वे कहीं नहीं हैं। पर रह-रहकर इस भ्रांति के ऊपर यथार्थ का कोड़ा पड़ता था जिसकी चोट को प्रकट करने का कोई रास्ता न था। ऐसी मनोदशा में इस अख़बार को पलटकर, और उसमें छपी हुई तस्वीरों को देखकर अपनी परिस्थिति की विडंबना से उनका सीधा मुक़ाबला हुआ।

उन्होंने सरसरी निगाह से पूरी टिप्पणी पढ़ डाली। फिर सावधानी से उसे दुबारा पढ़ा। उन्हें लगता रहा कि वे किसी दूसरे के बारे में पढ़ रहे हैं, उस लड़की ने उनके साक्षात्कार के साथ जिस खुली उदारता से बिस्रामपुर के प्रयोग को पेश किया है और जिन कुँवर जयंतीप्रसाद सिंह के त्याग और तप से वहाँ के ऊर्ध्वगामी विकास को जोड़ा है, उसका उनसे कोई रिश्ता नहीं है। एक बार फिर उन्हीं अख़बारी टिप्पणियों की पुनरावृत्ति हुई थी जिन्होंने लगभग साल भर पहले उनके बिस्रामपुर प्रवास को 'अपरिग्रह' 'वाणप्रस्थ', 'संन्यास', 'सर्वोदयी आस्था' जैसे नाम दिये थे।

उनके साक्षात्कार और पत्रकार की विस्तृत टिप्पणी के अलावा अख़बार में उनके दो फ़ोटो भी थे। एक में छबलाल को उनकी उँगली पकड़कर चलता दिखाया गया था, दूसरे में वे शॉल ओढ़े हुए पलँग के सिरहाने की टेक लेकर बैठे थे। "बिस्रामपुर का संत" इस चित्र का शीर्षक था।

एक बार फिर से पूरी टिप्पणी पढ़कर उनकी निगाह उस चित्र की ओर मुड़ी जिसके नीचे 'बिस्रामपुर का संत' लिखा था। थोड़ा-सा नीचे झुके हुए उनके चेहरे की वृद्ध मुद्रा को इस चित्र में जिस तरह पकड़ा गया था उसमें सघन चिंतन और अनासक्ति छिपी थी।

अख़बार को पास एक छोटी मेज़ पर रखकर वे बिस्तर पर लेट गए; सोचाः अब जीने का कोई अर्थ नहीं है।

[2]

इसके एक दिन पहले उन्होंने आकाशवाणी की ख़बरों में नरेशसिंह की मौत का समाचार सुना था। नरेशसिंह को वे जानते थे, उसे ऊँची सोसायटी का एक ऐसा विदूषक मानते थे जो सफलता की एक सीढ़ी के बाद दूसरी सीढ़ी लगातार चढ़ता रहा था। आकाशवाणी के समाचार में था कि वाशिंगटन में नरेशसिंह का देहांत हो गया है, उनके पार्थिव शरीर को (उसे 'मुर्दा' क्यों नहीं कहते?) हवाई जहाज़ से दिल्ली लाया जा रहा है।

दूसरे दिन, जब सुंदरी के पत्र से झटका खाकर वे बिस्तर पर घंटों पड़े रहे थे, शाम आते-आते उन्होंने भीतर की सारी शक्ति समेटकर अपने को अवसाद से उबारने की कोशिश की; कुछ नया करना चाहा; चाय के साथ खाने के लिए सैंडविच मँगायीं, बाहर निकलने का मन नहीं हुआ तो बातचीत के लिए मंत्रीजी को बुला लिया।

आश्रम में लोगों को मालूम हो गया था कि वे आज अपने नियमित सायंकालीन भ्रमण के लिए नहीं निकले हैं। मंत्रीजी ने आते ही पूछा; "हमारे साथी कुछ चिंतित हो रहे हैं। आपका स्वास्थ्य तो ठीक है न?"

कभी, गवर्नरी के दिनों में, हलका-सा बुखार हो जाने पर भी वे आशा करते थे कि सारा राज्य उनके लिए व्यग्र हो उठेगा। यहाँ, आश्रम में कई महीने बिता चुकने के बाद यदि कोई उनके स्वास्थ्य के बारे में चिंता दिखाये तो उन्हें खीझ होने लगती थी। अब वे अपने को एक ऐसे वृद्ध तपस्वी के रूप में देखने लगे थे जो शरीर को जनसेवा का माध्यम मानकर उसे बराबर कार्यकुशल बनाये रखता है। अपने शरीर में किसी बीमारी का ज़िक्र सुनकर लगता था कि उन्हें असफल मानकर उनकी आलोचना की जा रही है।

पर आज उन्होंने मंत्रीजी के सवाल पर मुँह नहीं बनाया, कहा, "शरीर में बड़ी थकान है; बाहर निकलने का मन नहीं हुआ।"

उन्हें सांत्वना देने के लिए मंत्रीजी ने कुछ औपचारिक निरर्थकताएँ मुँह से निकालीं, तभी उनकी निगाह घड़ी पर पड़ी, बोले, "ख़बरों का समय हो रहा है। सुनेंगे?"

उन्होंने मन का हलकापन दिखाने की कोशिश की—शायद इसी से मन में जमे हुए अवसाद में कोई दरार पड़े; कहा, "सुन लीजिए, क्या हर्ज है! अस्सी करोड़ आबादी के इस देश में ख़बर के नाम पर है ही क्या? राष्ट्रपति और प्रधानमंत्री की दिनचर्या भर, दिल्ली की कुछ सरकारी बैठकों का ब्यौरा, बजट के कुछ आँकड़े, आतंकवाद की डायरी, एकाध दुर्घटनाएँ—बस यही न! या किसी जोकर की मौत, जैसे कि कल नरेशसिंह वाली ख़बर...।"

मंत्रीजी ने ट्रांज़िस्टर खोल दिया और सचमुच ही वही सुन पड़ा : प्रधानमंत्री का कोई उद्घाटन-भाषण, पूर्वोत्तर राज्यों के दौरे पर निकलते हुए हवाई जहाज़ पर कुछ वफ़ादार पत्रकारों से बातचीत, हर मुश्किल सवाल के प्रचलित राजनीतिक मुहावरों में पूर्व निर्मित जवाब, और उसके बाद महान देशभक्त नरेशसिंह की मृत्यु! नरेशसिंह! नरेशसिंह!

ख़बरों का यह आख़िरी हिस्सा, जिसके बाद खेलों का विवरण आयेगा, नरेशसिंह की लाश को समर्पित था, और अगर किसी को नरेशसिंह की मृत्यु में राष्ट्रीय ट्रैजेडी न दिखायी दे, तो उसके लिए किसी खेल का विवरण जैसा ही था। उनकी लाश दिल्ली आ गयी थी, सार्वजनिक दर्शन या प्रदर्शन के लिए अमुक इमारत में रखी गयी थी। कल सुबह उसे हवाई जहाज़ द्वारा दिल्ली से भोपाल ले जाया जाएगा' वहाँ से वह खुली मोटर में एक अदना-सी भूतपूर्व रियासत में पहुँचायी जाएगी, फिर एक रात वहाँ के प्राचीन महल में कृतज्ञ जनता के दर्शनार्थ रखकर दूसरे दिन उसका अंतिम संस्कार किया जायगा—पूरे राजकीय सम्मान के साथ!

ख़बर में उन पुष्पांजलियों का ख़ास ज़िक्र था जो दिल्ली के शीर्षस्थ नेताओं ने खुद या अपने दूत के हाथों नरेशसिंह के पार्थिव शरीर पर चढ़ायी थीं।

"सरकारी मुर्दे फूल बहुत ख़र्च कराते हैं।" उन्होंने कहा।

मौत की ख़बर सुनते हुए भी मंत्रीजी के चेहरे पर एक झीनी मुस्कान दीख पड़ी।

कुँवर जयंतीप्रसाद सिंह नरेशसिंह को अच्छी तरह जानते थे। उम्दा शराबों और अच्छे विदेशी भोजन के पारखी! फूल-पौधों के विशेषज्ञ। वे एक छोटी-सी रियासत के महाराजा के भतीजे थे। महाराजा पर भारत के आख़िरी वायसराय की कृपा थी। उसके सहारे नरेशसिंह वायसराय के निजी स्टाफ़ में आ गए; फिर आज़ादी के तुरंत बाद वायसराय की पहले भारतीय गवर्नर जनरल से की गयी सिफ़ारिश, फिर गवर्नर जनरल की प्रधानमंत्री से की गयी सिफ़ारिश के सहारे विदेश सेवा में ले लिए गए। वहाँ से उनकी राजनयिक आकाश में ऊँची उड़ान शुरू हुई। रिटायर हो जाने पर वे प्रधानमंत्री के विशेष सलाहकार का पद छूते हुए संयुक्त राष्ट्र संघ की किसी गुमनाम-सी—पर ऊँची खनकवाले नाम की किसी समिति के अध्यक्ष बने। उसी पद पर विश्राम करते हुए वे नहीं रहे, सिर्फ़ उनका पार्थिव शरीर रह गया।

नरेशसिंह जिस राजपरिवार के थे उसी का एक सदस्य रियासत के संसदीय चुनाव क्षेत्र से उपचुनाव लड़ने जा रहा था। वह सत्ताधारी पार्टी का जम्मीदवार था। मतदाताओं में नरेशसिंह की जातिवालों की ही अधिकता थी। वैसे, यह भी तय था कि वहाँ से विपक्ष का उम्मीदवार भी उसी जाति का होगा। पर सरकारी प्रचारतंत्र इस समय मुर्दा नरेशसिंह को सरकार और उस जाति के बीच एक मज़बूत सेतु की तरह स्थापित करने में लगा था। नरेशसिंह की सुसामयिक मौत का लाभ उठाकर वह उन्हें एक राष्ट्रनायक के रूप में प्रभामंडित कर रहा था, इशारों से समझा रहा था कि नरेशसिंह के माध्यम से इस परिवार ने राष्ट्र की कितनी सेवा की है।

उस रात उन्होंने सोचा :

मौत का भी उपयोग है। पर क्या ज़रूरी है कि तुम्हारी मौत का कोई दूसरा ही उपयोग करे? अपनी मौत का तुम खुद उपयोग कर सकते हो। उम्र के इस मोड़ पर पहुँचकर तुम किसकी प्रतीक्षा कर रहे हो? कैंसर की? हृदय गति रुकने की? फालिज की? गुर्दे के चौपट होने की? किसी की कृपा पर जीते रहने की? या, किसी की घृणा पर जीने की? और हर हालत मैं निरर्थक ज़िंदगी का एक-एक दिन गुज़ारते हुए, निरर्थक मौत की राह देखते हुए? इससे कहीं ज़्यादा अच्छा है कि जो अपरिहार्य है, उस मौत का सही ढंग से इस्तेमाल किया जाए। असाध्य रोग, चिंता और अवसाद की चक्की तुम्हें पीसना शुरू करे, इसके पहले ही मदद के लिए मौत को अपने पास बुला लिया जाए। जीवन और मृत्यु में से कम से कम एक तो तुम्हें सार्थकता से मिले।

उन्हें नहीं लगा कि वे खुद अपनी मौत के बारे में सोच रहे हैं। उन्हें रात के ठंडे, नीरव अँधेरे में ज़रा भी आशंका नहीं हुई कि ये विचार बहुत गहरे जमे हुए किसी घने अवसाद की उपज हो सकते हैं। उन्हें यही जान पड़ता रहा जैसे वे किसी दूसरे की मुक्ति के लिए सार्थक मृत्यु का आवाहन कर रहे हैं।

[3]

कई चीज़ें एक साथ हो रही थीं। ये छोटी घटनाहीन घटनाएँ थीं जिनका कोई महत्त्व नहीं था। पर सुंदरी का पत्र पढ़ चुकने के बाद हर बात उन्हें सिर्फ़ एक निष्कर्ष की ओर ढकेल रही थीः यह निरर्थक है, इससे छुटकारा लो।

उन दिनों बिस्रामपुर के पासवाले शहर में सत्तारूढ़ पार्टी के युवकदल का एक शिविर चल रहा था। उसकी पुष्ठभूमि में कुछ बूढ़े थे।

प्रधानमंत्री सत्तारूढ़ पार्टी के अध्यक्ष भी थे। कुँवर जयंतीप्रसाद सिंह को मालूम था कि इधर कुछ दिनों से अपनी छवि चमकाने के लिए वे कुछ नयी-नयी तरकीबें दिखा रहे हैं और दूरदर्शन तथा आकाशवाणी उन्हें नये डिटर्जेंटों की तरह प्रचारित कर रही है।

उनमें एक तरकीब थी पार्टी की युवक-शाखा के कैंप आयोजित करके युवा कार्यकर्ताओं को ग्राम-सुधार की दर्जनों योजनाओं में प्रशिक्षित करना और दूसरी थी पार्टी के बूढ़े जटायुओं और संपातियों को अवज्ञा की कंदराओं से खींचकर बाहर लाना और इन शिविरों में, युवाओं से उनकी जय-जयकार कराते हुए, सार्वजनिक रूप से उन्हें सम्मानित करना।

शहर के युवक-शिविर में ख़बर थी कि प्रधानमंत्री खुद आनेवाले हैं। फिर मालूम हुआ कि अपने अंतर्राष्ट्रीय दायित्वों की मजबूरी में उन्हें अफ्रीका के किसी ऐसे देश में जाना पड़ रहा है जिसके नाम का उच्चारण कुछ कठिन है। उनकी जगह अब पार्टी के महासचिव के आने की ख़बर थी। महासचिव अस्सी साल के थे। पहले देश के वित्तमंत्री रह चुके थे। किसी भ्रष्टाचार-कांड से उनका नाम गलत ढंग से जुड़ गया था; इसलिए लाज़मी न होते हुए भी 'सार्वजनिक जीवन में शुचिता के मानदंडों की रक्षा' के लिए उन्होंने इस्तीफ़ा दे दिया था और उसके तुरंत बाद पार्टी के महासचिव बन गए थे। अब अफ़वाह थी कि वे दुबारा मंत्रिमंडल में शामिल होकर रक्षा मंत्री बननेवाले हैं। पार्टी के कारोबार में उन्हें प्रधानमंत्री के बाद सबसे ज़्यादा ताक़तवर चीज़ माना जाता था।

मंत्रीजी ने आज सवेरे उन्हें बताया था कि महासचिव महोदय अगले सप्ताह युवक-शिविर में समापन भाषण देने के लिए आ रहे हैं, उसके बाद उनका यहाँ भी आने का प्रोग्राम है।

कुँवर जयंतीप्रसाद सिंह की पुरानी गुर्राहट लौट आयी, बोले; "यहाँ क्या है?"

"वे आपका दर्शन करने आ रहे हैं।"

"दर्शन? उन्होंने मुझे कोई मूर्ति समझ रखा है?"

मंत्रीजी सिर्फ़ मुस्करा दिए थे।

कुँवर जयंतीप्रसाद सिंह पहले चाहे जितने कमसखुन रहे हों, इधर कुछ ज़्यादा ही खुलकर बोल रहे थे। आवेश जैसा दिखाते हुए बोले, "यह भी प्रधानमंत्री की छवि चमकाने की कोशिश होगी! आज पार्टी के निकम्मे बूढ़े ही नहीं, सभी लूले-लँगड़े, अपाहिज, पागल

उनकी छवि चमकाने के काम आ रहे हैं। सफ़ारी सूटवाले अपने सारे जवान वफ़ादारों को बड़े लाभपूर्ण राष्ट्रीय कामों में लगाकर प्रधानमंत्री अब यह बताने को बेचैन हैं कि असली सम्मान वे स्वतंत्रता आंदोलनवाले बुजुर्गों को ही दे रहे हैं। यहाँ तक कि विकास-संबंधी नीतियों के निर्धारण में उनकी सलाह लेने लगे हैं। हालत यह है कि जिन लोगों की ज़िंदगी में बदलाव की कोई संभावना नहीं बची है, जो बरसों से खुद एक बिंदु पर ठहरे हुए हैं, उन्हीं की सलाह लेकर वे समाज में बदलाव लाना चाहते हैं।

"मंत्रीजी, मैं इस सर्कस में नहीं शरीक हो सकता।

"...क्योंकि इससे मेरा कोई सरोकार नहीं है; क्योंकि मेरा अस्तित्व यहाँ ख़त्म हो चुका है..." कहते-कहते वे अचानक रुक गए। मंत्रीजी उनकी बात पूरी होने का इंतज़ार करते रहे।

अब जीने का कोई अर्थ नहीं है : उन्होंने सोचा और लगा कि वे किसी दूसरे के बारे में सोच रहे हैं। "मेरा अस्तित्व यहाँ ख़त्म हो चुका है"—उन्होंने अपने आपसे कहा था और यह भावहीन टिप्पणी किसी अपरिचित के लिए भी हो सकती थी।

मन की सतह पर अवसाद नहीं था क्योंकि वह सम्मूर्छना की एक धुँधली, अंतहीन सुरंग से गुज़र रहा था। फिर भी कुछ खंडित विचार छोटे-छोटे चमगादड़ों की तरह उड़ते हुए आते थे और धुँधलके में खो जाते थे। आयुर्विज्ञान संस्थान की लेडी डॉक्टर के बारे में विवेक से किया गया मज़ाक—वह मज़ाक ही था—एक वह! दूसरा आचार्य विनोबा भावे का शरीर-त्याग! उन्होंने उपवास करके शरीर छोड़ा था। कुँवर जयंतीप्रसाद सिंह की जीवन-शैली का आचार्य से कुछ भी लेना-देना नहीं रहा। पर यह एक उत्तेजक कल्पना थी! मृत्यु के बाहुपाश तक खुद अपने पाँवों चलकर पहुँचना—इसका आकर्षण अचानक दुर्दम्य हो उठा था।

'माँ भैः'—'डरो मत' के उस पुराने सूक्त की बैसाखी की अब ज़रूरत नहीं थी। जिस दुनिया में उसकी ज़रूरत होती, वह उनके लिए अब व्यर्थ हो चुकी थी।

"...जैसे मृत्यु और अमृत न डरते हैं, न क्षीण होते हैं, वैसे ही मेरे प्राण, तुम भी न डरो, न क्षीण हो।" ये पंक्तियाँ अब बीते दिनों में सुनी हुई कविता भर थीं जिन्हें वे पूरी तौर से भुला चुके थे। "मरण भी एक मंगल-उत्सव है जिसमें मेरे चैतन्यमय प्राण अमृतत्व में लीन हो जाएँगे..." यह एक भूला-बिसरा गीत था जो अप्रासंगिक हो गया था क्योंकि मन के खोखले धुँधलके ने मंगल की कल्पना और अमंगल—दोनों को ख़ारिज कर दिया था।

[4]

एक मंजे हुए हत्यारे की तरह वे ठंडे दिमाग़ से अपनी हत्या के तरीक़े के बारे में सोचते रहे थे और कई विकल्पों को ख़ारिज करके उन्होंने अंत में बेतवा की धारा को इस काम

के लिए चुना था।

फिर भी हत्या या आत्महत्या—इनमें से कोई शब्द उनके मन में नहीं उभरा था। एक दिवास्वप्न जैसा था; उसमें कोई विभीषिका या आवेश नहीं था, सिर्फ़ एक एहसास था कि वे एक नया खेल खेलने जा रहे हैं जिसके बहुत से नियम खेल के मैदान ही में तय किये जाएँगे।

सवेरे उठकर टहलते हुए उन्होंने दूर तक बेतवा के दोनों किनारों पर निगाह डाली थी और जाँच परखकर तय कर लिया था कि उन्हें जो करना है वह नदी के दूसरे किनारे पर किया जाएगा।

नदी के उस पार जाने में कोई नयापन न था। वर्षा ऋतु के बाद इधर वे कभी-कभी शाम होने के पहले नाव से नदी के उस किनारे निकल जाते थे। उधर रेतीवाले किनारे पर चढ़ाई बहुत हलकी थी, कुछ ऊँचाई पर खेत शुरू हो जाते थे जिनमें गेहूँ बोया जा चुका था। वहाँ रेत के विस्तार में घास फूस उग आयी थी, कुछ छोटी-छोटी झाड़ियाँ भी थीं। पर नदी की धारा के पास सिर्फ़ मोटी, चमकीली रेत थी।

खेतों से आगे, और कहीं-कहीं उनके बीच में छिटपुट पेड़ थे। एक महुए के पेड़ों का झुरमुट तैयार हो गया था। वहाँ मल्लाहों की कुछ झोंपड़ियाँ थीं। जब वे नदी किनारे पर रेती में टहल रहे होते, उनका मल्लाह कभी-कभी उन झोंपड़ियों में चिलम पीने चला जाता था।

शाम के साढ़े चार बजे होंगे। उनकी नाव नदी के किनारे छिछले पानी में रुकी। वहाँ पर लकड़ी का एक पुराना स्लीपर कहीं से लाकर डाल दिया गया था। पहले की तरह रामलोटन ने नाव से उतरकर उसे नदी के पानी तक खींच लिया; उसका हाथ पकड़कर वे नीचे उतरे, स्लीपर पर सावधानी से पाँव रखते हुए, जूतों को पानी से बचाकर, वे सूखी बालू पर आ गए; रामलोटन से बोले; "मैं यहीं टहलूँगा, तुम लोग तब तक उधर जाकर आराम कर लो।" उन्होंने महुए के झुरमुट की ओर इशारा किया।

रामलोटन कुछ हिचका, फिर नाव से एक कंबल उठा लाया, उसे किनारे बिछाकर मल्लाह के साथ झुरमुट की ओर चला गया।

वे बहाववाली दिशा में नदी के किनारे-किनारे चलते गए। मन में कोई आवेग नहीं था, पर अजीब-सा ख़ालीपन था—जैसे किसी परिचित की शवयात्रा से वे अकेले लौट रहे हों। उन्हें ऐसा नहीं लग रहा था कि कुछ उनके साथ हो रहा है, यही जान पड़ता था कि कुछ किसी दूसरे के साथ होने जा रहा है और वे उसे सिर्फ़ देख रहे हैं।

याद करने को बहुत कुछ था पर सहसा उन्हें एहसास हुआ कि वे सिर्फ़ अपने जूतों के बारे में सोच रहे हैं। घुटनों के दर्द के बावजूद उन्होंने सोचा कि झुककर जूतों को खोल लें और उन्हें किसी झाड़ी में छोड़ दिया जाए। पर ऐसा किया नहीं—ऐसा कर चुकने पर शायद वापसी का रास्ता बंद हो जाएगा।

पर जूते गीले हो गए थे और उनमें से बायें पैरवाला ढीला पड़ गया था। पाँव झटकते

ही वह रेत में गिर गया। कुछ दूर वे सिर्फ़ एक पैर के जूते के साथ चलते रहे।

उन्होंने आँख उठाकर नदी की विस्तीर्ण धारा और उसके ऊपर झलकते हुए नीले आसमान की ओर देखा। उतरती शरद ऋतु की शाम के आकाश में तोतों के कुछ झुंड, कुछ अबाबीलें भर थीं। इस निर्जनता में उन्हें एक क्षणिक, बचकाने हुलास का अनुभव हुआ। दूसरा जूता भी बालू में छूट गया।

नंगे पाँवों में रेत के साथ खुजली-सी लग रही है। शायद पंजे पर कुछ चीटियाँ चढ़ आयी हैं। बालू में दबी हुई कोई नुकीली घास अँगूठे और उँगली के बीच कहीं चुभ गयी है। बड़े मसलों के दफ़न हो जाने के बाद मन को उलझाने के लिए बस इतना ही बचा है।

घास-फूस, चीटियाँ, कीड़े-मकोड़े और भुनगे भी अब छूट चुके हैं। नदी है जो किनारे पर कुछ दूर तक उथली है, आगे गहरी हो गयी है। किनारे पर सबसे ज़्यादा गहराई उस पार, आश्रम के घाट से थोड़ा आगे बढ़कर है जहाँ धारा मुड़ती है। वहाँ होने और न होने का फ़र्क एकाध मिनट में मिट सकता था। पर वहाँ की आत्मीयता से विश्वासघात नहीं किया जा सकता। यहाँ निस्संगता है, यह तटस्थ क्षेत्र है।

ऊपर खूब नीला आसमान है, उनके आगे-पीछे नदी है। उस पार आश्रम की इमारत का सफ़ेद कोना ऊँचे-ऊँचे पेड़ों की मरकत हरियाली के बीच में झलक रहा है। सारी अवसन्नता को झटककर एक बार वे फिर नये सिरे से वह सब सोचना चाहते हैं जो पिछले दिनों से बराबर सोचते रहे हैं; पर इतना ही सोच पा रहे हैं : मेरा पायजामा इतना गीला क्यों है?

[5]

जवान होते-होते उन्हें अपने वर्ग की परंपरा में बहुत-सी कलाएँ सिखा दी गयी थीं : घुड़सवारी; कुश्ती; पोलो, फुटबॉल और हॉकी जैसे खेल, स्केटिंग, विलायती नाच, निशानेबाज़ी आदि आदि। उन्हें तैरना भी सीखना चाहिए था, पर उसमें एक अंधविश्वास ने झमेला खड़ा कर दिया।

उनके सिर पर सामने के बालों में एक गोल चक्र बना हुआ था। उनकी दादी उसे 'भौंर' कहती थीं। उसकी शक्ल नदी में उठनेवाली भँवर जैसी थी। जब तक बाल बहुत बड़े न हो जाते, यह भौंर कंघे का अनुशासन नहीं मानती थी, उसके बाल अलग-अलग दिशाओं का रुख़ किये रहते थे। यह समस्या तो सिर्फ़ साज सज्जा की थी; असली समस्या दादी के अंधविश्वास की थी। वे मानती थीं कि जिसके बालों में ऐसी भँवर होती है उसे पानी में डूबने का ख़तरा रहता है। इसीलिए वे अपने पोते को नदी में नहाने से या तैराकी करने से हमेशा रोका करती थीं।

उनके पिता इस आदिम सामुद्रिक शास्त्र को नहीं मानते थे और ज़ोर देते थे कि

कुँवर जयंतीप्रसाद सिंह को दूसरे सामान्य लोगों की तरह तैरना चाहिए। पर दादी की रोक-टोक ने उन्हें बचपन से ही पानी से दूर रहना सिखाया था। उस हिचक से उबरने में उन्हें बहुत देर लगी। पर तब तक वे जवान हो चुके थे और उस उम्र में नये सिरे से तैरना सीखने का उनमें उत्साह नहीं रहा। पर उसके पहले उन्होंने दो-चार बार पानी में हाथ-पैर चलाये थे और आधा-अधूरा इत्मीनान कर लिया था कि आपातस्थिति में वे कुछ देर अपना बचाव कर लेंगे।

आज आख़िरी क्षणों में उन्होंने अचानक ऐसा ही चाहा।

उन्होंने घबराकर महसूस किया कि उनकी साँस रुँध रही है और वे नदी की तेज़ धार में बहे जा रहे हैं। उन्होंने हाथ-पैर चलाकर उस बहाव को काटने की कोशिश की और उथले किनारे की ओर बढ़ना चाहा पर बहाव उनके लिए भारी पड़ रहा था। पानी से भी ज़्यादा घातक उनकी दहशत थी और वे दोनों में डूब उतरा रहे थे।

चेतना के बिखरते हुए कणों के बीच उन्होंने चीख़ना चाहा : रोको, रोको! रोको! पर उनके साथ जो हो रहा था उसे रोकनेवाला कोई न था।

उनकी शिथिल बाहें अब कोई भी मुक़ाबला करने लायक़ नहीं थीं पर हाथ-पैर अनियंत्रित ढंग से चल रहे थे। वे चिल्ला रहे थे पर आवाज़ गले से बाहर नहीं निकल रही थी।

पानी के ऊपर आते ही अर्धचेतन आँखों पर हरियाली और धूप का एक सुनहरा मायालोक था। उनकी विचार शक्ति ध्वस्त हो रही थी, पर एक कौंध में उन्हें लगा कि उस पार के ये हरे चमकीले धब्बे, नदी का यह निर्मल बहाव : सब कुछ मेरा है! पर यह अस्पष्ट कौंध भर थी।

अब चेतना के भीतर तरंगहीन नीरंध्रता के सिवाय कुछ भी नहीं बचा था। बाहर भी धारा के बहाव और शरीर के शिथिल समर्पण के सिवाय और कुछ नहीं था। सन्नाटा। वे नदी के भीतर हैं, बाहर हैं, वे खुद नदी बन चुके हैं।

उधर बेतवा का प्रवाह, लहरें, भँवरे—सभी अपना काम मुस्तैदी से कर रही हैं।

[6]

झुरमुट में मल्लाहों की झोंपड़ियों से थोड़ा फ़ासला छोड़कर नदी के किनारेवाली झाड़ियों में एक मड़ैया बनी हुई थी। चार लकड़ियाँ गाड़कर उनके ऊपर एक बहुत हलका छप्पर डाल दिया गया था। ऐसी मड़ैया को किसी भी वक़्त बनाया और उजाड़ा जा सकता था। नदी दूर नहीं थी।

दूर गाँवों के कुछ लोग यहाँ आकर कभी-कभी महुए की शराब चुवाते थे। पुलिस भी इस धंधे से अनजान न थी। ग़ैरक़ानूनी शराब बनानेवालों में उनकी ख़ास दिलचस्पी न थी। फिर भी वह अगर कभी उन्हें वहाँ पकड़ना भी चाहती तो वह आसान न था। वे सिर्फ़ बुझी और टूटी हुई भट्ठियाँ पकड़ सकते थे। धंधे में लगे लोग पुलिस की भनक

पाते ही किसी भी दिशा में भाग सकते थे। न भाग सके तो निर्दोष और निरीह चेहरे के साथ नदी में नहाने का अभिनय तो कर ही सकते थे।

दुबे महराज का इन मड़ैयावालों से घरेलू रिश्ता था। एक तरह से वह इनका संरक्षक देवता था। यहाँ वह हर तीसरे-चौथे दिन आया करता था; मन हुआ तो किसी नाव से नदी पार करके अपनी हवेली पहुँच जाता, नहीं तो इस प के एक गाँव में अपने एक साथी के यहाँ उन सुखों के लालच में रुक जाता जो हवेली में आसानी से नहीं मिलते थे।

आज शाम हाँड़ी से शराब पीता हुआ वह नदी की ओर बढ़ आया था। किनारे के इस हिस्से पर उसने काफ़ी अर्से से अपनी मिल्कियत का ऐलान कर रखा था। उसे ख़बर मिली थी कि किसी बाहरी ठेकेदार ने वहाँ से तीन-चार ट्रक बालू उठवा ली है। लड़खड़ाते कदमों से चलता हुआ वह उस जगह को ढूँढ़ रहा था जहाँ से बालू निकाली गयी थी, तभी उसे अपने दायीं ओर नदी की धार में कोई डूबता-सा जान पड़ा। उसका जिस्म पानी से ऊपर उभरकर कभी-कभी सतह पर आ जाता था। उसके हाथों की एकाध बेबस हरकतें उसे साफ़ दिखायी दीं। दुबे महराज ने ठर्रे की हाँड़ी वहीं बालू में रख दी और मदद के लिए चिल्लाता हुआ नदी की ओर दौड़ा। पर नशे में न तो उसकी आवाज़ ही बहुत दूर जा सकी और न वह तेज़ी से दौड़ ही पाया।

जो भी हो, धारा में बहता हुआ आदमी उसके सामने से निकले, इसके पहले ही वह नदी में कूदकर उसे बचाने को तैयार हो गया था। उसने बहते हुए आदमी को ऊपर उछालते हुए किनारे की ओर ठेला और इस डर से कि डूबता हुआ आदमी घबराहट में कहीं उसे ही न जकड़ ले, उससे कुछ दूरी बनाये रखी। उसे दुबारा ठेलने पर उसे लगा कि आदमी बेहोश है और बचानेवाले को कोई ख़तरा नहीं है। तब एक हाथ से उसे सहारा देता और दूसरे से तैरता हुआ वह कुँवर जयंतीप्रसाद सिंह को किनारे पर ले आया। उन्हें छोड़कर पहले वह खड़ा-खड़ा हाँफता रहा, फिर उन्हें पहचानते ही उसने मदद के लिए दुबारा पुकार लगायी। उसने उन्हें पलटकर पेट से पानी निकालने की कोशिश की, उनकी साँस और सीने की परख की और उसे लगा कि वे शायद मर चुके हैं।

उसकी पहली पुकार पर ही मल्लाहों की झोंपड़ी से रामलोटन और दो-तीन मल्लाह, बिना यह समझे कि क्या हुआ है, नदी की ओर झपट पड़े थे। पर उनकी झोंपड़ी यहाँ से दूर थी। दूसरी पुकार सुनकर वे और तेज़ी से झपटते हुए आये। नदी के किनारे पहुँचकर उन्होंने देखा कि कुँवर जयंतीप्रसाद सिंह का जिस्म रेत में पड़ा है और दुबे महराज उनके पास बैठा हुआ हाँफ रहा है।

दुबे महराज ने अफ़सोस के साथ कहा, "देर हो गयी; मैं जब नदी में कूदा, इनकी साँस पहले ही टूट चुकी थी।"

आश्रमवाला मल्लाह तेज़ी से अपनी नाव की ओर भागा, कहता गया, "उस पार ले चलें। शायद बच जाएँ।" पर तब तक रामलोटन ने झपटकर दुबे महराज को दबोच

लिया था। उसे पीटते हुए बोला, "मार डालूँगा। तूने ही इन्हें नदी में डुबोकर मारा है। अब साला नौटंकी कर रहा है।"

पानी में इतनी मशक्कत करने के बाद दुबे महराज का नशा वैसे ही उतार पर था, रामलोटन के आकस्मिक हमले ने उसे स्तब्ध कर दिया। उसने रामलोटन का मुक़ाबला न करके हकलाते हुए कहा, "सुनो, सुनो, मैं इसे क्यों मारूँगा? यह बेचारा डूब रहा था। मैं तो इसे बचाने के लिए कूदा था।"

रामलोटन ने उसके हाथों को पीछे से जकड़ रखा था, दो मल्लाह उसकी मदद के लिए तैयार खड़े थे। रामलोटन ने कहा, "ये नदी में गिरे कैसे? इधर तो कोई क़गार भी नहीं है।"

तब तक उन्हें अपनी ओर आती हुई नाव दिखायी दी। रामलोटन का ध्यान उधर होते देख दुबे महराज ने उसे एक ज़ोरदार धक्का दिया और तेज़ी से झाड़ियों की ओर भागा। रामलोटन लड़खड़ाकर गिरा, फिर सँभला। वह दुबे महराज का पीछे करने जा रहा था, पर एक मल्लाह ने उसे रोक लिया, "इन्हें नाव में लेकर जल्दी से उस पार चलो। दुबे से पुलिसवाले निबटेंगे। भागकर कहाँ जाएगा?"

[7]

दुबे बहुत-दूर तक भागता चला गया, उसने पीछे मुड़कर भी नहीं देखा। जब उसे भरोसा हो गया कि पीछे कोई नहीं आ रहा है, उसकी चाल धीमी हो गयी। हाँफता हुआ वह पड़ोस के गाँव में पहुँचा जहाँ वह कभी-कभी रात के लिए अपने एक साथी के घर में रुक जाया करता था। यह सुभीते का अड्डा था; वहाँ ठर्रा मिल जाता था और साथी की एक साली भी थी। पर आज उसे सिर्फ़ ठर्रा और जल्दबाज़ी में तैयार किया हुआ उलटा-सीधा खाना भर मिला। साथी ने उसे घर पर रोकने का उत्साह नहीं दिखाया और यह भय प्रकट किया कि पुलिस किसी भी समय वहाँ पहुँच सकती है।

उन दिनों डकैत-विरोधी अभियान में पुलिस के गश्ती दस्ते रात को गाँवों का चक्कर लगाते रहते थे। रात हो गयी थी और गश्ती पुलिस के डर से गाँव छोड़कर किसी दूसरी जगह जाना भी निरापद न था। इसलिए उसे घर से बाहर एक जानवरों के बाड़े में छिपा लिया गया। बाड़े के तीन ओर नीची दीवारें थीं और चौथी ओर एक लंबी कोठरी और उसके आगे एक बड़ा छप्पर था वहाँ सारी रात मच्छरों और कीड़ों-मकोड़ों की सोहबत में बिताकर वह मुँह अँधेरे ही दूसरे गाँव की तरफ़ निकल गया।

वहाँ अपने ममेरे भाई के घर टिका। ममेरे भाई संपन्न किसान थे और एक बार डकैती और दूसरी बार हत्या के मुक़दमे में अभियुक्त बनकर दोनों बार मुक़दमे में छूट चुके थे। दुबे महराज की पूरी बात सुनकर उसने कहा, "तुमने बड़ी बेवक़ूफ़ी की। वह बुड्ढा गवर्नर रह चुका था। उसे ख़त्म नहीं करना चाहिए था। और डुबोया ही था तो

उसे नदी में बह जाने दिया होता।"

दुबे अपने निर्दोष होने की सफ़ाई देता रहा पर उसने उसमें कोई ख़ास दिलचस्पी नहीं दिखायी; सिर्फ़ कहा, "ज़्यादा पी जाने का नतीजा है। देखो, पीता मैं भी हूँ, पर होश नहीं खोता।"

दुबे ने कुंठित होकर ज़्यादा बात नहीं की। उधर, इतना कह चुकने पर, ममेरे भाई ने उससे कुछ नहीं कहा; एक तजुर्बेकार अपराधी की समझ से उसे अपने विचारों को व्यवस्थित करने का मौक़ा दिया। दूसरी रात काले तीतर के गोश्त और ठर्रे के दौर में उसने दुबे महराज को दो बातें समझायीं।

पहली यह कि तुमने उसे नदी में रगड़कर मारा हो या नहीं, उससे हमें कोई मतलब नहीं। असली बात यह है कि तुम पर हत्या का मामला कभी भी साबित नहीं हो सकता। हत्या का कोई चश्मदीद गवाह नहीं है, मुर्दे की देह पर किसी तरह की चोट नहीं है (क्यों?)। यह सभी मानेंगे कि बुड्ढा नदी में डूबने से मरा है। तुम्हारे ख़िलाफ़ यह पूछा जा सकता है कि बुड्ढा नदी में खुद क्यों कूदेगा तो इसका जवाब देना तुम्हारा काम नहीं है; सुबूत को खुद साबित करना पड़ेगा कि उसे नदी में खींचकर लाया गया था। मतलब यह कि तुम्हें परेशान होने की ज़रूरत नहीं है, वक़्त की बात है, एक मामूली-सा बवंडर है अपने आप उड़कर दूसरी ओर निकल जाएगा।

दूसरी बात ज़रा ग़ौर से सुनने और समझने की है। बुड्ढा बड़ा आदमी था, गवर्नर रह चुका था। इतने बड़े आदमी की मौत के इल्ज़ाम पर तुम पुलिस से बहुत दिन नहीं बच पाओगे। जितना ही ज़्यादा छिपोगे उतना ही झंझट में फँसोगे। इसलिए तुम्हें कल ही किसी तरह से शहर पहुँच जाना चाहिए और वकील से मिलकर अदालत में हाज़िर हो जाना चाहिए। घबराओ नहीं, मैं साथ चलूँगा। अपने वकील साहब खून और डकैती के मुक़दमों के माहिर हैं। हम दोनों सीधे उन्हीं के घर पहुँचेंगे।

तुम्हारी ज़मानत की अर्ज़ी नीचे की अदालत नामंज़ूर कर देगी। पर अर्ज़ी तो हम लगायेंगे ही। अगर ज़मानत हो गयी तो एक ज़ामिन मैं हूँ। दूसरा भी कोई कचहरी में पकड़ लिया जाएगा। ज़मानत न हुई तो हाई कोर्ट तक जाना होगा। ज़्यादा से ज़्यादा महीना-दो महीना जेल में रहना होगा। वहाँ भी सब जान-पहचान के हैं। कोई दिक़्क़त नहीं। मर्द बच्चा के लिए क्या जेल के भीतर और क्या बाहर!

इस वक्तव्य की दो-तीन बार पुनरावृत्ति हुई और सवेरे चार बजे ही ठर्रे के जलपान से लैस होकर वे शहर के लिए चल पड़े। स्टेशन पहुँचने के लिए उन्हें पहले नदी पार करनी थी। नदी के इस ओर दूसरा ज़िला था, दूसरा थाना था; पर नदी के उस पार, जहाँ स्टेशन पड़ता था बिस्रामपुर का थाना लग जाता था। कुछ मुँह अँधेरे के सुनसान का भरोसा और कुछ ठर्रे का असर, वे घाट पर पहली नाव लेकर नदी पार कर गए। दूसरी ओर नाव से उतरते ही चार सिपाहियों ने दुबे महराज को गिरफ़्तार कर लिया।

गिरफ़्तारी में कोई अड़चन नहीं हुई; दुबे महराज जेल जाने के लिए मन ही मन

तैयार था ही। पुलिस की हिरासत में बेइंतहा पिटाई का डर होता है, पर वह बात चोर डकैतों पर ही लागू होती है। दुबे महराज को मालूम था कि पुलिस हिरासत में दे दिये जाने पर भी उससे बुरा सलूक नहीं किया जाएगा, पुलिस भी हत्या को मर्दानगी का काम समझती है। इसलिए नशे से गनगनाते दिमाग़ के साथ उसने सिपाहियों से डपटकर कहा, "मैंने कोई जुर्म नहीं किया है। पर तुम नहीं मानते तो चलो, दरोगा साहब से बात किये लेते हैं।"

थाने पर अभियुक्त के साथ पहुँचने में कई घंटे लग गए। तब तक दुबे महराज का नशा उतर चुका था। उतार के अवसाद में अब उसे लगा कि ज़रा-सी असावधानी से वह बेमतलब पुलिस के जाल में आ फँसा है। रास्ते में वह अपनी खीझ ममेरे भाई पर उतारता रहा। ममेरा भाई भी महसूस कर रहा था कि कहीं चूक हो गयी है; पर वह दार्शनिक भाव से ख़ामोश रहा, जैसे दुबे की सुरक्षा के लिए वह बराबर कोई रणनीति सोच रहा हो।

अभियुक्त को हथकड़ी लगाये हुए जब चारों सिपाही थाने पर पहुँचे तो दरोगाजी ने पहला काम यह किया कि उसकी हथकड़ी खुलवा दी, उसे कुर्सी पर बैठाया और चाय मँगायी। बाद में उन्होंने बताया कि वह अपने घर जाने के लिए आज़ाद है क्योंकि यह हत्या नहीं थी, एक दुर्घटना भर थी; कुँवर साहब नदी में हाथ-पाँव धोने को उतरे होंगे पर बहाव की चपेट में आ गए।

सिपाहियों को गिरफ़्तारी का इनाम न मिलने से निराशा हुई थी। उन्हें सांत्वना देने की नीयत से हेड कांस्टेबुल ने—अपने को शामिल करते हुए—उस रात उनकी दावत का इंतज़ाम दुबे महराज की हवेली पर करा दिया। उनसे कुछ और आत्मीयता दिखाने के लिए उसने उन्हें धीरे से यह भी बताया कि दरअसल यह दुर्घटना भी नहीं है, आत्महत्या का मामला है; पर बड़े आदमियों की बात है, ऊपर ही ऊपर इसे दबा दिया गया है।

सिपाहियों को इस पर विश्वास नहीं हुआ, उन्हें दुर्घटना की संभावना ज़्यादा विश्वसनीय जान पड़ी। उनकी समझ के बाहर था कि इतना बड़ा रईस, इतना बुज़ुर्ग, इतना समझदार और पढ़ा-लिखा आदमी आत्महत्या करेगा। उसे ऐसा कौन-सा दुख हो सकता है?

[8]

विवेक को दुर्घटना के दो घंटे बाद ज़िला मजिस्ट्रेट का फ़ोन मिल पाया। बड़े अफ़सोस से उन्होंने ख़बर दी कि उनके पिता की लाश अभी बेतवा से निकाली गयी है; सही बात पोस्टमार्टम के बाद ही मालूम होगी, पर संदेह है कि एक गुंडे ने उन्हें नदी में डुबोकर उनकी हत्या कर दी है। उसके पागलपन का कारण बिस्रामपुर का सहकारी फार्म है। कुछ दिन पहले ही उसने आश्रम में आकर दंगा-फ़साद किया था। उसकी दुश्मनी की वजह यह है कि कुँवर साहब के कारण ही इस फ़ार्म का नियंत्रण उसके हाथ से निकल

गया है।

ज़िला मजिस्ट्रेट ने पूरी व्यवस्था कर रखी थी। यह व्यवस्था हो गयी थी कि हर हालत में पोस्टमार्टम की औपचारिकता पूरी करके कुँवर जयंतीप्रसाद का पार्थिव शरीर (वे ज़िंदा होते तो 'पार्थिव शरीर' पर व्यंगपूर्वक मुस्कराते।) शाम के पहले ज़िला मुख्यालय से वापस आ जएगा।

बहुत कोशिश करने पर भी विवेक उस रात बिस्रामपुर नहीं पहुँच पाया। दूसरे दिन सवेरे ग्यारह बजे ज़िला प्रशासन ने उसे शहर में स्टेशन पर बताया कि कुँवर साहब का पार्थिव शरीर वहाँ पोस्टमार्टम के लिए लाया जा चुका है; वह उसके साथ ही आश्रम तक जा सकता है। कुँवर साहब मंत्रीजी से बहुत पहले कह चुके थे कि अगर उन्हें कुछ हो जाए तो, सुंदरी ही की तरह, बिना किसी सरकारी तामझाम के, उनका बेतवा के किनारे दाह संस्कार कर दिया जाना चाहिए।

लाश के साथ बिस्रामपुर पहुँचने पर पता चला कि हत्या का अभियुक्त अब भी फरार है, पुलिस उसे पकड़ नहीं पायी है। पर यह कैसी हत्या है कि मृतक के शरीर पर किसी भी खरोंच का, किसी भी संघर्ष का कोई निशान नहीं है! पोस्टमार्टम डूबने के दौरान साँस के रुँधने को ही मृत्यु का कारण घोषित कर रहा है : विवेक सोचता रहा।

आश्रम में पहुँचते ही, उपयुक्त संवेदना-प्रदर्शन के साथ, मंत्रीजी उसे अकेले एक छोटे-से कमरे में ले गए। वे शोक से अभिभूत थे पर स्पष्ट था कि वे अपने कर्तव्य के प्रति सजग थे। विवेक उन्हें पहले से ही जानता था और उनका सम्मान करता था। मंत्रीजी ने विवेक के हाथ में एक लिफ़ाफ़ा देकर कहा, "यह उनके कमरे में तकिये के ऊपर रखा था। आप देख सकते हैं कि इस पर 'केवल विवेक के लिए' लिखा है। साथ ही मेरे लिए यह निर्देश भी अंकित है कि मैं इसे स्वयं आपके हाथ में दूँ।"

उन्होंने यह भी बताया कि पुलिस ने कमरे में ताला लगाकर उसे मोहरबंद कर दिया है, पर उसके पहले ही कमरे में जाकर जब मैंने तकिये पर यह लिफ़ाफ़ा देखा, मैंने इसे अपने पास रख लिया था।

विवेक की उस अवसादपूर्ण मनःस्थिति में भी उत्सुकता ज़्यादा सशक्त साबित हुई। पर कमरे के बाहर सैकड़ों लोग उसकी प्रतीक्षा कर रहे थे। उसने लिफाफ़े को जेब में रख लिया और बाहर चला आया।

उसे वह पत्र पढ़ने का मौक़ा रात के दो बजे मिला। अंत्येष्टि संस्कार और हितैषियों की सक्रियता से फ़ुरसत पाकर वह दो बजे के लगभग अपने बिस्तर पर आ पाया था। यहाँ उसने थके हुए मन से कुँवर जयंतीप्रसाद सिंह का आख़िरी पत्र पढ़ा। पत्र अंग्रेज़ी में था, उसमें कुछ अंश थे :

मैं तिरासी साल का हो रहा हूँ। इतनी लंबी ज़िंदगी पर निगाह डालने के बाद मुझे

इसमें ऐसा कुछ भी नहीं लगता जिसके लिए इसे आगे खींचा जाए। यह जीवन उतना ही व्यर्थ जान पड़ता है जितनी कि मृत्यु। पर जीवन में व्यर्थता के साथ एक-एक दिन जीने का संकट जुड़ा है। इसीलिए मैंने इस उबाऊ व्यर्थता की जगह सारी ऊब, सारे ऊहापोह ख़त्म करनेवाली मृत्यु की व्यर्थता को तरजीह दी है। मेरा यह फ़ैसला स्मृतियों की घातक चुभन, भयानक रोगों की आशंका और निरर्थकता के अवांछित बोझ को एक झटके में ख़त्म कर देगा।

फिर, जब यह जान पड़ने लगे कि यह व्यर्थता सिर्फ़ अपने तक सीमित नहीं रही, वह फैलकर दूसरों को भी अपंग बना रही है, तब ऐसे जीवन का बोझ और भी असहनीय हो जाता है।

मेरे अंत को लोग एक दुर्घटना भर समझेंगे। इसका प्रतिवाद मत करना। मैं एक आत्महंता के रूप में तुम्हें सामाजिक असमंजस का शिकार नहीं बनाना चाहता। साथ ही तुम्हें धोखे में रखकर अपने अंतिम कृत्य में तुम्हारे प्रति मिथ्याचारी भी नहीं बनना चाहता। इसलिए यह पत्र सिर्फ़ तुम्हारे लिए लिख रहा हूँ, दूसरों की जानकारी के लिए नहीं।

कैसी विडंबना है कि अपने जीवन के अनेक गोपनीय प्रसंगों में तुम्हें शामिल करना कभी ज़रूरी नहीं समझा, पर मृत्यु के इस गोपनीय प्रसंग में अकेले तुम्हें शामिल कर रहा हूँ!

इसके बाद कुछ व्यावहारिक सुझाव थे। वे अपनी वसीयत पहले ही लिख चुके थे। दो-एक संस्थाओं के लिए कुछ सहायता छोड़ने के बाद उन्होंने अपनी सारी संपत्ति विवेक के लिए व्यवस्थित कर दी थी। इस पत्र में उन्होंने विवेक को बताया था कि अपनी वसीयत में वे धीरजसिंह को भूल गए हैं और उसका प्रबंध अब विवेक को करना होगा। उन्होंने बिस्रामपुर आश्रम के छोटे-मोटे कार्यक्रमों पर असंतोष व्यक्त करते हुए किसी बड़े काम का सुझाव दिया था—ग्रामीण क्षेत्र में विज्ञान और टेक्नॉलॉजी की किसी बड़ी संस्था का; और लिखा था कि उत्तराधिकार में मिली हुई संपत्ति के एक हिस्से से इस संस्था को चलाने के लिए एक ट्रस्ट का गठन किया जाना है। पर इसके क़ानूनी पक्ष को वे नहीं भूले थे। लिखा था, "मैं इसे अपनी वसीयत में शामिल कर सकता था। पर तब मुझे यह नहीं सूझा। दूसरी वसीयत लिखने का अब समय नहीं है। इसलिए मैं तुम्हें यह सुझाव दे रहा हूँ। कहने की ज़रूरत नहीं, ऐसा करने की तुम्हारे ऊपर कोई क़ानूनी बाध्यता नहीं है। सब कुछ तुम्हारी इच्छा पर है!"

[9]

कुँवर जयंतीप्रसाद सिंह ने अपने आख़िरी पत्र में एक विडंबना का ज़िक्र किया था। उसके साथ विवेक को एक दूसरी विडंबना भी झेलनी पड़ी।

वे अपने आत्मघात की जानकारी विवेक तक ही सीमित रखना चाहते थे और दूसरों के लिए उन्होंने भ्रम पैदा करना चाहा था कि यह दुर्घटना मात्र है। पर नदी किनारे दुबे महराज की आकस्मिक मौजूदगी ने उनकी इस योजना को नाकाम कर दिया था।

रामलोटन की रिपोर्ट में दुबे महराज पर हत्या का आरोप लगाया गया; यह घटना का तीसरा कोण था। पर पोस्टमार्टम में उनके शरीर पर किसी चोट का निशान नहीं मिला था, हत्या का कोई प्रत्यक्ष प्रमाण भी नहीं था। अगर यह एक भूतपूर्व गवर्नर का मामला न होता तो शायद दुबे महराज की गिरफ़्तारी की नौबत भी न आती; पर विवेक को यक़ीन था कि अनेक कमज़ोरियों के बावजूद पुलिस हत्या की गवेषणा जारी रखेगी।

हत्या के अभियोग को जड़ से ख़त्म कर देने के लिए दूसरे दिन विवेक ने यह पत्र ज़िला मजिस्ट्रेट और पुलिस कप्तान को दिखाया और यह अभियोग ख़त्म कर दिया गया। कुँवर साहब की इच्छा का सम्मान करते हुए आत्महत्या के तथ्य को प्रचारित होने से बचाया गया और इस धारणा को पनपने का मौक़ा दिया गया कि कुँवर जयंतीप्रसाद सिंह की मृत्यु बेतवा में दुर्घटनावश डूबने से हुई है। पुलिस के काग़ज़ात में जो भी दर्ज किया गया हो, अधिकारियों ने कुँवर जयंतीप्रसाद सिंह के प्रति इसे एक सार्वजनिक शिष्टता का विषय मान लिया कि दुर्घटना की थ्योरी पर खुलकर कोई शंका न उठायी जाए। इस तरह जब तक यह विषय लोगों की अल्पकालीन स्मृति में ज़िंदा रहा, सच्चाई अफ़वाह बनकर और अफ़वाह सच्चाई बनकर साथ-साथ प्रचार पाती रही।

[10]

पिता के आख़िरी पत्र ने विवेक की शंकाओं का समाधान करने के बजाय नयी शंकाएँ, नयी जिज्ञासाएँ पैदा कर दी थीं। पत्र में दावा किया गया था कि वे विवेक को अपनी मृत्यु के गोपनीय प्रसंग में शामिल कर रहे हैं। पर उनके आत्मघात का कारण अब भी विवेक के लिए गोपनीय ही बना हुआ था।

दिल्ली वापस आकर उसने उस पत्र को कई बार पढ़ा, पर आत्महत्या की गुत्थी कहीं से भी नहीं सुलझी। जीवन की व्यर्थता, स्मृतियों के दंश, कष्टपूर्ण रोगों की संभावना—ये सब बुढ़ापे के वर्णन में इस्तेमाल होनेवाले घिसे-पिटे मुहावरे-क्लिशे-भर हैं और किसी सामान्य मनोदशावाले व्यक्ति के लिए आत्महत्या का कारण नहीं बन सकते! इस तरह का निर्णय किसी बहुत गहरे और निरंतर अवसाद का ही नतीजा हो सकता है।

पत्र में एक और गुत्थी थी—कि उनका व्यर्थता-बोध दूसरों को भी अपंग बना रहा है। विवेक के लिए यह वाक्य बराबर एक पहेली बना रहा। उसने आश्रम में मंत्रीजी से खुलकर बात की थी, जानना चाहा था कि वहाँ कोई ऐसी घटनाएँ तो नहीं हुईं जिनसे उन्हें अवसाद का शिकार होना पड़ा हो। पर मंत्रीजी कोई ऐसी घटना सोच नहीं पाये

थे। उनकी समझ में कुँवर साहब के आश्रम में रहते हुए जो सुधार हुए थे उससे उन्हें काफी खुशी होती थी। सहकारी फ़ार्म से दुबे महराज का अधिकार समाप्त होने पर उन्हें विशेष संतोष का अनुभव हुआ था। "हाँ, और गीता! वे आध्यात्मिक चिंतन की ओर झुक रहे थे। दोपहर बाद जब वे आराम कर चुकते, इन दिनों वे प्रभास भाई के साथ बैठकर शंकर का गीता-भाष्य पढ़ते थे," मंत्रीजी ने कहा था।

उसने निस्संगता के साथ अपने पिता के जीवन पर विचार किया और पाया कि वह उनके वर्ग के बहुत से दूसरे व्यक्तियों जैसा ही था। लगभग वे सभी आत्मकेंद्रित होते हैं, सिर्फ़ अपने लिए रहते हैं, परिवारवालों को अपनी जीवन-शैली में ढला हुआ देखना चाहते हैं। वे अपने छोटे-छोटे अहंकारों के साथ आत्मतुष्ट जीवन बिताते हैं, छोटी-छोटी महत्त्वाकांक्षाएँ पालते हैं और जाने-अनजाने एक दूसरे को ठेलते-धकियाते हुए उनसे आगे निकलना चाहते हैं। ऐसी जीवन-शैली में आत्महत्या तक खींच ले जानेवाला व्यर्थता-बोध किसी गहरे चिंतन का नतीजा नहीं हो सकता—इसके पीछे कोई न कोई बड़ी घटना होनी चाहिए! पत्र की छद्म दार्शनिकता इस गुत्थी का जवाब नहीं हो सकती।

उसे मालूम था कि सुशीला कुछ समय पहले उसके पिता से बिस्रामपुर में मिली थी। एक रात उसने सुशीला को अहमदाबाद फ़ोन किया और जानना चाहा कि बिस्रामपुर में उनकी मनःस्थिति कैसी थी।

सुशीला ने जो कहा उसका निष्कर्ष था : वे बहुत सहज, शांत, संतुष्ट थे; लगता था कि उन्होंने अपने लिए अब ज़िंदगी का सही लक्ष्य पा लिया है।

विवेक को लगा कि उसे कोई रटा-रटाया संवाद सुनाया गया है। उसने वही सवाल उसे कुरेद-कुरेदकर पूछा, "याद करो सुशीला; तुम्हें उनके व्यवहार में कुछ भी ऐसा नहीं दीखा जो इस घटना का आभास देता! अकेलापन, अवसाद, टूटन—कुछ भी नहीं?"

"कुछ भी नहीं विवेक, जब से तुमने मुझे फ़ोन पर उनके निधन का असली कारण बताया है, मैं खुद सदमें में हूँ। पिछले दिनों मैं बराबर सोचती रही हूँ, पर मेरी समझ में कुछ नहीं आता।"

उसके बाद उसने बताया कि वह अगले सप्ताह दिल्ली आ रही है।

सुशीला की बात का एक अंश सच था, उसे भारी सदमा पहुँचा था। बिस्रामपुर में कुँवर जयंतीप्रसाद सिंह ने अपनी सादगी के जीवन का प्रदर्शन करते हुए उससे प्रायश्चित की बात कही थी तो उसको उनके अंदाज़ में एक नैतिक अहंभाव दिखायी दिया था। वह उसे बरदाश्त नहीं कर पायी थी। तभी उसने तय किय' के सुंदरी और विवेक के संबंधों में इस आत्मतुष्ट बूढ़े की लंपटता ने जो ख़लल डाला है, उसका पता उसे होना चाहिए। क्रूरता के इसी आवेग में उसने सुंदरी का पत्र कुँवर साहब के पास भेज दिया था।

पर उसे ऐसी घातक प्रतिक्रिया की आशा न थी। उसे लगता था कि यह आत्महत्या नहीं है, कुँवर साहब की हत्या हुई और यह हत्या उसने खुद की है।

अब इस अपराध-बोध को उसे अकेले ही ढोना होगा। विवेक अपने पिता की आत्महत्या का कारण कभी नहीं जान सकेगा क्योंकि सुशीला किसी भी दशा में सुंदरी और कुँवर जयंतीप्रसाद सिंह के बीच के तीस साल पुराने प्रसंग को ज़बान पर नहीं ला सकेगी।

[11]

पर कुँवर जयंतीप्रसाद सिंह की महायात्रा की सबसे बड़ी विडंबना कुछ और ही है।

उनका यह मानना सही था कि उन्हीं की कुचेष्टा के कारण विवेक और सुंदरी के प्रेम का प्रतिफलन विवाह में नहीं हो सका। पर यह सोचना सही नहीं था कि उसी के कारण विवेक का सारा जीवन एक ट्रैजेडी बन गया है।

प्रेम की ऐसी असफलता बहुतों को बुरी तरह से झकझोरती है, उनकी ज़िंदगी में हमेशा के लिए उथल-पुथल मचा देती है और उसका सारा संतुलन बिगाड़ देती है। पर असफल प्रेम को हम जितनी बड़ी ट्रैजेडी मानते हैं उसके पीछे लोककथाओं, महाकाव्यों, उपन्यासों और फ़िल्मों आदि द्वारा गढ़े गए मिथकों का भी बड़ा हाथ है।

विवेक इसे समझता था; फिर वह सुंदरी के साथ अपने लगाव को—विवाह न हो सकने के बावजूद—'असफल प्रेम' की श्रेणी में नहीं रखता था। उसे यक़ीन था कि सुंदरी अगर उसके प्रस्ताव को स्वीकार नहीं कर रही है तो उसका कारण सर्वोदय में उसकी अटूट निष्ठा है जिसके चलते वह अपने लिए चुनी हुई जीवन-प्रणाली को बदल नहीं सकती। उसे बड़ी कुंठा हुई थी, पर उससे सुंदरी के प्रति उसके विश्वास और सम्मान में कमी नहीं आयी थी। और तभी सुंदरी के हाथों इतना बड़ा झटका खाने के बावजूद उससे बाद में सामाजिक संबंध बनाये रखना उसे अहसज नहीं लगा था।

कुछ हद तक उसमें एक सहज निस्संगता थी जो किसी भी घटना को उसके मनोदेश पर एक लंबी काली छाया की तरह लगातार मँडराने की इजाज़त नहीं देती थी। सुंदरी के लिए उसने बड़े गहरे और जुनून-भरे लगाव का अनुभव किया था जिसके प्रभाव में उसके लिए यथार्थ के रंग-रूप बदलने लगे थे;, पर सुंदरी के अस्वीकार का झटका खाकर, काफ़ी अर्से तक आत्मविश्लेषण करने के बाद, वह अपने पुराने यथार्थ में लौट आया था। उसमें कुछ बदलाव ज़रूर आया था, पर वह घायल नहीं हुआ था।

सुशीला की अगली दिल्ली यात्रा में विवेक के साथ जो बात हुई, उससे इस बारे में विवेक के विचारों की जानकारी मिलती है। सुशीला ने विवेक से उसके जीवन की ट्रैजेडी पर सहानुभूति जताने की कोशिश की थी। तब उसने सुशीला को बड़े ठंडे ढंग से समझाया था :

"तुम ट्रैजेडी का अर्थ नहीं समझतीं, तभी ऐसा कह रही हो। ट्रैजेडी एक भयावह चीज़ है। किसी से प्रेम हो और उससे शादी न हो पाये—यह ट्रेजेडी नहीं है। आज की सामाजिक व्यवस्था में ज़िंदगी के हजार क्लेशों में यह एक क्लेश भर है; ज़्यादा से ज़्यादा

कुछ लंबे दौर का न्यूसेंस है।

'ट्रैजेडी क्या होती है, जानना हो तो इतिहास में बहुत पीछे जाने की भी ज़रूरत नहीं है। यहूदियों पर हिटलर के अत्याचारों का इतिहास पढ़ो, भारत-पाक बँटवारे के समय के भयानक नरसंहार और दूसरे अपराधों की याद करो; या उसके कुछ ही साल पहले का बंगाल का अकाल; या बाद का वियतनाम युद्ध! ये ट्रैजेडी हैं, भूकंप या ज्वालामुखी के उत्पात की तरह हम इन्हें भगवान के मत्थे भी नहीं मढ़ सकते, इन्हें हमारी ही पशुता ने रचा है।

"और, तुम्हें व्यक्तिगत ट्रैजेडी चाहिए? तो सुनो, इस वक्त जब आराम से हम इस वातानुकूलित कमरे में गपशप कर रहे हैं, ठीक इसी वक्त इसी देश में न जाने कितनों की हत्या हो रही होगी, कितनी मासूम बच्चियों को कोड़े मारकर वेश्या बनाया जा रहा होगा, न जाने कितने बलात्कार हो रहे होंगे, कितने बच्चों के हाथ-पाँव तोड़कर उन्हें अपाहिज बनाकर भीख माँगने के लिए मजबूर किया जा रहा होगा...!

'ट्रैजेडी को लेकर अब मुझसे कभी ऐसी हलकी बात मत करना।"

परिशिष्ट

इस उपन्यास में आचार्य विनोबा भावे के नेतृत्व में चलाये गए भूदान-यज्ञ और ग्रामदान आंदोलन का प्रसंग आया है। सर्वोदय-दर्शन और इस आंदोलन के सिद्धांतों की विशेष चर्चा किये बिना कुछ प्रासंगिक तथ्य भर यहाँ दिये जा रहे हैं।

1950-51 में साम्यवादियों के नेतृत्व में तेलंगाना में भूमिपतियों के ख़िलाफ़ किसानों का व्यापक आंदोलन चल रहा था। एक ओर साम्यवादियों के ख़िलाफ़ पुलिस का दमन-चक्र, दूसरी ओर भूमिपतियों पर उग्र और हिंसात्मक हमले—तेलंगाना की स्थिति विस्फोटक थी। संघर्ष का यह स्वरूप महात्मा गाँधी द्वारा प्रतिपादित सर्वोदय-दर्शन के सर्वथा विपरीत था।

अप्रैल, 1951 में हैदराबाद ज़िले के शिवरामपल्ली नामक क़स्बे में सर्वोदय समाज का तीसरा अधिवेशन हुआ और वहाँ तेलंगाना-आंदोलन की गूँज सभी कार्यकर्ताओं को सुनायी दी। स्थिति की सीधी जानकारी लेने के लिए आचार्य विनोबा भावे सर्वोदय-अधिवेशन के बाद 15 अप्रैल को तेलंगाना की पदयात्रा पर निकले। 18 अप्रैल को वे पोचमपल्ली पहुँचे। वहाँ किसानों और विशेषतः दलितों की भयानक विपन्नता के दृश्यों ने आचार्य को हिला किया। उनके विकास के लिए सरकारी सहायता की बात उठने पर उन्होंने कहा कि अगर हम खुद ही अपनी सहायता नहीं कर सकते तो सरकारी सहायता से क्या होगा। उन्होंने विपन्नों की मदद के लिए गाँव में उपलब्ध साधनों की चर्चा की और जानना चाहा कि क्या वहाँ कोई ऐसा भूस्वामी है जो भूमिहीनों को ज़मीन दे सके? उत्तर में रामचंद्र रेड्डी नामक एक भूमिपति ने भूमिहीनों के लिए 100 एकड़ ज़मीन देने का वचन दिया। स्वयं विनोबाजी ने ऐसी उदार प्रतिक्रिया की आशा नहीं की थी।

आचार्य विनोबा भावे द्वारा संचालित भूदान-आंदोलन की यही शुरुआत थी।

विनोबा की यह तेलंगाना यात्रा इक्यावन दिन चली जिसमें वे 200 गाँवों में गए, 51 स्थानों पर रात्रि-विश्राम किया, लगभग 2,00,000 लोगों को संबोधित किया और 12201 एकड़ भूमि भूमिहीनों में बाँटने के लिए भूदान-यज्ञ में प्राप्त की।

तेलंगाना से परंधाम आश्रम, पवनार आने पर उन्होंने भूदान-यज्ञ की क्रियानीति व्यवस्थित ढंग से निश्चित की और भूदान-कार्य के लिए वे 12 सितंबर '51 को पुनः निकल पड़े।

जिस तरह तेलंगाना के पोचमपल्ली में भूदान की अवधारणा का उदय हुआ, वैसे ही उत्तर प्रदेश के हमीरपुर ज़िले में मँगरौठ नामक गाँव में 24 मई, 1952 को ग्रामदान

की कल्पना को मूर्त रूप मिला। उस दिन, एक अपवाद को छोड़कर, गाँव के सभी किसानों और जमींदारों ने सार्वजनिक हित में अपनी भूमि का दान कर दिया।

भूदान आंदोलन का लक्ष्य है कि गाँव में कोई भूमिहीन न रहे; और ग्रामदान का लक्ष्य है कि गाँव में कोई भू-स्वामी न रहे; वहाँ की सारी भूमि गाँव-सभा की मिल्कियत में आ जाए। भूदान-आंदोलन जहाँ इस उद्देश्य की प्राप्ति के लिए है कि पानी, हवा, धूप की भाँति भूमि पर भी सबका अधिकार होना चाहिए और भूमि उसी की होनी चाहिए जो उसका समुचित उपयोग कर सके, वहीं ग्रामदान का लक्ष्य है कि भूमि सामूहिक रूप से गाँव की होनी चाहिए और व्यक्ति निजी उत्पादन के लिए उसका प्रयोग भले ही कर ले, उस पर किसी का व्यक्तिगत अधिकार नहीं होना चाहिए।

ग्रामदान के बाद गाँव में खेती के लिए कई वैकल्पिक व्यवस्थाएँ की गईं। पहली यह है कि भूमिहीनों को जो भूमि दी जाएगी उस पर सहकारी फ़ार्म बनाकर सहकारी सिद्धांतों से खेती की जाएगी; दूसरा विकल्प सामूहिक फ़ार्म का है। तीसरे विकल्प के तौर पर प्रत्येक परिवार व्यक्तिगत रूप से अलग-अलग खेती करेगा। पर किसी भी पद्धति में किसान को ज़मीन बेचने या किसी भी रूप में उसे हस्तांतरित करने का अधिकार न होगा।

विनोबाजी ने बाद में ग्रामदान के स्वरूप में भी परिवर्तन किया। उन्होंने व्यवस्था दी कि जहाँ लोग अपनी पूरी ज़मीन का दान करने के बजाय अपनी ज़मीन का पाँच प्रतिशत भी भूमिहीनों को दे देते हैं और शेष भूमि पर इस शर्त के साथ क़ब्ज़ा बनाये रखते हैं कि उस भूमि की मिल्कियत गाँव सभा को समर्पित कर दी गयी है तो उसे भी ग्रामदान माना जाएगा। यह भी व्यवस्था की गयी कि शत प्रतिशत के बजाय कम से कम 75 प्रतिशत भूमिवानों के शामिल होने पर भी उसे ग्रामदान माना जाएगा।

विनोबाजी का यह आंदोलन इस शताब्दी के छठे और सातवें दशक में एक सशक्त आंदोलन के रूप में विकसित हुआ, वैसे भूदान यज्ञ का सबसे महत्त्वपूर्ण चरण छठे दशक का है। 1964 तक भूदान के रूप में भूमिहीनों के निमित्त 42 लाख एकड से अधिक ज़मीन मिल चुकी थी। 31 जुलाई 71 तक 1,68,000 से ऊपर गाँव ग्रामदानी बन चुके थे।

इस अभूतपूर्व आंदोलन के विषय में राजनीतिशास्त्रियों और अर्थशास्त्रियों के विचार, स्वाभाविक है, एक से नहीं हैं। एक ओर इसे हिंसा और लोभ के ऊपर सौहार्द और सहज मानवीय उदारता की विजय के रूप में देखा गया है और इस रूप में उसे सामाजिक विषमता के निवारण का एक अमोघ अस्त्र समझा गया है, दूसरी ओर इसे प्रगतिविरोधी, क्रांतिविरोधी और बड़े भूस्वामियों का पोषक मानकर इसकी उपेक्षा की गयी है।

जो भी हो, दीर्घकालीन अनुभव से—जिसे पहले भी देखा जा सकता था-यह प्रकट हो गया है कि यह आंदोलन गाँवों में एक जटिल आर्थिक और सामाजिक दुर्व्यवस्था का कोई उल्लेखनीय व्यावहारिक और स्थायी समाधान नहीं दे पाया है। इसकी प्रमुख उपयोगिता ग्रामीण नागरिकों में कुछ समय के लिए अपने समाज के प्रति उनके दायित्व-बोध

को सजग भर करने में रही है। ग्रामीण अर्थ-व्यवस्था में संतुलन और विकास के लिए कृषि और भूमि-सुधार के क्षेत्र में एक प्रगतिशील शासन-तंत्र को जो सुनियोजित क़दम अनिवार्यतः उठाने चाहिए, उनके विकल्प के रूप में इसे नहीं देखा जा सकता। बिहार का उदाहरण इस स्थिति को स्पष्ट करने के लिए काफ़ी है।

आँकड़ों के अनुसार भूदान और ग्रामदान के क्षेत्र में बिहार देश के राज्यों में सबसे आगे रहा है। 1964 तक पूरे देश में भूदान से प्राप्त 42.27 लाख एकड़ भूमि में 21.33 लाख एकड़ अकेले बिहार का हिस्सा है। उसी प्रकार जुलाई, '71 तक पूरे देश के 1.68 लाख ग्रामदानी गाँवों में लगभग 60,000 गाँव बिहार के हैं। फिर भी आज-1997 में—छोटे किसानों और भूमिहीन खेतिहर मज़दूरों की दशा बिहार में, दूसरे राज्यों के मुक़ाबले, संभवतः सबसे ज़्यादा विषम है और भूदान जैसे शांतिपूर्ण और उदात्त आंदोलन में अग्रणी रह चुकने के बावजूद बड़े भू-स्वामियों के खूँख़्वार संगठनों का भयावह विस्तार तथा छोटे किसानों और खेतिहर मज़दूरों के पक्षधर हिंसक संगठनों का परिदृश्य सबसे ज़्यादा हमें वहीं देखने को मिल रहा है।